Prix du Meilleur Polar
des lecteurs de POINTS

Ce roman fait partie de la sélection 2017 du
**Prix du Meilleur Polar
des lecteurs de POINTS !**

De mars à décembre 2017, un jury composé de 40 lecteurs et de 20 professionnels, sous la présidence de l'écrivain **Dror Mishani**, recevra à domicile 9 romans policiers et thrillers récemment publiés par les éditions Points et votera pour élire le meilleur d'entre eux.

La ville des morts, de Sara Gran, a remporté le prix en 2016.

Pour tout savoir sur les livres sélectionnés, donner votre avis sur ce livre et partager vos coups de cœur avec d'autres passionnés, rendez-vous sur :

www.prixdumeilleurpolar.com

Romain Slocombe

L'AFFAIRE
LÉON SADORSKI

ROMAN

Robert Laffont

TEXTE INTÉGRAL

ISBN 978-2-7578-6582-8
(ISBN 978-2-221-18777-7, 1re publication)

© Éditions Robert Laffont, S.A., Paris, 2016

Pour Jean-Hugues Oppel

« Il n'existe pas de frontière, quand on peut compter sur d'efficaces collaborateurs. »

Victoria KENT,
Quatre ans à Paris
(Cuatro años en Paris)

« […] les hommes ordinaires dont est constitué l'État – surtout en des temps instables –, voilà le vrai danger. Le vrai danger pour l'homme c'est vous, c'est moi. Et si vous n'en êtes pas convaincu, inutile de lire plus loin. »

Jonathan LITTELL,
Les Bienveillantes

« On allait éteindre Paris. C'était tout naturel, mais cela faisait un effet étrange, Paris sans lumière. C'est comme si on allait éteindre toute la clarté du monde. »

Erich Maria REMARQUE,
Arc de triomphe

Avertissement

Ni l'auteur ni l'éditeur ne cautionnent les propos tenus par le personnage principal de ce livre. Mais ils sont le reflet de son époque, tout comme ils peuvent présager celles qui nous attendent. Car « le ventre est encore fécond, d'où a surgi la bête immonde ».

NOTICE INDIVIDUELLE

Affaire contre :
> Sadorski, Léon, René, Octave, 44 ans, né le
> 10-8-1900 à Sfax (Tunisie)
> I.P.A.[1] à la 3ᵉ Sect. des R.G. demeurant
> 50, quai des Célestins, Paris, 4ᵉ.

Situation administrative :
> Inspecteur stagiaire, arrêté du 14-12-1920
> .... titulaire, dᵒ du 18-1-1922
> Suspendu, ... du 18-4-1934
> Réintégré, ... du 1-10-1939
> Inspecteur spécial .... du 26-2-1940
> Délégué dans les fonctions de brigadier-
> chef, arrêté du 26-9-1940
> I.P.A. .... du 23-1-1941

Actuellement :
> Détenu.

Situation de famille :
> Marié, sans enfant.

Distinctions honorifiques :
> Médaille militaire
> Croix de guerre 1914-1918
> Médaille de dévouement, de bronze
> ...., d'argent.

Gratifications :
> 2-6-1942, 250 francs.

> > DELORME,
> > secrétaire

---

1. Inspecteur principal adjoint. *(Toutes les notes sont de l'auteur.)*

I

LA GESTAPO

IV J SA 225 a

Paris, le 11 mars 1942

NOTE

Concerne : La déportation des Juifs.

Le S.S.-Hauptsturmführer Dannecker, qui était à Berlin pour discuter des affaires juives, en a rapporté les éléments nouveaux qui suivent :

Le S.S.-Obergruppenführer Heydrich a réussi à obtenir qu'un train soit mis à notre disposition, le 23 mars[1], pour l'évacuation des 1 000 Juifs qui se trouvent encore au camp de Compiègne et qui doivent être déportés. Ils seront tout d'abord dirigés vers un camp de regroupement en Silésie pour être par la suite répartis sur les différents lieux du service du travail à l'Est.

De plus, le S.S.-Obergruppenführer Heydrich a donné son accord pour l'évacuation de 5 000 autres Juifs de Paris au cours de l'année 1942.

Lors de la réunion habituelle du mardi dans les locaux du SD, à laquelle assistent des représentants tant de l'ambassade que du Commandant militaire et du Commandant (du Grand-Paris), nous avons décidé d'un commun accord que c'est à Paris d'abord que nous prendrons ces 5 000 Juifs à évacuer, étant donné que c'est à Paris que la question juive est la plus urgente et que c'est également ici qu'il reste la plus forte proportion de Juifs

---

1. Le convoi est parti en réalité le 27 mars de la gare du Bourget-Drancy (565 déportés) puis de Compiègne (environ 547 déportés), pour arriver à Auschwitz le 30. Il y aurait eu une majorité de Français d'origine ou naturalisés dans ce convoi.

et que, de plus, nous voulions commencer par donner au nouveau Commissaire aux Affaires juives l'occasion de se roder pendant quelques mois avant d'aborder des problèmes aussi épineux et décisifs que la déportation des Juifs de zone non occupée.

De plus, le S.S.-Obergruppenführer Heydrich a donné son accord pour d'autres déportations de plus grande envergure en 1943.

[...]

En outre le SD de Berlin a été avisé que les représentants de la Roumanie, de la Slovaquie et de la Croatie ont déclaré qu'ils se désintéressaient des Juifs résidant en dehors de leur territoire.

Je suggère d'obtenir confirmation du ministre des Affaires étrangères en ce qui concerne cette dernière information et, cela fait, d'inclure ensuite les ressortissants de ces États lors de l'évacuation des Juifs de Paris.

Je joins un projet de télégramme en ce sens.

Signé : ZEITSCHEL[1]
1. À M. le Conseiller Schleier.
2. À M. le Conseiller d'ambassade Achenbach.
3. À M. le Conseiller Rahn.
4. À M. l'Attaché de légation Krafft von Dellmensingen.
5. À M. le Dr Kuntze.

1. Le *SS-Sturmbannführer* (commandant) Carltheo Zeitschel (1893-1945), conseiller politique à l'ambassade allemande à Paris et antisémite notoire, chargé des questions juives et franc-maçonniques.

1

Le quai des Célestins

Tous les matins, Mme Léon Sadorski, Yvette de son prénom, émerge des brumes du sommeil animée d'une envie immodérée de faire l'amour. La température de son corps s'élève d'un petit degré, son sexe s'humidifie rapidement, elle se blottit contre l'inspecteur principal adjoint Sadorski en poussant un léger soupir. Son époux, en règle générale, répond à ces avances, mais, ce matin du 1er avril 1942, des préoccupations d'ordre moins frivole se présentent à son esprit à peine le réveille-matin a-t-il sonné. L'homme se dégage avec douceur, gagne la salle de bains ; il urine, se rase, puis, en maillot de corps, se rend à la cuisine afin de préparer le café. Les aiguilles de la pendule indiquent 7 h 38 (heure allemande ; l'aube se lève à peine). Il écarte les épais rideaux noirs de la défense passive, repousse les volets. Le ciel au-dessus de l'île Saint-Louis, derrière les fenêtres du petit trois pièces quai des Célestins que le couple loue depuis l'avant-guerre, annonce, tout comme la veille, une belle journée de printemps. L'air est extraordinairement pur, un des avantages les plus notables de l'occupation depuis que presque tout le monde, avec le manque d'essence, circule à pied ou à vélo – y compris les flics des RG. L'inspecteur principal adjoint Léon Sadorski allume sa première cigarette.

Quelques jours plus tôt, la nuit du 27 au 28 mars, les Anglais ont attaqué Saint-Nazaire dans le plus pur style de l'art du débarquement. Après plusieurs heures de combats acharnés, leurs commandos sont parvenus à s'introduire jusque dans la ville et à sérieusement endommager les installations portuaires réservées aux sous-marins boches ; avant de se retirer, ils ont même planté leur drapeau sur la mairie ! Évidemment, tout cela a créé une certaine sensation et les imaginations, toujours promptes à s'enflammer, vont bon train. Sadorski, à son bureau de la caserne de la Cité, a appris de bonne source que la population de Saint-Nazaire soutenait l'ennemi et que de sévères représailles s'exercent déjà sur l'ensemble des quartiers. La presse française fait de son mieux en expliquant que ces événements, en définitive, sont la preuve éclatante que nos côtes demeurent « inexpugnables ». L'inspecteur principal adjoint n'en doute pas. Là où il travaille, on est bien placé pour apprécier la puissance boche : il croise les délégués de la Sipo-SD, en uniforme ou en civil, presque quotidiennement. Dès que le café est prêt, Sadorski écrase son mégot dans l'évier, appelle :

– Yvette !

Elle a passé un peignoir sur la combinaison bleu ciel qui la serre si joliment aux hanches, et qu'elle porte fréquemment en lieu et place de chemise de nuit. Les cheveux encore en désordre, sa femme lui sourit en trempant une tartine dans son « café national » de pois chiches grillés, saupoudré généreusement de lait déshydraté et sucré par l'addition de pastilles de saccharine. Des cloches retentissent au-dessus du silence de la grande ville.

– Sais-tu ce que j'ai lu hier, mon chéri ?

Celui-ci émet un vague grognement.

– Figure-toi, poursuit-elle, qu'un médecin du Pré-Saint-Gervais a inventé le biscuit d'arêtes de poisson !

– Sans blague…

– Si, je t'assure : le Dr Percheron, « globe-trotter, écrivain et chimiste éminent », ce n'est pas moi qui l'affirme c'est *La Semaine*, va nous livrer ses arêtes de poisson sans ticket délier, métamorphosées en un aliment riche et complet que nous dégusterons sous forme de pâtés ou de biscuits. Ce savant a exploré la Mongolie, fréquenté les lamas, les sorciers, les devins, et visité les milliers d'îles du Japon ! Il prétend que là-bas chez les Japonais il se sent « sur le chemin des dieux »…

Sadorski rigole en secouant les épaules et levant les yeux au ciel, caresse la main d'Yvette, allume une nouvelle gauloise puis se lève avec un soupir.

– Bon, c'est pas tout mais je dois y aller, ma biquette !

En retour elle le gratifie d'une moue boudeuse qu'il juge adorable : car, au bout de douze années de vie commune, l'inspecteur Sadorski se sent aussi amoureux de sa femme qu'au tout début. Plus, même ! Et, contrairement à certains de ses collègues, il ne la trompe pas avec les dactylos de la 3e section des Renseignements généraux. Lui ne s'offre de « petits extras », servantes de bar ou d'hôtel, qu'à l'occasion des affaires à traiter dans le département. Pourquoi prendre des risques et se fatiguer, lorsqu'on jouit de tout le bonheur du monde à domicile ? Une ou deux aventures plus sérieuses que les autres lui ont servi de leçon. De plus, elle et lui ont leurs jeux, leurs petites mises en scène d'ordre privé… ce que son épouse en rougissant nomme ses « bêtises ». Elle seule est capable de comprendre, encourage, même, ses désirs honteux. Cela a pris du temps mais ils sont arrivés à une harmonie, une synchronicité presque parfaites. Sadorski se penche pour embrasser Yvette sur le front ; il respire son odeur, introduit la main gauche dans l'échancrure du peignoir. Elle le laisse promener ses doigts.

– Tu te fais trop de mouron au sujet de ton travail, biquet… C'est comme pour les bombardements ! Mais l'autre soir, ils n'ont fait qu'un pauvre petit mort et une quinzaine de blessés chez les civils… plus deux Frisés touchés par des éclats ! Dis, tu m'emmènes au cinéma, ce dimanche ? On donne *Mam'zelle Bonaparte*. Ça se passe sous le second Empire, avec Raymond Rouleau et Edwige Feuillère…

– On pourrait aussi voir *Boléro*, ou *La Duchesse de Langeais*…

– Non, c'est Raymond Rouleau que je veux !

L'inspecteur lui promet, avant d'empocher son automatique qui traîne sur le guéridon, qu'il y pensera. Descendant l'escalier, il se dit qu'en fin de semaine il fera un tour au marché noir chez les Polonais de Saint-Paul, afin de trouver pour Yvette des paires de bas neufs et de la lingerie. Après tout, on est au printemps ! La sève ne monte pas que dans les arbres ; et, partout en ville, les filles sont si belles que cela donne à réfléchir. Mais, si le passant a l'impression en observant les vitrines parisiennes – celles qui ne sont pas garnies d'objets factices – que les magasins sont pleins, dès qu'on entre pour demander quelque chose on constate qu'il n'y a aucun choix. Tout disparaît, tandis que les prix s'envolent plus vite que le mercure du thermomètre. À présent, acheter des accessoires aussi banals que des mouchoirs, une chemise, des chaussettes, devient un problème. Les commerçants cachent la marchandise pour la revendre au prix fort. Sadorski doit montrer sa carte professionnelle et prendre son air méchant : comme par hasard, ce qu'il avait demandé se retrouve alors soudainement en stock, et le prix redescend un peu ; il exige par principe un rabais supplémentaire, qu'on lui accorde tout naturellement. Si le commerçant est juif, ce dernier s'expose à de sérieux ennuis ; surtout depuis que, par une note récente du 20 mars, Tanguy, le chef de la PJ, ordonne aux agents, dans les procédures de hausses illégales de prix – lorsque établies contre des israélites –, de relever toute infraction aux statuts des Juifs dont le délinquant aurait pu se rendre coupable. Arrivé à l'entresol, Sadorski s'arrête pour coller son oreille à la porte qui donne sur le palier.

Sur le petit rectangle de carton blanc de la sonnette est inscrit un nom étranger, youdi probablement : Odwak. La mère et la fille. Elles ont emménagé au début du mois dernier. La première donne des leçons de musique, l'autre va au lycée sur la rive gauche. Sadorski les a croisées quelquefois dans l'entrée et, un jour, a vu de loin la petite seule sur le pont Marie, avec son cartable. Quand c'est Mme Odwak au piano, cela va encore, parce qu'elle joue bien et souvent de jolies mélodies. En revanche, les gammes pataudes de ses élèves tapent sur les nerfs de l'inspecteur, de sa femme et sans doute de tous les voisins. Avant, le bruit de la circulation automobile couvrait celui des exercices. Maintenant on subit vingt fois au moins, dans la même rue, le même passage de la méthode Dalcroze répété maladroitement. À croire que tous les enfants de la capitale apprennent le piano ! Mais, ce matin, pas un bruit dans l'appartement des Odwak. Pas de radio non plus, ce qui est préférable pour elles (les postes récepteurs de TSF sont interdits aux Juifs par l'ordonnance allemande du 13 août 1941). Sadorski renifle. Pas d'odeurs de petit déjeuner, l'appartement semble vide. Il jette son mégot exprès sur le paillasson, quitte l'immeuble sans jeter un coup d'œil dans les boîtes à lettres.

Renonçant, faute de temps, à son petit calva au café-bar du Pont-Marie, situé à l'angle de la rue des Nonnains-d'Hyères, il dépasse la file de bourgeoises, de femmes du peuple, de petites bonnes qui s'allonge depuis les grilles de la boucherie, sous l'œil d'un gardien de la paix chargé du maintien de l'ordre devant les

commerces, traverse la chaussée en allumant une cigarette. Le couvre-feu a été levé à 5 heures. Les poubelles
le long du quai de l'Hôtel-de-Ville n'ont pas encore été
ramassées. Des chiens errants en reniflent le contenu, les
pattes appuyées sur le rebord, repoussant le couvercle
avec leur museau. Paris est de plus en plus sale. Très peu
de véhicules circulent sur le quai, vélos, charrettes à
bras, quelques camions boches, et une de leurs motos
vert-de-gris avec side-car. Ses pétarades détonnent dans
la tranquillité de la ville, du fleuve et des quais. Jadis,
non loin de là se trouvait le jeu de paume de la Croix-
Noire, où se produisirent en 1645 Molière et sa troupe
de l'Illustre-Théâtre. Le comédien y a été arrêté puis
conduit au Châtelet pour une dette de cent quinze livres
à son moucheur de chandelles. Sadorski, à ses heures
perdues, s'intéresse à l'histoire de la capitale et, plus
encore, à celle des flics. Il est né en Tunisie sous le signe
du Lion. C'est un homme d'assez petite taille, trapu,
large d'épaules, au menton légèrement fuyant, au nez
court, au front bombé sous des cheveux ondulés, blan-
chis prématurément. Cela s'est produit le 14 juin 1940
en quelques heures, à Étampes, pendant la débâcle – il
n'avait pas quarante ans. L'air est frais, humide des
giboulées de la nuit. Sadorski observe depuis le parapet
du quai les péniches amarrées dans le port Saint-Paul,
puis il rejoint le pont Louis-Philippe pour gagner son
lieu de travail.

L'inspecteur se déplace à pied tant que faire se peut,
ou en vélo lorsqu'il est en mission, et parfois dans un car
de police secours lors d'opérations importantes, barrages ou rafles. Paris n'a plus de taxis automobiles,
presque plus d'autobus, plus de tramways – ces derniers
depuis 1938 où l'on a fermé la dernière ligne. En conséquence, soit la population pédale, soit elle s'engouffre
dans les sous-sols, où sont délivrés journellement pas
moins de trois millions de tickets, un tiers de plus

qu'avant guerre. Prendre le métro est devenu un cauchemar, surtout aux périodes de pointe. De nombreuses stations sont fermées sans motif valable. Depuis quelques mois les rames se font plus courtes, quatre voitures au lieu de cinq, quand ce n'est pas trois. Leur fréquence aussi a diminué, il faut attendre sur le quai de cinq à sept minutes aux heures d'affluence, entre dix et quinze minutes aux heures creuses. Avec le manque de bruit en surface, le grondement des métros est perceptible depuis les trottoirs, comme un écho sinistre qui remonterait de cet enfer. Les voyageurs s'y bousculent, se piétinent, de peur de louper leur train. Parfois, devant les portillons automatiques, la queue se prolonge jusqu'à l'escalier d'entrée de la station. Autant, à l'air libre, la ville semble calme et endormie en raison de la rareté des automobiles, autant là-dessous c'est la foire d'empoigne ! Et, dans les voitures, tout ce monde-là transpire, ça pue un mélange de sueur, de vieux tissu mal nettoyé, d'haleines aigres, de brillantine et de parfum bon marché.

Sur la ligne 4, pour gagner de l'espace on a retiré certains fauteuils et posé des strapontins. Les soldats de l'armée d'occupation s'y asphyxient à l'égal des autres, depuis qu'eux aussi doivent se déplacer par ce moyen de transport. On y rencontre quelquefois des unités entières, voyageant gratis et chargées de tout leur barda, sacs à dos, gamelles, couvertures, sous la lumière blafarde – afin d'économiser le courant, avec les 100 000 kWh expédiés chaque heure vers l'Allemagne, il a fallu dévisser la moitié des ampoules dans les couloirs comme dans les rames. S'il veut descendre, Sadorski, pareil à tout un chacun, est obligé de se forcer un passage entre les corps agglutinés. Il s'échappe de la station de métro avec soulagement. Mais les matins, comme ce beau premier jour d'avril 1942, et les soirs, c'est toujours en marchant, à pas tranquilles ou rapides en vertu des circonstances, que l'inspecteur principal adjoint Sadorski s'éloigne de sa femme tout en rêvant d'elle ; c'est en marchant qu'il rentre, sa gauloise aux lèvres, pressé de retrouver Yvette au troisième étage de cet immeuble gris et lourd du 50, quai des Célestins, le long de la Seine.

2

Giboulées d'avril

Un camion de livraison débouche du pont de l'Arche-
vêché pour s'engager sur le quai aux Fleurs, avec un
bruit de vieille ferraille. Ces camions français, non répa-
rés ni revernis depuis trois ans, sont ignobles et roulent
en produisant un vacarme invraisemblable. Sur un mur
à l'entrée de la rue Massillon, dans l'ombre de Notre-
Dame, une affiche représente un chômeur à la fenêtre
de son logement insalubre. L'homme contemple l'horizon, où se dresse une superbe usine sous un soleil écla-
tant. Légende : « Si tu veux gagner davantage, viens
travailler en Allemagne ! » Sadorski s'approche, fronce
les sourcils. Quelqu'un, gosse farceur ou vrai résistant,
allez savoir, a ajouté des avions qui larguent des bombes
au-dessus de l'usine boche. « Salauds », grommelle le
policier. Et nos maisons à nous ? Plus de six cents
morts, la nuit du 3 mars ! Sadorski a vu, depuis sa
fenêtre, tout l'ouest de Paris s'illuminer. Sur les ponts,
les badauds étaient au spectacle comme à un feu d'arti-
fice. Les Angliches – et derrière eux les francs-maçons
et les banques juives – bombardaient sans relâche les
ateliers ainsi que les faubourgs populaires. La DCA
allemande prise totalement au dépourvu. Il n'y a même
pas eu d'alerte ! On avait l'impression que là-bas du
côté de Billancourt, tout sautait. Les carreaux des
fenêtres vibraient jusque dans le centre de la capitale.

On entendait au loin les pin-pon des pompiers, les sirènes des ambulances, fonçant en direction de la fournaise. Il y a même eu un Blenheim isolé pour venir survoler le quai des Célestins. Effrayé, Sadorski a tiré Yvette vers l'intérieur de la chambre, l'a forcée à se réfugier sous le lit, où il l'a rejointe ; depuis Étampes, l'inspecteur éprouve une peur panique des bombardements aériens. Le lendemain, des gens racontaient que les Anglais avaient jeté des bombes atomiques, ce qui est tout à fait impossible – il s'agissait simplement de bombes à grande puissance d'explosion. L'enterrement des victimes a été l'occasion d'une journée de deuil national, les journaux ont dénoncé la barbarie anglo-saxonne : une « attaque bestiale des Anglais contre la population et les bâtiments civils d'un quartier de Paris ». Dix jours plus tard on dégageait encore des cadavres de sous les décombres de la zone touchée. Mais, ce que la presse ne dit pas et qu'on sait très bien aux Renseignements généraux, c'est que les usines Renault sont ratiboisées et, avec elles, les tanks et les camions de la Wehrmacht qu'on y fabriquait.

Une sentinelle ayant été abattue le 1er mars rue de Tanger, du coup théâtres et cinémas étaient déjà fermés le 4, jour de l'enterrement du Boche, sur ordre du commandant du Grand-Paris. Vingt otages communistes et juifs ont été fusillés automatiquement en guise de « sanction pour ce meurtre perfide », *dixit* l'avis placardé par les Autorités occupantes. Vingt de plus devaient l'être après le 16 mars au cas où les tueurs ne seraient pas retrouvés, mais la police française s'est démenée : le 8 mars les Brigades spéciales ont alpagué le principal responsable, un étudiant rouge allemand nommé Karl Schoenharr. Il comparaîtra devant le tribunal spécial à la mi-avril et sera certainement fusillé. Son complice Tondelier, arrêté en même temps, s'est mis à table et a fait tomber plusieurs de leurs camarades en indiquant les lieux et heures de ses rendez-vous avec eux.

Sadorski pénètre sous le portail de la préfecture, montre brièvement sa carte au planton de service, emprunte les couloirs puis l'escalier D. Il jette un coup d'œil dans le bureau des inspecteurs, se renfrogne : Foin est déjà là, rassemblant une équipe. Son rival depuis un certain temps – il dirige l'autre brigade, avec pas moins de sept inspecteurs sous ses ordres, presque tous, comme leur chef, membres de la cellule Bedel. Déjà là au turbin, Foin, quoique logeant rue Ordener… Pourtant du même âge, à quelques mois près, il possède plus d'ancienneté que Sadorski, étant IPA depuis 1939. Sa brigade fait du zèle, « tape aux papiers » presque quotidiennement gare d'Austerlitz. Ses inspecteurs jouent à celui qui aura contrôlé le plus de becs-crochus en infraction. Sadorski aimerait que, dans son propre groupe, ses types fassent preuve d'autant d'enthousiasme. Les jeunes inspecteurs le craignent, en raison de sa grande gueule, de ses colères soudaines et violentes. « Sado », comme on le surnomme à la caserne et chez ses indics, a la réputation, peut-être exagérée, d'être un caïd.

Il entre dans la pièce 516, au deuxième étage de l'aile nord. Cette journée du mercredi est consacrée en temps normal aux tâches de classement : les dossiers apportés par le secrétaire chargé d'établir les fiches s'empilent déjà sur le bureau. Sadorski s'assied, fait jaillir la lumière sous la lampe, jette un bref regard au portrait d'Yvette dans son petit cadre, pose son étui de gauloises sur le plateau. Il chausse ses lunettes cerclées de fer, avant de feuilleter les pages carbone du rapport de semaine destiné au grand patron. Cela commence, comme toujours, par des considérations d'ordre général.

Les conséquences du bombardement anglais du 3 mars, et notamment des obsèques des victimes, n'ont pas provoqué de réaction marquée dans l'opinion publique.

Une partie de la population reste persuadée que les Anglais viennent de commencer une série d'opérations qui, en portant atteinte au potentiel de guerre de l'Allemagne, doivent rapprocher la fin des hostilités.

Aussi attend-elle, sinon sans appréhension, du moins avec résignation, les prochains raids annoncés de l'aviation britannique sur les usines travaillant pour le compte des Autorités allemandes[1].

Sadorski allume une cigarette, continue de lire en tirant des bouffées, expulsant la fumée par les narines.

Cependant, les habitants des quartiers sur lesquels se trouvent des établissements de ce genre manifestent de l'inquiétude et beaucoup ont déjà déménagé.

On continue, dans ces quartiers, à formuler des critiques contre l'installation de postes de DCA sur certains immeubles particuliers et plus spécialement sur des groupes scolaires. On craint que ces établissements ne soient assimilés à des objectifs militaires, et bombardés.

De nombreuses personnes se basant sur le fait que beaucoup de victimes du récent bombardement ont trouvé la mort dans les caves, estiment que celles-ci ne constituent, dans bien des cas, qu'un abri insuffisant. Aussi émettent-elles l'avis que les services de la Défense passive rappellent rapidement les prescriptions relatives à l'étayage des abris.

---

1. La graphie ainsi que les fautes de grammaire dans les documents provenant des Archives de la préfecture de police, et dans les textes du même genre reproduits plus loin, ont été en partie conservées.

La population a continué à manifester sa compassion à l'égard des sinistrés. Elle a apprécié les secours que leur ont apportés les pouvoirs publics et les listes de souscription sont partout bien accueillies.

Au cours des deux alertes du 13 mars, le public a, en général, fait preuve d'insouciance et a marqué sa répugnance à gagner les abris.

Par ailleurs, le public continue à être vivement préoccupé par les difficultés persistantes du ravitaillement…

On frappe à la porte. Il grogne :

– Entrez !

L'inspecteur Beauvois. Blond, petit, l'air obséquieux comme à son habitude. Lui aussi fait partie de la bande à Bedel ; c'est Camby, son voisin à Charenton, parti le mois dernier travailler à la protection de Pucheu, ministre de l'Intérieur, qui l'a invité avenue de l'Opéra pour le présenter au milicien…

– Un dossier de plus, chef : une note que nous a transmise la 1re section… Comment va, ce matin ? Beau temps, pas vrai ?

Sadorski répond par un nouveau grognement.

– Je sens qu'on va crever de chaud. C'est quoi, ce dossier ?

– Une dactylo des Questions juives qui couche avec les Boches.

– Qu'est-ce qu'on en a à foutre, nous ? Faites voir…

Il ouvre la chemise, qui porte en grandes lettres le nom « Yolande Metzger ».

La fiche manuscrite est marquée en haut et à gauche du numéro 3650.

METZGER Yolande, Marguerite, née le 13 février 1921 à Gagny (Seine-et-Oise) de Jean, Joseph, né le 17 juillet 1884 à Strasbourg (Bas-Rhin) et de Waldeck

Marguerite, née le 4 septembre 1897 à Germesheim (Palatinat) (Allemagne), est célibataire.

Sadorski, au crayon bleu, biffe « Palatinat ».

Elle a une sœur, Marguerite, Thérèse, née le 9 juillet 1925 à Paris (16e).
Elle est conçue (Sadorski biffe rageusement, remplace par « née ») *d'un père alsacien, réintégré de plein droit dans la qualité de Français en exécution du traité de paix du 28 juin 1919, et d'une mère allemande, de nationalité française par mariage.*
Metzger Yolande habite chez ses parents domiciliés depuis 1925 au 69, avenue Kléber au loyer annuel de 1 800 francs. Précédemment ils habitaient avenue de Montfermeil à Gagny (Seine-et-Oise).
Sténo-dactylographe, Metzger Yolande a été employée pendant peu de temps au service d'envoi d'ouvriers français volontaires pour aller travailler en Allemagne, dont le bureau est situé 23, quai d'Orsay, avant d'entrer à l'essai, le 23 mai 1941, toujours en qualité de sténo-dactylographe, au commissariat général des Affaires juives, 1, place des Petits-Pères, au traitement mensuel de 1 500 francs. Elle travaille de 9 heures à 12 heures et de 14 heures à 19 heures.
Depuis février 1941, son père, qui connaît couramment l'anglais, l'allemand, l'espagnol et le français, est occupé en qualité de traducteur interprète pour le compte des Autorités allemandes aux grands magasins Dufayel, boulevard Barbès, à Paris, au traitement mensuel de 3 600 francs.
Si Metzger père donne l'impression dans son entourage d'être animé de bons sentiments nationaux, il n'en est pas de même pour Mme Metzger et ses deux filles qui professent ouvertement des sentiments germanophiles. C'est ainsi que la mère en l'absence de son mari ne se

gêne pas pour dire qu'elle n'aurait jamais dû épouser un Français.

De plus, leur conduite est des plus déplorables. En effet, pendant les heures de travail de son mari, Mme Metzger et sa fille aînée reçoivent de nombreuses visites masculines, en majeure partie des Allemands en uniforme ou en civil, et se rendent fréquemment dans les grands hôtels du quartier de l'Étoile. Enfin, la plus jeune des filles, qui ne fréquente plus que très irrégulièrement son lycée, est soupçonnée de racoler sur la voie publique ; à noter que sa mère la laisse seule des heures entières avec des jeunes gens.

L'hiver dernier, il était courant que les locataires de l'immeuble qu'habite la famille Metzger rencontrent dès la nuit tombée, sous le porche d'entrée ou dans les couloirs dudit immeuble, les deux jeunes Metzger avec des soldats allemands dans des attitudes qui ne laissent aucune équivoque.

Metzger Yolande, qui doit terminer son emploi à 19 heures, ne rentre que vers les 21 heures et même plus tard au domicile de ses parents. Entre-temps, elle se rendrait dans divers cafés fréquentés par une riche clientèle.

Au point de vue probité, les membres de la famille Metzger ne donnent lieu à aucune remarque.

Mme Metzger et ses filles sont inconnues au service des mœurs.

Metzger Yolande et ses parents ne sont pas notés aux Sommiers judiciaires.

Sadorski pose la feuille et referme la chemise.

– Bon, je fais taper ça par Mlle Poirier après déjeuner. De toute façon, on n'a pas de motif à suivre l'affaire : ce sont des Alsaciennes, pas des Juives. Ma mère est d'origine alsacienne, vous le savez, même si j'ai vu le jour en Tunisie…

Beauvois sourit servilement.

– C'est grâce à ça que vous parlez la langue de nos amis d'outre-Rhin…

– Ces temps-ci, ça peut servir ! Merci, Beauvois.

Le blond fait demi-tour pour quitter le bureau. Sadorski remarque un petit poisson en carton accroché dans le dos de sa veste.

– Beauvois !

– Oui, chef ?

– Non, rien…

Une minute plus tard, Sadorski entend les éclats de rire en provenance du bureau des inspecteurs.

Il se replonge dans ses copies de rapports de police.

Un industriel a été inculpé d'infraction à la loi du 21 octobre 1940 portant sur les hausses illicites. Il offrait à la vente dix-sept chenillettes Unic pour le triple de leur prix d'achat (il les avait payées 500 000 francs).

Idem pour trois commerçants et représentants en vins : six mille bouteilles de Old Brandy et trois mille bouteilles de marc de Bourgogne, revendues quatre fois leur valeur réelle, ont été saisies.

Un homme et une femme inculpés de hausse illicite, extension de commerce et non-déclaration de stocks… Ils fabriquaient et revendaient à prix prohibitifs des articles de maroquinerie ; un stock de peaux, tissus, cuir, chaussures, portefeuilles, etc., d'une valeur de 2 500 000 francs, a été saisi…

Il y a des dizaines d'affaires de ce genre. Le policier tourne les feuillets sans les lire, arrive aux mesures d'internement de la semaine : vingt-quatre communistes, huit israélites, cinquante et un étrangers indésirables, transférés Porte des Lilas, au camp des Tourelles. Cette ancienne caserne est située entre le boulevard Mortier, la rue des Tourelles, l'avenue Gambetta, la rue Camille-Douls. On y enfermait naguère les combattants espagnols réfugiés en France, ainsi que les arrivants d'Europe de l'Est. Depuis la Révolution nationale, l'occupation, puis l'entrée de la Wehrmacht en Russie, ce sont surtout les gaullistes, les communistes et les Juifs. Et pour faire bonne mesure quelques droit commun. Les colis, les visites sont autorisés. On voit bien le ciel. Sadorski considère que l'Administration française se montre encore trop indulgente envers cette racaille.

En même temps qu'il tourne les pages, l'inspecteur pense aux sœurs Metzger, Yolande et Marguerite… Quel âge ont-elles, d'après leur fiche ? Vingt et un pour l'une, même pas dix-sept ans pour l'autre. Et ça se colle contre les Chleuhs, dans les corridors, les cages d'escalier, sous le porche d'entrée avenue Kléber chez les rupins… Ça baise franchement, même, la jupe ou la robe retroussée, jambes écartées, dans les coins d'ombre ; et sans doute aux W-C des cafés autour de l'Étoile, de l'Opéra. Avant de rentrer chez soi, saluer gentiment papa et maman. Le foutre pas encore sec qui dégouline dans l'entrejambe. Du foutre boche. Sadorski sourit en songeant aux deux putains ; sa verge est tendue, sous le plateau du bureau. Il jette un coup d'œil à la photo d'Yvette qui lui sourit depuis son cadre.

Le téléphone sonne.

C'est l'inspecteur principal Cury-Nodon, chargé entre autres de la liaison avec le bureau SS à la préfecture.

– Sado ? Vous passerez me voir à la fin de votre service…

Sadorski acquiesce, un peu surpris, mais l'autre a déjà raccroché. Il repose à son tour le combiné, en se demandant ce que ça veut dire. Cury-Nodon en général se montre plus causant, plus cordial. Même si son attitude ne signifie pas grand-chose. Cet ancien inspecteur de la PJ est un peureux, un faux cul de première : « Mon cher Sado » par-ci, « mon excellent collaborateur » par-là… et, pendant ce temps, on colporte les pires ragots derrière votre dos. Ragots qui peuvent coûter cher au cas où ils arriveraient aux oreilles de la Sipo-SD. Plusieurs commisssaires et inspecteurs se sont ainsi retrouvés déportés en Allemagne, et pas forcément pour faits réels de résistance…

L'esprit ailleurs, Sadorski classe et annote les fiches à faire taper plus tard par la dactylo qu'il « empruntera » à sa section des RG. Il entend des cris, à l'interrogatoire, du côté des Brigades spéciales. Cris, hurlements, sont monnaie courante dans ce secteur de la caserne, il n'y prête aucune attention. Sur beaucoup de fiches d'envoi à Drancy ou aux Tourelles, en particulier les fiches des hommes, Sadorski ajoute, au crayon rouge, des phrases du genre : *Suspect au point de vue politique, dangereux pour l'ordre intérieur* ; *Ex-membre de la sous-section juive du Parti communiste, propagandiste très actif en faveur de la 3e Internationale, suspect du point de vue politique. Dangereux pour l'ordre intérieur* ; *Militant sioniste et socialiste, révolutionnaire, agitateur politique, dangereux pour l'ordre public*. Et ainsi de suite. Il les signe de ses initiales. Il possède tout un stock de phrases semblables, avec leurs infinies variations. Quelques-unes lui ont été suggérées par le commissaire Lantelme, qui dirige la 3e section des Renseignements généraux et des Jeux. L'idée est de s'assurer que le détenu qualifié de la sorte se retrouvera prioritaire sur les listes allemandes d'otages à fusiller, lors des représailles pour les attentats. Hitler, comme toujours, a été clair, quand il a dicté son code des otages : « Pour la vie d'un soldat allemand, on pourra considérer en général la condamnation à mort de cinquante à cent communistes comme convenable. » Que ces accusations ajoutées aux fiches des suspects ne reposent la plupart du temps sur aucune réalité tangible est le cadet des soucis de Sadorski ou de ses chefs. Après tout, il ne s'agit que d'israélites, pour la plupart étrangers : on peut les traiter plus durement que les gaullistes, qui eux sont en principe français de vieille souche. Quoique, il faut éviter d'exagérer – un jour, l'inspecteur spécial Delzangles a signalé un vieux youp polonais, analphabète et quasi aveugle, comme *dangereux terroriste communiste et progaulliste* ! Sa nièce s'est plainte, ça a fait une petite histoire.

Midi sonne. L'heure de la pause ; Sadorski ressent des tiraillements dans l'estomac. Il écrase son mégot de gauloise dans le cendrier, repousse les piles de rapports, enfile sa veste et ferme le bureau. Passant par celui des inspecteurs, il aperçoit un des hommes du groupe Mercereau, un nommé Lavigne. Marié depuis peu, il a un nouveau-né, fait tous les jours le trajet depuis Épinay-sur-Seine. C'est un grand brun, bien charpenté, le genre qui plaît aux femmes.

– Tu es seul ? l'interpelle Sadorski. Où sont passés les autres ? Bon, on va casser la croûte…

Le jeune flic approuve, flatté que le caïd de la section l'invite à lui tenir compagnie ; et vaguement inquiet car « Sado » est fameux pour ses sautes d'humeur, ses brusques accès de rage, ses injures grossières à l'encontre des subalternes.

– On va à l'Henri-IV ?

– Oui, chef.

Le temps est beau et chaud. Les deux policiers en civil longent le quai des Orfèvres puis traversent la place Dauphine. Seule sur un banc public, une jeune femme aux allures d'étudiante, jupe à carreaux et chandail, lit un petit livre, sous les arbres dont les branches bourgeonnent et qu'agite un souffle de vent. Sadorski s'arrête à sa hauteur. Elle a de jolis cheveux châtains.

– C'est quoi cet ouvrage, mademoiselle ?

La jeune femme lève la tête.

– Des poèmes de Paul Valéry.

– Faites attention.

Elle le dévisage d'un air étonné :

– Pourquoi ?

– Vous n'avez pas de parapluie. Pourtant, le ciel change vite, en avril ! Les giboulées pourraient saucer ce joli chemisier blanc…

Il ricane, reprend son chemin sans attendre de réponse, en tirant des bouffées de sa cigarette. Lavigne, aussi déconcerté que la liseuse sur son siège, emboîte le pas à son supérieur, les mains dans les poches.

3

Les bons mots
de l'inspecteur Bauger

Au bar-tabac Henri-IV, devant le Pont-Neuf, se déroule une petite fête ; elle rassemble autour du zinc une partie des hommes des sections anticommuniste et antiterroriste. On a débouché le champagne. Les policiers célèbrent la promotion « exceptionnelle au mérite » d'un des leurs, André Guillanneuf, nommé ce matin – suite à l'arrestation de l'étudiant Schoenharr à l'exposition « Le Bolchevisme contre l'Europe » – inspecteur principal adjoint chargé du fichier spécial. Celui-ci, désigné sous le terme de « carnet C », concerne exclusivement les militants communistes ; il inclut leurs nom, prénoms, adresse et toute information utile à leur sujet. Chaque coco interné administrativement, ce qui se fait de plus en plus depuis la loi du 3 septembre 1940 qui proroge le décret du 18 novembre 1939, est retiré du carnet C pour être placé dans un fichier différent mais dépendant du même service. Le système a été institué par le commissaire Labaume sur l'ordre du directeur général des RG, lequel ne fait que répercuter les instructions du gouvernement de Vichy.

Sadorski et Lavigne se glissent jusqu'à une table près de la fenêtre. Ils commandent des sandwiches au pâté et un pot de la réserve du patron. Un type de la Brigade spéciale n° 2, vétéran de la 1re section, Robert Bauger, reconnaît Sadorski. Vers la fin des années 1930 ils étaient employés tous deux par l'agence Dardanne, rue de la Lune, à côté de l'école de TSF : un cabinet de police privée, où Sadorski a embauché suite à sa suspension en 1934. Enquêtes, filatures, discrétion assurée. Bauger, un costaud avec une barbe en collier et des joues rouges, pose une bouteille de champagne à demi entamée sur la table.

– Santé, collègues, prononce-t-il après leur avoir serré la main. On fête la montée en grade à Guillanneuf, qui passe IPA grâce au fait qu'il a chopé les deux petits cons, avec leur mallette d'explosifs à l'exposition antibolchevique. Du coup il a obtenu la libération de son beau-frère qu'était en stalag. Vous connaissez la dernière ?

Il tire une chaise provenant d'une autre table, s'installe sans façons.

– C'est un monsieur qui dit à une femme enceinte : « Vous l'avez eu sans ticket ? – Oui, qu'elle lui répond ; mais… *quelle queue !* »

Bauger rugit de rire, imité par Sadorski et, un peu moins fort, par Lavigne. Ce dernier s'éclaircit la voix avant de raconter à son tour une histoire cocasse :

– Le jour de mon mariage, en février de l'an dernier, quelqu'un de la famille d'un couple qui attendait au fond de la salle a demandé au maire, très fort, s'il fallait des tickets pour se marier… Tout le monde se tenait les côtes de rire. Le maire est doué de sens de l'humour, puisqu'il a répliqué tout de go : « Non, monsieur. D'ailleurs, c'est déjà rationné : *une femme pour toute la vie !* »

Les trois s'esclaffent puis trinquent au champagne, dans le bistrot enfumé qui retentit des rires des flics, des conversations excitées et du tintement des couverts.

– À propos de queue, interroge Sadorski, penché sur la table pour se faire entendre : c'est quoi, ce dossier des filles de l'avenue Kléber, qui a été transmis à la 3e ? J'ai découvert ça ce matin.

Bauger ne paraît pas comprendre.

— Quelles filles ?

— Yolande et Marguerite Metzger. Leur père est interprète chez Dufayel pour les Boches. Les deux petites couchent avec des soldats allemands, m'ont l'air sacrément délurées…

— On te l'aura fait passer parce qu'elles sont juives. C'est juif, ça, Metzger.

— Même pas. Alsaciennes. Et la mère, allemande 100 pour 100.

L'autre secoue les épaules.

— Si le dossier n'a pas été gardé à la 1re section c'est qu'elles sont pas communistes. À mon avis, il était arrivé là soit à cause d'une dénonciation…

— Je n'en ai pas vu dans le dossier, observe Sadorski.

— Alors directement de la rue des Saussaies.

Sadorski n'ignore pas que la section anticommuniste, comme la sienne du reste, mais c'est plus rare, est parfois chargée d'enquêter pour le compte de la Gestapo. Les demandes sont transmises par celle-ci à la direction des RG, qui les achemine vers les services du commissaire Labaume. Les enquêtes sont retournées à la police allemande une fois terminées.

— Ces types-là viennent en civil, précise Bauger à l'intention de Lavigne qui a paru surpris. Pratiquement toujours les deux mêmes : *Herr* Jung et *Herr* Reiser. Après chacun de leurs passages, le commissaire établit des notes de service, sur leurs indications, bien entendu. Et chaque fois, on nous signale qu'il s'agit d'enquêtes urgentes, priorité absolue !

Il réfléchit un instant, et conclut :

— Quelqu'un chez les Fritz soupçonnait ces filles de quelque chose, suite à leurs relations avec les soldats.

Et, comme on n'a rien trouvé, pas communistes ni terroristes, tu as hérité du dossier !

– Je me demande…, prononce lentement Sadorski. Le père Metzger cause plusieurs langues. Ça fait quand même penser à un infiltré de la IIIe Internationale… un judéo-bolchevik… Il y avait beaucoup de youpins en Alsace, et ce depuis longtemps ! Plus de quinze mille se sont repliés en zone nono[1] pendant la débâcle, Hitler a expulsé les derniers en juillet 1940. Metzger, le nom me paraît juif à moi aussi, en fin de compte. La mère est allemande mais ça ne veut rien dire, c'était truffé de cocos, là-bas dans leur pays, avant qu'Hitler remette de l'ordre ! Rappelez-vous le Front rouge, l'organisation paramilitaire communiste. Elles pourraient appartenir à la sous-section juive du PC. Vous voyez ça, camouflées en Alsaciennes proboches et en filles faciles…

– Elle n'ont pas encore descendu de soldat chleuh, en dépit des occasions, remarque Lavigne.

– Ça ne veut rien dire. Les sœurs Metzger attendent peut-être le gros gibier. Un officier supérieur SS… Un général…

– Bon sang ! grogne Bauger. Tu pourrais bien avoir raison. Et les collègues ont rien vu !

Sadorski sourit froidement. Il allume une cigarette.

– L'enquête est à moi, maintenant. J'irai faire un tour demain avenue Kléber, commencer par interroger les bignoles.

– C'est régulier, Sado, concède le barbu, le visage congestionné. Bah, de toute façon, chez nous ça chôme pas, de nos jours ! Rien qu'hier avec les collègues de la BS 2, on a saisi rue du Faubourg-Saint-Honoré deux pistolets 6,35, une dizaine de fausses cartes d'identité, des livrets de famille, des fausses pièces allemandes de circulation sur les chemins de fer, quatre bouchons

1. Appellation courante de la zone libre, ou zone non occupée.

filetés pour bombes, et des documents : topos de voies ferrées, listes de matériel et d'effectifs, un rapport détaillé concernant l'alimentation en électricité de la région parisienne, des listes de poulets de chez nous, avec leurs adresses...

Bauger s'interrompt, tâte la bosse produite par l'arme de service dans la poche de son veston :

— Les salopards peuvent venir : ils trouveront à qui parler !

— Ramené des crânes [1] ? questionne Sadorski.

— Deux hommes et une femme, membres d'une cellule du PC. Ils sont en salle de détention, t'as pas entendu brailler, avant midi ? Y en a un, c'est pas de sitôt qu'il pourra recoucher avec une poule... vu l'état de ses roubignoles !

Sadorski sourit, il connaît la technique : on coince les parties du gars entre deux tables légèrement écartées, avant de rapprocher les plateaux d'un coup sec. Lavigne connaît lui aussi, mais fait la grimace en écoutant Bauger.

— T'es encore jeune, commente ce dernier. T'as le temps d'apprendre !

Sortant sur le Pont-Neuf après le déjeuner, Sadorski achète *Au Pilori* à un camelot. Il évite de regarder du côté de la Samaritaine – chaque fois, les images d'Étampes en juin 1940, les bras, les jambes, les vitres, les croisées, les portes volant en morceaux... tout cela lui revient automatiquement. Et la vision de l'autocar touché de plein fouet. La petite avec une moitié de visage. Qui vivait encore... Sadorski n'en a parlé à personne sauf à Yvette, une nuit qu'il se réveillait en hurlant d'un de ses cauchemars. Elle peut comprendre ce genre de chose, c'est une femme douce. Pour le reste, il

---

1. En argot policier : opérer des arrestations.

ne lui raconte pas les détails de sa vie professionnelle ; ni les individus, souvent des femmes, des jeunes filles, qu'il expédie sans état d'âme particulier, avec la satisfaction du devoir accompli, du travail bien fait, dormir au Dépôt avant qu'on ne les transfère en maison d'arrêt ou en camp de concentration.

Peu après 14 heures, une tête passe dans l'embrasure de la porte. C'est l'inspecteur spécial Magne, de son groupe de voie publique.

– On a une mission, chef, filer prendre un crâne du nom de Rozinsky, avenue Mozart, et le remettre au commissariat.

– À cette heure-ci ? Qui a donné l'ordre ?

– L'inspecteur principal Martz.

Ce dernier a débarqué un matin de décembre 1941, par un temps atrocement humide et doux qui succédait au froid glacial et à la neige du mois précédent. Un ancien de la 5e section, du contre-espionnage, spécialisé dans la surveillance des agents allemands jusqu'au printemps 1940. Sadorski s'en méfie : outre qu'à l'époque, Martz empiétait sur ses plates-bandes, cet inspecteur principal paraît considérer sa nouvelle affectation avec dégoût, comme si la 3e n'était qu'un panier de crabes. Toutefois, Sadorski a besoin de la bonne opinion des chefs s'il veut progresser au tableau d'avancement. Il se lève, posant sa revue et écrasant sa cigarette dans le cendrier, enfile son veston. Les deux hommes descendent prendre des vélos. Plusieurs tractions noires attendent garées dans la cour, mais sont réservées, tout comme leur précieux carburant, aux Brigades spéciales.

Les flics à vélo traversent le Petit-Pont, virent à droite sur le quai Saint-Michel pour longer la Seine. Le temps est magnifique. Les rares automobiles roulent les vitres baissées. Comme chaque jour depuis juin 40, des avions à croix noires tournent bruyamment dans le ciel de l'ex-capitale mais plus personne n'y prête attention. Les camions et voitures boches sont assez peu nombreux, pénurie d'essence oblige : pour circuler il leur faut un ordre de mission, et la Feldgendarmerie veille au grain, les contrôles sont fréquents aux carrefours. Et puis, avec la guerre contre les bolcheviks, on trouve de moins en moins d'Allemands à Paris – l'ordre, dans la ville et sa banlieue, est assuré désormais surtout par la police française. Sadorski et son collègue se faufilent entre les fiacres, les bicyclettes, certaines munies d'une remorque, et les vélos-taxis. Ces derniers bénéficient de la carte T, comme « travailleurs », celle qui octroie le maximum de viande et de pain. Sadorski a entendu dire qu'une équipe de pédaleurs vigoureux peut se faire jusqu'à 1 500 francs par jour.

– Visez l'élégante, là-bas, signale l'inspecteur Magne.

Il indique une femme des beaux quartiers, juchée sur son vélo neuf. Cette cycliste est vêtue d'une robe aussi peu pratique que possible, le vent gonfle la jupe, d'où les gestes pudiques qu'elle fait pour la discipliner. Pendant ce temps, c'est son bibi qui risque de s'envoler, il est, comme le veut la mode, haut, volumineux et fragile. Ayant besoin d'une main au moins pour tenir le guidon, elle doit choisir entre exhiber ses cuisses et mieux encore, ou dire adieu au beau chapeau acheté rue de la Paix. Sadorski glousse en la regardant. Son collègue lance une plaisanterie salace.

La brise en remontant le fleuve crée des vaguelettes argentées. Les deux inspecteurs tournent à droite sur le pont d'Iéna, passent sous le regard du palais de Chaillot, empruntent le boulevard Delessert en direction de la Muette. Ils soufflent et transpirent dans la montée. L'adresse qu'on a donnée à Magne est le 159, avenue Mozart. Problème : ce numéro n'existe pas.

– Merde alors, fait l'inspecteur spécial. On n'a plus qu'à rentrer à la caserne… affaire terminée. C'est pas notre faute.

Sadorski le contemple avec mépris. Militaire de carrière, adjudant-chef au 13e régiment de tirailleurs marocains à Fez, Magne est entré à la préfecture de police en 1938, où on l'a affecté à la Section spéciale des recherches. C'est le modèle même du flic « service-service », qui n'obéit qu'à la consigne ; sans cela il est perdu. Ses capacités intellectuelles apparaissent extraordinairement limitées. À part cela, il est nazi 100 pour 100, admire les Jeunesses hitlériennes, traite les institutrices laïques de putains et, lorsqu'il parle d'Hitler, prononce respectueusement « notre Führer ».

– Pas question. Il y a une simple erreur de numéro. On va commencer par taper au 59. Si ton youdi n'y loge pas, on partira chacun de notre côté, à pinces, questionner les bignoles de tous les numéros qui se terminent par 9.

En grommelant, Magne le suit et gare son vélo dans l'entrée du 59. Son supérieur toque à la vitre de la concierge. Le rideau se soulève derrière le carreau, dévoilant une face blême.

– Police, direction des Renseignements généraux et des Jeux. Le nommé Rozinsky habite ici ?

– Deuxième étage.

Sadorski, l'air faraud, emprunte l'ascenseur tandis que son collègue monte l'escalier – histoire d'éviter les mauvaises surprises, au cas où le suspect, ayant repéré les inspecteurs par la fenêtre, tenterait de filer en douce. Ils se rejoignent sur le palier du deuxième. La porte est de bois verni, les lieux respirent le luxe et l'aisance. Sadorski appuie sur le bouton de sonnette. Au bout d'une minute, où il sent une présence derrière le judas, la porte s'entrebâille. Une femme demande d'une voix méfiante ce qu'ils désirent. Il répond sèchement :

– Préfecture de police, sous-direction des Affaires juives. Nous venons pour M. Rozinsky, procéder à une vérification… Voici nos cartes de réquisition.

La femme se met à hurler en espagnol, langue que ni l'un ni l'autre des policiers ne comprend. Elle essaye de refermer la porte. Sadorski, d'un coup d'épaule, repousse le battant, suivi par Magne qui a sorti son arme de dotation, le petit Sans Pareil 6,35, qui ressemble plutôt à un jouet. Dans le vestibule, la Juive continue de glapir. Deux autres personnes se tiennent à l'intérieur : une jeune fille et un quinquagénaire mince et distingué, en veston croisé bleu foncé, avec une petite moustache. Il se précipite sur le téléphone.

Sadorski lui saisit le bras.

– C'est interdit, monsieur.

– Mais…

– Allez vous asseoir. Et d'abord, montrez-moi vos papiers.

L'homme hésite, pendant que le regard inquiet de la jeune fille va d'un policier à l'autre. Brune, les cheveux bouclés, elle porte une robe claire en coton bien coupée qui montre ses jambes. Sadorski leur accorde un coup d'œil approbateur. La femme poursuit ses protestations affolées. Son mari parle posément, en français impeccable mais avec un léger accent hispanique.

– Tais-toi, Lucia. (S'adressant à Sadorski :) Vous devez vous tromper, monsieur le commissaire. Je suis tout à fait en règle avec les Autorités françaises *et* allemandes. Mon nom est Alberto Rozinsky, consul du Paraguay. Vous pouvez le vérifier sur mes documents d'identité… Je bénéficie naturellement de l'immunité diplomatique. Et maintenant, m'autorisez-vous à passer quelques appels téléphoniques aux services officiels ?

4

Le Juif de l'avenue Mozart

Magne, perplexe – ancien gardien de la paix, il se sent toujours très nerveux lors des contacts avec les gens de la haute –, a rengainé son arme. Sadorski examine avec soin les papiers du Juif.

– Pourquoi n'êtes-vous pas à votre consulat, monsieur Rozinsky ?

– Je suis revenu chez moi chercher des affaires. Ce n'est pas interdit, il me semble. (Plutôt que de la peur, le ton de sa voix dénote une certaine exaspération.) Alors, je peux téléphoner ?

– Faites.

Le consul dit quelques mots en espagnol à sa fille. Elle décroche le combiné et compose directement un numéro en ville. De son côté, Sadorski contemple Magne d'un air furibard. Son équipier ne l'a pas informé des raisons pour lesquelles ils se rendaient chez les Rozinsky. Vu le nom de famille, l'IPA a conclu qu'il fallait embarquer ce type simplement parce qu'il est juif. Travail de routine pour leur service, depuis les nouvelles législations. Or, manifestement, ils ont affaire à une personnalité. Les propos tenus au téléphone par Mlle Rozinsky, en un français des plus purs et s'adressant à des gens du monde, le confirment. Sadorski espère maintenant que la visite ne va pas compromettre son avenir – cela par la faute de cet imbécile de poulet nazi à cervelle de petit pois, sans compter le fumier d'inspecteur principal qui les a dépêchés ici en premier lieu. Lorsque la fille en a terminé avec son quatrième coup de fil à ses relations (l'une d'elles étant l'attaché à l'ambassade du Reich, le Dr Mittelsten-Scheid, à qui elle a parlé en parfait allemand), il grogne :

– Mon collègue va contrôler vos cartes de ravitaillement et vos états civils respectifs.

Le consul Rozinsky ouvre la bouche :

– Mais enfin…

Son épouse bouscule Magne au passage, se rue sur le palier et descend l'escalier quatre à quatre. Poussant un juron, l'inspecteur spécial se lance à sa poursuite. Sadorski furieux a sorti son automatique et tient les deux autres en respect. Le visage du Sud-Américain est devenu blême. Sa fille fait un commentaire dans leur langue, d'un ton énervé. Magne remonte au bout d'une minute, tenant le bras de la femme replié derrière son dos. Il rigole :

– La foldingue est allée raconter à leur pipelette que nous sommes des « faux policiers ». J'ai dû montrer ma carte et mon insigne…

Apercevant l'arme dans le poing de Sadorski, Mme Rozinsky pousse un hurlement aigu et s'écroule sur le tapis d'Orient, en proie à une crise de nerfs. Sa fille, réagissant au quart de tour, s'agenouille auprès d'elle pour lui administrer une paire de claques. La femme se calme un peu et commence à pleurer doucement. Sadorski comprend qu'ils ont affaire à une malade, une névrosée. Il ordonne à son adjoint :

– René, va dans la cuisine avec ces dames. Tu contrôles les feuilles d'alimentation, les cartes et tu relèves les états civils.

Puis, indiquant au diplomate l'intérieur de l'appartement :

– J'aimerais jeter un coup œil à votre bureau, monsieur Rozinsky.

Sadorski inspecte la pièce en prenant son temps, furetant dans tous les coins. Il extrait des livres des étagères, les secoue, sans résultat. Il ouvre une petite mallette noire. Dedans, une pochette en cuir contient de l'argent français, des billets de mille. Il pose la pochette sur le plateau du bureau, entre lui et Rozinsky, avant d'allumer calmement une cigarette.

– Je regrette, monsieur le consul, mais vous allez devoir nous suivre au commissariat de la Muette. Cette histoire nécessite des éclaircissements. Et je trouve le comportement de madame très suspect. Si j'étais méchant, je la bouclerais déjà pour rébellion contre agents de la force publique. Vous pouvez emporter du linge de rechange, au cas où on vous garderait un peu longtemps. Car, à votre place, je ne compterais pas trop sur cette « immunité diplomatique » : avec les lois nouvelles, nous faisons ce que nous voulons. Nous sommes couverts, monsieur Rozinsky. De nos jours, les gens avec un nom dans le genre du vôtre, plus on en ramène et plus nos chefs nous félicitent ; lorsqu'on n'en ramène pas assez, on prend un savon. La seule chose qui n'a pas changé, c'est que, dans la police, le petit fonctionnaire est mal payé. Je sais, tout ça est très ennuyeux. Si je pouvais vous éviter des problèmes, je le ferais, croyez-le bien. Mais…

Il soupire, laissant traîner ostensiblement son regard sur la pochette. Le diplomate reste silencieux.

– Voyons, fait l'inspecteur principal adjoint. Je vous tends la perche.

L'autre pousse un soupir excédé. Il ramasse la pochette, l'ouvre.

– 5 000 francs, ça suffira ? Je ne suis pas sûr que mes amis à l'ambassade d'Allemagne apprécieraient que vous abusiez de…

Sadorski sourit.

– Je pense sincèrement que votre situation ne demande qu'à s'arranger. Pas la peine de nous suivre, en fin de compte, ni de déranger vos amis pour si peu. Notez que je n'ai rien demandé, hein ! (Il prend les cinq billets que lui tend le consul, les plie et les dissimule sous son mouchoir, dans la poche de sa veste.) Naturellement, vous ne mentionnerez à personne ce geste… amical. Vous vous exposeriez à encore d'autres ennuis. Soyez prudents, vous et votre famille, ne sortez pas trop, en dehors des stricts déplacements nécessaires. La position des israélites en France est malaisée et ne va pas s'améliorer de manière générale. Mais je ferai un bon rapport à votre sujet, monsieur Rozinsky. Désolé de vous avoir causé du dérangement.

Sur la table de la cuisine, l'inspecteur a presque fini, de son écriture appliquée, de recopier les noms des occupants de l'appartement.

– Il y avait erreur, lui explique son chef. Ces personnes sont tout à fait en règle.

Magne paraît étonné. Plus tard il demande, roulant à travers les rues tranquilles de Passy :

– Qu'est-ce qu'on va dire à l'inspecteur Martz ?

La main droite sur le guidon, Sadorski lui tend un billet de 1 000 francs.

– Tiens, voilà ta moitié. On lui expliquera qu'il n'y avait pas de Rozinsky au n° 159, pour la simple raison que le n° 159 n'existe pas…

Il sifflote, descendant en roue libre le boulevard en direction de la Seine. Sur leur gauche, entre les marches de l'escalier qui remonte vers la rue Franklin, la statue d'un jeune éphèbe en pierre jouant de la flûte de Pan. Les quatre billets encore dans la poche de Sadorski représentent plus d'un mois de salaire d'un inspecteur principal. Le collègue stupide ne causera pas, à présent qu'il s'est mouillé en ne refusant pas sa petite prime. Ils passent devant un garage à l'orée des jardins du Trocadéro. Sadorski songe aux bas de soie, à la lingerie fine qu'il achètera, avec l'argent du Juif, pour Yvette au marché noir de Saint-Paul ; il y aura même de quoi lui payer le vélo neuf qu'elle réclame depuis si longtemps !... Les deux cyclistes se dirigent vers la tour Eiffel. Un bateau-mouche chargé de touristes en uniforme vert-de-gris descend le fleuve, disparaît sous une arche du pont d'Iéna.

À 17 heures, Sadorski se rend comme prévu chez Cury-Nodon. Chauve, distingué, vêtu toujours avec recherche, l'inspecteur principal ressemble à ces intellectuels des cafés de Flore ou des Deux-Magots. L'homme considère son visiteur avec une amabilité que contredit le papillotage inquiet de ses yeux pâles, derrière les lunettes à monture d'écaille. Cet hypocrite, qui se prétend son « meilleur ami » à la section... L'activité première de ce fonctionnaire semble consister à ramper dans l'espoir d'avancement devant le commissaire Baillet, directeur adjoint des RG et protégé du grand patron.

– Mon cher Sado, vous êtes invité par le capitaine Voss à vous présenter à son bureau demain matin à 9 heures.

Le *SS-Hauptsturmführer* Voss est un des principaux représentants de la Sipo-SD à la préfecture. Depuis le départ du lieutenant Limpert, il assure la liaison pour les affaires juives et transmet les instructions du capitaine SS Theo Dannecker, qui dirige la section IV J de la Gestapo. Sadorski est un peu étonné, n'ayant jamais reçu semblable convocation chez les officiers de liaison SS.

– Mais pour quelle raison, monsieur ?

Cury-Nodon sourit en écartant les bras :

– Comment le saurais-je précisément ? Je suppose que le capitaine a des consignes à vous passer à propos des Juifs. Un excellent collaborateur comme vous, Sado, n'aura aucune peine à lui donner satisfaction. Mais bon, je ne fais que vous informer de cette convocation pour demain matin…

Le sourire s'élargit mais les yeux, derrière les verres, ne sourient pas ; ils semblent, au contraire, apeurés. Sadorski le remarque, demeure mal à l'aise en quittant le bureau de son supérieur. Puis il oublie. Lorsqu'il sort de la préfecture, la journée de printemps s'est muée en soirée d'été : du monde aux terrasses, joyeuses et animées, ainsi que dans les jardins bordant Notre-Dame, où des enfants jouent encore, sous l'œil suspicieux de gouvernantes en voile d'infirmière, et où les amoureux s'embrassent. L'air est doux et parfumé, les hommes ont tombé la veste, se baladent en manches de chemise. Les femmes papotent et rient, bras dessus, bras dessous. Cette année le tailleur est beaucoup moins strict que l'année précédente, robes et manteaux ont les hanches larges par opposition à une taille excessivement fine, les grands sacs en crocodile bordeaux suspendus à l'épaule sont la dernière mode. Le chignon se porte très bas sur la nuque. Sadorski voit défiler les jambes nues, écoute les rires frais, les talons de bois claquer de concert le long des trottoirs. Il déguste une fine à la terrasse d'un café de l'île Saint-Louis, fumant une gauloise après l'autre en observant les passants, puis retourne en flânant quai des Célestins, faire honneur au bon dîner que prépare Yvette. Dans l'entrée du 50, il rencontre la fille de la pianiste de l'entresol, la petite Odwak, occupée à vider un seau dans le local des poubelles. La lycéenne se fige, dévisage l'inspecteur avec une expression craintive. Il lui adresse la parole pour la première fois :

– Bonsoir…

– Bonsoir, monsieur.

Il va la dépasser, s'engager dans la cage d'escalier ; mais il se ravise.

– Tu t'appelles comment ?
– Odwak.

Il secoue la tête, impatienté.

– Je sais. Non, le prénom…
– Julie.

Elle a un visage allongé, des cheveux châtain sombre. Et de grands yeux bruns mobiles et expressifs, qui à présent le fixent, un peu écarquillés. Assez jolie – pour ce qu'on peut en voir dans la pénombre du hall d'entrée exigu, et où, à cause de cette porte ouverte, on respire l'odeur des ordures. Sadorski se demande si les seules youpines de son immeuble savent qu'il est flic. Il se demande aussi si elle a dépassé les quinze ans. Sinon, elle a dû se déclarer, tout récemment, entre le 3 et le 12 mars, selon l'avis de la préfecture de police daté du 1er du mois. *Il est prescrit à tous les Juifs français et étrangers, ayant un ou plusieurs enfants âgés de moins de quinze ans, que ces derniers soient juifs ou non juifs, d'en faire la déclaration. Cette formalité doit être accomplie même si les enfants figurent déjà dans la déclaration souscrite par le père, la mère ou le représentant légal. Les imprimés devront être retournés par la poste, remplis, au Bureau des Affaires juives…*

– C'est quoi ton lycée ?
– Fénelon.

Un temps de silence. Le policier reprend :

– Je n'ai pas encore vu ton père…

Elle se mordille l'intérieur de la joue, baisse les yeux, regarde ses pieds. Elle a des petits souliers plats, de couleur bordeaux comme les sacs des femmes qui se promènent en riant au pied de la cathédrale.

– Mon père n'habite pas avec nous. Il a été fait prisonnier en juin 1940.

D'instinct, Sadorski est persuadé qu'elle ment. Le ton de sa voix… Il sourit.

– C'est bien triste.

Il est tenté de lui caresser la joue mais ne désire pas l'effrayer davantage, ni la voir reculer dans l'ombre du hall. Avec un hochement de tête, il commence à gravir l'escalier. Se retourne de nouveau. La fille n'a pas bougé. Sadorski se demande si c'est la timidité ou la peur.

— Julie…

Le blanc de ses yeux brille sous l'éclairage déficient. Les genoux nus ont tremblé un peu. Elle porte une jupe à carreaux. Comme l'étudiante de ce midi, qui lisait des poèmes sous les arbres de la place Dauphine…

— Oui, monsieur ?

— Je m'appelle Sadorski. Mes grands-parents venaient de Pologne. Je travaille à la préfecture… Si toi ou ta mère avez un souci… n'importe lequel… Moi et mon épouse, nous habitons au troisième. N'hésite pas à me prévenir. Je verrai ce que l'on peut faire.

Sans attendre de réponse, de remerciement, il reprend sa montée. Au premier palier, derrière la porte donnant sur l'entresol, des doigts malhabiles parcourent irrégulièrement les gammes.

5

Un aller pour Berlin

Le lendemain 2 avril, à 9 heures tapantes, Sadorski se présente au bureau 94, troisième étage de la préfecture, où siègent les officiers de liaison de la Gestapo. Il a mal dormi, à cause de l'alerte aérienne de la nuit. Les bombes de la RAF sont tombées loin cette fois, en Seine-et-Oise. Aucune n'a touché la capitale ni sa banlieue.

– Le capitaine Voss n'est pas encore arrivé, monsieur, déclare, en français correct, l'inspecteur de service dans l'antichambre du bureau. Attendez dehors, *bitte*.

Il s'assied docilement sur un banc dans le couloir, son chapeau posé sur les genoux. Cet après-midi, Sadorski a rendez-vous avec son principal indicateur, le youdi Israël Rosenberg. Ensuite il se rendra dans le quartier de l'Étoile, enquêter sur les sœurs Metzger. Il résiste à l'envie d'allumer une cigarette. Les contacts avec les Boches le rendent nerveux – même si c'est sans commune mesure avec les réactions de certains de ses collègues, qui se liquéfient littéralement de terreur devant les représentants du Reich. Le capitaine Voss fait son apparition, en uniforme, une serviette porte-documents dans sa main gantée, le pistolet dans un étui noir à la ceinture, ses bottes claquant de façon martiale sur les dalles du corridor. Sadorski se lève instantanément. L'officier SS fait un geste de la main, comme pour le tenir à distance.

– Cinq minutes, monsieur Sadorski ! Et je vous reçois.

Le visiteur se rassied. Survient l'inspecteur Notat, un des hommes des RG qui assurent les fonctions d'interprète auprès des Allemands. Il entre dans le bureau, la porte se referme. Sadorski se demande ce que tout cela signifie. Notat passe la tête dans l'embrasure.

– C'est à vous, monsieur l'inspecteur principal adjoint…

Voss est assis derrière un bureau. Il demande à son invité, en allemand, d'un ton sec et sans lui offrir de siège :

– Êtes-vous en possession de votre revolver ?

L'interprète traduit sa question, assez inutilement puisque Sadorski, alsacien par sa mère, parle l'allemand. Il répond néanmoins, par prudence, en français. Les Boches n'ont pas besoin de savoir que leur interlocuteur comprend une grande partie de ce qu'ils disent entre eux ; en plus, cela lui donne un temps d'avance pour réfléchir.

– Non, mon capitaine, je l'ai déposé dans le tiroir de mon bureau.

L'inspecteur Notat répète pour le *Hauptsturmführer* Voss, qui embraye, toujours dans sa langue et parlant très vite, sur une interminable tirade au fil de laquelle Sadorski, l'oreille aux aguets, reconnaît le nom « Ostnitski » – un de ses ex-informateurs, aristocrate soi-disant antifasciste, mais proche des Allemands depuis leur entrée dans Paris. Il entend aussi, à plusieurs reprises, le terme « bolchevik ». Apparemment, le « comte » Stanislaw Ostnitski a été arrêté par les Boches le 26 février avenue de Malakoff chez sa maîtresse, puis transféré en Allemagne où il occupe actuellement une cellule de la maison d'arrêt de Ploetzensee, dans la banlieue de Berlin.

Profitant d'une pause où l'officier allume un cigare, l'interprète se tourne vers Sadorski :

— Monsieur le capitaine vous prévient que vous partez pour un voyage de quatorze jours. Il vous demande donc de vous rendre le plus vite possible à votre domicile, où vous prendrez du linge de rechange pour ce laps de temps.

Le SS Voss regarde sa montre.

— *Sie müssen um Punkt 10 Uhr zurück sein !*

— Il faut être de retour à 10 heures pile, au plus tard, répète Notat.

Sadorski, quoique stupéfait et déconcerté, réagit en se mettant au garde-à-vous, s'adresse servilement au *Hauptsturmführer* :

— Je ferai diligence, mon capitaine ! Puis-je aller prendre mon pardessus et mon chapeau que j'ai laissés dans mon bureau ?

— *Nein,* l'interprète ira les chercher ! À partir de cet instant, monsieur Sadorski, vous ne devez plus avoir *aucune* relation avec *aucune* personne de l'administration. Vous êtes témoin dans une affaire, on désire vous interroger comme vous êtes. Votre épouse est-elle au courant de votre travail dans votre section des Renseignements généraux ?

Le front moite de sueur, Sadorski s'empresse de répondre par la négative. L'inspecteur Notat a quitté le bureau allemand pour aller récupérer les affaires de son collègue.

— Alors, ça va, dit Voss avec un vague sourire. Comme ça, vous direz à votre femme que vous partez pour un voyage de quatorze jours, en service et pour votre service. Connaissez-vous M. Ostnitski ?

— En effet, mon capitaine. Par contre, je ne l'ai pas vu depuis plus d'un an...

— Mais vous le connaissez. Alors, ça va.

L'officier pose son cigare sur le cendrier, feuillette des dossiers, lui laissant le temps d'examiner la situation. La réponse de l'inspecteur, selon laquelle ses derniers contacts avec Ostnitski remontent à plus d'un an, était sincère ; toutefois il le surveille encore de loin en loin et a appris que l'informateur polonais s'est entiché d'une actrice débutante, Irène Blachère. Elle mène grand train dans le Tout-Paris de la collaboration, se fait appeler « comtesse Mathilde Ostnitska ». Sadorski s'enhardit à demander au capitaine Voss, toujours en français, s'il doit se munir d'argent et s'il peut prendre son nécessaire de toilette, brosse à dents, rasoir, crème à raser…

– *Nein, nein !* hurle soudain Voss, qui n'a pas compris ; il bondit sur ses pieds et poursuit, très agité, avec son fort accent : Asseyez-vous là. Il faut partir ! J'ai des ordres de Berlin ! Je vous prie, ne plus poser questions !

Au retour de l'interprète, Sadorski réitère sa demande à ce dernier, qui la traduit pour l'officier SS.

– *Ach so,* fait Voss en se grattant l'arrière du crâne. Eh bien, vous pouvez prendre votre nécessaire de toilette. Mais inutile d'emporter de l'argent.

Sadorski pâlit. Il comprend à ces mots que les Boches viennent de le mettre en état d'arrestation. Le capitaine le toise avec une expression qui n'admet pas de réplique. Notat escorte Sadorski dans le corridor ; les deux hommes descendent l'escalier, où ils croisent le secrétaire Beauvois. Impossible de parler car l'interprète tire Sadorski par le bras pour qu'il se dépêche. L'autre les suit des yeux avec une expression perplexe. Dans la cour, le chauffeur de Voss attend en fumant à côté de la voiture mise à disposition du *Hauptsturmführer* par l'administration française. Notat et son prisonnier s'installent sur la banquette. Lorsque l'auto passe devant un tabac, Sadorski, dont l'étui à cigarettes ne contient plus que deux gauloises, demande si l'on peut s'arrêter pour en acheter. Son voisin refuse, prétextant le manque de temps.

Sadorski ne proteste pas. Arrivés quai des Célestins, lui et l'interprète se hâtent de monter au troisième. Coup de veine, Yvette est sortie. Au moins, elle ne verra pas son époux dans cette situation humiliante… Sadorski se dépêche de faire sa valise, sous le regard froid et scrutateur du flic au service des Boches. Il prend sur son bureau une photo d'Yvette, dans un petit cadre doré, la glisse dans son bagage entre deux chemises. Notat demeure poli mais le suit de pièce en pièce, lui collant au train. Sadorski aurait plaisir à lui démolir la mâchoire à coups de crosse de pistolet… malheureusement, le PA 35 est resté dans son tiroir à la préfecture. Il demande s'il peut laisser un mot à sa femme.

– Oui, mais vite, dit Notat après un coup d'œil à sa montre-bracelet.

Sadorski griffonne sur une enveloppe :

Ma poulette adorée,
Je dois partir une quinzaine de jours, ordre de mes chefs. S'il te plaît, va à l'Administration t'occuper de toucher ma ration de tabac. Va voir mon ami l'IP Cury-Nodon, il pourra t'aider en cas de besoin. On ira au ciné, à mon retour. Et je t'achèterai le vélo que je t'ai promis. Mon petit cœur aimé, je t'embrasse et te serre bien fort.
Ton Léon, à qui tu manques déjà… (Crois-moi, je reviens dès que je peux, ma biquette. Fais-toi bien à manger, en mon absence ! Rappelle à ta sœur d'envoyer des colis. Merci pour le tabac.)

L'interprète se penche et lit par-dessus son épaule. Sadorski se redresse, lui jette un regard noir, les dents serrées. Notat répond par un sourire complice. Les deux hommes quittent l'appartement avec la valise, ne croisent personne dans l'escalier. En bas, l'automobile est vide. Leur chauffeur est parti boire un coup au café-bar du Pont-Marie, que l'on aperçoit depuis la porte cochère. Des enfants jouent à la marelle sur le trottoir. Notat fait asseoir son passager à l'arrière de la voiture, appuie rageusement sur l'avertisseur. Le bruit fait se retourner des passants, parmi lesquels Sadorski reconnaît le colonel de Birague et madame, ses voisins de dessus. Il relève le col de son manteau et se tasse sur la banquette. Le chauffeur revient, son supérieur lui passe un savon. À 10 heures moins cinq, ils sont de retour à la préfecture. Notat ordonne à Sadorski de laisser son bagage dans le coffre, et le reconduit au bureau du capitaine Voss, à qui il fait un rapport sur leur expédition.

Le *Hauptsturmführer* demande, assez aimablement, à Sadorski s'il y a une commission à faire à son épouse, puisqu'il n'a pas pu la rencontrer.

– Non, mon capitaine, je vous remercie.

Voss décroche le téléphone, informe son interlocuteur allemand que l'*Oberassistent* Sadorski est prêt, à disposition. Ce dernier en écoutant constate encore une fois cette manie qu'ont les officiers boches de hurler dans l'appareil, même lorsqu'ils n'en ont pas l'intention et sont persuadés de parler normalement… On lui dit d'aller s'asseoir dans l'antichambre. Tandis que Sadorski attend, Cury-Nodon entre dans le bureau pour voir le capitaine. Le prisonnier se lève et, avec l'autorisation du *Hauptsturmführer*, s'adresse à son inspecteur principal en choisissant les mots avec soin :

– Monsieur, auriez-vous l'obligeance de vous occuper d'Yvette, ma femme, pendant mon absence ? Je ne l'ai pas trouvée à la maison, ça vaut mieux pour elle, je lui ai laissé un mot l'informant que je partais en voyage et l'invitant à venir vous voir. Vous lui expliquerez que je suis en service, vous lui indiquerez comment elle pourra recevoir mon tabac, je lui ai laissé ma carte... *Mais ne lui dites pas la vérité.*

Il a fixé intensément Cury-Nodon en prononçant cette dernière phrase. Son but est de l'avertir en douce – au cas où il n'en serait pas déjà informé – que lui, Sadorski, est arrêté par les Boches. L'inspecteur principal acquiesce, toujours avec cet air vague et faux cul, le regard fuyant. En fait, il doit savoir. C'est peut-être même lui qui l'a dénoncé... Sadorski, inquiet et déprimé, rejoint son siège dans l'antichambre. Il a terriblement envie de pisser. Un quart d'heure après que Cury-Nodon a quitté les lieux en saluant obséquieusement le capitaine, il n'y tient plus et demande la permission de se rendre aux W-C. Permission accordée, mais l'interprète l'accompagne, se tient debout derrière la porte. On entend des cris en provenance du cinquième étage. Tout en urinant, le prisonnier lève les yeux vers le soupirail entrouvert. Il lui suffirait de grimper sur la cuvette pour s'évader de la caserne de la Cité, dont il connaît le plan dans ses moindres détails. Mais à quoi bon ? Ses chefs, toujours à plat ventre devant les Boches, le suspendraient de l'administration. La carrière de Sadorski serait fichue, la vie d'Yvette aussi, il perdrait ses droits à la retraite, deviendrait un homme traqué... Et si les Boches remettaient la main sur lui, on le fusillerait ou le déporterait en camp de concentration quelque part à l'Est. Il tire la chasse d'eau et rejoint l'inspecteur Notat dans le corridor.

Une dizaine de minutes plus tard, un sous-officier de la Kripo, la police judiciaire allemande, rend visite au capitaine Voss. Puis il vient trouver le Français, lui serre cordialement la main, l'interroge sur ses nom et prénoms, son grade dans la police nationale, et le frappe sur l'épaule avec familiarité. Il lui demande si tout va bien.

– À présent, veuillez me suivre, inspecteur principal adjoint Sadorski !

Le Français se lève tandis que, derrière son bureau, le *Hauptsturmführer* Voss le gratifie d'un signe de la main :

– Au revoir, monsieur Sadorski, je vous connais et nous nous reverrons…

Dans l'escalier de la préfecture, ils croisent l'inspecteur principal technique Gayet, de la 5e section « étrangers » des Renseignements généraux. Qui observe Sadorski en fronçant les sourcils. Ce dernier se rappelle l'interdiction, prononcée par le capitaine Voss, d'entrer en relation avec quiconque parmi ses collègues. Le sous-officier de la Kripo le conduit au véhicule utilisé précédemment pour se rendre quai des Célestins. Il fait asseoir le prisonnier à l'arrière, s'installe à côté de lui, donne des consignes en allemand au chauffeur. La voiture quitte la cour de la caserne pour aller se ranger à côté d'une automobile de la Feldgendarmerie qui stationnait sur le parvis de la cathédrale, devant l'Hôtel-Dieu. Le sous-officier descend, va chercher une épaisse serviette imitation cuir, serre la main au chauffeur militaire, revient auprès de Sadorski avec le porte-documents. Il regarde sa montre, crie au conducteur :

– *Ost-Banhof ! Schnell*[1] *!*

La voiture franchit un bras du fleuve, passe devant le théâtre du Châtelet, file tout droit sur le boulevard de Sébastopol. Des avions aux ailes marquées de croix noires tournent dans le ciel. Des hommes, des femmes, arpentent les trottoirs. L'auto dépasse des bicyclettes, des tandems, des vélos-taxis. Le policier allemand, de bonne humeur, propose une cigarette à son passager, lui offre du feu, avec un joli briquet en argent. Il lui dit que son grade est *Kriminal Obermeister*, cela correspond à

---

1. « Gare de l'Est ! Vite ! »

peu près ici à celui de brigadier. Il fait des commentaires sur le temps splendide. Son français est hésitant, mais correct. Malgré les efforts d'amabilité de son voisin, Sadorski demeure mal à l'aise et anxieux. Il pense à Yvette : comment réagira-t-elle en lisant le mot qu'il lui a laissé ? Y croira-t-elle ? Ces « quinze jours » en Allemagne risquent de devenir des mois, des années… Peut-être est-il même destiné à la torture, suivie du peloton d'exécution ! On a déjà eu des commissaires déportés, des policiers français fusillés par les Boches. Et, si Sadorski ne revient pas, son épouse ne tardera pas à se trouver un autre bonhomme. Elle l'aime, cela il en est sûr et certain, mais le fait est que son Yvette a un tempérament, elle est portée sur la chose ! Pourra-t-elle tenir ne serait-ce qu'un mois, rien qu'en se satisfaisant soi-même ? Sadorski se sent bouillir dans la cabine surchauffée, sous le soleil d'une fin de matinée presque estivale. Il tire sur son mégot, aspire les dernières bouffées de nicotine, se brûle les doigts. Avec un juron, il balance le reste de tabac par la fenêtre ouverte. La gare de l'Est est en vue.

6

Nous connaissons tout
et savons tout

Un petit groupe de SS est posté devant la gare au beau milieu du trottoir. Deux officiers font de grands signes à l'intention de l'automobile du *Hauptsturmführer* Voss. Le Français comprend que lui et son escorte sont attendus. On leur ordonne de faire halte au niveau du groupe. Pendant ce temps, les voyageurs qui entrent ou sortent de la station effectuent un détour prudent. Un SS ouvre la portière du côté de Sadorski, attrape sa valise et aide le prisonnier à descendre. Le prenant par le bras, il le guide jusqu'à une porte située en face de l'enregistrement des bagages. Les deux hommes traversent les locaux de ce service, se retrouvent sur le quai face au train de 11 heures à destination de Metz, Francfort et Berlin, son terminus. Deux inspecteurs en civil se tiennent à l'entrée du quai : un Allemand nommé Müller et un type de la PJ, Couzineau, traducteur-interprète, qui a séjourné en Allemagne dans les années 1920. Sadorski a l'impression qu'il va lui serrer la main, mais le collègue se ravise et s'en va converser en boche avec le gradé SS qui l'a conduit ici. L'*Obermeister* les rejoint, donne 30 francs à un porteur, lui confie le bagage du Français. Le groupe remonte le quai vers la tête du train. Des officiers de la Wehrmacht, nombreux autour du convoi, se retournent sur le passage de Sadorski encadré par les SS. La gare connaît une animation inhabituelle en raison des premiers départs en vacances ; la SNCF a prévu de faire doubler certains trains. L'affluence sera plus grande encore en fin de semaine avant le lundi de Pâques. Les Parisiens voudront profiter au maximum de ce printemps précoce qui fait suite à un deuxième hiver rigoureux depuis le début de l'Occupation.

Le groupe hésite, rebrousse chemin car les Allemands ont du mal à repérer la bonne voiture. Finalement, on fait monter Sadorski avec sa valise. Au milieu du couloir, un nouveau gradé SS se tient en faction devant un compartiment. Il s'efface pour laisser entrer Sadorski et l'*Obermeister* de la Kripo. Une affichette sur la porte précise que le compartiment est réservé de Paris jusqu'à Berlin. Seul à l'intérieur, un homme en civil est assis à l'angle de la fenêtre. Maigre, bien habillé, une fine moustache en brosse ornant sa lèvre supérieure, il porte un nœud papillon en soie souple, sous le cache-col, dont la couleur est assortie à un complet brun de belle qualité. L'air morose et abattu, c'est à peine s'il fait l'effort de lever la tête vers les arrivants. L'inspecteur étonné identifie le commissaire Charles Louisille, son ancien chef à la tête de la Section spéciale des recherches, qui s'appelle maintenant la 3e section. En janvier 1941 Louisille a été nommé à la PJ dans la Brigade mondaine, est passé commissaire principal au mois de mars, puis, relevé de ses fonctions, a été mis à la retraite d'office à l'automne. Le regard vague, il ne paraît pas reconnaître Sadorski. Il baisse les yeux sans lui adresser la parole. Le SS fait signe au prisonnier de déposer sa valise dans les filets, de quitter chapeau et pardessus. Les filets sont déjà encombrés de bagages volumineux. Il lui indique une place pour s'asseoir, au milieu du compartiment.

Louisille réagit avec retard :

– Tiens, mais c'est vous, Sado ! Qu'est-ce que vous venez fiche ici ?

Son ancien subordonné hausse les épaules.

– Ce doit être comme vous, je suppose, monsieur le commissaire…

– Ça m'étonne. Car je vous crois un *bon collaborateur*…

En insistant sur les derniers mots, l'ex-commissaire principal n'a pas utilisé l'expression dans le même sens louangeux que Cury-Nodon, la veille au soir, à son bureau. Sadorski s'assied sur la banquette avec un sourire amer.

– Il faut croire que non, monsieur le commissaire, puisque je suis là.

Il demande aux gardiens s'il lui est permis de parler avec le commissaire Louisille. L'*Obermeister*, qui tient toujours son épaisse serviette en faux cuir et semble diriger ce transfert de fonctionnaires français vers l'Allemagne, répond sur un ton cordial qu'ils peuvent en faire à leur aise.

– Savez-vous pourquoi ils vous ont embarqué ?

– On m'a seulement dit que je partais pour quatorze jours, monsieur le commissaire, témoigner dans une affaire qui concernerait Ostnitski. J'ignore même où nous allons, mais l'affiche à l'entrée du compartiment indique Berlin…

L'autre, très pâle, acquiesce.

– On m'a raconté la même chose. Quatorze jours, mais, avec eux, on sait quand on part et on ne sait pas quand on revient…

Il ajoute aigrement :

– Tout cela, c'est encore votre faute ! Ostnitski, cette crapule, voilà encore une de vos jolies trouvailles ! Vous n'en faisiez jamais d'autres, Sado, vous auriez dû vous méfier de ce coco-là !

– Mais, du temps où j'ai connu le Polonais, il me fallait bien trouver de l'information…

Louisille, hors de lui, le coupe, s'obstine à le réprimander. Sadorski a l'impression de se retrouver à l'époque de la Section spéciale des recherches, avant l'invasion. Il se rebiffe. Après tout, son ancien chef a été mis à la retraite, est tombé en disgrâce ! Mauvais collaborateur, tire-au-flanc, gaulliste même, peut-être... En tout cas, ce n'est plus un commissaire de la PJ en activité. Quel droit a-t-il aujourd'hui de lui passer un savon ?

– Je n'ai rien à me reprocher, *monsieur* Louisille, riposte l'inspecteur principal adjoint, d'un ton sec. Cette conversation ne mène nulle part, foutez-moi la paix !

L'*Obermeister* est sorti fumer dans le corridor, lequel est encombré de permissionnaires allemands. Seul le SS est resté pour surveiller les Français. Il fume un cigare, debout à la fenêtre, observe les voyageurs sur le quai d'en face. Que ses prisonniers se chamaillent semble le cadet de ses soucis. À 11 heures pile, le train s'ébranle, avec une ponctualité germanique. Le policier de la Kripo regagne le compartiment, accompagné d'un second sous-officier SS, qui tire la porte derrière eux. Il demande à Sadorski s'il est en possession de son arme de service. L'inspecteur répond par la négative, l'autre lui palpe les poches pour s'en assurer. Il lui confisque ses papiers, son portefeuille et son argent. Le SS au cigare effectue la même opération auprès de Louisille. Portefeuilles, cartes d'identité, argent, tout cela est placé dans l'épaisse serviette en cuir de l'*Obermeister*. Il y a là un des billets de mille du consul Rozinsky. Les trois autres, Sadorski les a remis à Yvette la veille au soir, à présent il s'en félicite. Le premier SS sort un automatique Walther 9 mm P-38 de son étui, et déclare :

– Nous allons à Berlin. Si vous essayez de fuir, nous vous tirerons dessus.

Sadorski lui adresse un sourire pétri de respect.

– Monsieur, personnellement je suis un fonctionnaire de police, je connais la discipline ! Et, à ce titre,
je vous donne ma parole d'honneur de ne pas tenter de
m'enfuir.

Le visage du SS s'éclaire, il serre vigoureusement la
main de Sadorski, rengaine son arme. Pendant que, assis
dans son coin, l'ex-commissaire Louisille reste silencieux.

Dans le compartiment fermé, il fait chaud et lourd.
Les Allemands détachent leurs ceinturons, se débar-
rassent de leurs vestes, échangent des plaisanteries dans
leur langue. L'ancien commissaire retire son pardessus,
l'accroche à une patère à côté de lui, pour se dissimuler
le visage sous les pans du manteau, dans l'attitude d'un
homme se préparant à faire la sieste. Quelques minutes
plus tard, alors que le convoi traverse la grande banlieue
est de Paris, l'*Obermeister* lui secoue l'épaule :

– Hé, monsieur Louisille ! À Berlin, vous allez retrou-
ver des amis ! Vous souvenez-vous de MM. Ostnitski,
Lemoine, Drach, Bunster-Carmona, Schavelson,
Zavadsky-Krasnopolsky ? Et des autres ?

Louisille se redresse sur son siège.

– Oh, mais vous êtes bien au courant de nos relations ! Voulez-vous dire que tous ces gens sont arrêtés ?

– C'est exact.

Sadorski, impressionné, réfléchit à toute allure. En
matière de renseignement, l'efficacité des Boches, à
quelques détails près, est quand même étonnante. Son
ancien patron fait remarquer :

– Sauf Bunster-Carmona, si je ne me trompe, car
ce monsieur se trouve actuellement en Amérique…
(L'*Obermeister* a une légère grimace de contrariété.)
Mais vous avez bien travaillé, messieurs, ce sont de
belles prises.

L'autre sourit.

– Oui, ce sont de sales cochons pour l'Allemagne, ils ont fait assez de mal, ce sont tous des Juifs et des agents de Moscou !

– Nous allons vous aider, intervient le SS qui fumait le cigare, à nettoyer la France des rouges et de tous les Juifs sans exception.

– Mon pays était devenu une province soviétique, renchérit Sadorski en se penchant en avant sur la banquette. Tout ça à cause de Blum et des Juifs ! Car voyez-vous, les youpins, au lieu de servir une patrie, un pays, se mettent, comme une fille publique, au service de *tous* les pays, tout en ayant refusé, pendant deux mille ans, de se fondre dans la population… C'est l'esprit de l'ethnie putain qui a saboté nos armées, et provoqué notre défaite en quelques semaines, devant votre Wehrmacht bien équipée et purgée des Juifs !

– Vous avez parfaitement raison, monsieur Sadorski, déclare le sous-officier de police. Il est bien regrettable qu'il ait fallu une défaite et une occupation pour ouvrir les yeux des Français. Mais les judéo-maçonneries anglaise et américaine s'écrouleront bientôt, deviendront un immonde pourrissoir. À l'Est, le régime bolchevique sera vaincu par les troupes du Reich. Les Juifs à tout jamais seront mis dans l'impossibilité de perpétrer leurs crimes…

– Ils seront tous stérilisés, ricane le SS.

Songeur, Sadorski se représente la petite Julie Odwak, la fille de la pianiste de l'entresol. Vont-ils la stériliser elle aussi ? Elle est étrangère. Les listes sont prêtes, il le sait : il les a vues aux fichiers du 4ᵉ bureau de la direction des Étrangers et des Affaires juives, un jour qu'il rendait visite à Bazziconi. L'an dernier, du 2 octobre au 21 novembre, si l'on compte les enfants c'est plus de cent vingt mille youpinos, convoqués par voie de presse, qui sont venus naïvement se déclarer à l'annexe de la préfecture, dans les locaux de l'ancien magasin Allez Frères. Ce qui a permis de croiser avec les fichiers précédents. Le commissaire François et le sous-directeur Tulard ont bien travaillé pour répondre aux instructions du capitaine Dannecker. Si les Boches et la police nationale se mettent d'accord, une rafle véritablement conséquente, efficace, incluant les femmes, les vieux et peut-être jusqu'aux petits, est pour bientôt. Les rumeurs circulent à ce sujet depuis des semaines. Sadorski s'occupera-t-il de son propre immeuble, ce matin-là à l'aube ? Le hasard et ses chefs en décideront. Tout cela est dans l'ordre des choses. Comme il le dit à Yvette chaque fois que l'on aborde la question : « Si l'on devait s'apitoyer sur tous les sorts, on n'arriverait à rien. » La France est la patrie de l'humanisme chrétien, mais il faut aussi lui inculquer le réalisme. Les Juifs apatrides ont été à la tête même de la vie française, dirigeant la politique, administrant la justice, contrôlant les finances, organisant les spectacles, façonnant les idées par la presse et les journaux, c'était inadmissible, et cela explique la déchéance où les Français sont tombés… Sadorski ne lit pas énormément de livres, toutefois il a apprécié le pamphlet de Céline, médecin, bon Français, *Bagatelles pour un massacre*. C'était là, imprimé en toutes lettres : « S'il faut des veaux dans l'Aventure, qu'on saigne les Juifs ! c'est mon avis ! » Voilà au moins un littérateur qui ose parler franchement. Du reste, on ne les saignera pas tous puisqu'on se contentera de les stériliser. Les youdis travailleront enfin pour de bon, la pelle et la pioche en main. Sadorski entend la voix de son ex-commisssaire :

— Cela me surprend que vous ayez arrêté Lemoine et Drach… Je sais qu'ils se trouvaient à Marseille.

Lemoine, alias « Verdier », nom de code REX, et Rudolf Stallmann de son vrai nom, un vétéran des services secrets, tenait une officine d'espionnage au 27, rue de Madrid pour le compte du 2e Bureau. Lui et Drach sont d'origine allemande, Sadorski les a connus tous deux à l'époque de la SSR. Lemoine avait été approché par le Guépéou dans les années 1932-1933, et on le soupçonnait de jouer double jeu pour le compte des Russes. Ses informations étaient parfois fantaisistes. Fritz Drach, un grand blond au type aryen ayant débuté comme chansonnier, a ensuite tâté du journalisme au magazine *Vu*. C'est un sympathisant des bolcheviks et un adversaire résolu des nazis.

Le policier allemand fait un geste vague de la main, comme pour signifier que même en zone libre, ces gens-là n'étaient pas à l'abri de l'arrestation. L'ex-commissaire se met à bavarder familièrement, entre collègues, avec les Boches. La conversation dure un certain temps. Louisille possède un vocabulaire assez étendu dans leur langue, ne s'en cache pas. Et se montre aussi obligeant que Sadorski un peu plus tôt :

— Je regrette d'avoir oublié chez moi mon carnet d'adresses… Parce que j'y ai inscrit bon nombre de personnages louches qui m'ont renseigné avant la guerre…

L'*Obermeister* éclate de rire.

— *Ach,* mais ça ne fait rien, monsieur Louisille !… Nous n'en avons pas besoin… À Berlin, dans nos services il y a une cartothèque. Nos agents, à l'intérieur comme à l'extérieur du Reich, travaillent à l'enrichir depuis des années ! Tout le monde, délinquants, terroristes, communistes, indicateurs, est classé dans les registres. Avec leurs photos, leurs empreintes digitales si possible, et un ensemble détaillé d'informations les concernant : antécédents, adresse, métier, habitudes, famille, penchants sexuels. Nous connaissons tout et savons tout !

Le Français rit jaune et feint d'approuver. Le train roule depuis une demi-heure au moins. Louisille, rassuré par l'ambiance de bavardage désinvolte, se lève, passe devant Sadorski pour traverser le compartiment.

– *Halt !* fait le Boche assis du côté couloir. Où allez-vous ?

– Mais… juste aux W-C.

L'autre a posé la main droite sur la crosse de son Walther P-38. Il fait glisser la porte, se lève, sort le premier dans le corridor, tout en interrogeant l'*Obermeister* : celui-ci donne la permission, emboîte le pas au Français, qui s'en va vers une extrémité de la voiture encadré par les deux hommes. Sadorski demeure seul avec le second SS. Au bout de quelques minutes, son ancien chef réapparaît, livide, défait, regagne sa place d'une démarche vacillante. Sadorski se demande s'il a été malade ou si les Boches l'ont cogné. Pourtant, ils sont revenus en bavardant normalement. Louisille, effondré dans son coin à l'angle de la fenêtre, se voile de nouveau la figure derrière son manteau comme s'il voulait dormir, ou pleurer. Il ne bouge plus. Sadorski le surveille, blême à son tour : que signifie tout cela ? Sont-ils encore plus en danger qu'il ne l'imaginait ? Un des Boches remarque son trouble, pose une large main rose sur son genou.

– Hé ! À quoi pensez-vous, monsieur ? Vous avez peur de quelque chose ?

Sadorski terrifié secoue la tête.

– Non, ça va.

Le SS lui offre une cigarette, l'allume, lui tend ensuite son propre exemplaire de la *Pariser Zeitung*, le journal bilingue de l'Occupation. Sadorski lit les articles français en fumant, il a du mal à se concentrer, les petits caractères dansent devant ses yeux. Il se reporte sur les publicités, imprimées plus grand. Au cinéma César, 63, avenue des Champs-Élysées, on passe *Hitlerjunge Quex*[1], en version originale, pour les soldats allemands.

---

1. *Le Jeune Hitlérien Quex*, réal. Hans Steinhoff (1933), un des premiers classiques du cinéma nazi.

À l'ABC, boulevard Poissonnière, Tino Rossi chante tous les jours, séances à 15 heures et à 20 heures. En même temps, Sadorski réfléchit à la liste de noms dévidée tout à l'heure par le flic de la Kripo. Ainsi, il n'y a pas qu'une affaire Ostnitski justifiant leur transfert à Berlin, mais aussi toutes celles de leurs informateurs de la SSR. Et que s'est-il passé aux W-C avec Louisille ? Afin d'en avoir le cœur net, il demande à son tour à aller pisser. Le second SS lui ouvre la porte, Sadorski le suit jusqu'aux cabinets en bout de voiture. Et là, le Boche rentre avec lui, le surveille pendant qu'il urine ! L'évidence apparaît alors à Sadorski : ils sont bien tous les deux arrêtés, c'est cela qui a choqué son ex-commissaire, lequel s'imaginait n'être convoqué que pour témoigner. Retournant s'asseoir, Sadorski désormais cherche à comprendre les motifs réels de cette double arrestation par les Allemands. Il leur demande, affichant un air inquiet, si en arrivant à Berlin il sera écroué dans une prison.

– *Nein, nein !* répondent les gardiens avec insistance. Nous avons juste ordre de nous occuper de vous durant le trajet. À Berlin, vous couchez à l'hôtel ! Vous resterez libre, monsieur Sadorski…

Ce serait trop beau, il n'y croit qu'à moitié. Et, sentant des tiraillements dans l'estomac, se rappelle qu'il n'a rien mangé depuis tôt ce matin. Lorsque le train quitte la station de Revigny, dans la Meuse, l'*Obermeister* demande aux Français s'ils souhaitent déjeuner. Les SS leur rendent leur argent, les escortent jusqu'au wagon-restaurant. Là, on refuse de les servir, sous prétexte que le train approche de la frontière avec la zone interdite. Le groupe est obligé de repartir en sens inverse, de traverser de nouveau les couloirs bondés de voyageurs, officiers en permission pour la plupart. En première comme en deuxième classe, accoudés aux fenêtres devant le paysage qui défile, ils sont heureux à la perspective de revoir leurs femmes et leurs gosses. Sadorski et Louisille s'excusent en les bousculant involontairement. Plusieurs parmi ces permissionnaires semblent les considérer avec tristesse, ayant remarqué leur condition de prisonniers de la police allemande de sûreté.

À Bar-le-Duc, où commence la zone interdite, le sous-officier contrôleur, apercevant les uniformes noirs dans le compartiment, n'insiste pas. Son collègue français, lorsqu'il demande, lui, à voir les billets, se fait jeter dehors sous une pluie d'injures.

Plus loin, à Metz, la gare déborde de monde en raison des fêtes de Pâques. On peine à circuler dans les couloirs. Un des SS se penche à la fenêtre, hèle une *Schwester*, une infirmière de la Croix-Rouge allemande, qui distribue du café aux soldats. Ces infirmières sont toutes de grosses femmes blondasses aux traits falots. Le « café » qu'elles versent d'un air morne est à base d'orge. Mais au moins il réchauffe. L'*Obermeister* réveille Louisille pour le faire boire. Ici, toutes les conversations, les appels des haut-parleurs, se font en langue allemande. De même pour les panneaux et les inscriptions, en lourds caractères gothiques arrondis. Metz est bien devenue une ville boche. Sadorski se sent vexé dans son sentiment patriotique. Alsacien par sa mère, il sait que ceux-ci ne veulent pas être allemands. Français non plus. Ils voudraient être seulement alsaciens, mais cela, ni la France ni l'Allemagne ne l'acceptent… Alors ils choisissent, en vertu des circonstances, le moindre mal.

Avec la proximité de l'Allemagne, les couloirs et les compartiments s'animent, une fébrilité règne. Le convoi s'arrête à Neubourg, nouvelle frontière entre l'Alsace-Moselle et le Reich. Des officiers de la SS et de la douane montent pour effectuer les contrôles. Le train reste immobilisé une quarantaine de minutes.

En fin de journée, le train traverse la ligne Maginot. Les gardiens ironisent sur les millions de francs gaspillés à la construire, sur la politique stupide de Blum et de Daladier, laquelle a mené ces derniers au banc des accusés du procès de Riom. Mettant à profit les articles lus récemment dans *Au Pilori*, Sadorski approuve :

– On se demande en effet pourquoi Daladier, Gamelin, Blum et Sarraut ne sont pas encore fusillés ! Il faut faire comme avec Marx Dormoy, ne pas prendre de gants… Abattu comme le chien enragé qu'il était, avec son faciès youtrissime. Une bombe sous son plumard et *boum !* À Vichy, on devrait peut-être parler un peu moins de Révolution nationale, mais la faire ! Avec toute la rigueur qui s'impose…

Les trois Boches acquiescent avec de grands sourires. À l'angle de la fenêtre, Louisille écoute sans en avoir l'air les propos de son ancien collaborateur. Il n'a rien rajouté contre les youpins ou les francs-maçons, ce qui conforte Sadorski dans l'idée que l'ex-commissaire, décidément un drôle de Français, doit nourrir des sympathies gaullistes. Tant pis pour lui ! À Berlin, la Gestapo se chargera de le dresser. À coups de schlague s'il le faut. Le soir tombe, on aperçoit par la fenêtre du compartiment des blockhaus, des forêts brûlées, des gares détruites. Bientôt, on arrivera à l'ancienne frontière et à Sarrebruck. Sadorski a emprunté la même route trois ans plus tôt, envoyé par son patron d'alors, le père Dardanne, boucler une enquête délicate outre-Rhin pour son agence de police privée. Un académicien français soupçonnait sa belle-fille allemande d'être juive[1]. Sadorski ne se souvient que vaguement du nom de famille, quelque chose comme Husset ou Husson… L'enquête côté Bochie a pris une douzaine de jours. Évidemment le distingué plumitif avait eu raison de

1. Lire, du même auteur, *Monsieur le Commandant*.

s'alarmer. Les parents, youtres 100 pour 100, l'un de Hambourg, l'autre du Palatinat. Quant à la fille, elle était actrice, une bien jolie blonde.

L'inspecteur soupire, croise les bras, étend ses jambes devant lui en prenant garde à ne pas toucher les bottes du SS. Il fait noir derrière la fenêtre, au rideau complètement baissé par une contrôleuse en uniforme et pantalon d'homme venue s'en assurer. Discipline et défense passive sont sévères dans les trains sous autorité des Chleuhs. L'*Obermeister* s'est assoupi, installé en face de Louisille qui dort ou feint de dormir, le visage caché sous son manteau. Les deux autres causent en fumant des cigares – leur stock paraît inépuisable. Le compartiment mal aéré est envahi de fumée malodorante. Sadorski se sent gagné par une douce somnolence. Le convoi aux vitres masquées fonce à travers la nuit, sa locomotive siffle de temps à autre un appel lugubre. Cette fois, on est *vraiment* en Allemagne. Un pays presque entièrement purgé de ses Juifs.

7

La serviette en faux cuir
de l'*Obermeister*

L'aube du vendredi saint se lève. Un SS remonte le rideau, passe la paume de sa main sur la vitre pour effacer la buée. Dehors, il neige sur des champs inondés et un arrière-plan de sapins, de montagnes. Sadorski, engourdi et la bouche pâteuse, a repris conscience en frissonnnant, il reboutonne son gilet. Pourtant, la nuit, avec le chauffage poussé à fond, on transpirait dans l'espace étroit du compartiment. Il a rêvé d'Yvette, s'en souvient confusément : elle et lui se disputaient, et pour un motif absurde, ce qui ne leur arrive presque jamais dans la vraie vie. Sa femme lui manque déjà. Il espère qu'on l'autorisera à lui écrire. Le train s'est arrêté à de nombreuses reprises, devant des gares entièrement obscurcies par crainte des bombes. L'approche de Francfort a causé une certaine agitation, les permissionnaires allant et venant, s'interpellant le long des couloirs. L'*Obermeister* est descendu à l'arrêt de Francfort avec ses bagages, il bénéficie d'une permission pour visiter sa famille. Avant de partir il a confié son porte-documents à l'un des SS, puis offert aux Français une cigarette, un petit morceau de pain et un bout de saucisson. Il leur a serré la main aimablement. Sadorski s'est rendormi en grignotant, l'estomac un peu calmé. À présent, son haleine sent l'ail et il a froid. Louisille dort toujours, un des SS également, renversé contre l'inspecteur, sa tête aux cheveux blonds coupés court reposant sur ses cuisses. Sadorski n'ose pas faire un mouvement. Le type a un visage de gamin au teint rose, à la mâchoire carrée. Le paysage à l'extérieur est triste et monotone. Louisille se réveille en bâillant.

À 9 heures, le train entre en gare de Magdebourg. Immense toiture sous laquelle les rames se succèdent quasiment sans interruption. Les gens, sur les quais comme dans les salles d'attente, paraissent mornes et soucieux. On reste à l'arrêt un long moment, les SS ronchonnent, se plaignent d'un retard atteignant à présent deux heures. Le convoi finit par s'ébranler lentement. Le long des voies, à la sortie de la gare, travaillent des prisonniers français. Certains déchargent des wagons, d'autres balancent des pelletées de terre contre le remblai, sous les cris des gardes, matraque au poing ou à la ceinture : « *Schnell, schnell, Schweinen Französichen !* [1] » Louisille est très pâle, Sadorski se demande si son ancien chef ne va pas renvoyer le peu de nourriture qu'on lui a octroyé à Francfort. À l'extérieur, le groupe de captifs a cessé un instant de pelleter pour regarder passer le train, lequel est composé uniquement de wagons français. Mais ils ne font pas un geste, pas un signe. Les gardes les engueulent. Le convoi franchit le grand pont qui enjambe l'Elbe, très large en cet endroit. Sur ses rives, hangars et grues sont aplatis pêle-mêle sur le sol, en un amas de ferraille noire et tordue. La RAF est passée par là. Les deux SS observent le spectacle en grommelant.

– Vous en faites pas, commente Sadorski. Bientôt, Angleterre *kaputt*.

– *Ja, ja,* opinent-ils, tandis que l'ex-commissaire Louisille lance à son ancien subordonné un regard désapprobateur.

1. « Vite, vite, cochons de Français ! »

Après le fleuve s'étend une large plaine inondée, puis ce sont des forêts de sapins à perte de vue. Il tombe des giboulées de neige. Les passagers voient s'envoler des bandes de canards, détaler un groupe de cerfs parmi les sous-bois. L'un des Boches explique que ce sont les chasses du maréchal Goering. Le train fait halte un moment à Potsdam, environnée elle aussi de plaines inondées par le dégel. On arrive aux premiers faubourgs de Berlin. Lorsque le convoi traverse le Tiergarten, Sadorski remarque, entre les sapins et les chênes, des endroits nivelés où sont installés des projecteurs et des batteries de canons antiaériens et de mitrailleuses, qui ne s'y trouvaient pas à son précédent voyage. Les avenues traversant le zoo sont camouflées par un vaste réseau d'arbres artificiels, plantés sur des treillis déployés à hauteur de quelques mètres. Peu après 10 heures, le train s'arrête à son terminus : la gare de Potsdamerplatz, à Berlin.

Louisille se lève pour sortir du compartiment, mais les SS l'obligent, ainsi que Sadorski, à descendre pour eux leurs grosses valises très lourdes. Sans doute bourrées d'achats effectués à Paris pour les familles, les proches, les camarades. Sadorski, songeur, s'imagine aussi là-dedans les robes, la lingerie, les dentelles en provenance des magasins parisiens, à l'intention de leurs fiancées blondes. Et dire que lui n'a pas pu acheter ses petits cadeaux à Yvette avec l'argent du Juif ! La neige tombe à gros flocons sur le quai, cependant les SS interdisent à leurs prisonniers de gagner l'abri de la gare. Il faut attendre sous les rafales de neige fondue. Sadorski sautille sur place en grelottant, il a faim et froid. Hier matin encore, c'était le soleil d'un printemps qui ressemblait à l'été. Quand l'autorisera-t-on à les retrouver ?

Deux inspecteurs en civil, suivis de deux schupos[1], se présentent pour réceptionner les détenus. Il faut

1. Agents de police (abréviation de *Schutzpolizist*).

d'abord attendre que le quai se soit entièrement vidé de voyageurs, puis l'on gagne le hall, où l'on patiente de nouveau. Des hommes casqués, munis de brassards jaunes, contrôlent la validité des fiches des permissionnaires, à l'intérieur de la vaste station encombrée de soldats avec leurs armes et bagages. Sadorski, Louisille et les flics allemands se fraient un chemin dans la cohue vert-de-gris, rejoignent une automobile stationnée devant l'entrée, son chauffeur fumant derrière le volant. Les inspecteurs fouillent alors méthodiquement les prisonniers, leurs mains aux doigts durs palpent et descendent le long des bras, des jambes, n'oubliant pas un seul centimètre de corps. Sadorski entend le souffle haletant du Boche qui s'occupe de lui, sent son haleine imprégnée de tabac, détournant la tête il inspire une goulée d'air glacé, a envie de vomir. La fouille est exemplaire et humiliante, sous les yeux hostiles ou goguenards des Berlinois. Les SS restituent aux Français leurs portefeuilles, leur argent et leurs papiers d'identité. L'épaisse serviette de l'*Obermeister* de la Kripo est confiée à l'un des inspecteurs, qui signe une décharge. Les SS serrent la main à leurs compagnons de voyage en claquant des talons, leur disent adieu, bon séjour à Berlin, et disparaissent avec leurs valises. Sadorski et Louisille doivent s'asseoir sur la banquette arrière de l'auto ; les deux flics en civil se tassent de part et d'autre, tout le monde serré comme des sardines. Impossible, si pareille idée suicidaire leur venait, aux Français de sauter en marche. Les schupos sont restés dehors, ils saluent, main sur la visière de leurs shakos. Le chauffeur démarre, roule très lentement, à une allure de promenade à travers les artères envahies de neige. Il est coiffé d'une casquette enfoncée sur son crâne, au ras des sourcils.

— Nous sommes vendredi saint, remarque un des inspecteurs en allemand.

Louisille lui demande dans cette langue le nom de la rue qu'ils empruntent.

– C'est la Leipzigerstrasse. (L'inspecteur se penche vers Sadorski :) Vous aussi, vous comprenez l'allemand ?

Sadorski, fidèle à sa tactique, attend que l'autre ait répété en français pour répondre par la négative. Louisille, heureusement, ne dément pas son ancien adjoint. Il le sait pourtant d'origine alsacienne, en plus de polonaise, les deux hommes ayant travaillé ensemble à la SSR, où les contacts étaient fréquents avec des Allemands, soit réfugiés antinazis, soit agents du Reich – parfois l'un et l'autre. Sadorski observe la foule qui se presse aux stations de métro, et les vitrines des boulangeries, remplies de pains appétissants. D'autres vitrines paraissent en revanche moins fournies. Cafés et restaurants sont presque vides. Sur les trottoirs des grandes artères, les uniformes abondent, noirs et vert-de-gris, sous les bannières rouges à croix gammée, plus nombreuses encore qu'à Paris, évidemment. Les femmes, peu ou pas maquillées, portent des manteaux sombres à col de fourrure. Sur les immeubles, Sadorski peut lire des affiches en caractères énormes : LES JUIFS ONT VOULU LA GUERRE. D'autres proclament : CHURCHILL VEUT ANÉANTIR L'ALLEMAGNE ! Le véhicule franchit un pont sur la Spree. Il fait halte à l'angle de l'Alexanderplatz devant un gigantesque édifice rectangulaire, en briques noircies par les intempéries et la fumée. La sévère bâtisse aux allures de citadelle est plantée de beffrois et de solides tours d'angle, que coiffent des coupoles aux teintes verdâtres. De garde à l'entrée, un schupo en uniforme bleu de la police auxiliaire, raide et le regard fixe sous la visière du shako.

– Vous êtes à l'« Alex », annonce l'inspecteur assis sur la gauche de Sadorski.

Ce dernier, tout comme Louisille, a entendu parler de ce fameux bâtiment de l'Alexanderstrasse, réunissant les bureaux de la présidence de la police, une grande partie de ceux de la Gestapo, et un vaste dépôt pour les prisonniers. Les Français et leur escorte pénètrent dans une espèce de hall dont les hauts murs portent gravés les noms des policiers morts en service. On y a suspendu des couronnes ornées de rubans, ainsi que des bannières rouges à croix gammée. Un des Allemands mentionne avec fierté que l'immeuble de la présidence possède pas moins de huit entrées différentes. Ils franchissent une porte à tambour, pour monter les marches d'un monumental escalier de pierre, jusqu'au troisième étage. Au-dessus de la porte palière, une pancarte annonce en lettres gothiques : *STAATSPOLIZEI LEITSTELLE*[1].

L'entrée du service est fermée par un grillage, devant lequel se tiennent deux jeunes SS, le visage entièrement dénué d'expression. Les inspecteurs échangent avec eux saluts nazis et « *Heil Hitler !* » avant d'annoncer : « *Zwei Männer*[2]. » Le grillage s'ouvre, dévoilant une guérite où se tient un troisième SS qui surveille le couloir. Sadorski pénètre à la suite de son ancien chef, tous deux encadrés par les inspecteurs. La porte grillagée se referme dans leur dos avec un grincement de ferraille. Le couloir est long et large. De chaque côté, une enfilade de portes, avec l'inscription : *Stapo IV*, qui signifie 4e section de la police d'État, c'est-à-dire la Gestapo. Au bout du couloir, nouvelle porte grillagée, gardée par une paire de SS qui sont la réplique parfaite des précédents.

Le cérémonial recommence : « *Heil Hitler !* », « *Zwei Männer* », bruit de ferraille… Le couloir suivant est encombré d'armoires coffres-forts et bordé de bureaux

1. Direction de la police d'État.
2. « Deux hommes. »

toujours marqués *Stapo IV*. Il flotte une odeur de café
– du vrai, pas de l'ersatz –, on entend cliqueter des
machines à écrire derrière les murs. Dans cette atmosphère glacée, nette et fonctionnelle, Sadorski, passant la
paume sur ses joues envahies de barbe, ses doigts dans
ses cheveux blancs mal peignés, se sent crasseux, vil et
puant. Ravalé aujourd'hui à l'état des youtres qu'il
envoyait régulièrement coucher au Dépôt. Lui, Léon,
René, Octave Sadorski, engagé volontaire en novembre
1917, médaillé de guerre, policier expérimenté, chef de
brigade de voie publique de la direction des Renseignements généraux et des Jeux, loyal serviteur du Maréchal,
de l'État français, descendu brusquement au rang de
sous-homme – si l'on compare avec ces inspecteurs dili-
gents et sûrs d'eux, ces géants SS en tenue noire impeccable. Si Yvette le voyait !… Ce matin, avec sa veste,
son pardessus fripés, sa mine chiffonnée et hagarde, il
symbolise à la perfection sa nation rabaissée, trahie par
les francs-maçons et les Juifs. Vassale obéissante et
craintive, au sein d'une Europe remodelée, de cette Allemagne nouvelle, guidée par un homme à poigne de fer.
Quant à Louisille, qui marche devant lui, en dépit de ses
vêtements bien coupés, de sa haute taille, de sa fine
moustache, il ne vaut guère mieux. Épaules voûtées, attitude résignée, figure livide… Lui qui jadis se tenait toujours si droit ! Leurs accompagnateurs font halte devant
un bureau portant les numéros : 259^B et 260. L'un des
flics se retourne, toise sévèrement les Français.

– Vous auriez dû vous raser, avant de comparaître
devant le *Kriminalobersekretär* ! Mais bon, il est trop
tard à présent…

Il frappe deux coups secs à la porte du bureau.

8

La police secrète d'État

Un inspecteur leur ouvre de la main gauche. Son bras droit manque, la manche vide de sa veste rentrée avec soin dans la poche. Nouvel échange de « *Heil Hitler !* », puis le groupe traverse une suite de pièces bien meublées, harmonieusement arrangées. L'odeur de café se fait plus forte. Des hommes en complet brun ou bleu foncé écrivent assis à leurs bureaux, dictent à de jeunes dactylographes qui pianotent activement derrière les machines. Ces filles sont fraîches et vêtues avec élégance. Le téléphone sonne sans arrêt. L'ambiance fait penser à celle d'un riche cabinet d'avocats. Il y a des cendriers partout. Chaque pièce est décorée par une photographie récente du Führer, encadrée sous verre et revêtue de sa signature en fac-similé. La dernière pièce, plus vaste et confortable que les précédentes, est meublée de trois grands bureaux de couleur noire et d'une volumineuse armoire coffre-fort ouverte. Sadorski entrevoit sur les étagères des dossiers, des cartons, des classeurs et des enveloppes à en-tête du ministère de l'Intérieur, imprimées en français. Un inspecteur a surpris le regard du prisonnier : il se lève et s'empresse de refermer la porte du coffre.

Assis derrière le bureau central, un petit homme laid et brun d'une cinquantaine d'années, portant d'épaisses lunettes rondes à monture noire, rédige une lettre ; on dirait un sous-directeur de banque ou de compagnie d'assurances. Il ignore complètement ses visiteurs. Les policiers en civil font asseoir les prisonniers chacun à une extrémité de la pièce, sur une chaise, dos au mur. Placé de cette façon inattendue, Sadorski se sent faible et vulnérable. Il échange avec son compagnon des coups d'œil inquiets.

Un inspecteur dépose sur le bureau du petit homme brun la serviette porte-documents venue de Paris, confiée par les deux SS qui ont voyagé avec l'*Obermeister* de la Kripo. Le personnage a un soupir agacé, abandonne son stylo et ouvre la serviette. Elle contient deux dossiers dans des chemises noires identiques, frappées du sigle du ministère de l'Intérieur. L'un des dossiers est copieusement fourni, l'autre assez mince. Le petit homme ouvre le plus épais des deux et s'absorbe dans sa lecture.

Quelques minutes plus tard, regardant soudain à droite et à gauche, il demande, en français avec un lourd accent allemand, qu'aggrave un curieux défaut d'élocution dû à des incisives abîmées :

– Qui est M. Sadorski ?

Se levant à demi de sa chaise, l'intéressé répond, d'une voix enrouée :

– C'est moi.

Le fonctionnaire pousse un vague grognement avant de se remettre à tourner les pages. À l'autre bout de la pièce, Louisille, haussant les sourcils, grimace de manière commisérative pour son ex-collègue, l'air de dire : « Mon pauvre vieux, c'est vous qui avez le plus lourd dossier à la Gestapo !… » Il ne semble pas mécontent qu'il en soit ainsi et non le contraire.

À une table près de la fenêtre, une dactylo attend près de sa machine. Elle observe les Français avec une certaine curiosité. Sadorski lui retourne son regard. Les cheveux de la femme sont d'un blond filasse. Lorsque le *Kriminalobersekretär* s'adresse à elle, il l'appelle « *Fräulein Sabine* ». Un des inspecteurs présents à la gare revient avec des sandwiches de pain de seigle et une bouteille Thermos remplie de café, qu'il pose sur un bureau vacant. Il dévisse le couvercle de la bouteille. Sadorski s'imagine que c'est pour lui et pour son camarade, on a songé à leur déjeuner ! Il en salive d'avance, hume l'odeur du breuvage fumant. Le Boche s'assied derrière le bureau et commence à manger, en dégustant son café. On l'entend mastiquer de manière bruyante, insolente. Sadorski a des envies de meurtre. Si l'on était à la préfecture, à Paris, quel savon il passerait à cet homme ! Écœuré, il reporte son attention sur le dossier que feuillette le *Kriminalobersekretär* aux grosses lunettes. C'est tout de même bizarre : comment se fait-il qu'un simple IPA comme lui bénéficie à l'Alexander-platz d'un aussi volumineux dossier le concernant ? À mesure que le petit homme progresse dans sa lecture, le Français constate que la chemise contient des photos, des lettres manuscrites de couleurs variées, qui font penser à des lettres de femme. Sadorski réfléchit, se demande d'où tout cela peut provenir. Que va-t-on lui reprocher ? Il songe déjà à préparer des réponses… Louisille, qui a perçu son trouble, lui adresse un nouveau signe de tête. Pour l'encourager, ou se foutre de sa gueule ? Sadorski se sent de plus en plus mal.

L'homme aux lunettes rondes est arrivé au bout du dossier. Il attire devant lui une petite machine à écrire portative, introduit un formulaire dans le rouleau, et entreprend de taper des indications qu'il puise dans le grand dossier resté ouvert. Après avoir noirci plusieurs pages, il demande, d'un ton neutre, au commissaire Louisille sa filiation, le nom de sa femme, le nombre d'enfants et l'adresse de son domicile.

Le visage de Louisille se décompose. Il devient pâle, puis jaune, Sadorski a l'impression que son ancien chef va tourner de l'œil. Tous deux ont compris que le gros dossier concerne en réalité Louisille. L'Allemand lui donne une feuille de papier et un crayon, le prie d'inscrire ce qui vient de lui être demandé. Sadorski, en son for intérieur, ricane. Pour un peu il se frotterait les mains. Il aurait dû se douter, devant toutes ces missives féminines, sur de jolis papiers aux teintes pastel, qu'elles étaient adressées à son fringant commissaire, connu pour ses liaisons multiples avec le beau sexe, au point que dans les couloirs de la préfecture on surnommait Louisille, allusion à Sacha Guitry, autre bourreau des cœurs : « le Sacha de la PP[1] et des pépées »… On chuchote même, entre collègues – mais Sadorski trouve cela invraisemblable – que le commissaire aurait dénoncé son propre frère, résistant, aujourd'hui déporté en commando de travail sur le mur de l'Atlantique, afin de filer le parfait amour avec sa belle-sœur.

Pendant que le fonctionnaire retranscrit sur sa machine les informations que Louisille a portées au crayon d'une main tremblante, puis, sur un deuxième formulaire du même type, des éléments puisés dans le mince dossier de Sadorski, plusieurs personnes venues de bureaux voisins examinent les prisonniers, consultent leurs dossiers respectifs. Ils échangent des commentaires à voix basse, trop loin pour que l'intéressé puisse saisir. L'un des Boches, un chef apparemment, ou un sous-chef, demande en français lequel est Sadorski. Ce dernier se désigne. L'Allemand vient vers lui, son dossier à la main. Il est fort, la quarantaine, à peu près chauve, les yeux marron. Ses traits dégagent un mélange à la fois de bienveillance et de brutalité. Il a de grandes mains de boxeur.

– *Wie geht es,* monsieur Sadorski ?

L'interrogé sait qu'on lui demande comment il se sent, mais feint de ne pas comprendre. Il sourit en secouant les épaules. L'autre insiste :

– *Sprechen Sie Deutsch ?* Vous… parlez allemand ?

---

1. Préfecture de police.

Sadorski secoue la tête, avec une mimique de regret.

– Non, désolé.

– *Ach so… Aber, ihre Mutter…* Votre maman, alsacienne… Elle ne vous a pas appris ?

– *Nein,* monsieur. Je ne connais que deux mots de votre langue. *Nein, ja…* Et puis : *Auf wiedersehen !*

Le grand chauve émet un gloussement.

– Pas tout de suite « au revoir », monsieur Sadorski…

Le dialogue est interrompu par l'arrivée d'un personnage sûrement très important : les talons claquent tandis que les « *Heil Hitler !* » fusent de tous les côtés. Sadorski se lève, Louisille en fait autant, mais on les prie de se rasseoir. Le nouveau venu, un homme d'une cinquantaine d'années, habillé d'une veste croisée gris acier de très bonne coupe, méticuleusement repassée, demande à voir les formulaires que le *Kriminalobersekretär* vient de taper.

– Lequel de ces messieurs est M. Louisille ?

Son français est presque parfait. L'homme a de petits yeux noirs, vifs et pénétrants. Serrant la main de Louisille, qui s'est levé comme monté sur des ressorts, il le salue en même temps d'une légère inclinaison de tête. Se retournant, il répète l'opération avec Sadorski. La poignée de main est dure et ferme, la peau glacée. Derrière lui, le fonctionnaire aux lunettes rondes commence à expliquer quelque chose au sujet du *SS-Hauptsturmführer* Voss, du retard du train de Paris, mais le personnage important le coupe avec un geste sec de la main, et des « *Ja, ja* » sur un ton agacé. Il quitte la pièce, suivi par presque tous les autres.

Sur l'ordre du *Kriminalobersekretär*, l'inspecteur qui mangeait des sandwiches prie le commissaire Louisille de reprendre sa valise et de le suivre.

– Vous aussi, monsieur Sadorski, siffle derrière son bureau le petit homme à lunettes, de sa voix étrangement déformée.

Les prisonniers et leur guide se retrouvent dans le couloir surveillé par les SS. Avant d'atteindre le premier rideau de fer, l'inspecteur allemand frappe sur une sorte de gong. L'un des SS accourt à grandes enjambées pour déverrouiller une porte de sûreté donnant sur un escalier de service. Trois étages plus bas, dans une cour rectangulaire, sont parqués cinq paniers à salade peints en vert foncé. D'un côté de la cour, des fenêtres de bureaux. De l'autre, des fenêtres protégées par des grilles. Et, à droite au fond de la cour, du côté des fourgons cellulaires, une grande porte grillagée, assortie d'un escalier extérieur en ferraille qui s'élève vers une étroite porte surmontée de l'écriteau : *Polizeigefängnis*, en caractères gothiques blancs. Sadorski sait que cela veut dire prison de police. On ne les conduit pas à l'hôtel – cela, il s'en doutait un peu – mais au dépôt !

L'inspecteur pousse la porte en haut de l'escalier, qui n'est pas fermée. Nouvelle porte de sûreté au bout d'un couloir. Le Boche frappe celle-ci avec son poing, elle s'ouvre pour laisser le passage et se referme immédiatement, manœuvrée par deux gardiens en uniforme vert clair qui ressemble à celui des schupos.

– *Zwei Männer !* annonce encore une fois le policier.

Un gardien conduit les Français dans une pièce qui ne s'ouvre que de l'extérieur. Meublée d'un simple banc, elle sert d'antichambre à un espace plus vaste, brillamment éclairé au néon, abritant une série de guichets où travaillent des employés à l'expression maussade. L'endroit, d'une parfaite propreté, sent le savon et la peinture fraîche. Rien à voir avec le décor moyenâgeux, sordide et poussiéreux du Dépôt de la préfecture, dans les profondeurs de l'île de la Cité. Le gardien hurle : « Silence total ! Le détenu qui ouvre la bouche sera battu ! » Des gens d'âges et de conditions variés sont assis sur le banc entre des gardiens ou agents de police en tenue vert clair. Parmi eux, un jeune homme dont les poignets sont serrés dans des menottes en forme de 8. Son visage malingre, aux yeux cernés de poches violettes, est pâle comme s'il n'avait pas vu la lumière du soleil depuis de longs mois. Sadorski, écoutant les bavardages des gardes, saisit que le garçon est transféré à l'Alex depuis le camp de concentration de Fuhlsbüttel, près de Hambourg, où il était enfermé au secret, pour une confrontation dans les bureaux de la Gestapo de Berlin.

Une autre parmi les personnes assises est une femme, la trentaine environ, les cheveux châtains, sales et décoiffés. Ses lèvres gercées et tuméfiées sont couvertes de croûtes de sang. Les gardes disent qu'elle est tchèque. Sadorski remarque sur ses poignets fins un lacis de cicatrices boursouflées, irrégulières, donnant à penser que la détenue s'est ouvert les veines en se servant d'un ustensile inadéquat. Un troisième est là simplement pour avoir écouté la BBC ; dénoncé par un proche, il est accusé de « diffusion de nouvelles de radios étrangères » – ce qui, en Allemagne nazie par temps de guerre, peut conduire à l'échafaud. Rien, dans tout cela, de très nouveau pour Sadorski… à part le fait de se trouver lui-même, sans qu'il y ait eu la moindre faute de sa part, réduit, du jour au lendemain, à la condition des individus que son métier, en France, a toujours consisté à envoyer au trou ! Aussi déprimé que ses voisins, il attend, sous la lumière froide, prostré sur son siège aux côtés de l'ancien commissaire Louisille, l'ex-Sacha des pépées de la préfecture, qu'un des employés derrière les guichets appelle son nom.

– *Charles !* hurle brusquement l'un d'eux en agitant une fiche.

Personne ne bouge. Après un moment de désarroi, Louisille conclut qu'il ne peut s'agir que de lui. Il se lève, rejoint le guichet, sa valise à la main. L'employé lui lance un regard hostile.

– *Vorname !*

La question, hurlée elle aussi, a fait sursauter le Français.

– Mon prénom ?… Eh bien, oui, Charles.
– *Nein. Vorname !*
– Oui, c'est Charles… Je me prénomme Charles.

Le Boche est devenu cramoisi :

– *Nein ! Nein !*

Il tape du poing sur le guichet. Sadorski, depuis le banc, observe Louisille qui, pas plus que lui, n'y comprend rien. L'ex-commissaire a toutes les peines du monde à expliquer que son prénom est Charles et son nom de famille Louisille. Finalement, le malentendu se dissipe : le petit homme à lunettes, dans le bureau du troisième étage, s'est trompé en remplissant le formulaire, il a inversé nom et prénom. L'employé fait répéter ces derniers, dans le bon ordre cette fois, et la filiation, la situation de famille, la religion, la profession, le domicile et ainsi de suite.

Louisille est sommé de vider ses poches. Le fonctionnaire, avec des gestes secs et brutaux, lui confisque son argent, sa montre-bracelet, son stylo, son stylo-mine, son couteau suisse. Il a 17 000 francs dans son portefeuille : deux billets de cinq mille plus sept de mille. Le Boche, qui, de façon absurde, compte en quantité de billets et de pièces et non en valeur totale, inscrit : « neuf billets de banque français » sur son registre. Inquiet, Louisille fait observer que deux des billets sont de valeur importante, et qu'il préférerait que celle-ci fût précisée. Il se fait de nouveau hurler dessus. En même temps, il essaye maladroitement de récupérer son stylo-mine. Un autre fonctionnaire l'a vu et intervient, appelant un gardien à la rescousse. L'ex-patron de la SSR passe un vilain quart d'heure au milieu des cris et braillements germaniques. Un troisième employé, derrière son guichet, hurle :

– Sadorski !

Ce dernier, qui venait de se lever dans l'intention de prendre la défense de son ancien chef, lequel lui fait

vraiment trop de peine, bifurque en direction du nouveau guichet. On lui demande sa valise. Il feint de ne
pas comprendre. L'employé, rouge de fureur, pointe du
doigt vers l'objet, en criant. Le Français soulève la
valise par-dessus le guichet.

– *Nein ! Nein !*

L'homme rejette la valise, la fait tomber par terre.
Ordonne de l'ouvrir. Sadorski s'exécute ; l'employé,
avec de grands gestes, explique qu'il faut la vider.
Sadorski se met à l'ouvrage, l'autre le rejoint et, d'autorité, attrape les affaires une par une, chemises, caleçons,
mouchoirs, chaussettes, trousse de toilette, et jusqu'au
portrait de sa femme... Il palpe et fouille avant de tout
refourrer en vrac dans la valise. Il la lui fait refermer,
s'en empare pour la déposer au centre de la pièce.
Louisille subit un traitement similaire avec son bagage.
Comme il ne va pas assez vite pour sortir son linge, on
le lui arrache. Chemises, pyjama, mouchoirs, cravates,
chaussettes, tout gît éparpillé sur le sol. Il remet ensuite
ses effets en place beaucoup trop lentement, au point
que Sadorski se demande s'il ne le fait pas exprès pour
énerver les Boches. Mais non, Louisille semble avoir
perdu la notion des choses, il n'est plus que l'ombre
pathétique de lui-même. Il retourne s'asseoir sur le banc,
blême et les mains tremblantes.

Le fonctionnaire, ayant regagné son guichet, demande
à Sadorski de décliner ses nom, prénoms, profession,
etc. Argent, montre, stylo, valise avec le linge et le
nécessaire de toilette, et la petite photographie d'Yvette,
tout est confisqué. Il doit aussi se séparer de sa cravate,
de ses lacets de souliers et de sa ceinture. L'argent et les
objets de valeur sont placés dans de petits sachets de
papier étiquetés. On lui laisse néanmoins son portefeuille, avec cartes et papiers, son porte-monnaie vide,
son briquet, son étui à cigarettes et ses clés.

Louisille et Sadorski sont invités à sortir, franchissant la porte par laquelle ils sont entrés. L'inspecteur les abandonne :

– Demain, nous reviendrons vous chercher.

Un gardien conduit les Français vers un petit escalier, ils montent trois étages. Sur le palier, au-dessus d'une nouvelle porte de sûreté, une plaque en fer avec l'inscription *Station III*. Le gardien déverrouille la porte.

Au-delà s'ouvre une immense galerie de prison au sol cimenté en son milieu, et peint de couleur rouge brique sur les bas-côtés. En hauteur, sur deux étages, des coursives métalliques font le tour de l'espace. À tous les étages une vingtaine de portes de chaque côté, et, au fond, un escalier de fer en spirale. Des passerelles enjambent l'espace entre les coursives. Au centre, une cloche et une grande pendule dont les aiguilles indiquent midi et quart. Une corvée de prisonniers en pantalon bleu et veste à rayures verticales est occupée à cirer la laque rouge des bas-côtés. Un gardien leur hurle de se regrouper pour rejoindre leurs cellules. Sadorski, angoissé, contemple le visage creusé des détenus, leurs joues blafardes, leurs gestes fatigués.

– Alignez-vous deux par deux et fermez vos gueules ! crie un surveillant en blouse bleue avant de compter ses hommes.

Il les compte deux fois, et, pour être sûr de ne pas se tromper, le voilà qui recommence. Un de ses collègues aperçoit un petit bonhomme qui manifestement n'a pas compris l'ordre et pose une question à son voisin. Le garde, un gros à l'air méchant, ses petits yeux clairs étincelant de rage, se précipite. Il attrape le prisonnier par le col, le frappe de plusieurs coups de poing, au ventre, à la figure, en hurlant :

– Vous n'avez pas encore compris qui est le maître, ici, salauds ! Cochons de métèques ! On va vous l'apprendre, sale crapule étrangère ! Tu as compris, cochon ?

Le petit détenu bégaye, au garde-à-vous :

– *Jawohl, Herr Wachtmeister*[1] !

Il reprend sa place dans la file. Le premier gardien sort une fiche de sa poche, et crie :

– Vingt-trois types !

Son acolyte corpulent ordonne d'une voix saccadée :

– À gauche ! En route, marche ! Vite, vite !

– *Los, Mensch, los*[2] !

La colonne rejoint l'escalier à l'extrémité de la salle au pas de course. Les gardes frappent ceux qui ne vont pas assez vite. Sadorski et Louisille sont introduits dans une cellule d'attente, meublée d'un seul banc et décorée de pancartes rappelant le règlement de la prison. La température est glaciale. Sadorski grelotte, il a faim, froid, sommeil. Ses paupières retombent malgré lui. Les deux hommes restent assis une dizaine de minutes sans échanger une parole. Puis Louisille crache, d'un ton hargneux :

– Ah, vous alors ! Si vous n'aviez pas connu Ostnitski, nous n'en serions pas là aujourd'hui !

Les yeux dans le vague, Sadorski ne prend pas la peine de répondre. L'autre poursuit ses récriminations, en agitant les mains, qui sont longues et soignées.

– Vous voyez, Sado, vous avez beau avoir été un de leurs collaborateurs, ils ne se gênent pas pour vous fourrer dans la merde ! Je vous connais, au fond vous êtes un pauvre type.

– Permettez ! collaborateur, ça je ne le suis pas, et pauvre type non plus !… Vous exagérez. J'ai fait mon devoir de policier, j'ai exécuté les ordres, voilà tout… Et, monsieur le commissaire, si vous étiez resté à la 3e section, eh bien, il est probable que vous auriez fait comme tout le monde !

Vexé, Louisille réagit en lui balançant des remarques plus désagréables encore. La discussion menace de

1. « Bien, monsieur le surveillant ! »
2. « Allez, mecs, allez ! »

s'envenimer, quand la porte s'ouvre. Un surveillant appelle Sadorski, Léon. Celui-ci se redresse, sort sans un regard à son ancien patron. Il est conduit dans une autre cellule, qui ressemble plutôt à un bureau. On lui ordonne de se déshabiller. Lorsque l'inspecteur, claquant des dents, a terminé en retirant chaussettes et caleçon, et se tient tout nu, mains en cache-sexe, jambes courtaudes, ventre flasque, épaules poilues et voûtées, yeux cernés, expression hagarde, le Boche tâte avec minutie chaque effet. Chemise, caleçon, chaussettes, pantalon, gilet, veston, pardessus. Les poches du manteau et du veston sont retournées. Les vêtements sont ensuite rendus au prisonnier, de même que son porte-monnaie vide, son briquet, une boîte où restent quelques allumettes, son étui à cigarettes vide, son mouchoir sale et un exemplaire froissé de *La France socialiste*[1]. En revanche, on lui confisque portefeuille, papiers d'identité, cartes de circulation et de réquisition, sifflet, clés, crayon, insigne, épingles, peigne, cache-col, torche électrique. Le gardien lui fait signer une décharge, avant de le conduire, empruntant l'escalier en colimaçon, à l'étage supérieur jusqu'à la cellule n° 45. La porte se ferme derrière Sadorski, s'ouvre de nouveau un instant plus tard. Le gardien demande :

– *Wollen Sie essen ?*

Le Français fait semblant de ne pas comprendre. L'autre mime le geste de manger. Sadorski, l'appétit coupé, secoue la tête négativement. La porte se referme, pour de bon cette fois.

---

1. Ce journal, dont le premier numéro est paru le 10 novembre 1941, est une nouvelle mouture du populiste *La France au travail*. Dirigé par des hommes de gauche comme le député de la Charente René Château, franc-maçon et dissident du Parti radical, et s'adressant à la petite bourgeoisie comme aux masses ouvrières, *La France socialiste* est en fait contrôlé par l'ambassade d'Allemagne, *via* le trust Hibbelen créé en mars 1942.

9

La chanteuse de l'Alex

L'endroit est net et propre, mais très exigu. À travers la fenêtre en verre dépoli, munie d'un petit vasistas, on distingue la neige qui tombe. Sadorski reste un long moment debout, les yeux fixés sur la fenêtre. Ses pieds sont gelés, il grelotte.

Machinalement, ses mains tâtent le mur, le lit, la porte par laquelle il est entré. Le policier ne comprend toujours pas. Pour quelle raison est-il ici, enfermé, en plein milieu de cette capitale des Boches où l'on se croit encore en hiver ? Hier matin, il marchait dans Paris, sous les arbres en fleurs et le ciel bleu ! Son chapeau repoussé en arrière, cigarette au bec, il regardait passer les vélos, les fiacres, reluquait les filles, leur démarche souple, leurs cheveux bien coiffés, relevés, dont une partie retombe en belles ondulations sur leurs épaules. Il pouvait s'asseoir à une terrasse déguster son cognac. Et le calibre 7,65 pesait son poids rassurant dans sa poche. Sadorski détenait l'autorité. La guerre, pour les Français, était finie. Il travaillait à la préfecture de cette ville dont le monde entier, même les Chleuhs, révère ou envie la beauté lumineuse. Flic d'élite, bon Français, il y servait la France et son chef, le vainqueur de Verdun. Sa patrie agonisait, victime du triple cancer bolchevique, youtre et ploutocratique ; mais à présent, grâce au Maréchal, elle entre en convalescence. Pétain l'a sauvée des griffes de la IIIe Gueuse[1], de la juiverie marxiste. Sadorski, comme ses collègues, œuvre, à son échelon modeste, pour sa guérison. Il coffre les Juifs, un boulot adapté à son talent de physionomiste, ça lui plaît tout en le faisant bien voir de ses supérieurs. Son avancement, sa retraite, jusqu'ici, étaient assurés. Et, chaque nuit, il jouissait du bonheur de dormir serré contre les chairs généreuses d'une Française belle, chaude, gentille… Il était heureux ou à peu près. Aujourd'hui, il est prisonnier. Seul dans ce réduit glacial. Pourquoi ? Qu'a-t-il fait, que lui reproche-t-on ?

La cellule possède un W-C et un petit escabeau. Sadorski s'y assied. Penchant la tête jusqu'au rebord du lit, il se met à pleurer. Il pleure longtemps, épaules secouées par les sanglots. Tous les quarts d'heure retentit un carillon d'église, non loin de la prison. La tête sur le dessus-de-lit rêche en toile de Vichy à carreaux bleus et blancs, Sadorski finit par s'endormir, en songeant à sa femme. Puis il rêve d'elle, au milieu d'autres éléments plus confus : il perçoit les braillements des fonctionnaires boches, les « *Nein ! Nein !* » qui se mêlent aux coups sourds donnés dans la face blême, le ventre creux du métèque que cognait le garde. Ses pieds et ses reins sont glacés. Les cris se font plus forts, tirent Sadorski du sommeil. C'est un nouveau gardien qui vient d'ouvrir la porte de la cellule et agonit d'injures son occupant. Celui-ci se lève, il a froid, ses jambes et ses bras sont engourdis.

– *Weg da !* hurle le Boche, tout en lui intimant, par gestes, de reculer.

Encore mal réveillé, Sadorski obtempère en chancelant. Un prisonnier de corvée entre en le poussant contre le mur, attrape une petite cuvette émaillée sur l'étagère, à côté d'une cuvette plus large, et la lui met entre les mains. Le gardien hurle de nouveau, indique la porte à

Sadorski. Il y a un chariot métallique dehors. Le détenu de corvée donne au Français une tranche de pain sur laquelle est étalée un peu de marmelade, verse une louche de café dans la cuvette émaillée. Le gardien sort en claquant la porte, pendant que le chariot et le prisonnier poursuivent la distribution aux cellules de la galerie. Sadorski avale une gorgée du contenu de la cuvette. Il manque recracher : c'est de l'eau chaude noire et sans sucre, dépourvue du moindre goût. Sans doute du café d'orge, mais très dilué. Sadorski affamé mange son pain, se force à ingurgiter le breuvage noir. Puis son estomac se soulève. En hoquetant, il se penche sur la cuvette du W-C placé à la tête du lit, et rend tout.

Le W-C est en forme de bidet, équipé d'un robinet servant de chasse d'eau. Sadorski fait ce qu'il peut pour débarrasser la faïence des restes de vomissures. Se relevant, il entreprend de mesurer sa cellule, par la méthode de placer un pied devant l'autre. Il parvient à un résultat de deux mètres quarante par un mètre cinquante. Il continue ensuite d'aller et venir pour se réchauffer, surtout ses pieds gelés, douloureux. L'œil d'un gardien vient se coller derrière le judas, reste quelques instants puis disparaît. Le bruit de pas aura attiré son attention. Sadorski essaye de se remonter le moral. Pourquoi trop s'en faire, après tout ? L'inspecteur allemand n'a-t-il pas promis en les quittant, lui et Louisille, de les retrouver le lendemain ? C'est bientôt. On les interrogera, il va se passer des choses… Sadorski fera preuve de bonne volonté. Et en même temps il jouera au plus fin avec eux. Sa pratique des nazis lui a enseigné qu'ils sont au fond assez bêtes. Méthodiques, organisés, persévérants, haineux et efficaces, certes – surtout face à des adversaires dont la combativité a été émoussée par la lèpre youtre –, mais bêtes. Même un semi-éduqué comme lui, avec un simple brevet élémentaire et des études à l'École de police après la victoire, se sent capable de les berner. Et Sadorski a aussi lu des livres sans qu'on l'y oblige, il étudie l'histoire de la police française, se considère comme une sorte d'intellectuel par rapport au milieu où il exerce habituellement. Son chef immédiat, l'inspecteur principal Cury-Nodon, l'a d'ailleurs complimenté un jour à propos de ses comptes rendus « remarquablement rédigés, riches en détails et observations, bien dans l'esprit des Renseignements généraux »… Tout en évoluant dans l'espace étroit de la cellule, Sadorski fait fonctionner ses méninges.

À Paris, au bureau de liaison de la Sipo-SD, le capitaine Voss a mentionné plusieurs fois le nom d'Ostnitski. Ce nom a été répété dans le train par l'*Obermeister* de la Kripo, venant le premier de toute une liste d'informateurs de l'ex-Section spéciale des recherches. Et le commissaire Louisille a reproché à deux reprises à Sadorski, gare de l'Est et ce midi dans les locaux de l'Alexanderplatz, d'avoir fréquenté « cette crapule ». Il semble y voir l'origine de leur détention à Berlin. Sans doute a-t-il de bonnes raisons pour cela. Les flics boches qui ont arrêté Louisille la veille à l'aube, le cueillant à son domicile de la rue La Bruyère, lui ont-ils fait des confidences ? Quoi qu'il en soit, le patron de la SSR, manifestement, sait des choses que son ancien adjoint ne sait pas.

La dernière fois qu'il a parlé à Ostnitski, c'était en octobre 1940. Le Polonais s'était évadé de l'hôpital de Toulouse quelques mois après son évacuation, malade, du camp du Vernet. Le gouvernement Daladier l'y avait fait interner en décembre 1939 pour espionnage, sur signalement du 2e Bureau, convaincu qu'Ostnitski travaillait pour le IIIe Reich. Dès l'arrivée du Führer au pouvoir en 1933, la Gestapo a commencé d'expédier ses espions à l'étranger, les faisant passer pour des journalistes, des hommes d'affaires, voire des réfugiés fuyant le nazisme. Ce qui lui permettait de surveiller de près les authentiques antinazis, tout en préparant des listes noires pour le jour où la Wehrmacht occuperait les pays qui leur offraient l'asile ; ou, méthode plus rapide, d'envoyer des équipes de tueurs pour les liquider.

Rentré clandestinement à Paris, le Polonais cherchait un visa lui permettant de gagner la Suisse, mais a fini par se rapprocher des occupants. D'ailleurs le commissaire Louisille s'est toujours méfié de lui. Sadorski a dû insister, le présentant comme une source des plus utiles. Ostnitski fréquentait à la fois les Allemands de l'organisation Otto et des types douteux appartenant à l'émigration russe : le galeriste Stephan Djanoumov, l'assureur Serge Goloubine, le champion automobile Boris Ivanovsky qui était en relation avec le Suisse Max Stoecklin, agent de l'Abwehr… Il est également l'auteur d'un livre intitulé *Le Destin historique de la Pologne*, paru aux éditions Saint-Georges en 1940, dont il lui a offert un exemplaire dédicacé. Mais pourquoi la Gestapo l'a-t-elle arrêté et transféré à Berlin ? Ostnistki en saurait trop sur certaines affaires ? Il exerçait un chantage ? Ou bien il se serait mouillé dans des opérations déplaisant aux Boches ? Les trafics en tous genres ne manquent pas, dans le Paris de l'occupation… Mais quel rapport avec Louisille ou Sadorski ?

Ce dernier fait son examen de conscience : bien sûr, comme nombre de ses collègues, il encaisse de temps à autre des petites primes de la part de Juifs afin qu'il les laisse tranquilles – comme le consul Rozinsky avenue Mozart. Ou le petit tailleur polonais de la rue des Écouffes qui ressemble à Charlie Chaplin et lui a coupé un complet de bonne qualité, gratis. Certaines filles d'Abraham se prêtent également à des gâteries d'ordre sexuel pour éviter d'être expédiées aux Tourelles. Il y a aussi la faiseuse d'anges de la rue d'Alger qui verse à Sadorski 600 francs par mois, en échange de sa « protection » : car, sous le Maréchal, la vieille joue sa tête.

Et puis les cadeaux des indicateurs, les produits de marché noir, qui aident son Yvette à lui mitonner de bons petits plats quai des Célestins.

Mais, pour la Gestapo berlinoise, ce genre de chose n'est pas très sérieux. Rien qui puisse justifier un transfert depuis Paris, et toutes ces histoires… Ces flics curieux venus les regarder sous le nez dans le bureau du *Kriminalobersekretär* à grosses lunettes, et le grand patron aux yeux noirs fureteurs qui est entré leur serrer poliment la main… Sadorski n'a jamais rien fait contre les Allemands. Il n'a rien à se reprocher non plus par rapport à son administration – si ce n'est les broutilles du genre de celles qu'il énumérait à l'instant. Serait-il l'objet d'une dénonciation mensongère ? « Sado » n'a pas que des amis, à la Cité, loin s'en faut ! Le coup en traître viendrait de Cury-Nodon, ce faux cul, avec sa figure torve d'intellectuel et ses lunettes d'écaille… Ou de Foin, ou de Mercereau… Ou de l'inspecteur principal Martz, désireux de faire le ménage dans le « panier de crabes » de sa section. Ou, pourquoi pas d'un des ses propres inspecteurs sur lequel il aurait trop gueulé et qui se venge… Ça pourrait être grave ! Si les Boches, par exemple, se mettent à l'imaginer comme un dissident ! à croire que l'inspecteur Sadorski résiste en secret, qu'il passe des informations aux terroristes !… On trouve forcément, à la préfecture, quelques flics, parfois haut placés, gaullistes ou même communistes, qui jouent double jeu. Qui ont des états d'âme. Ou des velléités de prudence, pour le cas où la situation militaire se renverserait. On protège quelques personnes, à toutes fins utiles… On ruse, on biaise. On ne sert pas sincèrement le Maréchal et l'État français. La police n'a pas été suffisamment épurée après la fin du Front populaire… Mais lui, Sadorski, est un bon Français ! Il est innocent !

Une sueur glacée coule entre ses omoplates et jusqu'à la rainure des fesses. Tête basse, les poings serrés au fond de ses poches, Sadorski va et vient d'une extrémité à l'autre de sa cellule. Des bruits métalliques, des cris rauques, des éclats de voix lui parviennent à travers la porte. Toutes les rumeurs habituelles aux établissements pénitentiaires… à part qu'ici les gardiens hurlent plus fort encore que dans les prisons françaises. En revanche, tout est beaucoup plus propre. Le prisonnier interrompt ses allées et venues pour examiner sa couchette, celle où il s'étendra ce soir. C'est un lit militaire à trois planches, sur lesquelles sont placés trois espèces de poufs à ressorts, recouverts de paille. Ils sont de taille inégale, le plus haut destiné sans doute à servir d'oreiller. L'alignement des trois poufs est maintenu par le dessus-de-lit à carreaux. Cela paraît très instable et inconfortable. Une couverture beige en laine est pliée au pied du lit, elle porte l'inscription *POLIZEI-PRAS-1939* [1].

Quelle heure peut-il être ? Il semble à l'inspecteur que le jour, derrière le verre dépoli, diminue. La neige s'est calmée, en tout cas il ne voit plus tourbillonner les gros flocons humides de ce matin à la gare de Potsdamerplatz. Il a envie d'une cigarette. Il pense à son épouse, à leur logement, à son bureau, à ses camarades de la 3e section… Que s'est-il passé après son départ, que pense-t-on de lui à Paris ? Qui le remplace à la tête de sa brigade de voie publique ? L'inspecteur Migeon, ou un autre ? Sa femme s'inquiète-t-elle ? Est-elle allée à la préfecture, toucher pour lui sa ration de tabac ? A-t-elle demandé à parler à l'inspecteur principal Cury-Nodon ? Et de quelle manière le faux cul a-t-il répondu ?…

Un étage plus haut, une détenue s'est mise à chanter en français. Sadorski reconnaît les paroles de la fameuse

1. Pour : *Polizei Präsidium* (présidence de la police) 1939.

chanson de Rina Ketty, qu'Yvette – et des millions de gens dans le pays – fredonne souvent :

> *J'attendrai*
> *Le jour et la nuit, j'attendrai toujours*
> *Ton retour*
> *J'attendrai*
> *Car l'oiseau qui s'enfuit*
> *Vient chercher l'oubli*
> *Dans son nid…*
>
> *Le temps passe et court*
> *En battant tristement*
> *Dans mon cœur plus lourd*
> *Et pourtant, j'attendrai*
> *Ton retour…*

La voix est pure et jeune. Il y a donc des femmes détenues là-haut, au cinquième étage du bâtiment ? Des Françaises ? Ces dernières lui manquent déjà : drôles, vives, toujours le mot juste et l'esprit de repartie. Et point trop farouches… En comparaison, les femmes fritzes aperçues sur le trottoir de la gare pendant que les inspecteurs palpaient ses vêtements, et ensuite par les fenêtres de l'auto, lui ont paru sévères et raides. Vêtues sans élégance. Taille épaisse, jambes comme des jambons, pareilles à celles des « souris grises » des services allemands de l'Ouest… Il soupire. Quand reverra-t-il Paname, ses arbres en fleurs, la Seine et les Parisiennes ? son Yvette aimée ?

Et la fille qui continue de chanter si joliment, qu'a-t-elle fait pour se retrouver à Berlin ? De la résistance, c'est probable, sinon du terrorisme. Nigaude embobinée par la propagande des cocos, des youdis, des gaullistes… Papillons, fausses cartes, distribution de tracts à la volée, transport de matériel radio, d'imprimerie…

108

Explosifs, armes cachées au fond d'un panier, d'une serviette… Un 6,35 attaché sous le bas par une bande en caoutchouc, contre la cuisse tiède, pas loin de la culotte (ça, c'est Bauger qui le lui a raconté, ses petits yeux brillant d'excitation : que les amies des gars des Sections d'assaut, à Hambourg en 1932, agissaient ainsi et que le Front rouge leur avait piqué l'idée…). Officier boche descendu dans le dos d'une balle de ce même pistolet en prenant le métro, sentinelle abattue dans la nuit noire, rails déboulonnés, chaînes de montage sabotées… On chante, dans sa tête, *La Marseillaise* ou *L'Internationale*, et puis… Descendez de vélo, s'il vous plaît, mademoiselle. Faites voir les papiers d'identité. Voilà, nous y sommes, c'est fini. Fouillée, arrêtée, bref voyage dans le panier à salade ; et questionnée, battue à coups de nerf de bœuf ou de baguette de cornouiller si ça se passe à la préfecture, dans l'eau glaciale de la baignoire si c'est à la Gestapo… Sadorski l'aurait arrêtée lui-même, le cas échéant, sans déplaisir. Les ordres sont les ordres, et l'ordre public est menacé. Escale aux Tourelles, au Cherche-Midi, à la Santé, à la Petite Roquette, à Fresnes, ou à Romainville. Ensuite, gare de l'Est, un ou deux jours de train, menottes aux poignets, jusque chez M. Hitler… Adieu Paris, adieu la France, adieu papa et maman. Adieu le fiancé de la chanson triste.

En principe, la Gestapo n'arrête pas n'importe qui, ne fait pas n'importe quoi. Ils sont bien renseignés. Ce soir la fille chante, de sa voix pure, pour elle ainsi que pour les autres… et pour Sadorski, à la figure de qui elle cracherait normalement. Elle aura droit à la hache du bourreau, si juive, ou aux camps et ne se fait pas d'illusions. Les camps en Allemagne, en Pologne, pour le peu qu'il en a entendu, sont pires que les français. Propres peut-être mais pires. Le chagrin, le désespoir tout à coup le submergent. Il a plus pitié de lui-même que de la fille.

Sadorski se jette sur le couvre-lit à carreaux, les larmes mouillent ses joues, son menton, qu'envahit une barbe de plusieurs jours.

> *Le vent m'apporte*
> *Des bruits lointains*
> *Guettant ma porte*
> *J'écoute en vain*
> *Hélas, plus rien*
> *Plus rien ne vient...*
>
> *Le temps passe et court*
> *En battant tristement*
> *Dans mon cœur plus lourd*
> *Et pourtant, j'attendrai*
> *Ton retour...*

La voix finit par s'éteindre. Sadorski est allongé sur sa couchette, les poings sur les yeux. Lorsqu'il les ouvre, c'est pour constater que le carreau de la fenêtre a viré au bleu. Il ne neige plus. Dans la cour, en bas, des détenus chantent en chœur, sur l'ordre des gardiens qui les ont rassemblés, des chansons de guerre, ainsi que le *Horst Wessel Lied.*

Dann wehen Hitler Fahnen über allen Strassen, / Dann bricht der Tag der deutschen Freiheit an[1]...

La privation de cigarettes est insupportable. Ses mains en ont attrapé la tremblote. À la nuit tombée, un garde ouvre la porte de la cellule. L'homme crie, ordonne, par gestes, de se coucher.

La lumière reste allumée. Il fait froid, Sadorski s'enveloppe, comme il peut, avec la couverture, sa veste et son pardessus. Celui-ci glisse souvent à terre, le pri-

---

1. « Alors flottent les drapeaux d'Hitler sur toutes les rues, / Alors se lève le jour de la liberté allemande. » (Hymne du Parti nazi.)

sonnier grelottant ramène le manteau sur lui, se pelotonne sous le tissu lourd pénétré de courants glacés. Impossible de se réchauffer. Les genoux repliés contre la poitrine, il claque des dents. Ses vertèbres lui font mal, son nez coule, sa gorge s'irrite, il tousse, par quintes sèches et pénibles. Dehors dans la nuit, les faisceaux des projecteurs fouillent les nuages. Il revoit Louisille et la pièce où ils attendaient en bas, se rappelle leur discussion, les remarques acerbes, déloyales… L'autre l'a traité de pauvre type. Qu'en sait-il ? Sadorski ricane entre ses dents. Le distingué Sacha des pépées, maintenant tout déconfit. Tombé de bien haut… Pauvre type vous-même, monsieur !… Suspendu, mis à la retraite, sur demande expresse des Allemands. Avec un dossier gros comme ça dans leurs bureaux de Berlin. C'est Louisille qui aurait plutôt motif à s'inquiéter… Ce ne sera pas le premier poulet français que les Boches garderont chez eux, derrière les clôtures électrifiées, les miradors tenus par des SS avec leurs mitrailleuses. Songeant à cela avec un certain plaisir, Sadorski perd conscience de ce qui l'entoure. Il s'enfonce peu à peu dans un sommeil trouble que percent des cris…

— *Avancez ! Crénom de Dieu ! Avancez !*
— *Mais c'est quoi, qui bloque, là-devant ?*
— *Ce n'est pas possible ! Mais bougez-la, cette bagnole ! Vous, là !… Et vous… Donnez-leur un coup de main !…*

Au sud de la capitale, à l'aube du 14 juin 1940…

— *Le central de Versailles ne répond plus, monsieur, il se passe quelque chose d'anormal là-bas…*
— *Donnez-moi le secrétariat général de la préfecture d'Étampes ! Faites vite, mademoiselle…*
— *Allô ! Allô !*

– *Mes chefs de service rapportent qu'il sont refoulés par les militaires... Impossible dans ce cas d'obéir aux prescriptions du général commandant la Région de Paris...*

– *Le préfet est toujours à Versailles. N'obéissez qu'à votre conscience...*

– *Le trafic vers le nord devient de plus en plus difficile, sinon impossible, monsieur le secrétaire... Tout le monde se replie vers le sud. Je vais donner l'ordre de se diriger vers Étampes par Arpajon...*

– *Avancez !*

– *Maman ! Où es-tu, maman ?*

– *Avancez, bordel ! C'est un ordre !*

On ne compte plus les voitures en panne. Moteurs grillés, fumants, puanteur d'huile surchauffée, immobilisées entre les chars à foin, les fourgonnettes bouchères RVF, les camions bâchés de l'armée, les tracteurs, les ambulances, les poussettes d'enfant, les vélos, les brouettes, et les individus poussiéreux qui s'enfuient à pied avec valises et balluchons.

Sadorski contemple un autocar coincé dans le gigantesque engorgement, rempli de jeunes filles. Collées aux fenêtres, les yeux arrondis d'incrédulité et d'angoisse. Un corbillard parvient à se dégager, bourré de soldats qui vocifèrent. Ceux-là ont jeté leurs armes mais conservé leurs bidons de rouge. Les troufions se débinent plus rapidement que les civils. Leurs officiers ont déjà foutu le camp en voiture particulière, accompagnés en règle générale par leur maîtresse, avec les valises, les malles, les cartons à chapeau... La foule conspue les traîtres, les hommes politiques, les officiers responsables de la catastrophe. Dans le ciel, quelque part, venant de l'est, des ronflements caractéristiques de moteurs... ils se rapprochent très vite... Confusion maximale, rue Saint-Jacques, sur la nationale qui traverse Étampes. Les piétons lèvent le nez, les gendarmes qui tentent de réguler le trafic regardent aussi…

— *D'où ils viennent, ceux-là ? De chez nous, ou boches ? Ou… ?*
— *Je vois que deux, non, trois avions… Ils ont des cocardes ! C'est les nôtres !* (Cris de joie, applaudissements de la foule.) *Mais…*
— *Non ! Non ! C'est des Ritals !*
— *Putain, ils reviennent !*
— *Attention !… Mettez-vous à c…*

Un long, puissant sifflement. Sadorski se jette à plat ventre et protège sa tête avec ses mains. L'autocar explose.

10

Le capitaine Kiefer

Trois coups de cloche. Les cris « *Aufstehen*[1] *!* » résonnent à travers le dépôt de l'Alexanderplatz. Il est 6 h 30. Bruits de ferrures. Le judas s'ouvre, on vérifie que le détenu est levé. Sadorski fait son lit et sa toilette. Comme on lui a confisqué son peigne, il passe deux allumettes entre ses cheveux blancs en broussaille, tente de les démêler, de les lisser vers l'arrière. À 7 h 15, trois nouveaux coups de cloche : on sert le petit déjeuner. De 6 h 30 à 18 heures il est interdit de s'asseoir ou de s'allonger, les gardiens vérifient fréquemment par le judas. Certains sont plus méticuleux ou sévères que d'autres. Le dos appuyé contre le mur, Sadorski mange debout son morceau de pain, cinquante grammes environ, qu'il fait passer avec le maigre café d'orge non sucré. À 7 h 30 il faut balayer sa cellule. Le ciel est bleu presque tous les jours, au-dessus du vasistas.

Le Français est ici depuis une semaine. Il n'a toujours pas revu l'inspecteur boche. Il s'est imaginé beaucoup de choses. Que son Yvette avait été arrêtée, ainsi que des camarades. Qu'il allait être révoqué de la police nationale. Il a pleuré encore, et prié. Il n'a plus entendu la résistante chanter au cinquième étage. Les nuits, sous

1. « Levez-vous ! »

la lumière crue qui tombe du plafond, il se masturbe en pensant à Yvette, à d'autres femmes. La dactylographe de sa section, Suzanne Poirier, celle qui taille des pipes à Mercereau dans les toilettes de la préfecture ou aux W-C des bars-tabacs de l'île de la Cité. Les deux sœurs de l'avenue Kléber tapinant avec les Boches – que Sadorski comptait surveiller, mais son arrestation l'en a empêché. L'employée arabe de la ferme familiale, en Tunisie, la fille aux seins lourds et à la peau cuivrée qui l'a dépucelé trois mois avant qu'il ne parte à la Grande Guerre, et que le vieux a virée : elle n'était plus là quand il est revenu en 1919. Et la lycéenne juive de l'entresol, avec sa mignonne jupe à carreaux, la fille de la pianiste : la petite Odwak. Julie. Couché en chien de fusil sur son lit bancal, sa main droite astiquant sa verge, Sadorski s'efforce mentalement d'intégrer la gamine à l'une des mises en scène qu'il partage à domicile avec sa femme ; ses « bêtises » inavouables… Leur trio de fantaisie fonctionne plutôt bien. Maintenant, il écoute Yvette qui récite, d'un ton convaincu : « Je t'interdis de jouir… Petit garnement ! Je t'interdis de jouir !… » Sadorski s'est redressé, étouffant un râle, le sperme a giclé sur la faïence de la cuvette, en gouttes épaisses et jaunes qu'il a évacuées ensuite sous l'eau du robinet.

La nuit, des cris viennent des bureaux d'en face, où la Gestapo poursuit ses interrogatoires. Des coups sourds, des voix d'hommes et de femmes qui hurlent et soudain se taisent. Et, vers 5 heures, chaque soir, montent de la cour les chants de guerre exécutés par les prisonniers mineurs qui font leur promenade. Les voix sont sèches et pâles, emplies de tristesse. Parfois les surveillants leur font chanter des tyroliennes. Dimanche et lundi de Pâques ont passé. Sadorski utilise ses allumettes pour compter les prières. Chaque fois il répète deux *Pater* et cinq *Ave*. Il se sert aussi des petits bâtonnets pour compter les jours. En tout, il possède quinze allumettes dans la boîte. Aujourd'hui est vendredi. Le vendredi 10 avril 1942.

La veille, un prisonnier de corvée est entré dans la cellule. Il a pris, entre deux doigts, une des joues de Sadorski, lui a tourné brutalement la tête. Il est ressorti, pour revenir avec un blaireau usé et une tasse ébréchée contenant un morceau de savon à barbe. Il lui a ordonné de se savonner. Un garde observait la scène. Le prisonnier parlait à Sadorski, qui a feint l'incompréhension. D'ailleurs ce type avait un accent épouvantable en allemand, ce devait être un youdi polonais. Il a crié, pris brusquement Sadorski par le bras, lui a fait signe de sortir son escabeau sur la galerie. Tout en parlant, l'homme a placé l'escabeau contre le mur, fait signe au détenu de s'asseoir. De la paume de la main, il lui a appliqué sans ménagement la tête contre le mur, lui cognant l'arrière du crâne.

– *Sprichts du Deutsch ?*

– *Nein*, je suis français, mon pote…, a répliqué Sadorski.

– Ah, *ja, ja.*

Il s'est mis à le raser, avec une lame émoussée qui, au lieu de couper les poils, les arrachait. En même temps il répétait d'un ton sarcastique : « *Paris schön…* » L'accent du barbier est si mauvais que Sadorski a compris, au début, « Paris jeune ». Son travail terminé, le Juif a repris l'escabeau, l'a balancé à l'intérieur de la cellule, le culbutant par-dessus le lit. S'essuyant la figure, les joues brûlantes, Sadorski a constaté qu'on ne l'avait rasé qu'à moitié. Furieux, il a appelé un surveillant, exigé du papier et un crayon afin de rédiger une réclamation. Il a écrit :

Messieurs. Je désire être entendu par un interprète. Je souffre beaucoup du régime qui m'est infligé. Je suis français, fonctionnaire, ancien combattant. Je n'ai jamais commis d'acte ou de gestes licencieux contre l'armée allemande ou contre l'un de ses membres.

Léon Sadorski

Le Boche est reparti avec la réclamation. Et, ce matin du vendredi, Sadorski entend des bruits inhabituels à l'étage. Un gardien lui fait signe de sortir, de laisser son pardessus mais de prendre sa serviette de toilette. Sur la galerie, un autre surveillant le fait intégrer une petite colonne de détenus. Sadorski se retrouve à côté d'un curé, à l'air morose et déprimé. Ils sont rejoints dans la colonne par un grand jeune homme amputé d'une jambe, il s'appuie sur des béquilles. Quand la colonne a atteint le nombre de douze, les gardiens les font quitter la galerie en file indienne et emprunter l'escalier. Ils descendent jusqu'au sous-sol. Sadorski est le neuvième dans la file. En chemin, ils rencontrent d'autres prisonniers, ceux-là en tenue à rayures. Le groupe arrive à la salle des douches. On les compte une nouvelle fois avant de les laisser entrer. Le sol est trempé d'une eau sale et tiède. On enferme les hommes avec un prisonnier de corvée, chargé d'actionner les robinets. Les gardiens surveillent de l'extérieur à travers les grilles. Il y a un long banc, et un minuscule portemanteau. Sadorski ne sait trop où se mettre, entreprend de se déshabiller, lourd et empoté. Il constate, en regardant les corps nus, que presque tous ses compagnons sont circoncis ; il est entouré de youtres ! Les types ont presque tous le visage tuméfié, des dents cassées, le corps marbré d'ecchymoses. Peu à peu, avec l'eau bouillante qui ruisselle des douches, s'élève un brouillard de vapeur qui rend les silhouettes indistinctes. Les prisonniers en profitent pour griffonner hâtivement des billets qu'ils passent au préposé aux robinets. Sadorski se réchauffe sous l'eau brûlante. Cela fait une semaine qu'il ne s'était pas lavé convenablement, et avec de l'eau chaude. On a droit à trente minutes. À la sortie, le curé lui prête un peigne, tandis qu'ils se rhabillent avec leurs vêtements sales. L'homme apprend à Sadorski qu'il est prisonnier depuis sept mois, allemand et antihitlérien. L'Allemagne est sévèrement bombardée, affirme-t-il, les Américains ne tarderont pas à débarquer à Vladivostok pour aider les Russes. Sadorski se contente de hocher la tête. Le prêtre lui refile en douce un morceau de papier plié. Une fois rentré dans sa cellule, dépliant le papier le dos tourné au judas, Sadorski découvre une sorte d'alphabet morse, destiné à la communication entre prisonniers. Il songe un instant à le montrer aux Boches, afin de se faire bien voir et d'obtenir une entrevue avec les inspecteurs de la police d'État. Sans dénoncer le curé, cependant, car Sadorski est bon catholique ; il faudrait inventer que l'alphabet lui a été donné par un des circoncis de la douche.

En fin de matinée, la porte de la cellule s'ouvre et Sadorski reconnaît l'inspecteur de l'autre jour, celui qui a promis de revenir les chercher. Il lui fait signe de l'accompagner. Le long de la galerie, les jambes du Français flageolent, que ce soit d'émotion ou d'inanition – il a perdu plusieurs kilos, nourri de soupe claire une seule fois par jour, accompagnée d'un quignon de pain. Et, trois fois par jour, le café d'orge dilué qui ressemble à une eau noirâtre. Le plus dur est la privation de tabac. L'inspecteur aide Sadorski à descendre les escaliers. Ils quittent la prison, traversent la cour aux paniers à salade, empruntent des couloirs menant à la cantine de la présidence de la police. Attablé en compagnie de deux hommes en civil, ils retrouvent l'ex-commissaire Louisille. Celui-ci est un peu pâle, très souriant, il fume une cigarette et boit des bières avec les deux autres. Sadorski est prié aimablement de s'asseoir.

Un cantinier lui apporte un grand verre de bière et pose sur la table une soucoupe où sont disposées trois cigarettes. Un des Allemands s'adresse à lui en français :

— Servez-vous, je vous en prie, monsieur Sadorski…

Les mains de ce dernier tremblent, pendant que le policier lui offre du feu avec son briquet. Sadorski inspire la première bouffée de fumée jusqu'au fond des bronches.

— Vous n'avez pas l'air très en forme, mon pauvre Sado, ironise Louisille depuis l'autre côté de la table. Et leur coiffeur polonais ne vous a pas gâté. Quelque chose dans votre figure ne lui a pas plu ?

Lui, est convenablement rasé et peigné. Sadorski réagit par un regard furibond.

— Oh, c'était assez dur pour moi aussi, remarque son ancien chef. Mais nos affaires sont en passe de s'arranger, avec ces messieurs de la Gestapo qui font leur possible pour éclaircir la situation…

L'employé de la cantine leur sert une soupe, un plat de poisson, et pour finir une espèce de pudding arrosé d'un sirop rouge acidulé. Sadorski a eu droit à une nouvelle cigarette. On lui apprend que les deux gestapistes sont des inspecteurs. Le visage du premier ne lui est pas inconnu, avec son front fuyant, son nez allongé et sa petite moustache noire. Il parle un français impeccable, se nomme Louis Eggenberger dit « Berger » et a travaillé à Paris pour le 2ᵉ Bureau.

Après déjeuner, Louisille et Sadorski sont conduits à la pièce 260 de la police d'État, déjà visitée lors de leur arrivée à l'Alex. Le *Kriminalobersekretär* à lunettes rondes est assis derrière son large bureau noir. Louisille s'avance vers lui à grandes enjambées, lui serre obséquieusement la main, le présente, très homme du monde, à Sadorski :

— Voici ce cher capitaine Kiefer, que vous connaissez déjà, n'est-ce pas. Cet officier SS est chargé des affaires françaises dans le service de contre-espionnage pour l'Europe de l'Ouest, la Section IV E 3 de la Gestapo. Nous avons eu d'intéressantes conversations…

On leur désigne des chaises, comme la semaine précédente, mais moins éloignées du bureau. Le petit homme à lunettes prononce quelques mots qu'il fait traduire, assez inutilement pour Sadorski, par l'interprète « Berger ».

– Comment va votre santé, monsieur Sadorski ? Supportez-vous votre détention ? Je suis vraiment désolé de ces inconvénients… Mais, je vous en prie, asseyez-vous. M. Louisille vous connaît bien, il m'a dit que vous étiez coléreux mais travailleur. J'ai même lu des notes vous concernant, écrites par M. Louisille et d'autres de vos chefs, dans votre dossier… Des notes plutôt élogieuses. Il faut que nous parlions, tous ensemble. D'abord, êtes-vous inquiets ? Et que pensez-vous de la police allemande ?

Il observe les Français tour à tour ; les questions s'adressent visiblement aux deux. Louisille prend les devants :

– Mon capitaine, avant la déclaration de guerre tant de choses ont été dites sur le compte de la Gestapo… Rapportées et colportées par des émigrés politiques venus d'Allemagne… et dénuées de toute objectivité, naturellement, puisque ces gens, souvent des communistes, ou des socialistes marxistes, étaient des ennemis jurés de votre Führer. Bref, les Français ainsi abusés par ces fugitifs, qui du reste sont parfois des repris de justice, en étaient venus à considérer la Gestapo comme un organisme cruel, puissant… euh, ce dernier qualificatif est exact, bien sûr… et, en tout cas, redoutable. Ils avaient donc très peur de votre police secrète d'État.

Le sourire du capitaine Kiefer s'élargit à mesure qu'on lui traduit cette version des faits.

– Je vois, je vois. Mais, savez-vous, la Gestapo, en réalité, n'est absolument pas l'organisme que décrivent les Juifs et les Anglo-Saxons… Par exemple, il est formellement interdit chez nous d'exercer aucun sévice sur un prisonnier, quel qu'il soit, sous peine, pour les auteurs de ces sévices, d'un internement temporaire d'au moins cinq ans ! Les fonctionnaires de la Gestapo ont pour devoir et obligation de conduire ou traiter une affaire avec la plus grande objectivité.

Il s'interrompt pour allumer un cigare, et ajoute :

– Cependant, les gens qui entrent ici ont en général commis quelque chose de répréhensible, c'est pourquoi peu sortent libres de ce bâtiment. Mais ceux qui n'ont vraiment rien à se reprocher, comme vous j'espère, alors ceux-là sont renvoyés chez eux, car la Gestapo ne recherche que la vérité simple. Dans chaque chose et dans chaque affaire !

Les épaisses lunettes rondes lui agrandissent les yeux. Ceux-ci brillent d'un éclat métallique qui dément l'amabilité des propos. Sadorski demeure assez inquiet. Son ancien chef s'empresse de répondre.

– Justement, moi je n'ai rien à me reprocher ! C'est pourquoi, lorsque vous aurez terminé votre enquête, j'ai bon espoir de sortir d'ici et de repartir pour la France…

Le capitaine Kiefer le coupe et demande son avis à Sadorski.

– De même, certainement, monsieur le capitaine ! Je vous dirai la vérité simple, et j'ai le ferme espoir de quitter librement ce service.

L'autre a un ricanement bref.

– Je vous le souhaite. Mais savez-vous pourquoi on vous a amenés à Berlin ? Que vous a-t-on expliqué avant votre départ ?

– Deux policiers se sont présentés chez moi à 7 heures du matin, dit Louisille. Ils m'ont conduit à la police judiciaire, où j'ai été informé que mon arrestation avait pour but de m'entendre comme témoin dans l'affaire Ostnitski… Cependant, je ne comprends pas pourquoi je suis soumis à un tel régime.

Sadorski répond de même qu'on lui a indiqué qu'il devait être entendu dans une affaire d'espionnage concernant le nommé Stanislaw Ostnitski.

– C'est exact, leur fait dire le capitaine Kiefer. Mais ce n'est pas seulement au sujet de l'affaire Ostnitski. Il y a contre vous des accusations sérieuses, qui émanent de Paris. Nous nous bornerons à effectuer notre enquête et à vous entendre. Nous vous demandons de nous dire tout ce que vous savez. Dites la vérité, et tout ira bien. Si vous mentez, vous aurez des ennuis très graves. C'est clair ?

Les deux Français hochent vivement la tête pour signifier que c'est très clair.

– Bien. Nous ne vous demanderons rien en ce qui concerne vos camarades ou collègues de votre administration. Nous ne vous demanderons rien non plus en ce qui concerne des compatriotes, mais nous vous demanderons *tout* en ce qui concerne des Allemands, des Autrichiens, des Tchèques, enfin tout ce qui concerne les cochons qui ont trahi ou vendu leur pays. Et tous ces fumiers de Juifs, ces émigrés, ces politiciens qui s'étaient réfugiés chez vous… et qui, en fin de compte, trahissaient même le pays qui leur offrait asile !

Le petit homme à lunettes rondes a quitté son fauteuil, il se promène de long en large à travers la pièce en tirant de courtes bouffées de cigare. Louisille et Sadorski ne répondent rien, ils sont pétrifiés. Le capitaine Kiefer reprend sa place derrière le grand bureau.

– Vous serez bientôt présentés à notre directeur.

Timidement, Louisille fait demander par l'inspecteur Eggenberger combien de temps encore ils devront rester à Berlin.

– Au moins une dizaine de jours. Si vous êtes raisonnables. Si vous collaborez de manière satisfaisante.

– Certainement, mon capitaine. Mais entre-temps m'autorisez-vous à écrire à ma femme ? Pour la rassurer…

– On verra. Je poserai la question au directeur.

Le *Kriminalobersekretär* se replonge dans ses dossiers. Un silence pesant s'installe, interrompu par les sonneries régulières du téléphone. Kiefer y répond en général par des ordres et des injures criés dans le combiné, avant de raccrocher sèchement. Louisille pose des questions aux inspecteurs à propos de Berlin, de leur travail… Sadorski intrigué l'observe à la dérobée. Il constate une nervosité extrême chez son ancien chef. Louisille parle de plus en plus, à tort et à travers, en un mélange franco-allemand approximatif. Les inspecteurs qui passent dans la pièce le dévisagent avec curiosité ; de même que *Fräulein* Sabine, la dactylo blonde, entre deux documents à taper en cinq exemplaires pour le capitaine Kiefer.

– J'ai bien l'intention de visiter Berlin, poursuit Louisille. Votre capitale est magnifique… Je n'étais jamais venu, et je le regrette… Enfin, il est toujours temps de… n'est-ce pas ? Mais, vous savez, je me demande bien quelles peuvent être ces accusations portées contre moi… Des calomnies, forcément. Et vous, Sado, qu'en dites-vous ? Parlez, voyons… Vous êtes muet comme une carpe. C'est énervant, à la fin !

L'interpellé se dérobe en tournant la tête, affectant de n'avoir pas entendu. Il feint un intérêt subit pour des éléments du décor situés de l'autre côté de la pièce. Par la fenêtre on aperçoit des immeubles de Berlin enveloppés d'une brume noirâtre. Sadorski distingue même les rames du métro aérien, à l'extrémité de l'Alexanderplatz, sous des rafales de fumée rabattues par un vent violent. Il fait bon en revanche dans le bureau. Si seulement Louisille pouvait fermer sa grande gueule ! Que signifient ce comportement et ce défilé de questions stupides ? Sans doute espère-t-il que Sadorski se mette à parler lui aussi. Au fil de la conversation, tous deux pourraient en profiter pour échanger discrètement, en français, des idées quant à la conduite à tenir au cours de l'interrogatoire… C'est nécessaire en effet, après les déclarations du capitaine Kiefer. Mais il faudrait que l'interprète s'absente un moment. Les autres ne comprennent pas, ou mal, leur langue. Sadorski observe un inspecteur boche qui paraît fasciné par la conduite étrange de Louisille. L'inspecteur est mince et blond, il a une trentaine d'années tout au plus. Il mâchonne une allumette, fixant le commissaire de ses yeux pâles et inexpressifs. Sadorski, avec délectation, s'imagine tirant par surprise son pistolet de sa poche, et faisant éclater la mâchoire du blondinet. S'il n'avait pas laissé son 7,65 à Paris… Et si les autres avaient omis de le fouiller… Du sang partout sur le tapis, et des dents. Kiefer se lèverait pour hurler des imprécations. Et *pan !* une balle dans l'œil, à travers les lunettes. Sadorski se sent en plein drame policier, dans une atmosphère électrique, comme au cinéma… Ses mains tremblent, en même temps il a la nausée. Il craint de perdre son sang-froid. Les inspecteurs de la Gestapo l'observent probablement lui aussi. Comment jugent-ils son attitude ? Et quelles sont ces « accusations sérieuses » portées à Paris contre lui ou contre Louisille ? De qui émanent-elles ?

Le téléphone sonne de nouveau, le fait sursauter. Le capitaine Kiefer a décroché, il se lève et s'exclame cette fois sur un ton obséquieux :

– *Ja, Herr Direktor ! Ja, ja. Natürlich. Ich hole die beiden Männer sofort !… Jawohl, Herr Direktor ! Heil Hitler !*

Il claque des talons, remet en place le combiné avec soin, et siffle :

– Monsieur Louisille. Monsieur Sadorski. Nous maintenant aller voir *Herr Direktor* !...

11

Premier interrogatoire

On les fait attendre dans une petite antichambre. Le *Kriminalobersekretär* paraît nerveux. L'inspecteur Eggenberger a été invité à pénétrer seul dans le bureau directorial. Vient ensuite le tour des trois autres.

Le directeur est un homme jeune, moins de quarante ans, distingué, en uniforme vert-de-gris. Il porte l'insigne des SS et la croix de fer. La présence de l'interprète semble inutile, car le directeur s'exprime en assez bon français. Le portrait d'Hitler derrière lui est plus grand que ceux des autres bureaux.

– Je vous en prie, asseyez-vous. Messieurs, je vous souhaite la bienvenue à la présidence de la police de Berlin. Je suis le *SS-Sturmbannführer* Herbert Fischer, je dirige le service IV E 3 de la police d'État, chargé du contre-espionnage en Europe de l'Ouest. Je tiens à m'excuser personnellement du régime pénitentiaire qui vous est actuellement imposé.

Un peu ahuris, Louisille et Sadorski sont installés dans de profonds fauteuils en cuir, face au bureau du commandant SS. Le capitaine Kiefer et l'interprète demeurent debout. Le directeur continue, affable et l'air sincèrement navré :

– Messieurs, je ne suis nullement le décisionnaire en ce qui concerne votre régime : je ne fais qu'exécuter des ordres qui viennent d'en haut. Cependant, puisque vous

vous trouvez à la disposition de mon service, et que je suis en quelque sorte responsable du bien-être de mes « invités », je ferai en sorte d'adoucir la situation qui est la vôtre… Et d'améliorer la nourriture que l'on vous sert. Vous aurez du café, des cigarettes, des cigares… Croyez-moi, nous tâcherons d'écourter le plus possible ce séjour à Berlin.

Encouragé, Louisille se penche en avant dans son fauteuil. L'homme du monde chez lui reprend le dessus.

– Je vous remercie, monsieur le directeur, de ces délicates attentions, qui me touchent profondément. Toutefois, je ne puis m'empêcher de faire quelques remarques, je vous en prie n'y voyez aucun mal. Mon collègue et moi avons été amenés ici en qualité de témoins dans une affaire, et dès notre arrivée on nous a écroués dans une prison ! M. Sadorski est un fonctionnaire de police en activité, il a une épouse à Paris sans nouvelles de lui… Quant à moi, si je n'appartiens plus à l'administration, ma famille et mon enfant sont sûrement très inquiets de mon sort. Je vous serais reconnaissant de pouvoir leur envoyer quelques nouvelles afin de les rassurer. Enfin, monsieur le directeur, je vous demanderai de faire la lumière sur ma personne pour en finir avec toutes les histoires que l'on me reproche…

– Vous n'êtes plus commissaire de police, n'est-ce pas ? l'interrompt le *Sturmbannführer* Fischer.

Louisille, désarçonné, se trouble.

– Oui, non, enfin, je ne suis plus commissaire principal en activité depuis deux mois environ… Je… j'ignore les raisons de ma disgrâce. J'ai adressé une réclamation à M. le préfet de police. Il m'a été répondu que la mesure prise à mon encontre répondait à une sollicitation des Allemands… mais, euh, lorsque j'ai pu me renseigner auprès des Autorités d'occupation, on m'a dit que la mesure émanait seulement des Français. Alors, je ne comprends plus…

– Vous avez fait de la prison en 1940 ?

Le ton du directeur s'est fait plus tranchant.

– Je… j'ai été arrêté, en effet. Et incarcéré trois semaines à la prison du Cherche-Midi en juin 1940… Peu après votre victoire en France. J'ai du reste beaucoup souffert durant ma détention. Mais cela n'avait rien à voir avec des activités antiallemandes ! Plus tard on m'a appris que j'étais victime d'une vengeance personnelle. De la part d'un journaliste français, M. Lesca, administrateur du journal *Je suis partout*. Ce monsieur m'a traité de métèque, ce qui est absolument faux. Je suis un bon Français de souche aryenne. Il m'en voulait parce que, en tant que chef de la Section spéciale des recherches, j'avais dû diligenter une enquête sur son hebdomadaire…

– Pourtant, j'ai lu dans votre dossier une note de l'Abwehr vous signalant comme demi-juif et franc-maçon. Nous sommes au courant de *tout* à la Gestapo, ne l'oubliez pas.

L'ex-commissaire blêmit. Il bafouille :

– Je… c'est faux. Enfin, vous devez être mal renseigné. Sur ce point en particulier, je veux dire. Mais…

– Savez-vous qui, depuis l'accession du Führer au pouvoir, est devenue la femme la plus désirée d'Allemagne ?… Non, messieurs ? Vous l'ignorez ?

Les deux Français demeurent silencieux dans leurs fauteuils. Louisille la bouche ouverte, Sadorski fronçant les sourcils.

– Eh bien, dit Fischer, c'est… la grand-mère aryenne !

Il éclate de rire, imité aussitôt par le capitaine Kiefer et par l'interprète. Le temps de saisir la plaisanterie, les prisonniers s'esclaffent à leur tour.

Le *SS-Sturmbannführer* s'essuie les yeux, affichant un sourire ravi. Il glousse :

– Cette blague circule depuis longtemps en Allemagne, elle n'est pas de moi, hélas… Et vous, monsieur

Sadorski ? Vous avez une grand-mère juive, si je ne me trompe…

Sadorski rétorque vivement :

— Mais pas du tout, monsieur le directeur !

Fischer prend un ton soupçonneux.

— Vous avez été convoqué en 1941 au Service juif de la préfecture. Le commissaire François voulait connaître le détail de votre filiation. Il avait de bonnes raisons pour cela.

— Oui, ou plutôt non, monsieur le directeur. J'ai été effectivement convoqué. Le lieutenant Limpert, qui disposait d'un bureau de liaison auprès de ce service, à côté du bureau de M. Vayssettes, réclamait six policiers français avec à leur tête un chef, pour surveiller les Juifs de Paris. Renseignement, perquisitions, arrestations… Ce que ma section des RG pratique maintenant à une plus vaste échelle. Comme je m'occupais déjà du Rayon juif à l'époque, j'ai été proposé pour ce poste. Or la mère de ma mère se prénommait Sarah. On pensait que c'était juif… Mais il y avait erreur. Ma mère vient d'une famille d'Alsaciens catholiques, depuis des générations…

— Mais lorsque le lieutenant Limpert vous a offert de prendre la direction de ce service, ce qui incluait une promotion à un grade supérieur, vous avez refusé. Pourquoi, monsieur Sadorski ?

L'interrogé s'est mis à transpirer dans son fauteuil. Son voisin Louisille le surveille avec intérêt.

— Je… j'ai répondu au lieutenant que je devais en référer à mes supérieurs. En l'occurrence, le commissaire Lantelme, qui dirige la 3e section. Celui-ci m'a déconseillé d'accepter.

— Et pourquoi ?

— Aucune idée, monsieur le directeur. Mais je suis un fonctionnaire, j'obéis à mes supérieurs…

– Vous rappelez-vous ce que le lieutenant Limpert a répliqué, quand vous avez prétexté le devoir d'en référer à votre chef ?

– Il… il a dit : « Je me fous de votre commissaire. »

Les lèvres du *Sturmbannführer* s'étirent en un sourire glacé.

– Je pourrais vous dire la même chose, monsieur Sadorski. Vous auriez dû accepter ce poste.

– Oui, monsieur le directeur.

– Les Juifs sont de sales cochons. Ne pensez-vous pas ?

– Si, monsieur le directeur. J'en ai arrêté beaucoup, vous savez…

– Un certain nombre, mais ce n'est pas suffisant. Dans un rapport émanant de notre ambassade de Paris, le Dr Zeitschel rappelle très justement que c'est à Paris que la question juive est la plus urgente, car c'est dans cette ville que se trouve la plus forte proportion de Juifs. Il a été décidé que cinq mille d'entre eux seront évacués de Drancy cette année, et le *SS-Obergruppenführer* Heydrich a donné son accord pour d'autres déportations de plus grande envergure en 1943. Nous comptons évidemment sur la police et sur la gendarmerie françaises pour nous aider à faire le ménage. J'ai lu votre dossier. Vous êtes juif, monsieur Sadorski. Un Juif vous considérerait comme tel. Ils pensent que cette race ne se transmet que par la mère. Ils ne se font pas confiance entre eux ! Et ils ont raison. (Il ricane.) Vous êtes sûrement de mon avis.

Sadorski se penche au bord du fauteuil.

– Oui, monsieur le directeur, mais je ne suis pas juif ! Tenez, la preuve : je n'hésite pas à vous montrer le papier secret qu'un youpin m'a donné aux douches, hier… Regardez…

Fébrilement, il sort l'alphabet plié de sa poche et le tend au *SS-Sturmbannführer*. Celui-ci le déplie pour l'examiner, aussitôt rejoint par le capitaine Kiefer, dont les yeux brillent de rage derrière ses lunettes.

– Qui vous a donné ça ? hurle-t-il.

– Je vous l'ai dit. Un détenu juif, sous la douche, en profitant des nuages de vapeur…

– Vous auriez dû le dénoncer tout de suite au *Wachtmeister* ! Bon, je m'en occupe !

Il range le bout de papier dans sa poche. À côté de lui, le directeur du service IV E 3 de la Gestapo de Berlin toise son monde d'un air satisfait.

– Il serait plus avisé en effet, messieurs, de ne pas nager contre le courant. Nous sommes les plus forts ! Ici on travaille pour la sécurité des citoyens d'une grande Europe, une Europe pure et puissante avec en son centre le Reich allemand, et le Führer pour la guider ! Les Juifs, qui ont fait tant de mal, qui ont causé cette guerre, seront traités comme la vermine qu'ils sont. Pareil pour les bolcheviks, que nous sommes en train d'étriller à l'Est. Vous, messieurs les Français, si vous êtes sincères et honnêtes, si vous collaborez avec nos inspecteurs qui vous poseront des questions, vous n'avez rien à redouter de la Gestapo. Au contraire, elle vous protège des Juifs, des gaullistes, des terroristes et des bolcheviks. Je vous l'ai promis : je veillerai à améliorer votre régime… Avez-vous quelque chose à ajouter ?

Sadorski voit le commissaire Louisille lever la main, toujours très pâle.

– Je… monsieur le directeur, j'aurais des déclarations à vous faire… et des documents à vous présenter, si vous voulez bien m'accorder une audience *personnelle*.

Il a lancé un regard en coin à Sadorski. Ce dernier se demande ce que manigance son ancien chef. Le *Sturmbannführer* étudie Louisille avec un visage inexpressif.

– Monsieur Louisille, depuis que vous avez quitté la police française en février de cette année, quels sont vos moyens d'existence ? vos occupations ? vos relations ?

L'ex-commissaire s'éclaircit la voix.

– Il me reste quelques économies, heureusement, ainsi qu'à ma femme. Je n'ai pas beaucoup de relations, mais il y a une quinzaine de jours je suis entré au service d'une maison d'import-export, la société Boyer Frères, qui a ses bureaux rue Lafayette à Paris. Je ferai d'autres déclarations au cours de l'entretien sollicité, monsieur le directeur.

Il se tait. Fischer réfléchit quelques instants, puis :

– Bien, nous verrons plus tard. Merci de votre visite, messieurs. Vous pourrez écrire à vos épouses et leur dire que vous allez bien. Je pense avoir le plaisir de vous retrouver à Paris au mois de mai. Il faudrait que nous passions une soirée ensemble. Connaissez-vous le cabaret Shéhérazade, rue de Liège ? Et le Monico à Pigalle ? Naturellement. Ah, Paris… Le *Kriminalobersekretär* Kiefer va vous reconduire. *Heil Hitler !*

Le directeur serre la main des deux Français, qui répètent servilement « *Heil Hitler !* ».

De retour dans les bureaux de la section française de la Gestapo, Sadorski est séparé de Louisille et du capitaine Kiefer, et conduit jusqu'au bureau 259^A. Une jeune secrétaire brune se repeint les ongles devant sa machine, après avoir introduit une feuille vierge dans le rouleau. Sadorski trouve cette fille plus attirante que *Fräulein* Sabine, la blonde filasse de la pièce 260. Eggenberger entre accompagné du grand inspecteur chauve aux yeux marron, aux mains de boxeur. Celui qui, une semaine plus tôt, a demandé à Sadorski comment il se sentait, avant d'échanger quelques mots avec lui – suggérant qu'étant alsacien de mère, il devait comprendre l'allemand. L'homme lui offre une cigarette de marque Juno, réclame une tasse de café. La secrétaire revient au bout de cinq minutes avec sur un plateau un pot de café fumant, trois tasses et une assiette contenant des portions de pâtisserie couvertes d'un glaçage blanchâtre.

– De la part de *Herr Kriminalobersekretär*, explique-t-elle.

Le Français remercie, déguste la pâtisserie sucrée, boit le café ersatz. C'est tout de même mille fois mieux que l'ordinaire du dépôt. Le grand chauve lui allume sa cigarette.

– Eh bien, monsieur Sadorski, dites-nous d'abord en quelles circonstances vous avez connu Stanislaw Ostnitski… ce traître qui est devenu informateur du gouvernement français.

– Le comte Ostnitski…

– Laissez tomber ce titre grotesque. Vous le savez parfaitement, cet individu n'est pas plus comte que vous et moi.

– Oui, bien sûr. J'ai rencontré M. Ostnitski à Paris en octobre 1939. Je venais d'être réintégré dans la police, après quelques années de suspension, où j'avais travaillé pour une agence privée, l'agence Dardanne. À l'automne 1939 on m'a engagé à la Section spéciale des recherches…

– Sous les ordres du commissaire Louisille.

– C'est exact. Je tiens à préciser que je ne connaissais pas ce commissaire précédemment. Je ne connaissais que le commissaire Lang. Bref, la guerre venait d'éclater, avec l'invasion de la Pologne. Une enquête m'a conduit rue Royale où avait lieu un défilé de haute couture. La collection Molyneux…

L'inspecteur Eggenberger traduit en allemand au fur et à mesure pour la dactylo. Sadorski aspire la fumée de cigarette, emplit ses poumons fatigués. Son regard s'attarde sur les cheveux bruns qui retombent harmonieusement sur les épaules de la jeune femme. Les doigts font crépiter les touches. Les cheveux bruns, les épaules nettement dessinées, se confondent avec d'autres cheveux bruns, d'autres épaules…

12

Thérèse

– Monsieur, votre carte, s'il vous plaît !

Sous l'entrée illuminée du n° 5 de la rue Royale, un groupe de jeunes filles forme un barrage strict. L'une d'entre elles a interpellé Sadorski.

– Ma carte ?

– Oui, monsieur. Votre carte pour la présentation…

La fille est blonde, jolie, affecte des airs distingués. Autour d'eux, des couples encore plus élégants, carton d'invitation à la main, descendent des puissantes cylindrées rangées le long de la rue Royale. Un agent casqué règle le trafic à coups de sifflet, son masque à gaz suspendu à la ceinture. Le crépuscule teinte de ses lueurs fauves les statues de la place de la Concorde, que protègent des murs de sacs de sable. L'inspecteur jette sa gauloise dans le caniveau, exhibe sa carte professionnelle.

– Préfecture de police, direction des Renseignements généraux et des Jeux.

La petite bouche aux lèvres rouges s'arrondit en « o », les yeux bleus s'écarquillent.

– Excusez-moi, monsieur. Vous pouvez passer…

On se croirait devant l'entrée d'un grand cinéma un soir de gala ; mais ces jeunes filles ne sont pas des ouvreuses, ce sont des vendeuses de chez Molyneux. Et le spectacle : la présentation de sa nouvelle « collection de guerre ». Sadorski n'était pas au courant. Une banale filature l'a mené ici, celle d'un émigré russe nommé Goloubine. L'homme est descendu à Concorde d'un autobus de la ligne 72, après être monté à la station du pont Mirabeau. Son fileur, assis en seconde à l'autre bout du véhicule, lisait *Paris-Soir* sans perdre le Russe de vue. Depuis trois semaines que Sadorski a été réintégré à la préfecture comme simple inspecteur, il a perfectionné, sous la houlette de ses nouveaux collègues, l'art délicat de la filature qui est une spécialité des RG.

On lui a appris notamment à travailler en équipe : les inspecteurs, dont l'un circule à vélo pour parer à toute éventualité, se relaient sous les apparences les plus diverses. Ces hommes sont, selon l'argot de la maison, « chanstiqués », c'est-à-dire changés : en ouvrier à casquette en bleu de travail, en aveugle à lunettes noires et canne blanche, en employé du gaz avec sa sacoche… ou en bourgeois dans une confortable tenue de ville. Par chance, c'est ce dernier cas ce soir. Sadorski ne détonne pas trop dans les vastes salons tendus de gris – couleur d'une mélancolie de bon goût, choisie par respect envers nos infortunés alliés polonais.

L'inspecteur a confié manteau, chapeau et masque à gaz à une employée du vestiaire, en échange d'un ticket numéroté. L'assistance est en majorité britannique. Il n'aperçoit pas Goloubine, qu'il a vu pourtant pénétrer sous le porche illuminé, donner son carton à l'une des hôtesses. Les hommes portent la jaquette, les femmes des robes ou des tailleurs sombres. Sadorski remarque de nombreux insignes, en broche ou au revers de la jaquette : ils évoquent le plus souvent quelque unité anglaise. Un brouhaha signale l'arrivée de la générale Gamelin, vêtue d'un strict tailleur sur une blouse de satin blanc. La générale rejoint le fauteuil à son nom au premier rang du public, au bord de l'estrade où défileront les mannequins. Déjà installée, l'ambassadrice

Mrs Daisy Fellowes tricote, de façon assez insolite, une chaussette en laine et ne prête aucune attention à ce qui l'entoure. Sadorski se souvient d'avoir lu dans un magazine, acheté par son épouse, que cette Anglaise foldingue fait de même à l'heure du thé dans les salons de son ambassade, œuvrant, éternellement semble-t-il, sur cette moitié de chaussette… La bonne société lui pardonne volontiers une aussi amusante excentricité. L'inspecteur se dirige vers un des huissiers, fait voir discrètement sa carte et se renseigne sur les invités les plus connus : la duchesse de Windsor, la comtesse de Castellane, lady Mendl, la duchesse de Chaulnes… Lui-même reconnaît le commissaire général à l'Information, l'écrivain Giraudoux, qu'accompagnent sa femme, son collaborateur M. Martinaud-Déplat, directeur du service de presse et de censure et, habillée d'un tailleur beige, l'actrice Mlle Arletty. Fébrilement, Sadorski cherche un bout de papier dans sa poche, un stylo. Il se dirige vers le groupe.

– Figurez-vous, s'indigne le ministre, que mon département cinéma vient de me présenter un film de propagande produit par un Français, où toute une séquence est consacrée au prétendu « saccage du palais de Mgr Innitzer, archevêque de Vienne, par de jeunes nazis »… Dès le lendemain, j'ai convoqué Mlle Borel pour lui dire que je tiens ce film pour *primaire*. La scène du palais est inadmissible ! ai-je expliqué à cette créature du Quai d'Orsay… Je connais bien l'Allemagne, moi ! Vous ne savez pas ce que sont les jeunes nazis ! Vous ne savez pas comme ils sont beaux, comme ils sont héroïques, comme ils ont le sens du sacrifice !…

Les dames, ainsi que le directeur du service de presse, un proche de Daladier, acquiescent à l'envolée lyrique de l'homme de lettres germanophile. Ses opinions sont néanmoins curieuses en temps de guerre. L'inspecteur principal adjoint a réussi à s'approcher d'Arletty.

– Pardon, madame… Si cela ne vous dérange pas…

Elle lui sourit aimablement. Avec l'accent gouailleur qui fait son succès :

– Mais non, mon beau ! C'est pour vous ?

– Euh, pour mon épouse, bégaye Sadorski. Elle se prénomme Yvette.

– Avec plaisir…

Tandis que la vedette signe son autographe, Sadorski, incapable de se rappeler son dernier rôle, improvise à tort et à travers :

– Ma femme m'a dit, euh… elle l'a trouvé dans une revue, que vous aimez boire avec une paille, et marcher sur les mains… et que vous détestez l'accordéon. C'est exact ?

Arletty s'esclaffe, tout en lui rendant le bout de papier et le stylo.

– Mais dis donc, mon biquet, tu serais pas dans la police, par hasard ?

Il s'étrangle, mais elle lui a déjà tourné le dos. Suivant le mouvement général, elle gagne sa place réservée au premier rang. Naturellement le flic des RG reste debout. Se reprochant son esprit d'escalier – il aurait dû citer *Circonstances atténuantes*, vu au mois de juillet avec Yvette –, Sadorski se tient parmi une foule d'invités répartis le long des murs tendus de gris et des hautes fenêtres qui dominent le trafic de la rue Royale. Les vitrages, comme quasiment partout dans Paris, sont parcourus de bandes de papier bleu collé par mesure de protection contre l'effet des bombes soufflantes ; ces renforts de papier dessinent de grands X sur les vitres superposés à des croix, l'ensemble évoquant le *Union Jack* britannique. Sadorski finit par apercevoir Goloubine debout de l'autre côté de l'estrade, un fume-cigarette au bout des doigts. Le personnage converse avec un individu d'une quarantaine d'années, mince, de taille moyenne, aux cheveux très noirs lissés en arrière.

Les magnésiums des photographes éclatent pour saluer l'entrée des modèles. Le premier de ceux-ci, porté par une grande et belle blonde, « Mlle Simonne » avec deux *n*, est la tenue « alerte de nuit » : un pyjama noir en soie, d'une couleur si mate que l'on dirait un lainage. Ce pyjama s'accompagne d'un manteau épais à capuchon doublé de bleu alerte, une teinte nouvelle, en vogue depuis la déclaration de guerre à l'Allemagne. On la retrouve ce soir sur de nombreux tissus, alternant avec le bleu-gris plus soutenu de la RAF, en hommage aux aviateurs alliés d'outre-Manche. Les tonalités sont sévères dans l'ensemble. Ce n'est que lorsque les manteaux s'ouvrent que l'on entrevoit quelques notes gaies. Les appellations se sont adaptées aux circonstances : le tailleur « Suivez-moi jeune homme » est devenu « Vive la France » ; la robe « Un soir près de toi » s'intitule désormais « Permission ».

Une tunique à boutons de fantassin et de coupe militaire soulève un petit murmure scandalisé. Puis, mince et élégant, le « Captain » Edward Molyneux, qui arbore ses décorations – il a servi dans l'armée anglaise durant la Grande Guerre, où il perdit un œil – vient présenter les robes de soirée. Un avis a été distribué au préalable parmi le public : la maison garantit que ces modèles de luxe sont uniquement destinés à l'Amérique, car l'Europe ne songe pas à s'amuser en ce moment. Les allées et venues des mannequins en robes longues sont accompagnées de murmures d'envie émanant des spectatrices. Ces modèles ont l'attrait du fruit défendu. Sur la table du grand couturier s'entassent les câbles de commandes des États-Unis, apportés par de jeunes secrétaires pressés. Sadorski enregistre la scène tout en gardant à l'œil son Russe blanc. Une femme, à côté de l'inspecteur, ironise :

– On a pu voir que les robes destinées aux Européennes seront courtes et larges. Cela permettra de courir…

Il observe discrètement sa voisine. Les mots ont été prononcés avec un très léger accent allemand, ou alsacien. Et ne s'adressaient à nul en particulier car la personne a l'air seule. Brune, vingt-sept ou vingt-huit ans, un joli profil, et des cheveux qui retombent harmonieusement sur les épaules. Elle a quelques centimètres de plus que lui. Mû par une impulsion, Sadorski commente à voix haute :

— Vous êtes pessimiste…

La jeune femme répond sans lui accorder un regard, sur un ton glacial :

— Non. Réaliste. Le jour où ça lui chantera, Hitler ne fera qu'une bouchée de la France comme de l'Angleterre.

— Je vous demande pardon, madame ! J'ai servi sous Gamelin. De Reims jusqu'à la Meuse, l'été 1918. Je peux vous affirmer que le généralissime des armées franco-anglaises est un vrai chef. Toujours en première ligne, toujours victorieux… Ajoutez à cela la ligne Maginot, on n'a rien à craindre !

La brune se tourne pour le dévisager avec un sourire méprisant. De face, elle est encore plus belle mais froide. Son visage racé, un peu anguleux, lui rappelle Jany Holt, qu'il a admirée l'année précédente dans *La Maison du Maltais*. Il s'en souvient bien, l'héroïne était une prostituée de Sfax, sa ville natale.

— Vous avez fait la guerre, vous, monsieur ? Alors c'était en culottes courtes !…

Il se sent rougir jusqu'à la racine des cheveux.

— Pardon ! Engagé volontaire à dix-sept ans ! Médaille militaire, croix de guerre… J'ai été blessé au bras.

— Félicitations. N'empêche que les gouvernements anglais et français arrivent trop tard. Ils ont déclaré la guerre à contrecœur, sous la pression de leurs opinions publiques. Mais depuis ce 3 septembre on ne fait rien, à part assombrir la couleur des robes et circuler dans le noir. Et arrêter les réfugiés allemands ou autrichiens, les interner en camps de concentration sous prétexte qu'ils pourraient être des agents de l'ennemi…

– Vous tenez des propos défaitistes, constate Sadorski. Peu patriotes.

Elle ricane.

– Eh bien, passez-moi les menottes, cher monsieur. Car plus je vous regarde, et plus je me dis que vous avez une bobine de flic !

Il fronce les sourcils. Sa profession se reconnaît donc à ce point ? La deuxième femme en une heure à lui faire la remarque… Bien qu'Arletty, de toute évidence, ait dit ça pour rire.

– Pas flic au sens où vous l'entendez, se rebiffe-t-il. Mais, vous avez un peu raison tout de même : fonctionnaire dans l'administration française. Sadorski Léon, né en Tunisie en 1900. À qui ai-je l'honneur ? Madame, au fait, ou mademoiselle ?…

– Mademoiselle.

Elle lui a consenti un sourire. Comme pour marquer un infime réchauffement dans leurs relations. Il s'engouffre dans la brèche.

– Et vous vous appelez ?… Vous travaillez où ?

– Thérèse Gerst. Rédactrice à *l'Aéro*.

– Ah, tiens ? Je le lis de temps en temps, pour les actualités des courses automobiles. Je n'ai pas remarqué votre signature. Vous êtes alsacienne ?

– Née en Alsace, du temps où cette région faisait partie de l'Allemagne. Je suis devenue française après 1919. J'ai étudié à Strasbourg où j'ai obtenu un doctorat ès sciences.

L'inspecteur, n'ayant jamais dépassé le niveau du brevet, se sent déstabilisé. Alors qu'il patauge à la recherche d'une réponse de niveau égal, spirituelle si possible, Sadorski voit venir vers eux Goloubine et son compagnon. Les deux hommes dévisagent le couple d'un air intrigué. Mlle Gerst sourit, fait les présentations :

– Voici mon patron, justement ! Stan, ce monsieur à qui je parlais travaille dans l'administration… Monsieur Léon Sadorski. Le comte Ostnitski, chef du département publicité à *L'Aéro*. Et monsieur Serge Goloubine, des assurances La Prévoyance de Bruges…

Ennuyé, Sadorski serre la main du comte et du Russe qu'il était chargé de filer. Alors ça, pour une tuile ! Il ne pourra plus le suivre désormais, même grimé en aveugle ou en releveur du gaz – le risque est trop grand qu'il le reconnaisse. En revanche, s'ils entrent en relations, cela permettrait d'en savoir davantage sur cet émigré suspect. Le nommé Ostnitski, de son côté, observe le policier de ses yeux bruns, intelligents et fouineurs. Il lui propose une cigarette dans un étui en argent. Sadorski se sert. C'est un tabac blond d'excellente qualité.

– Ainsi vous êtes dans l'administration, monsieur Sadorski… Quelles sont vos tâches ? Ce doit être intéressant.

L'inspecteur décide de jouer serré avec ces deux types :

– Je travaille à la direction de la police du Territoire et des Étrangers. Nos bureaux sont particulièrement débordés, par les temps actuels…

Un éclair d'intérêt s'est allumé dans les yeux du comte Ostnitski. Mlle Gerst donne l'impression elle aussi de considérer le fonctionnaire avec bienveillance. Goloubine seul paraît s'impatienter, il jette des coups d'œil fréquents à sa montre. C'est un homme grand et corpulent, avec un visage empâté et une fine moustache. Il porte un complet bleu foncé un peu juste pour lui. Sadorski le trouve antipathique. Dans l'autobus, déjà, il s'est montré désagréable avec le receveur.

Autour de l'estrade les dames papotent. La générale Gamelin a demandé à revoir un modèle. M. Molyneux s'empresse de donner des ordres à ses assistants. Mrs Fellowes, le regard sévère, renferme dans son sac ses aiguilles et sa chaussette inachevée.

– Si nous terminions la soirée dans un endroit plus tranquille ? propose le publiciste. Monsieur Sadorski, vous nous accompagnez ?

Ce dernier accepte, après une seconde d'hésitation. C'est un moyen comme un autre de coller aux basques de son suspect. Goloubine grommelle que le défilé lui a donné soif, se plaint qu'il n'a rien eu à boire et dénonce la pingrerie de Molyneux. Ils s'en vont au vestiaire récupérer manteaux et masques à gaz dans leurs étuis cylindriques. Sadorski constate que celui de Thérèse Gerst est recouvert d'une housse en satin de couleur saumon – beaucoup de femmes, dans les quartiers chic, se fabriquent par coquetterie ces housses d'une fantaisie non réglementaire. Les vendeuses forment une haie d'honneur à la sortie de l'immeuble, saluant gracieusement les invités. Des chasseurs ouvrent les portières des autos de luxe. Celles-ci, défense passive oblige, démarrent tous feux éteints, circulent au ralenti sous la lueur sourde de réverbères aux globes peints en bleu. Mlle Gerst, dans la rue, prend avec familiarité le bras du comte Ostnitski. Elle boite légèrement. Les observant tous les deux, Sadorski se dit qu'elle couche sans doute avec son « patron ». Pas désagréable, imagine-t-il avec un soupçon d'envie, de passer la nuit sous les draps en compagnie d'une jumelle de Jany Holt.

Nombre de magasins ont leur devanture protégée par des panneaux de bois. Les soupiraux des caves sont bouchés au plâtre et au ciment. Près de la Madeleine, un restaurant au rideau de fer abaissé porte l'écriteau : *Le patron est allé s'expliquer avec Hitler. Il reviendra après la victoire. Attendez-le… Merci.* Goloubine a allumé une cigarette. Il désigne la pancarte en se moquant. Ostnitski hausse les épaules. Sadorski, lui, est plongé dans ses réflexions. Ces premières semaines de la « drôle de guerre » sont une période étrange. Le gouvernement souhaite une reprise économique, il veut que la vie continue. Cinémas et théâtres ont rouvert leurs portes. Le courrier fonctionne de nouveau normalement, les soldats ont reçu l'autorisation d'écrire à leurs familles. Tout est calme sur la ligne Maginot. Les quelques escarmouches du *no man's land* fournissent à la presse alliée des photos rassurantes de Boches capturés. À Paris, l'obscurcissement des rues est appliqué avec moins de rigueur qu'au début. Les terrasses sont pleines, les établissements refusent du monde ; seule la danse est interdite. Les murs se couvrent d'affiches donnant des conseils de protection à la population, annonçant de prochaines restrictions d'essence, incitant à se méfier des oreilles ennemies qui écoutent.

Il a commencé à pleuvoir. Boulevard des Capucines, le groupe s'installe à l'intérieur d'un grand café. Les hommes y sont encore nombreux, en dépit de la mobilisation générale. Les femmes ont pour la plupart adopté une tenue imitant celle des premières engagées dans la Croix-Rouge : costume-tailleur strict, chapeau de feutre uni bleu foncé, à bord rabattu sur le devant. Sadorski remarque des officiers en uniforme anglais ou tchèque. Les Britanniques sont particulièrement élégants, sanglés dans leurs tenues kaki impeccables, portant blouson et guêtres blanches. La fumée des Players, des Navy ou des Craven-A emplit la salle. Les officiers français sont plus âgés, boudinés dans des uniformes bleu horizon qui sentent la naphtaline. Thérèse Gerst s'absente un moment aux toilettes. L'inspecteur commande un Pernod. Lorsque la jeune femme revient, Ostnitski vitupère contre la non-intervention des armées alliées aux côtés de la Pologne.

– Mes compatriotes plaçaient tous leurs espoirs dans une offensive immédiate des Français. L'ambassadeur Lukasiewicz, la nuit du 3 septembre, a insisté auprès du président Lebrun sur la nécessité de déclencher une attaque immédiate contre la ligne Siegfried, mal défendue. Ses appels sont restés vains. Pourtant, monsieur Sadorski, les forces de l'Entente disposent, pour quelque temps encore, d'un avantage numérique considérable sur le front occidental…

– Et que fait la RAF ? renchérit Mlle Gerst. Au lieu d'envoyer ses escadrilles chargées de bombes sur les centres industriels allemands, elle procède à des lâchers de tracts ! Comme si cela pouvait convaincre la population de renverser Hitler ! Les Anglais ne savent rien de ce qui se passe là-bas… D'abord, le peuple est derrière lui à presque 100 pour 100. Et pour le reste, il y a la Gestapo…

Le Russe tente d'alléger la conversation en racontant une histoire drôle :

– Connaissez-vous celle du Liégeois qui se rend en Allemagne pour acheter un complet ? C'était quand le change permettait des bénéfices appréciables. Mais, comme la douane exerce une surveillance sévère, notre Belge a l'idée de partir habillé d'un vêtement très usagé, comptant s'en débarrasser en Allemagne. Il fait l'acquisition d'un complet dernier cri chez un tailleur berlinois, demande qu'on le place dans un carton. Alors que le train du retour se rapproche de la frontière, le Liégeois s'introduit dans un compartiment vide pour se changer. Il tire les rideaux, se déshabille et balance son vieux complet par la fenêtre. Puis il ouvre le carton. Horreur ! Le tailleur avait oublié d'y mettre le pantalon…

Thérèse Gerst éclate d'un rire aigu. L'assureur émet quelques gloussements puis achève son verre de fine. Sadorski a ri, le comte a souri simplement d'un air distrait. À la table à côté, les conversations roulent sur la guerre : « C'est un conflit d'un genre nouveau… Jamais l'un des adversaires n'osera attaquer l'autre… Vous verrez, tout ça finira par une paix de compromis… »

Mlle Gerst, sur un ton irrité, cite à propos du défilé de mode rue Royale un article qu'elle vient de lire dans *Marianne* :

– *Il faut qu'il existe une armée d'insouciantes dont la beauté apporte un peu de gaieté dans nos heures graves…* N'est-ce pas une réflexion typiquement française ? Et une réflexion d'homme, par-dessus le marché… Ce pays est incorrigible ! On part battu tout en célébrant l'insouciance. On appelle la femme *le principal élément décoratif du paysage urbain*. Les Allemandes, elles, se maquillent à peine, les soldats de la Wehrmacht pensent plus au combat qu'aux frivolités. Le livre de leur chef suprême s'intitule précisément *Mein Kampf*…

Suite à cette remarque, le silence s'installe à leur table. L'inspecteur s'est renfrogné devant cette nouvelle manifestation de défaitisme. Ostnitski tire une cigarette de son étui en argent. Il fume en promenant son regard sur la grande salle bruyante et le boulevard plongé dans l'obscurité.

– Vous voyagez souvent en Belgique, monsieur Goloubine ? demande Sadorski.

Le Russe lui jette un regard méfiant.

– Pas spécialement. Pourquoi ?

– Le nom de votre cabinet : La Prévoyance de Bruges…

– Non, non. C'est mon associé qui est belge. Lui s'y rend fréquemment.

– Le bureau de notre ami est bien situé, fait remarquer le comte. Juste en face du Chabanais…

– Ah, tiens ! commente Sadorski. Vous y êtes allé ?

Le flic des RG est parfaitement au courant de tout cela, pour avoir planqué des heures entières, assis dans une camionnette en stationnement rue Chabanais, entre l'immeuble de La Prévoyance de Bruges et le célèbre bordel. Il a vu Goloubine y entrer deux fois.

— Voyons, pas devant une dame! proteste le Polonais sur le ton de la plaisanterie.

— Mais si, mais si! insiste Thérèse Gerst, avec un petit rire de gorge. Avez-vous été dans la chambre turque? et la chambre pirate?... Il paraît qu'elle roule et tangue comme en pleine mer, et que des employés balancent des seaux d'eau salée à l'intérieur par les hublots! Racontez-nous, mon cher Serge, je trouve cela tout à fait excitant...

13

Et tout ça, ça fait
d'excellents Français

— Je l'ai déjà visité, le Chabanais, ricane l'interprète Eggenberger.

Sadorski, dans la pièce 259^A, a fini sa cigarette Juno. Le grand Boche chauve lui en offre une deuxième, l'allume avant de déplorer :

— Moi, pas. *Wie schade !* Quel dommage…

Il raconte une blague grivoise qui fait beaucoup rire les deux gestapistes mais que Sadorski ne saisit pas. La jeune dactylo n'a pas bronché ; le Français note cependant que son visage est un peu rouge.

— Que s'est-il passé ensuite, monsieur Sadorski ?

— Nous avons continué à boire et à fumer des cigarettes en bavardant. Ostnitski m'a posé des questions sur la politique de mon gouvernement en matière de naturalisations et de délivrance de cartes d'identité aux étrangers. Puis il a proposé de finir la soirée dans un cabaret. Goloubine n'était pas très chaud. Je suis descendu au sous-sol téléphoner depuis une cabine, demander que la section envoie d'urgence un collègue pour me relayer. On s'est quittés avec le Russe devant le café une vingtaine de minutes plus tard. Je ne voyais pas le collègue, mais j'ai su le lendemain qu'il était arrivé à temps. Goloubine a pris le métro à la station Opéra. J'ai marché avec Ostnitski et Mlle Gerst jusqu'au cabaret, qui n'était pas loin.

– Quel cabaret ?

– Le Chez Elle, rue Volney, où chante Lucienne Boyer, improvise-t-il. Il y avait aussi comme artistes Jacques Pills et Georges Van Parys… Nous avons dîné pendant le spectacle. Le Polonais a réglé l'addition.

– Il a demandé quelque chose en échange ?

Sadorski hésite.

– Pas exactement. C'est lorsque je l'ai revu la fois suivante, sans Mlle Gerst. Il m'a dit être contraint à un pointage bimensuel, en tant qu'étranger suspect… Ostnitski venait de passer deux mois en prison pour ce même motif, et ne devait sa levée d'écrou qu'à l'intervention du général Sikorski. Son permis de séjour était renouvelé pour seulement trois mois. Comme j'avais raconté que je travaillais à la police du Territoire et des Étrangers, il s'est dit que je pouvais lui procurer une carte d'identité valable…

– Que vous avez monnayée 10 000 francs.

– Je…

– Voyons, monsieur Sadorski. À la Gestapo, nous savons tout. Inutile de nier : vous avez reçu d'Ostnitski une somme importante sans en avertir vos chefs, qui vous avaient fourni ce document gratis, puisqu'il s'agissait de gagner la reconnaissance d'un informateur très au courant de la situation en Allemagne !

Sadorski baisse la tête.

– J'étais dans un certain embarras pécuniaire… Une histoire de femme, comprenez-vous, messieurs.

L'inspecteur chauve ricane, tout comme l'interprète.

– Mais nous comprenons très bien ! D'ailleurs, ces 10 000 francs, c'est *nous* qui les avons passés au Polonais pour qu'il vous paye. Eh oui… Ce type appartient à nos services depuis 1933.

Sadorski écarquille les yeux. Sa surprise n'est pas entièrement feinte : s'il avait eu vent des soupçons du

2e Bureau visant Ostnitski, il n'imaginait pas ce dernier à la solde des nazis depuis aussi longtemps…

– Il a également « oublié » de vous dire qu'il avait été licencié de *L'Aéro* ?

– On me l'a raconté après.

– *Fräulein* Gerst, par contre, était encore employée au journal, n'est-ce pas ?

– Oui.

– Vous avez couché avec elle dès le premier soir ?

Sadorski s'est mis à transpirer. Il jette un regard gêné à la dactylo, laquelle continue mécaniquement de taper les questions et les réponses traduites par l'inspecteur « Berger ».

– Non.

– Quand, alors ?

– Le 10 décembre… C'était un dimanche, elle ne travaillait pas. J'ai dit à ma femme que la section m'envoyait pour une filature dans le département de la Seine… Thérèse et moi sommes allés écouter Maurice Chevalier au Casino de Paris.

Il s'interrompt. L'interprète fredonne ironiquement « Paris sera toujours Paris… », puis « Et tout ça, ça fait d'excellents Français… ». Le chauve s'impatiente :

– Eh bien ?

– Eh bien, elle m'a laissé monter chez elle…

– Mlle Gerst est douée pour l'amour ?

Sadorski lui jette un regard agressif.

– Oui.

– Remerciez-nous, dans ce cas. Puisque c'est Ostnitski qui vous l'avait collée dans les pattes !

– Je m'en suis un peu douté…

– Elle vous a dit où et quand elle a fait la connaissance de son « patron » ?

– En Tchécoslovaquie en 1936. Je ne sais pas si c'est vrai.

– Sur ce point, *Fräulein* Gerst ne vous a pas menti. Vous savez qu'elle est allée à Berlin ?

– Elle m'a parlé d'un voyage effectué à la fin de 1938… Pour un sujet qu'elle avait proposé à *L'Aéro*. Un entretien avec le maréchal Goering. Le journal avait recruté Thérèse à l'automne. Auparavant, elle s'était rendue à Salamanque pour un reportage du côté franquiste. J'ignore quel journal le lui avait commandé. Au retour, elle a eu un très grave accident de voiture dans les montagnes. Depuis, elle boitait un peu et ne pouvait pas courir. J'ai vu ses cicatrices…

Eggenberger le coupe :

– Ne vous étendez pas sur des sujets n'ayant aucun rapport avec l'affaire elle-même, Sadorski.

– Et son amant ? reprend l'inspecteur chauve. Vous a-t-il donné des informations sur la Wehrmacht ?

Sadorski réfléchit à toute allure, transpirant profusément. Le Polonais, depuis leur entrée en contact en octobre 1939, et en dépit du fait qu'il espionnait toujours pour les Boches, s'est révélé un informateur assez important de la SSR. Il a rendu de bons services aux Renseignements généraux durant les premiers mois du conflit, à l'insu, très probablement, de ses supérieurs à Berlin – vu la qualité des renseignements qu'il fournissait. C'est peut-être le motif de sa récente arrestation à Paris et de son transfert en Allemagne. Faut-il à présent le soutenir ou le laisser choir ? Les nazis reprochent-ils à Sadorski d'avoir utilisé leur agent comme informateur ? Voient-ils en lui le complice d'un traître polonais ? Là, ça devient dangereux. Dans ce cas, ne vaut-il pas mieux laisser tomber Ostnistki complètement, voire se changer en témoin accusateur ? Le pauvre semble mal parti, de toutes les façons, la Gestapo lui fera payer cher son double jeu. Il moisira quelque part dans un camp en compagnie d'autres « ennemis du Reich ». L'essentiel est maintenant d'éviter de le suivre derrière les barbelés…

Sadorski décide de commencer par tout nier en bloc. Il sera toujours temps d'aviser, le moment venu.

— Non, rien sur l'armée allemande.

— Sur des personnalités dirigeantes en Allemagne ?

— Non, absolument pas.

— Il a parlé de M. von Ribbentrop ?

— Non. Je ne me rappelle pas qu'il ait mentionné ce ministre…

Le chauve pousse un soupir.

— Vous ne dites pas ce que vous savez. Pourtant, nous vous traitons correctement. Soyez franc, *Herr* Sadorski : est-ce que nous vous avons frappé ?

— Non, je n'ai pas été frappé.

— Vous voyez ! Eh bien, vous pourriez améliorer encore votre situation, et cela d'un seul coup. Nous sommes en mesure de tout savoir, alors vous n'arriverez à rien en niant les choses… Au contraire, vous aggravez votre cas. N'essayez pas de nous rouler. Votre collègue M. Louisille a tout avoué, lui. Il sait que nous sommes les plus forts. Si vous n'en faites pas autant, vous risquez d'éprouver des choses auxquelles vous ne songez même pas.

Eggenberger, de son côté, en rajoute :

— Imaginez qu'on décide de vous envoyer vous aussi à Ploetzensee… Il y a dix-huit cents cellules individuelles, réparties en quatre grands blocs entourés de barbelés et gardés par des SS. Les détenus passent la première semaine à l'isolement total. La guillotine y fonctionne régulièrement, pour les hommes comme pour les femmes. On entend leurs cris à l'aube quand ils traversent la cour pour aller rencontrer le bourreau… Là-bas, l'horreur, la peur et l'isolement vous rendent fou ! Le suicide est très difficile, à moins de s'approcher suffisamment d'une fenêtre pour se jeter dans le vide… Bon sang, je n'aimerais pas être à votre place, Sadorski.

Il se sent se liquéfier dans sa sueur. Que faire ? Avouer ? Continuer de nier ?… avouer ? nier ?… Mais l'insistance de ces flics pourrait cacher un piège. Si Sadorski avoue et qu'on le condamne à mort pour trahison !

— Non vraiment, messieurs, je regrette… Cet homme ne m'a jamais rien révélé d'important sur la Wehrmacht, ou sur les dirigeants du…

— ASSEZ !

Le chauve a tapé du poing sur le bureau.

— Vous nous avez roulés jusqu'ici, monsieur. Mais peu importe ! Nous avons *toutes* les preuves !

— Monsieur, je ne peux vous dire des choses que j'ignore…

L'autre hurle :

— C'est ce que nous allons voir !

Il quitte la pièce, revient au bout d'une minute accompagné de Louisille et du capitaine Kiefer. Celui-ci est rouge et furieux :

— Si vous ne collaborez pas, monsieur Sadorski, vous resterez chez nous jusqu'à ce que vous pourrissiez jusqu'aux os ! Votre affaire est très mal engagée. Les dépositions de tous les témoins vous accablent. Est-ce que vous vous rendez compte que vous pouvez être fusillé pour résistance à la puissance de l'État ? ou décapité ?

Sadorski est devenu blême. Il interroge Louisille du regard. Son ancien chef, le teint cireux, sourit nerveusement. Le col de sa chemise est ouvert sur une peau luisante de sueur.

— Monsieur Louisille…, grogne le capitaine. Expliquez donc à votre imbécile de collègue !

— Volontiers. Allons, ne vous entêtez pas, Sado… Il faut dire toute la vérité à ces messieurs sur cette histoire. Vous n'avez aucun besoin de défendre des coquins de l'espèce d'Ostnitski… Rappelez-vous, je vous avais conseillé de vous méfier du Polonais, il m'est toujours apparu comme un aventurier. D'ailleurs, Gianviti[1] me l'avait dit : « Attention à Ostnitski, ce drôle roulera Sado et l'enveloppera. »

Il se tourne vers Kiefer :

– Mon capitaine, c'est que mon ancien inspecteur ici présent a toujours manifesté une confiance exagérée envers M. Ostnistki…

C'en est trop pour l'intéressé, qui explose :

– Espèce de salopard ! Ah, vous pouvez parler ! Mais *qui* est-ce qui dirigeait la SSR à l'époque ? Vous, monsieur ! Et vous étiez trop content d'avoir des informations à transmettre à vos chefs ! On vous félicitait ! Et vous *me* félicitiez ! C'est écœurant, monsieur Louisille, je vous vois brûler aujourd'hui ce que vous adoriez la veille…

Louisille lui jette un regard torve. Les Allemands semblent impressionnés par le soudain éclat du prisonnier. D'un ton plus mesuré que précédemment, Kiefer interroge, par le biais de l'interprète :

– Voyons, que pensez-vous réellement d'Ostnitski ? En tant que personne ?

Sadorski réfléchit un instant.

– C'est un ancien soldat… Il a servi dans l'armée polonaise pendant la Grande Guerre, et ensuite dirigé un journal soutenant le régime autoritaire de Pilsudski…

– Cela, nous le savons. Abrégez.

– À la fin de 1939 il se rendait souvent au château de Pignerolles, près d'Angers, pour rencontrer les membres du gouvernement polonais en exil… Ostnitski voulait jouer un rôle au côté du Premier ministre le général

---

1. Le commissaire Dominique Gianviti, qui dirigeait la section de contre-espionnage (5e section) des Renseignements généraux. Mis d'office à la retraite en 1941, réintégré à la Libération.

Sikorski, qui le protégeait. Il m'a dit espérer être nommé ministre de la Propagande. Il travaillait à un livre sur les liens historiques entre la France et la Pologne…

— Comment définiriez-vous le caractère d'Ostnitski ?

— C'est un intrigant… ambitieux… très à l'aise avec les femmes… Un homme intelligent, cultivé… Un joueur…

— Vous sortiez fréquemment avec lui ?

— Je ne dirais pas « fréquemment »… Plutôt de temps en temps. En espérant recueillir des informations. C'était mon travail de policier pour la Section spéciale des recherches. Ostnitski sous-louait un appartement avenue George-V… Il y habitait avec sa fille, qui doit avoir une quinzaine d'années.

— Pourquoi s'est-il séparé de *Fräulein* Gerst ? Pas à cause de vous, tout de même…

— Je ne connais pas les raisons. Mais j'ai entendu dire qu'il avait une nouvelle maîtresse depuis environ un an : une actrice de cinéma, débutante, Irène Blachère. Elle se fait appeler « comtesse Mathilde Ostnistska ». Je crois qu'ils sortent beaucoup dans le Tout-Paris… enfin, qu'ils sortaient…

— Que disait Ostnitski à propos du Führer ?

— Euh… pas grand-chose. Mais j'ai eu l'impression qu'il lui en voulait… à cause de l'invasion de la Pologne, et de l'entente préalable avec les Soviétiques. Le comte Ostnitski est un patriote.

— Vous pensez que ça l'aurait incité à jouer double jeu ? À trahir ses employeurs, c'est-à-dire nous ?

— Je ne sais pas. Je ne suis pas sûr…

— Allons, Sado ! intervient Louisille. C'est évident, qu'il les trahissait !

Son subordonné se fâche de nouveau :

— Ah ! mais foutez-moi la paix, vous ! Je dis ce que je pense… Qui peut savoir ? Il espérait peut-être servir d'agent infiltré du SD au sein du gouvernement polonais à Londres ! Imaginez qu'on l'ait nommé ministre…

Les Allemands suivent la dispute avec intérêt. Eggenberger a cessé de traduire, la jeune dactylo attend, ses mains aux ongles vernis posées sur le clavier de sa machine. Louisille hausse les épaules.

– Enfin voyons, Sado ! Ce type est un aventurier, un fabulateur, un mythomane… Sikorski ne l'aurait jamais nommé à un poste significatif. Admettez-le, votre comte Ostnitski était un individu sans foi ni loi, toujours prêt à se vendre au plus offrant… Il a travaillé pour nous tant que ça l'arrangeait, puis, avec l'Occupation, s'est rabattu sur les trafics juteux de l'organisation Otto… On peut gagner des millions, de nos jours, vous le savez bien !

Le *Kriminalobersekretär* reprend la parole, de sa voix sifflante :

– Vous ne gagnerez rien à protéger un traître, monsieur Sadorski. Il est vraiment dans votre intérêt de vous montrer franc avec nous. M. Louisille nous a parlé des plans des chars allemands, et des tracteurs d'infanterie, des obus… Cela ne vous dit rien ?

Eggenberger traduit. Sadorski secoue la tête négativement. Louisille lève les bras au ciel.

– Sado ! Vous étiez tellement fier de nous rapporter ces plans ! Dites-leur comment et par qui vous les avez obtenus…

L'interprète jette à Sadorski un regard dur. Le grand policier chauve se rapproche en frottant l'une contre l'autre ses mains de boxeur. Les yeux du capitaine Kiefer brillent de colère derrière les lunettes rondes :

– Je vous accorde une dernière chance : avouez ! Sinon, vous serez envoyé dans un camp de concentration. Regardez ceci…

Il a tiré une photographie de sa poche, l'agite sous les yeux du Français. Vêtue d'un tailleur sombre et coiffée d'un chapeau au bord rabattu sur le front, une jeune femme mince traverse l'avenue de l'Opéra, dont on aperçoit le théâtre à l'arrière-plan. Elle regarde sur le côté, paraît ignorer qu'on la prend en photo. Une image un peu floue, cadrée à la va-vite.

La femme offre une certaine ressemblance avec l'actrice Jany Holt.

14

La désignation

– Vous la reconnaissez ?

Sadorski acquiesce.

– Comment s'appelle-t-elle ?

– C'est Mlle Thérèse Gerst.

– La photographie a été prise il y a une semaine, déclare le *Kriminalobersekretär* d'un ton solennel. Cette femme a été arrêtée. Nous allons interroger *Fräulein* Gerst puis l'envoyer dans un camp.

Il rempoche prestement la photo. Sadorski a eu le temps de remarquer que les panneaux de signalisation en allemand devant l'Opéra n'y figurent pas. L'image date donc d'avant juin 1940. Cette constatation le rassure : Kiefer a menti sur la date, donc peut-être sur l'arrestation de Thérèse également. Toutes ces menaces représentent un piège dans lequel il faut éviter de tomber. Le piège des aveux…

– Elle passera à l'*interrogatoire aggravé*, ajoute le petit homme. C'est-à-dire deux fois par semaine à l'aide de la matraque. Oui, monsieur, n'en doutez pas, cela *existe* chez nous, en Allemagne. Votre ancienne complice risque la peine de mort. Et vous aussi. Sauf si vous avouez. C'est à vous de faire libérer *Fräulein* Gerst. Avouez, monsieur Sadorski ! À propos du Salon de l'automobile, pour commencer.

– Je… je ne vois pas, monsieur le capitaine. Quel Salon de l'automobile ?

Derrière Kiefer, le grand policier chauve éclate de rire.

– Vous êtes malin, *Herr* Sadorski. Mais le juge ne vous croira pas.

– Le juge ?

– Le juge d'instruction devant lequel vous comparaîtrez ! hurle Kiefer. En tout cas, vous ne pouvez nier avoir connu plusieurs individus, Stanislaw Ostnitski, Thérèse Gerst, et d'autres comme Rudolf Lemoine ou Fritz Drach, qui ont travaillé clandestinement contre nous, et qui prochainement perdront leur tête, car ils ont avoué leurs crimes. Ils nous ont tout dit, nous savons tout à votre sujet ! Espèce de tête de cochon ! Vous refusez d'avouer ce que vous savez, et cela mérite la mort, comme toute autre résistance à la force publique ! Mais vous parlerez devant la Cour de justice du peuple, qui vous dévissera la poire ! Je vous ferai sauter la tête, je vous en donne ma parole. Vous avez trahi l'Allemagne, salaud ! Attendez, je vous ferai sauter la tête à la hache !

– Mais comment pourrais-je trahir l'Allemagne, monsieur le capitaine ? Elle n'a jamais été ma patrie…

– Taisez-vous ! Haute trahison, ou trahison du pays, article 89 ! C'est le peuple allemand qui fait le droit en Europe ! Lundi, vous partirez pour le camp de Dachau et, après la guerre, vous pourrez m'écrire une carte postale de là-bas, si vous n'y êtes pas crevé !

Le visage luisant du *Kriminalobersekretär* a viré à l'écarlate, ses petits yeux fusillent son interlocuteur, agrandis par l'épaisseur des verres. Soudain, le Français a l'impression très nette que ces types ne mentent pas, que tout cela est vrai, que lui-même joue sa vie ! Que Thérèse est entre leurs mains, que tous, à l'image de ce poltron de Louisille, ont parlé, l'ont chargé, lui, le sous-fifre dans cette histoire, le dindon de la farce… C'est ignoble ! Injuste ! Son cœur se contracte. Il ressent des vertiges, de la nausée.

– Même si j'ai connu Ostnitski et Mlle Gerst, cela ne prouve aucunement que j'étais au courant des activités que vous leur reprochez... J'ai reçu des informations d'Ostnitski, je l'admets, c'était mon travail en tant que policier, mais il ne nous a pas appris grand-chose... Et Mlle Gerst, rien du tout.

– Personne ne vous croira, monsieur Sadorski ! Vous, un homme intelligent, devez pourtant vous en rendre compte...

L'officier de police s'éponge le front avec un mouchoir plié. Kiefer paraît épuisé par son éclat de fureur et sa longue tirade. Sadorski en profite pour poser une question :

– Permettez-moi de vous demander ceci, monsieur le capitaine : au cas où le juge, le tribunal, reconnaîtraient mon innocence, serai-je libre de rentrer chez moi ?

Eggenberger traduit, et Kiefer sourit avec un air de pitié. Il hausse les épaules :

– En fait, cela dépendra toujours de nous, de la police d'État ! Car à l'issue du procès vous serez remis entre nos mains... Non, vous n'échapperez pas au camp de concentration.

Sadorski, malgré son désespoir, se révolte :

– Alors, pourquoi faire des procès, avec des juges, des avocats, des témoins ? Il serait plus simple de garder les gens en prison ou de les exécuter sans formalités !

– Ah ! mais non ! Parce qu'il y a des degrés de punition à respecter, monsieur Sadorski ! Le tribunal n'est pas superflu. L'État national-socialiste est un État légalitaire, qui ne punit qu'après avoir *établi les faits*. Nous ne sommes pas chez les rouges, ici ! On ne vous tire pas une balle dans la nuque après un jugement de trois secondes, sans avocat et prononcé en votre absence...

C'est seulement, ajoute-t-il après réflexion, que la bêtise des juges officiels nous gâte parfois le boulot. Heureusement, les juges et avocats qui n'ont pas compris leur devoir « disparaissent »…

Il s'arrête pour allumer un cigare. Louisille intervient :

– Je vais vous rafraîchir la mémoire, Sado… Le capitaine Kiefer faisait allusion tout à l'heure au Salon de l'automobile qui s'est tenu à Berlin en février 1939… Celui où M. Louis Renault, admirateur de longue date du régime national-socialiste, présentait ses nouveaux modèles au chancelier Hitler et au maréchal Goering. Ce Salon magnifique réunissait un nombre considérable de véhicules, dont des chars et des voitures militaires, groupés dans un stand spécial. La revue *L'Aéro* a délégué Ostnitski et la fille Gerst sous prétexte de reportage. Mais derrière cela il faut voir, naturellement, l'influence de l'ambassade du Reich à Paris… Un article sur ce sujet, c'était de la bonne propagande pour leur industrie automobile. Sauf que les Allemands ignoraient que leurs agents au sein du journal, Ostnitski et sa maîtresse, allaient profiter du séjour pour photographier des documents secrets de la Reichswehr !… et proposer plus tard ces plans aux services français, par votre intermédiaire, vous, Sadorski !

Celui-ci se tient la tête dans les mains.

– Je suis désolé, je ne me souviens plus très bien de tels documents… j'ai des absences de mémoire, pardonnez-moi. Tout ça est assez ancien, d'avant la défaite. Et puis n'oubliez pas qu'Ostnitski m'avait passé beaucoup d'informations sur la Pologne, la Tchécoslovaquie, la vie des Polonais en France, la propagande allemande… Rien de très secret, mais en quantité considérable…

– Pouvez-vous me dire, demande Kiefer après une légère pause, si cet individu avait un numéro à la préfecture de police ?

– Il n'en avait pas, répond Sadorski.

– Tiens donc ! fulmine le petit homme. C'est ce que nous allons voir ! Vous mentez ! (Il se tourne vers son adjoint.) *Kriminaloberassistent Synak ! Bringen Sie mir die Ostnitski Akte ! Schnell*[1] *!*

Sadorski transpire sur son siège. Le grand chauve est de retour au bout d'une minute avec un dossier. Le capitaine feuillette avec impatience les documents contenus dans une des chemises, il extrait un bout de papier en poussant un cri de triomphe.

– Voilà ! La preuve ! C'est dans un rapport établi pour votre section par un inspecteur des Renseignements généraux nommé Jean Roy. Une pièce signée par vous-même, monsieur Sadorski, en novembre 1939. Lisez : *Le sieur Ostnitski figure sur la liste des informateurs de la SSR sous le n° 33.* Vous reconnaissez cette pièce ?

Sadorski proteste faiblement :

– Oui, monsieur le capitaine, c'est ma signature… mais ce numéro n'était qu'intérieur, destiné à nos fichiers. Ostnitski lui-même ne l'a jamais appris…

Kiefer grommelle quelque chose, remet la fiche en place, ouvre une autre chemise devant Sadorski :

– Et ces documents, vous les reconnaissez ?

– Oui, monsieur. Ils proviennent des archives de la Section spéciale des recherches.

– Avez-vous une idée de comment ils se trouvent maintenant chez nous ?

Le prisonnier hésite.

– Je n'en suis pas certain… À mon avis, ce dossier a dû être évacué vers le sud avec d'autres archives en juin 1940… Seuls les fonctionnaires français qui en avaient la garde pourraient nous donner l'explication.

---

1. « Commissaire adjoint Synak ! Apportez-moi le dossier Ostnitski ! Vite ! »

Kiefer ricane, avant de poser la chemise ouverte sur le bureau. Il invite Louisille à discuter avec lui de la teneur et de l'importance des pièces du dossier Ostnitski. L'ex-commissaire paraît ravi d'avoir entre les mains des preuves, à l'en croire, de la véracité de ses déclarations précédentes. Les deux hommes se retournent de temps à autre vers Sadorski, lequel se sent en position d'accusé. Il commence à regretter d'avoir opté pour la mauvaise solution. Face aux pièces irréfutables archivées dans le dossier, il fait figure de menteur. Louisille a eu raison de lâcher le Polonais, de charger leur informateur au maximum… Mais comment ce dossier secret se retrouve-t-il ici, dans les bureaux de la présidence de la police de Berlin ? Sadorski comprend soudain, puis, découragé, il baisse la tête. Le gouvernement français est à la botte de la Gestapo et de l'ambassade d'Allemagne. Les plus hautes autorités de la police de Vichy ont dû demander le dossier, tout simplement. On le leur a sorti des rayons et elles se sont dépêchées de le transmettre à l'Alexanderplatz…

Dans ce cas, si même ses chefs, son gouvernement, l'abandonnent, commettent de tels actes de trahison, pourquoi Sadorski devrait-il s'entêter à couvrir les activités du Polonais ? Il n'est pas son ami, ni son camarade. Naguère les deux hommes se sont rendu quelques services d'ordre privé autant que professionnel. Et ils ont partagé les faveurs d'une jolie femme. Nulle raison de ne pas se montrer objectif dans ses témoignages concernant Ostnitski… Quant à Thérèse Gerst, ni le 2e Bureau, d'après ce que lui en avait dit Lemoine, ni la section du contre-espionnage, ni la SSR n'ont consigné quoi que ce soit d'important à son sujet dans leurs fichiers. Ce n'est qu'une comparse – il s'efforcera, dans la mesure du possible, et en souvenir des bons moments, de la couvrir.

Le capitaine Kiefer quitte soudain la pièce, sans saluer les Français. L'interrogatoire est terminé. La jeune dactylo extrait la dernière feuille du rouleau de sa machine, la pose soigneusement au-dessus des autres. Le grand chauve – Sadorski a enregistré que son nom de famille était Synak et son grade *Kriminaloberassistent*, ce qui correspond à commissaire adjoint – donne à chacun des deux prisonniers plusieurs feuilles de papier vierge et un crayon.

– Vous ferez sur Ostnitski un rapport très détaillé. Mais cela peut attendre demain.

Ils sont reconduits au dépôt dans leurs cellules respectives. Sadorski trouve un petit morceau de pain et du café, placés là avant son arrivée. Le café est tiède à présent mais c'est de l'ersatz de café, pas une eau noire répugnante. Le *SS-Sturmbannführer* Herbert Fischer a commencé de tenir parole… Manquent encore cependant les cigarettes et les cigares. La cellule est glaciale, Sadorski, grignotant son pain, effectue des allers et retours pour se réchauffer.

Des pas sur la galerie. Plusieurs personnes sont là-dehors, on entend leurs voix… La porte s'ouvre.

Un gardien braille :

– *Raus !*

Sadorski obéit, quitte la cellule. Une dizaine de prisonniers attendent alignés à l'extérieur, au garde-à-vous. Entre eux et lui, un inspecteur blond en long manteau de cuir noir, qu'il se souvient d'avoir déjà vu dans les bureaux ; et deux autres gardiens, qui accompagnent l'interprète Eggenberger. Celui-ci déclare sévèrement :

– Cet après-midi, Sadorski, vous avez montré au directeur du service IV E 3 de la Gestapo un bout de papier en racontant qu'il vous avait été remis ce matin dans les douches. Le *Kriminalobersekretär* Kiefer a diligenté une enquête. Voici les onze hommes qui faisaient partie de votre groupe. Pouvez-vous identifier le Juif qui vous a donné ce code ?

Sadorski hébété contemple les détenus alignés devant lui, le dos à la rambarde, au-dessus du vide de la nef de la prison. Il reconnaît sans peine le prêtre – qui lui a passé le papier tandis qu'ils se rhabillaient – ainsi que le grand jeune homme avec une seule jambe, appuyé sur ses béquilles. Les autres, les youdis, qui possèdent nettement le type de la race, il ne se souvient pas particulièrement d'eux… Dans le brouillard humide des douches il a surtout observé leur sexe au prépuce taillé, leur peau violacée marquée par les coups des gardes et des SS, les plaies à vif, les trous noirs dans les gencives où manquaient des dents.

– Eh bien ? dit Eggenberger.

Le regard du Français se promène lentement sur les prisonniers. Il élimine d'office le curé et l'unijambiste. Restent neuf individus, neuf youpins… qui, *a priori*, n'ont rien à voir avec le morceau de papier qu'on lui a donné. Innocents peut-être de cet acte-là, mais coupables de quelque chose, du moins aux yeux des Boches ! Puisqu'ils sont ici…

Dans la file il y a des grands, des maigres, des petits, des gros, des chevelus, des chauves, certains portent des lunettes. L'âge va de la vingtaine à la cinquantaine. Sadorski essaye de sélectionner le plus antipathique. C'est difficile car il éprouve de l'antipathie pour tous. Tous ont pour lui le même aspect sale, veule, hypocrite, sournois. Ces mêmes parasites qui grouillent encore dans les quartiers de Paris, les arrondissements populaires de l'Est en particulier. Et dont cinq mille spécimens ont déjà été raflés en mai de l'année dernière – une première ponction de salubrité publique. D'autres suivront. Car il faut les extirper de la vie nationale, à laquelle ils persistent à s'accrocher, comme une tumeur cancéreuse. L'an dernier, Sadorski a visité avec intérêt l'exposition « Le Juif et la France » au palais Berlitz. Il a examiné les photographies, les affiches, mémorisé les statistiques. S'est imprégné de la typologie des visages. Utile, pour quand il faut taper « au faciès » sur la voie publique. Mais pas que pour lui, Sadorski, et ses collègues de la police nationale : « C'EST UNE NÉCESSITÉ POUR TOUT FRANÇAIS DÉCIDÉ À SE DÉFENDRE CONTRE L'ENTREPRISE HÉBRAÏQUE QUE D'APPRENDRE À RECONNAÎTRE LE JUIF – FAITES RAPIDEMENT VOTRE INSTRUCTION EN CONSULTANT CES DOCUMENTS. » Ces oreilles en chou-fleur, ces lèvres épaisses et molles, ces nez crochus, ces yeux humides, saillants… Nombreux étaient les Français et les jeunes, par classes entières accompagnées par leurs professeurs, à visiter cette exposition salutaire. Des femmes s'amusaient à tâter le gros nez de l'énorme sculpture de tête de Juif. On riait, on prenait des photos. Un montage de portraits dévoilait les faciès connus ou moins connus des « Juifs, maîtres du cinéma français » : Sandberg, Korda, Klarsfeld, Natan… Au cinéma Delta, en janvier avec Yvette, il a assisté à une projection du *Juif Süss*, tous deux ont noté avec satisfaction les réactions patriotiques d'une bonne partie de l'assistance : applaudissements pour les acteurs et invectives envers les youtres. Deux jours après, des terroristes, sûrement juifs, balançaient une bombe dans le cinéma.

L'interprète hurle, le faisant sursauter :

– Alors ? Lequel était-ce ? Dépêchons…

Sadorski hésite encore. Lequel ? lequel ?… Si seulement on pouvait l'aider ! Lui souffler qui de ces becs-crochus est communiste, par exemple. Un bon judéo-bolchevik, une racaille de Staline ou de Trotsky, voilà qui le désignerait en priorité pour la punition. Le policier essaye de deviner seul. Celui-là aurait bien une bobine d'intellectuel… mais il ne porte pas de lunettes. Et cet autre, ce grand maigre un peu voûté, avec ses cheveux

crépus, ses bras démesurément longs… Une tête de terroriste. On dirait un Arménien, ou un Arabe… Et ce
troisième, à la tignasse noire hirsute ? Il a l'air tout
ce qu'il y a de plus fautif… Le gars transpire, regarde
ses pieds, tout en se mordillant les lèvres. De grosses
lèvres de Juif.

Sadorski pointe le doigt dans sa direction.

– Celui-là.

15

Une question de style

Le youdi lève la tête. Devant l'index qui le désigne, il tressaille, roule des yeux affolés. Un garde l'attrape par le col, et, d'une bourrade, le pousse en avant. L'inspecteur en imperméable noir hurle :

– Nom ! Condamnation !

S'étant remis au garde-à-vous, le prisonnier débite à toute vitesse :

– Schwartz, Robert ! Dix ans ! En transit de l'AEL[1] de Wuhlheide !

– Motif de la condamnation !

– A… avoir couché avec une Aryenne !

Eggenberger rit de plaisir, se frotte les mains, adresse un sourire complice à Sadorski. Le gestapiste continue :

– Profession !

– Ex-directeur de revue de critique théâtrale !

– Ha ! fait le blond. Voilà bien un métier de fripouille juive ! de feignant ! de branleur ! Alors tu te payais les actrices ? hein ? des Allemandes de bonne origine aryenne ? Des belles filles, je suppose. Et toi, tu les souillais avec ta sale bite de circoncis ? En échange d'un article favorable dans ta revue de merde ? Réponds !

– Oui, c'est cela.

_____

1. *Arbeitserziehungslager* : « camp de travail et d'éducation ».

L'inspecteur lui envoie un coup de poing dans le visage.

– On dit : *Ja, Herr Inspektor !* Compris ?

Le nez de Schwartz s'est mis à pisser le sang.

– *Ja, Herr Inspektor !*

– Tu as baisé avec une hitlérienne, alors. Je parie qu'elle était vierge !

– *Ja, Herr Inspekt...*

Il reçoit un second coup. Cette fois c'est Eggenberger. À côté, le blond reprend, la voix tremblant de haine et de rage froide :

– Répète après moi, espèce de porc : « J'ai souillé une belle hitlérienne vierge avec ma sale bite de circoncis. »

– J'ai souillé une belle hitlérienne vierge avec ma sale bite de circoncis...

– « Je suis la lèpre honteuse de l'humanité et je mérite d'être exterminé. »

– Je suis la lèpre honteuse de l'humanité... et je mérite d'être exterminé.

– « Comme le méritent mes sales cochonnes de mère et de sœurs... »

– Comme le méritent... mes sales cochonnes de mère... et de sœurs...

– « Parce que ces sales cochonnes qui empuantissent à dix kilomètres à la ronde... »

– Parce que ces sales cochonnes... qui empuantissent à... dix kilomètres à la ronde...

– « ... passent leur temps à sucer les sales bites circoncises d'autres sales cochons de Juifs. »

– Passent leur temps à... à sucer les sales bites circoncises de... d'autres sales cochons de Juifs.

– C'est quand même beau, la comédie, hein, toi, le porc ? rigole Eggenberger. On est au spectacle...

L'inspecteur et les gardiens rient à leur tour. Le sang ruisselle sur le menton, le cou, la poitrine de l'homme.

Il reste au garde-à-vous, les yeux remplis de larmes, et les mains sur la couture du pantalon. L'arête du nez semble avoir cédé au premier coup de poing. De nouveaux coups pleuvent sur sa figure, venant de l'un et l'autre des policiers. Jusqu'aux gardiens qui s'y mettent. Ses oreilles saignent, son visage gonfle à vue d'œil. Un coup lui a enfoncé les incisives… Sadorski observe, à la fois écœuré et fasciné. Et impressionné. Y a pas à dire, ces Boches ont du style, dans le genre méchant. Même à mains nues – et maintenant, avec les pointes et les talons de leurs chaussures –, ils sont plus teigneux que Bauger et ses collègues des Brigades spéciales. Et lui-même, l'IPA Sadorski, se juge un vrai mou en comparaison ! Dans son bureau de Paris il donnait des gifles, des coups de tampon buvard, de Bottin, de baguette de cornouiller… Faudrait peut-être prendre de la graine.

L'inspecteur blond crie aux gardiens :

– Emmenez-le ! Cinq jours de cachot !

Schwartz s'est affaissé sur le sol, on dirait une marionnette désarticulée. Il crache du sang et des dents. Deux gardiens se penchent, l'attrapent aux chevilles et le traînent sur le dos vers l'escalier en spirale. Le Juif, à demi inconscient, yeux vitreux entre ses paupières bouffies, violacées, laisse derrière lui un sillage rouge. Les autres détenus sont toujours au garde-à-vous devant la balustrade, leur visage dépourvu d'expression, sauf peut-être le curé, dont les lèvres tremblent.

– C'est fragile, ces petites pédales du théâtre, plaisante l'interprète avec un clin d'œil au dénonciateur. Ça saigne du nez pour un rien…

Il s'esclaffe, enchanté de son trait d'humour, essuie ses mains avec un mouchoir. Les gardiens descendent l'escalier, traînant toujours le détenu inerte, dont la tête cogne et rebondit sur les marches en métal. Ils braillent à pleine voix :

Um den Juden auszuroden
Schneide man ihm ab die Hoden
Und den weiblichen Semiten
Sollte man das Ding vernieten[1].

Le gardien resté sur la galerie repousse brutalement Sadorski à l'intérieur de la cellule. La porte claque dans son dos. Ses jambes flageolent, il aimerait s'asseoir, s'allonger, mais c'est interdit : pas encore 18 heures. Le prisonnier s'adosse à la paroi du fond, les yeux fixés sur la porte et son judas aveugle. Il pleure. Tout espoir s'est envolé. La libération, qu'il espérait encore au cours de l'interrogatoire, ne le hante plus. Que les Boches le libèrent n'est plus la question. Il a honte. Non pas d'avoir désigné le Juif, d'être responsable de la correction infligée. Non, Sadorski a honte de ce qu'il fera, il le sait, au cours des prochains interrogatoires.

Il trahira Ostnitski. Il trahira cet ancien officier qui avait volontairement offert ses services à la France, à son administration, placé sa confiance en des fonctionnaires français loyaux et disciplinés. Pour un policier, son informateur, c'est sacré. Or, demain ou après-demain, le témoignage accusateur de Sadorski viendra s'ajouter à celui de Louisille, le confirmera en grande partie. Il l'aggravera, même. Les Boches feront passer à leur ancien agent un sale quart d'heure. S'il ne perd pas sa tête dans l'histoire, il achèvera son existence en camp de concentration. La Gestapo ne pardonne pas aux ennemis ou aux traîtres. Sadorski n'éprouve pas de regrets particuliers pour Ostnitski, pas plus que pour le Juif qu'on vient de cogner. Sadorski a pitié de lui-même. De ce que les gestapistes ont fait de lui. Il songe, en cas de retour à Paris, à présenter sa démission. Il ne passera

1. « Pour débroussailler le Juif / On lui coupe les testicules / Et le Sémite femelle / On devrait lui coudre la chose. » (Chant nazi.)

174

jamais inspecteur principal. Tant pis pour la retraite de fonctionnaire. Tant pis pour Yvette et leurs projets communs, la petite maison en bord de Marne dont ils rêvent. Du reste, tout espoir à ce sujet n'est pas perdu : il cherchera de l'embauche ailleurs, comme l'a fait Louisille deux mois plus tôt. Mais pas dans l'import-export. Pas chez Boyer Frères rue Lafayette. Peut-être retournera-t-il à l'agence Dardanne… Sadorski est doué pour les filatures, il a du flair, de l'instinct, c'est un policier de métier et de vocation. Lorsque le carillon de l'église – il a appris son nom : la Klosterkirche – sonne six coups, le prisonnier s'avachit sur son lit, la tête dans les mains. Il est en proie à une profonde détresse. Des cris retentissent aux étages inférieurs, il n'y prend pas garde. Il se recroqueville sur les poufs d'inégale hauteur, la toile de Vichy à carreaux bleus et blancs, tourne son visage vers le mur. Dans ses vêtements crasseux, il sanglote. Le sommeil ne vient pas. De temps en temps, l'œil d'un gardien le surveille à travers la porte en métal. Des cris montent encore du dépôt, et des exclamations, des rires. Sous la lumière perpétuellement allumée, Sadorski s'endort par intermittence, s'englue dans des rêves absurdes, des cauchemars, retrouve l'autocar d'Étampes, les tôles fumantes et noires, la fille qu'on emporte avec une moitié de visage, il se réveille en hoquetant, grelotte sur sa couche inconfortable. Le froid lui scie les reins. Au milieu de la nuit, des portes claquent, des voix avinées reprennent la chanson :

Um den Juden auszuroden
Schneide man ihm ab die Hoden…

Ce samedi matin s'annonce blafard et froid. Comme un voleur, le détenu marche dans sa cellule en baissant la tête. Sadorski n'a presque pas dormi et ne sent plus ses pieds, tellement ils sont glacés. Par la fenêtre que le givre blanchit partiellement, il peut voir se dresser les grandes antennes de la station radio de la police. Des moteurs grondent quelque part derrière les nuages, des avions décrivent de larges cercles au-dessus de la ville. Le bruit augmente, diminue, augmente… tandis que Sadorski accomplit des actes de routine : il fait son lit, sa toilette, démêle ses cheveux en y passant ses deux allumettes qui menacent de se casser à tout moment. À 7 h 15 on sert les petits déjeuners. Sadorski mange debout les cinquante grammes de pain, boit le café d'orge noir. Il balaye sa cellule. À 10 h 30, la porte s'ouvre, un gardien hurle :

– *Raus ! Schnell, schnell !*

Le commissaire adjoint Synak attend devant la porte, l'expression grave.

– Je n'ai pas encore écrit mon rapport sur Ostnitski, monsieur le commissaire…

Le grand chauve hausse les épaules.

– Ce n'est pas si pressé. Aujourd'hui, il ne s'agit pas de cela.

– De quoi donc, alors, monsieur ? demande Sadorski servilement.

L'autre le dévisage avec attention :

– Comment allez-vous ce matin ?

– Moi ? Eh bien, compte tenu des circonstances…

Tout en parlant, ils avancent le long de la galerie.

– … Mais j'aimerais pouvoir écrire à ma femme. Le *Herr Direktor* disait que…

– Plus tard, plus tard, répond Synak avec un léger sourire. Ne marchez pas si vite, monsieur Sadorski. Tenez, je vous donne un tuyau, vous pourriez bien améliorer votre situation, et cela d'un seul coup. Vous reverriez votre épouse plus tôt que prévu. Tout dépend de vous !

– Je veux bien, mais comment ?

Le commissaire adjoint fait halte, se tourne brusquement vers son prisonnier.

– Vous ne nous avez pas dit tout ce que vous savez !

Encore une fois, observant cette figure massive, Sadorski se fait la réflexion que les traits de cet homme apparemment poli pourraient complètement changer. Ses mains de boxeur devenir des poings, sa bouche brutale se tordre pour lui cracher des insultes à la figure…

– En attendant, ajoute Synak sur un ton menaçant, nous venons d'arrêter deux de vos complices. Lemoine et Drach. Nous avons reçu un télégramme de Paris. Ils ont tout avoué… Eux aussi vous chargent. Tout comme l'Alsacienne, Mlle Gerst. Votre affaire se présente de plus en plus mal.

Sadorski se sent pâlir. Il ignore si ces informations sont vraies. En tout cas, elles semblent de mauvais augure.

– Vous nous avez roulés jusque-là, ricane le chauve, mais vous voyez bien que nous arrivons à tout savoir. Allons, venez !

Les deux hommes descendent l'escalier en spirale. Arrivés au centre de la nef ils entendent des chants. Un groupe de détenus s'avance vers eux, encadrés par des gardiens. Ces détenus ont tous le type juif. L'air hagard, ils braillent en chœur ainsi que les surveillants :

> *Wenn's Judenblut vom Messer spritzt,*
> *Dann geht's nochmal so gut…*
> *Dann geht's nochmal so gut*[1]*…*

Au milieu de la colonne, quatre détenus accompagnent une civière. Sadorski a du mal à reconnaître le Juif de la veille – le nommé Robert Schwartz. Il est

1. « Quand le sang juif jaillit sous le couteau / Alors ça va si bien de nouveau… / Alors ça va si bien de nouveau… » (Chant nazi.)

étendu sur le dos, ses yeux à présent invisibles parmi les chairs bouffies du visage, qui a doublé de volume. Le nez est écrasé en une bouillie écarlate, d'où dépassent quelques esquilles blanchâtres. Au centre de cette figure méconnaissable, une bouche grande ouverte tordue par l'agonie, dont presque toutes les dents ont quitté les gencives, plaquées de sang coagulé. Le pantalon déchiré laisse entrevoir une paire de testicules eux aussi enflés démesurément. La verge manque, elle semble avoir été sectionnée ou arrachée. Le fond de la civière est une mare presque noire où le cadavre baigne. Les bras désarticulés pendent de chaque côté, se balancent au rythme des pas des quatre prisonniers portant le brancard.

Synak commente, d'un ton négligent :

– Les gardiens se sont passé le mot, voyez-vous. Que le Juif qui avait violé une hitlérienne se trouvait au cachot. Ils avaient la clé, bien sûr. On lui a rendu visite toute la nuit, paraît-il. Chaque garde qui entrait demandait à celui qui sortait : « Est-ce que le petit *Arschloch* – trou-du-cul – est encore vivant ? » Vous comprenez, n'est-ce pas, monsieur Sadorski ? Ils l'ont défoncé avec leurs solides bites nationales-socialistes… (Il rigole.) Les gars avaient bu un peu trop de schnaps hier soir. Le fumier de Juif n'a pas supporté, au bout du compte. Une bouche de moins à nourrir pour l'État allemand ! Vous avez bien fait de le dénoncer, un bon point pour vous. Il faut que je raconte ça au *Kriminalobersekretär*…

La colonne s'éloigne en chantant. Sadorski fait ce qu'il peut pour ne pas vomir. Son front est couvert de sueur. Les tripes nouées, il continue d'avancer aux côtés du commissaire adjoint. Celui-ci s'adresse aux gardes à la sortie du dépôt :

– *Heil Hitler ! Ein Mann !*

– *Jawohl ! Heil Hitler !*

Synak et Sadorski traversent la cour. Des schupos traînent une femme hors d'un panier à salade. Elle se débat, tombe, ils la bourrent de coups de botte, criant des injures.

– Excusez-moi…

Le Français fait quelques pas en direction du mur de briques noirci de fumée, se penche contre un tuyau de gouttière, rend quelques giclées d'eau noire mêlée de bile.

– Cela ira, monsieur Sadorski ?

Le policier le toise d'un air concerné. Sadorski se redresse, passe le dos de sa main sur ses lèvres humides. Les schupos montent l'escalier, avec leur prisonnière qui trébuche sur les marches en ferraille.

– Oui. Je suis désolé, monsieur. Ça ira…

Synak le prend amicalement par le bras, lui prête un mouchoir pour s'essuyer.

– Plus vite vous parlerez, direz toute la vérité, et plus vite vous aurez l'autorisation de rentrer chez vous. Retrouver votre femme. N'est-ce pas ? Je suis sûr qu'elle vous manque… Comment se prénomme-t-elle ?

– Yvette.

– Ah, c'est joli, Yvette. La mienne s'appelle Gertraud. Allons, venez, monsieur Sadorski ! Dépêchons ! Nous avons du travail…

Ils rejoignent le bureau 259^A. Une dactylo attend derrière sa machine. Ce n'est pas la jolie brune d'hier, mais une Allemande entre deux âges, à la chevelure rousse, aux mollets épais. Synak ouvre un tiroir, pose une boîte en aluminium sur le plateau du bureau. Elle contient deux minces tartines collées ensemble par une couche de saindoux avec un petit fromage.

– C'est ma Gertraud qui les a préparées…

Le commissaire adjoint coupe son casse-croûte en deux, offre une moitié à Sadorski.

– Tenez, mangez donc.

Le Français hésite à accepter. Une lassitude le prend, il se sent épuisé, il a envie de dormir. Synak se penche vers lui avec une tasse fumante.

– Buvez ce café, cela vous fera du bien, monsieur Sadorski. Et d'ailleurs, ne vous inquiétez pas. Hier le *Kriminalobersekretär* a eu des mots forts à votre encontre, mais je vous assure que votre séjour en Allemagne ne sera pas mauvais. *Je le sais.* Vous allez vous en tirer. Vous serez raisonnable et tout se passera pour le mieux. (Il pose une de ses mains de boxeur sur son épaule.) Vous promettez de ne rien dire à personne, n'est-ce pas ? Ça reste entre nous.

Il prend la main droite de Sadorski pour la serrer très fort.

– En « camarades ». *Nicht wahr ?* N'est-ce pas ? Après tout, nous faisons le même métier. Et nos deux pays sont alliés dans ce combat… Contre les Juifs. Contre les sous-hommes à l'est… La France a envoyé des volontaires se battre à nos côtés contre les rouges.

Il extrait une cigarette de son étui, pour l'introduire dans une poche de la veste fripée et sale du Français.

– Tenez, il est préférable que vous la fumiez plus tard, « chez vous », dans votre cellule… Pas la peine que le capitaine Kiefer le sache. Tout à l'heure je vous passerai des journaux français. Vous pourrez les emporter aussi.

Les deux moitiés de sandwich sont restées intactes sur le bureau, à côté de la boîte en aluminium. La dactylo se repeint les ongles en attendant qu'on lui donne du travail. Le commissaire adjoint soupire.

– Bon. À présent, il faut en passer par un moment un peu désagréable. Nous avons interrogé Ostnitski, il a été transféré de Ploetzensee pour cela. J'ai le compte rendu de son interrogatoire… Il vous charge terriblement.

Synak parcourt les feuilles en affectant le plus grand intérêt.

– Je vais vous traduire, *grosso modo*. Stanislaw Ostnitski déclare, en réponse à nos questions, que vous l'avez forcé à devenir un informateur de la police française. Que, de plus, vous avez exigé de lui qu'il vous fournisse des renseignements d'ordre militaire. Sur la Wehrmacht. Ces renseignements, vous les transmettiez régulièrement au 2e Bureau. Pour cette raison, il vous considère comme un fonctionnaire secret du ministère français de la Guerre. Il pense que vous appartenez également à l'Intelligence Service.

Sadorski se redresse sur son siège.

— C'est faux ! Jamais de la vie ! Je…

— Calmez-vous. Je répète simplement ce qui est consigné dans la déposition de cet homme. D'autre part, il affirme que vous étiez en relations intimes avec sa maîtresse, Mlle Thérèse Gerst…

— Mais vous-même disiez qu'il me l'avait « collée dans les pattes » !

Le chauve sourit.

— Je sais. Calmez-vous. Il dit aussi que vous aviez sur lui une très grosse influence. Et qu'en quelque sorte c'était vous qui contrôliez entièrement ses actes, ses agissements, ses activités…

— Enfin !… C'est incroyable ! Mais… le salopard ! Rien n'est vrai de tout ça… Rien…

— Pas même vos rapports sexuels avec *Fräulein* Gerst ?

— Si. Cela, oui, mais…

— Qu'en pensait Mme Yvette Sadorski ?

— Je… Elle n'était pas au courant.

— Nous pourrions lui envoyer un télégramme… Votre adresse est bien le 50, quai des Célestins ? Dans le quatrième arrondissement ? Mettons, par exemple : « Je suis à Berlin avec ton mari. Signé : Thérèse… » Que pensez-vous de cette idée, monsieur Sadorski ?

16

La soumission

Sadorski est devenu très pâle.

– Bon Dieu, vous ne feriez pas ça ?…

– Ce n'est pas moi qui décide, monsieur, c'est le capitaine Kiefer. Vous savez, il y a contre vous de terribles accusations. Vous avez été amené ici pour complicité d'espionnage, vous êtes accusé de travailler contre l'Allemagne. Nous, à Berlin, nous avons la conviction que ce n'est pas vrai, mais nous n'en avons pas la preuve. En attendant cette preuve, vous pouvez rester ici trois mois, quatre mois, six mois, un an peut-être… Vous risquez d'aller dans un camp de concentration, ou d'être déporté à l'Est dans un camp de travailleurs. Pour éviter tout cela, il suffit de nous dire la vérité sur vos relations avec M. Louisille et avec des agents de la propagande anglaise, gaulliste ou bolchevique… Allons, reprenons, s'il vous plaît ! Ostnitski prétend qu'après l'occupation de Paris, dans le but de le perdre lui, et de gagner la confiance de notre police de sûreté, vous l'avez dénoncé à la Gestapo comme un de vos « agents ».

– Bien sûr que non. Puisque c'est vous qui l'avez arrêté, vous devez bien savoir pourquoi !

– Nous avions peut-être reçu une dénonciation anonyme… écrite par vous. (Il sourit finement.)

– Je le nie. C'est absurde… Voyons, monsieur, je n'ai rien à voir avec tout ça ! Rien ! Et je ne comprends pas pourquoi cet individu me poursuit de sa haine…

L'inspecteur Eggenberger les a rejoints pour traduire les questions et les réponses dans le procès-verbal. Il s'assied à côté de Synak. Les doigts boudinés de la dactylo rousse font crépiter la lourde machine Mercedes. L'interrogatoire se poursuit, à propos de la teneur et de l'authenticité des pièces contenues dans le dossier Ostnitski à la SSR.

– Lorsque nous l'avons interrogé, il a prétendu qu'elles étaient fausses. La plupart sont en effet seulement signées des initiales S. O. Il dit que vous avez inventé ces dépositions. Vous seul ou en compagnie de sa maîtresse. Il a ajouté que vous avez dû bien vous amuser à ses dépens.

Sadorski hausse les épaules. Synak poursuit :

– Il explique également que, ne parlant pas français, il ne peut lire les pièces que nous lui avons montrées dans cette langue, et par conséquent est incapable de se prononcer sur la véracité des faits rapportés.

– Il ment ! Il parle tout à fait bien le français. Avec juste un peu d'accent polonais. Ostnitski s'est moqué de vous…

– Peut-être. Quoi qu'il en soit, il nie vous avoir remis ces pièces. C'est sa parole contre la vôtre.

– Pourquoi n'organisez-vous pas une confrontation ?

– Ce n'est pas à moi d'en décider.

– Et si vos chefs le croient lui, vous en conclurez qu'il est votre fidèle agent ? et pas un agent double ? une fripouille ? Qui touche de l'argent de tous les côtés et se vend au plus offrant ? Un hypocrite, un manipulateur ?… Ah, le commissaire Louisille et le commissaire Gianviti avaient bien raison de me recommander de me méfier…

Des larmes coulent sur ses joues mal rasées. Synak allume une cigarette.

– Réfléchissez, monsieur Sadorski. Il ne s'agit pas de vous seul. Aidez-nous à éclaircir l'activité de ces gens, Ostnitski, Goloubine, Thérèse Gerst, Lemoine, Drach… en nous disant comment ils ont travaillé contre l'Allemagne. Et quels étaient leurs rapports avec M. Louisille. Vous nous rendriez de précieux services.

– Comment révéler des choses que j'ignore ?

– Enfin, vous connaissez tout de même des Anglais, des Américains, des gaullistes…

– Non, monsieur… Si j'en connaissais, je les arrêterais…

Synak s'énerve, tape du poing sur le bureau :

– Alors, dans ces conditions, vous devriez arrêter tous vos camarades de la préfecture, car ce sont tous des salauds de gaullistes !

L'inspecteur des RG baisse la tête.

– Mais si j'avoue, murmure-t-il, vous me livrerez à votre Cour de justice du peuple, qui me condamnera pour prétendue trahison… Et si je n'avoue pas, vous me punirez pour « résistance à la force publique »…

– Ne faites pas le malin, Sadorski ! intervient Eggenberger.

Son collègue ajoute :

– Eh bien, comme il vous plaira ! Vous êtes une tête de cochon. Vous n'avez pas entendu ce que le capitaine a dit hier ? Lundi vous partirez pour Dachau ! Alors que M. Louisille, lui, qui a été sage, et qui nous a dit des choses intéressantes, rentrera bientôt à Paris !…

– Pourrais-je avoir une cigarette ?

Synak pousse un grognement. Il tire une Juno de son étui, la lui allume avec son briquet. Sadorski avale lentement, goulûment la fumée, levant son visage vers le plafond et plissant les paupières.

185

– Bon, c'est d'accord, fait-il d'une voix presque inaudible. Je vais tout vous dire, monsieur… en ce qui concerne le Polonais… et les autres qui trahissaient votre régime.

Le visage massif de Synak s'éclaircit.

– Ah, mais je vous écoute ! Berger, traduisez pour la secrétaire. N'omettez rien de ce que nous dit monsieur…

– D'abord, sur le Salon de l'auto à Berlin… Ce que racontait M. Louisille est exact. J'ajoute être allé chez Ostnitski, avenue George-V, peu après notre première rencontre au défilé de M. Molyneux… C'est là qu'il m'a montré les photographies de ces plans, prises en Allemagne au début de la même année 1939.

– Où il s'était rendu en compagnie de sa maîtresse.

– En effet, mais Mlle Gerst n'avait rien à voir avec ça… Le Polonais se servait simplement d'elle pour entrer dans les bonnes grâces des personnes qui pouvaient lui être utiles. Thérèse n'a jamais rien fait de concret contre votre pays ! Elle n'est pas responsable, cet individu rusé la maintenait dans une dépendance psychologique… Elle était son esclave.

– Peut-être. Revenons aux plans photographiés à Berlin…

– Oui, monsieur le commissaire. Il s'agissait de plans d'un obus de type nouveau, et d'un char de trente-cinq tonnes, pour lequel nous ne sommes pas arrivés à savoir s'il s'agissait d'un prototype dont la construction allait être entreprise en série importante, ou s'il était le résultat d'études anciennes qui n'avaient pas abouti… La seconde hypothèse nous a paru la plus vraisemblable. Il y avait également les plans de véhicules tout-terrain, de camions, de transports de troupes munis de chenilles… Le matériel le plus intéressant était un véhicule mixte à chenilles et à roues, fabriqué par la maison

Steyer Daimler. J'ai appris plus tard qu'Ostnitski avait également vendu ces plans à l'armée polonaise…

– Si c'est vrai, alors cet homme a doublement trahi, commente Synak sévèrement. Quand je pense que la dernière fois nous lui avons versé 30 000 marks !…

– Le double jeu est tout à fait dans son caractère. Lorsque je le fréquentais, j'ai eu le temps de l'observer.

– Quelles autres informations vous a-t-il données contre nous ?

– Eh bien, par exemple, il savait beaucoup de choses sur votre propagande, dans les mois qui ont précédé la guerre… De manière anonyme, il a informé le contre-espionnage, durant l'été 1939, de l'identité des speakers de Radio Stuttgart : Paul Ferdonnet, Friedrich Grimm et l'ancien comédien Obrecht, dit « Saint-Germain ». À l'automne, le Polonais nous a signalé que Jacques de Lesdain, l'ancien correspondant de *L'Illustration* en Suisse, venait d'être appelé de Genève à Berlin pour s'engager dans la propagande radiophonique. Notre informateur affirmait que le ministère des Affaires étrangères du Reich prenait très au sérieux l'effort de propagande dans mon pays. L'objectif principal, en 1939, expliquait-il, était d'amener le peuple français à comprendre qu'une nouvelle guerre ne serait pas dans l'intérêt de la France, ne pourrait servir que le capitalisme financier anglo-saxon et le judaïsme international… Personnellement, je comprenais, mais il restait à en convaincre beaucoup de mes compatriotes ! Je n'étais donc pas d'accord politiquement avec mon informateur, notez-le, monsieur le commissaire adjoint !… Puis, en novembre, Ostnitski m'a confié le double d'un rapport de votre actuel ambassadeur M. Otto Abetz sur ses activités de ce temps-là au département Ouest du bureau Ribbentrop, dont il était le directeur adjoint, témoignant de la participation d'individus étrangers dont il fournissait les noms. Ce rapport faisait état de services fournis par des ressortissants de pays neutres, qui ont été dépêchés en France « à fins d'information »… Le message à faire passer par eux dans l'opinion française était que l'Allemagne désirait la paix en Europe, mais qu'elle devait combattre le monde juif, responsable de tous les malheurs. Cela est exact, bien entendu… Mais tout le monde n'en était pas persuadé, surtout chez les gens de gauche. Il s'agissait aussi de renforcer l'antagonisme traditionnel franco-anglais, de créer des doutes quant à la loyauté et la sincérité de nos alliés de l'Entente. Vos services faisaient circuler des photos montrant des soldats anglais dans les bras de Parisiennes, ces soldats s'amusant au lieu d'être au front… M. Abetz mentionnait également, mais sans citer son nom, un écrivain français célèbre qui aurait envoyé une quarantaine de textes à utiliser dans les émissions de Radio Stuttgart…

Eggenberger traduit au fur et à mesure. Le crépitement régulier de la machine emplit la pièce. Sadorski tire quelques bouffées de sa cigarette avant de reprendre :

– Notre informateur avait aussi rédigé un long mémorandum sur le soutien occulte du patronat français aux éléments de la droite extrême et à la politique allemande. Il citait MM. Peugeot et Schueller, qui est le directeur de L'Oréal et de Monsavon, comme financiers du CSAR, mouvement surnommé la Cagoule, notait que M. Albert-Buisson, président de Rhône-Poulenc, était un vieil ami de Pierre Laval… Ostnitski avait copié une liste de tous les donateurs de la Cagoule : autant que je me rappelle il y avait la société Michelin, les huiles Lesieur, un groupe de soyeux lyonnais, les chantiers de Saint-Nazaire, Pont-à-Mousson, les peintures Ripolin, le syndicat de l'industrie lyonnaise, Saint-Gobain, Cointreau, Lemaigre-Dubreuil, et des banquiers, notamment la banque Worms… Les souscripteurs étaient recrutés par le polytechnicien Eugène Deloncle, fondateur du MSR. Vous comprenez, nos grands patrons avaient connu une sale frayeur en 1936 avec le Front populaire… Alors, dans ces milieux-là, l'expression courante était : « Vivement qu'Hitler vienne mettre de l'ordre ! » Et c'est ce qui s'est passé. Je ne suis pas contre, hein ! notez-le… Mais pour en revenir à l'avant-guerre, selon Ostnitski le refus de Berliet de fabriquer des obus pour l'armée française était un « refus de patriotisme », une « trahison ». Il voyait quelque chose du même ordre dans le prétendu pacifisme de Louis Renault, sa volonté affichée de construire des voitures particulières en grande série, plutôt que des chars. Alors que maintenant, il vous en fournit des centaines pour la Wehrmacht, et des camions…

— Comment se fait-il que des éléments comme ceux dont vous parlez n'apparaissent pas dans le dossier Ostnitski ?

— Lorsque la préfecture a été évacuée en juin 1940, des collègues ont détruit ou caché certains dossiers. Une partie a été balancée à la Seine. Je soupçonne M. Louisille d'avoir fait ce genre de chose. Jeté les dossiers de nos informateurs, afin qu'ils ne tombent pas entre les mains de la Gestapo…

Le commissaire adjoint se renfrogne.

— Et pourquoi n'a-t-il pas détruit le dossier que nous avons sur le Polonais ?

— La seule explication est que celui-là se trouvait ailleurs. Quelqu'un ne l'aurait pas remis en place…

Il y a un moment de silence, après que l'inspecteur « Berger » a fini de traduire. La femme rousse tape encore quelques mots puis s'immobilise, les doigts sur son clavier.

— Bien, nous discuterons de ce point une autre fois, déclare Synak. Où rencontriez-vous Ostnitski, à Paris ?

– Parfois dans son appartement de l'avenue George-V. Parfois à Montparnasse, au Dôme…

– Ah ! Le fameux café des espions…

Sadorski ne peut se retenir de corriger :

– C'est plutôt un établissement fréquenté par les artistes. Picasso, par exemple, ou…

– Picasso ? s'écrie Synak en fronçant les sourcils. Notez le nom à part, mademoiselle.

Tandis que la dactylo obéit, il demande :

– Qui est-ce ? Un Juif ?

– Un républicain espagnol, précise Eggenberger. Il y a quelques années, les bolcheviks lui ont commandé une toile pour protester contre le bombardement des territoires rouges en Espagne par nos avions. Cet homme a encore son atelier à Paris.

– Quoi ? Il faut le faire arrêter.

– Je suis d'accord, mais M. Picasso semble avoir des relations haut placées, signale Sadorski.

On frappe à la porte du bureau. C'est Louisille, accompagné d'un inspecteur. L'ancien commissaire paraît gai et joyeux.

– Alors, Sado ? Il fait un froid de canard, ce matin ! Le capitaine Kiefer nous invite à passer à côté… Une petite collation, pour nous réchauffer !

Il frotte ses longues mains l'une contre l'autre avec énergie. Tout le monde, à l'exception de la dactylo, rejoint le bureau 260. Le *Kriminalobersekretär* demande, dans la pièce voisine, à sa secrétaire :

– *Fräulein Sabine !* Où est mon café ? Est-il bien chaud ? car hier il était tiède ! Apportez-moi aussi la marmelade !

En guise de collation, on sert aux deux Français une tasse de Viandox. Le petit homme vient leur serrer la main avec cordialité, Synak murmure à son oreille que M. Sadorski « collabore bien ». Ce dernier, qui a parfaitement entendu, espère que Louisille n'a rien remarqué.

– *Gut, gut !* approuve le capitaine Kiefer.

Il désigne une pile de journaux sur un bureau, propose à ses hôtes de se servir. Sadorski y trouve *La Gerbe*, *L'Écho de Nancy*[1], *Le Pays réel*[2], *Au Pilori…* Les policiers nazis bavardent amicalement avec leurs hôtes au sujet de Paris, du temps, du froid, de la guerre, des conditions de leur détention qu'ils souhaitent voir s'améliorer. Kiefer les informe que le *Herr Direktor* Fischer a pu obtenir de ses supérieurs l'autorisation pour eux de donner des nouvelles à leurs familles. Il explique à Sadorski, par le truchement d'Eggenberger, qu'il ne doit pas fournir de détails à sa femme. L'inspecteur des RG étant un fonctionnaire en exercice, il serait ennuyeux que ses chefs en apprennent trop sur sa situation actuelle. On lui donne un bloc de papier quadrillé et un crayon. Sadorski, ému, s'assied pour écrire à Yvette, indiquant qu'il se trouve à Berlin, en bonne santé, qu'il pense y rester encore quelque temps, qu'elle ne doit fournir à quiconque aucun renseignement, que ce n'est pas la peine d'en parler à la préfecture et même que, contrairement à ses instructions précédentes, mieux vaut éviter de se rendre là-bas… L'interprète et le commissaire adjoint regardent par-dessus son épaule pendant qu'il écrit. On lui fait ajouter qu'il est en Allemagne *en service et pour le service*. Sadorski conclut par :

Combien tu me manques, ma biquette adorée ! Mais, nous nous retrouverons bientôt, sois-en sûre. L'enquête est presque terminée. Ne t'en fais pas pour le tabac, ou pour Cury-Nodon. Je verrai tout cela à mon retour. J'espère que tu reçois des colis de la campagne et que

1. Grand quotidien pronazi de la région de l'Est. Son directeur, Robert Huin, sera fusillé à la Libération.
2. Organe du Parti rexiste belge que dirige Léon Degrelle.

tu manges à ta faim. Je n'oublie pas ton vélo. Je t'embrasse, mon cœur chéri.

Ton Léon

Le bruit d'une altercation lui fait lever la tête. Kiefer, rouge et furieux, reproche à Louisille d'avoir raconté dans sa lettre à sa famille comment il a été conduit à Berlin en compagnie de Sadorski.

– Ne parlez pas de votre collègue ! hurle le capitaine. C'est interdit ! *Verboten !*

Il déchire les feuilles en petits morceaux, ordonne à Louisille de recommencer. Sadorski, ayant déjà terminé, demande s'il doit en profiter pour s'atteler au rapport qu'on lui a commandé sur Ostnitski.

– Non, vous aurez tout le temps de l'écrire en cellule, répond Synak.

Il invite les Français à le suivre pour déjeuner, en compagnie d'Eggenberger et d'un inspecteur blond – Sadorski reconnaît le jeune en imperméable de cuir noir qui cognait le Juif sur la galerie. Ils se rendent dans un restaurant de l'Alexanderplatz situé en face de l'immeuble de la présidence de la police. L'établissement est bourré de monde mais une employée s'empresse de dégager une table pour les gens de la Gestapo. Le groupe s'installe, on leur sert une soupe suivie d'un plat de légumes. Louisille demeure très excité et volubile malgré l'engueulade dont il vient de faire les frais. Il importune constamment les Allemands pour leur demander ce que veut dire ceci ou cela. Sa nouvelle marotte est de se fabriquer ce qu'il nomme un *Buch*, livre, ou dictionnaire. Sadorski, ayant constaté l'irritation des gestapistes, tente de la faire remarquer à son ancien chef. Peine perdue : Louisille feint de ne pas comprendre, ou ne comprend réellement pas.

– Mais enfin qu'avez-vous, Sado, s'insurge-t-il. Quelle mouche vous a encore piqué ?

– Une prochaine fois, nous vous emmènerons au Pilsator, sur la Koenigstrasse, déclare le commissaire adjoint. C'est très bon, vous mangerez de la bonne nourriture allemande !

Louisille répète avec satisfaction des phrases nouvellement apprises :

– *Geben Sie mir bitte…* Veuillez me donner… *die Speisekarte…* la carte… *Brot…* du pain… *eine Suppe…* du potage, il était excellent, d'ailleurs… *eine Fleischplatte…* un plat de viande… *eine Flasche Rotwein…* une bouteille de rouge… *eine Tasse Kaffee…* du café… *ein Glas Cognac…* un verre de fine… Et dans un magasin ? Comment dit-on : « Je désire un savon » ?

– *Ich wünsche eine Seife*, répond Eggenberger.

– Et du linge de corps ?

– *Unterwäsche*.

– Merci. Et… (Il fait un clin d'œil égrillard.) « Comment allez-vous, mademoiselle ? Prendrez-vous un verre avec moi ? »

L'inspecteur blond lui jette un regard hostile. Sadorski s'inquiète. Les deux autres Boches ont l'air agacé. Synak grommelle :

– Je ne vous conseille pas de dire ça à *Fräulein* Sabine…

– Non, pas elle, riposte Louisille en souriant. Je la laisse volontiers à votre capitaine Kiefer. Mais la charmante brune, comment s'appelle-t-elle, déjà ? *Fräulein* Helga. Elle ne m'a pas paru insensible… lorsque je lui demandais des mots pour mon *Buch*.

– Vous n'êtes pas encore des hommes libres, déclare froidement l'interprète. Ni, que je sache, des nationaux-socialistes. Je doute qu'elle vous accorde d'autres attentions que des renseignements de vocabulaire. Attendez la fin de votre séjour pour vous amuser.

En dépit des réclamations de Louisille – *Ich wünsche eine Nachspeise und eine Tasse Kaffee…* –, leurs hôtes ne leur proposent ni café ni dessert. Les Français sont reconduits à l'Alex, puis dans leurs cellules respectives. Ils y restent enfermés jusqu'au lundi 27 avril à 10 heures du matin. Sadorski met à profit ce laps de temps pour rédiger son rapport sur l'informateur Ostnitski. Il écrit une vingtaine de pages. Après des débuts laborieux, il finit par y prendre un certain plaisir. Cependant, malgré les promesses du *Herr Direktor* et du commissaire adjoint Synak, rien n'est changé à son régime alimentaire et pénitentiaire. Les nuits, il retombe dans des périodes de désespoir. Ses séances secrètes de masturbation, les images de sa femme, de l'employée indigène de jadis, des sœurs Metzger, de l'écolière Julie Odwak, ne lui apportent qu'une compensation dérisoire. Agréable sur le moment, mais décevante ensuite, et même humiliante. Le plaisir est toujours une chose trop tôt enfuie. Ne restent que la honte, la haine de soi et les regrets. Sans compter les traces à faire disparaître. Quand le gardien ouvre la porte ce lundi matin, vingt-quatre jours après le début de leur incarcération, Louisille attend dehors sur la galerie escorté par Eggenberger. L'ex-commissaire tient sous le bras une chemise cartonnée bleue bourrée de journaux. Sadorski emporte son compte rendu sur Ostnitski.

17

L'homme à la veste croisée

Les trois hommes rejoignent le bureau 259^B. Le *Kriminalobersekretär* n'est pas encore là. Dehors souffle un vent violent, la vue depuis les fenêtres est triste et déprimante. On leur sert des cafés. Sadorski observe la circulation des automobiles, des tramways, le métro aérien à l'extrémité de la place, les silhouettes des passants sur les trottoirs. De grands immeubles entourent l'Alexanderplatz, avec leurs salles de spectacle, leurs brasseries, leurs restaurants, leurs pâtisseries et leurs attractions diverses… L'endroit est noir de monde, avec en son centre la colossale statue verte de la « Berolina ». Louisille s'intéresse à un plan de Berlin affiché au mur. Il manifeste son intention de voir l'avenue Unter den Linden, la Wilhelmstrasse, la chaussée de Charlottenburg… Sadorski feuillette les journaux en langue française. Dans un numéro récent de *La Gerbe*, Alphonse de Châteaubriant célèbre avec lyrisme la rentrée en grâce de l'ex-président du Conseil, imposée par les Allemands :

À l'heure qu'il est, à l'heure qui sonne, 18, 19 avril 1942, nous le déclarons, nous Français, et nous le déclarons parce que nous le savons, le retour de Pierre Laval sauve la France du plus grand danger…

Les cloches de Reims, les cloches de Bourges, les cloches d'Amiens, les cloches de Chartres, les cloches de Vézelay, les cloches d'Orléans et de Tours peuvent sonner. Cette phrase n'est pas, aujourd'hui, littérature, et un journaliste peut carrément l'écrire ! Il y a quelque chose d'arrêté au-dessus de nos têtes, l'approche de la condamnation qui s'annonçait à l'Est et qui, une fois arrivée sur nous, n'eût plus laissé au peuple aucune espérance…

Ce grand écrivain a raison, réfléchit l'inspecteur. Le bolchevisme est le chancre le plus hideux de nos sociétés, non seulement par ses utopies économiques, mais par sa méthode psychologique, la haine, et par sa doctrine philosophique, le matérialisme intégral…

Le capitaine Kiefer entre brusquement. Il réclame le rapport de Sadorski. L'interprète, appelé en consultation, le parcourt rapidement et dit que « ça va ».

— Et vous, monsieur Louisille ? demande Kiefer. Votre rapport sur l'informateur polonais ?

— Je sais très peu de choses au sujet d'Ostnitski… Donc, ne l'ayant jamais connu, je n'ai pas jugé utile de…

Le petit homme le dévisage d'un air mécontent.

— *Was ?* Pourtant, en qualité de commissaire-chef de la SSR, vous étiez tenu au fait des relations de M. Sadorski avec cet homme ! De plus, l'autre jour en examinant son dossier vous avez fourni un certain nombre de renseignements qu'il est nécessaire de consigner dans un rapport.

— Mais, monsieur le capitaine… Vous possédez déjà un rapport très complet écrit par Sadorski. Le mien ferait double emploi…

Les yeux de Kiefer brillent d'un éclat inquiétant derrière les lunettes rondes.

— *Nein, nein.* J'insiste, monsieur Louisille. Écrivez !

— Euh… maintenant ?

— Oui, maintenant ! hurle le *Kriminalobersekretär*. Asseyez-vous et écrivez !

Louisille, blême, obéit et commence à écrire avec le crayon qu'on lui a donné. Au bout de quelques lignes, il se plaint d'avoir de la gêne à utiliser un crayon.

– Vous n'auriez pas un stylographe ?

La secrétaire lui prête le sien.

– Ah, il est merveilleux, s'exclame Louisille dès qu'il a commencé à écrire avec. Vraiment très « à ma main »… *Danke schön, Fräulein* Sabine…

Au bout de quelques lignes, il s'arrête.

– Les dates, et d'autres renseignements, échappent à ma mémoire… Pourrais-je consulter le dossier ? Et voir le rapport de Sadorski ?

Eggenberger vient se carrer devant l'ancien commissaire.

– Assez comme ça, Louisille ! Le capitaine Kiefer vous demande de faire un rapport sur ce que *vous* savez. Les dates nous importent peu. Ce sont vos souvenirs personnels et vos appréciations qui nous intéressent, voilà tout. Ils aideront les juges à se prononcer sur le cas de cet homme. Et nous aideront *nous* à mieux considérer le vôtre. Alors, écrivez !

La petite moustache de l'inspecteur est copiée sur celle du Führer, mais taillée très légèrement en pointe sur les côtés. Il serre les mâchoires en regardant Louisille. Ce dernier ne réplique pas, et se met à écrire.

Quelques minutes plus tard, le blond en cuir noir invite Sadorski à prendre un ou plusieurs journaux et passer dans le bureau 259[A]. Il ferme la porte de communication derrière eux. Le Boche – Sadorski a appris que son nom est Erich Albers – s'assied et allume une cigarette. Puis il laisse son prisonnier seul, occupé à lire *La Gerbe*.

L'interprète en profite pour entrer et murmurer à l'intention de Sadorski :

– Un conseil, mon vieux : ne croyez *jamais* ce qu'ils vous disent, ici à la Gestapo ! J'ai vu des gens à qui on avait promis la libération immédiate rester des mois en prison. J'ai vu aussi des gens libérés que l'on conduisait jusqu'au train puis qu'on ramenait dans leur cellule. Non, Sadorski, ne croyez à la réalité de votre retour que quand vous serez à Paris… et encore !

Eggenberger ricane et quitte la pièce sans attendre de réponse. Le blond revient après une demi-heure environ avec la valise de Sadorski. Il lui explique, dans un français sommaire, qu'il peut se raser et changer de linge dans un cabinet de toilette attenant au bureau. Sadorski obéit avec soulagement. Depuis son arrestation, il est resté dans les mêmes vêtements et sous-vêtements sales, n'a eu droit qu'à une seule douche. Synak arrive à son tour.

– Vous êtes présentable, monsieur Sadorski ? Je dois vous emmener voir quelqu'un d'important.

Ils sortent tous les trois pour rejoindre le long corridor surveillé par les SS. À l'approche de chacune des grilles métalliques, l'inspecteur Albers annonce :

– *Ein Mann ! Heil Hitler !*

– *Jawohl ! Heil Hitler !* répondent les SS figés au garde-à-vous, le visage inexpressif.

Le groupe emprunte un escalier, monte à l'étage supérieur. La même cérémonie a lieu devant de nouvelles grilles, et leurs plantons en uniforme noir à l'insigne de la tête de mort. Synak s'arrête devant une porte massive encadrée par deux SS. Le Français et son escorte s'installent dans une salle d'attente meublée de fauteuils en cuir confortables. La photographie d'Adolf Hitler toise les arrivants depuis son sous-verre. Au bout d'une dizaine de minutes, une secrétaire en uniforme prie le *Kriminaloberassistent* Synak et M. Sadorski de se présenter devant le *Herr Kriminalrat*. Ils sont introduits dans une pièce assez vaste dont les fenêtres donnent sur l'Alexanderplatz. Aux murs, une peinture réaliste à l'huile représentant le Führer, et une grande carte de l'Europe incluant une partie de l'Union soviétique. L'homme qui les accueille est le personnage distingué, en veste croisée grise parfaitement coupée, venu serrer la main des Français le jour de leur arrivée à l'Alex. Au revers de sa veste il porte la petite rondelle rouge et blanc, avec la croix gammée en son milieu, l'insigne du Parti national-socialiste. Ses petits yeux noirs pénétrants se plantent dans ceux de Sadorski. Le commissaire adjoint Synak claque des talons, fait le salut nazi accompagné d'un « *Heil Hitler !* » sec et convaincu.

– *'Hitler*, répond négligemment l'homme distingué, avant d'ajouter, dans un français impeccable : Je vous en prie, asseyez-vous. Mettez-vous à l'aise. Une cigarette ?

Il tend un étui en argent par-dessus le bureau, sur lequel sont alignés plusieurs téléphones en bakélite noire, aux cadrans brillants. Sadorski se sert, puis le commissaire adjoint Synak. Ce dernier allume leurs cigarettes à tous deux et se carre nerveusement dans son fauteuil.

– J'ai étudié votre dossier, monsieur Sadorski, reprend le *Herr Kriminalrat* avec un sourire aimable. Je dois d'abord vous poser une question, si vous n'y voyez pas d'inconvénient. Votre grand-mère maternelle était-elle juive ?

– Non, monsieur. Certainement pas. Ma famille est catholique.

– Je crois qu'on vous a interrogé à ce sujet l'an dernier à Paris, au Service juif de la préfecture de police…

– C'est exact, monsieur. J'ai du reste rempli un formulaire sur l'honneur. Article 1er de la loi du 3 octobre 1940 portant statut des Juifs. Je ne me trouve dans aucun des cas suivants : issu de trois grands-parents ou plus de race juive ; ou issu de deux grands-parents de race juive mais marié à une juive. Mon épouse n'est absolument pas israélite, elle non plus.

Le sourire du *Kriminalrat* se fait ironique.

– Donc, si votre grand-mère Sarah est juive, et elle uniquement, vous échappez aux dispositions de ladite loi. Chez nous en Allemagne un simple certificat de religion ne signifie rien à lui seul. Encore moins une déclaration sur l'honneur. Notre législation est telle que la personne soupçonnée de n'être pas aryenne doit *elle-même* faire la preuve et fournir les actes de baptême du père et du grand-père paternel. Nous exigeons l'*Abstammungsnachweiss*, le certificat de pureté raciale, pour tout citoyen du Reich. Et pour avoir l'honneur d'appartenir au Parti national-socialiste, il faut le « grand certificat », en remontant les origines jusqu'à l'année 1800. Mais passons. Ce qui m'intéresse est de savoir ce que vous pensez des Juifs. Eh bien ?

Sadorski hésite.

– Je… je ne les aime pas, monsieur. Je dirais même que j'éprouve une forte antipathie à leur égard.

– Oui. Mais dites-m'en plus au sujet des Juifs… En quoi sont-ils nocifs, par exemple ?

– Le Juif représente un danger *national*, d'abord. Il est apatride par nature, car il ne s'assimile que superficiellement à la civilisation du pays où il habite… Il reste partout un étranger.

– Votre nom à vous n'est pas français, monsieur Sadorski…

– Précisément, monsieur ! Je descends d'un soldat polonais de l'armée de Napoléon Ier, qui après 1815 a émigré pour devenir fermier en Tunisie. Il s'est intégré dans la société, il a travaillé à la sueur de son front. Il a fondé une honnête famille de bons Français qui, comme moi, ont servi fidèlement leur patrie. J'en viens justement au second danger : le danger *social* que représentent les Juifs. Ils ont l'esprit critique et subversif au plus haut point. C'est pourquoi ils sont une menace pour l'ordre public. En outre, le Juif a le génie de l'argent. Et, par l'argent, il corrompt tout ce qu'il peut approcher. Ils avaient réussi à s'introduire dans tous les carrefours importants de la vie de mon pays. La finance, évidemment, mais aussi la politique, la magistrature, la presse, la médecine, les arts… À Paris, sur trois mille avocats près de six cents étaient juifs ! Donc un cinquième de l'effectif, alors que les quatre cent mille youpins de France ne forment que le centième de la population générale ! D'ailleurs, les Juifs, cent fois moins nombreux que les autres races humaines, détiennent cinquante fois plus de richesses, c'est un fait indiscutable !

L'homme à la veste croisée approuve vaguement de la tête.

— Enfin, reprend l'inspecteur, tout le monde a vu comment, à l'époque du Front populaire, présidé par le Juif Blum, nombre de Juifs s'étaient emparés des postes ministériels. C'était inadmissible ! et cela n'explique que trop bien la déliquescence où nous étions tombés. Mais les choses devraient changer, avec le Maréchal. Et, j'espère, avec l'aide des Allemands…

— Hum, je ne sais pas, monsieur Sadorski. En ce moment nous avons des problèmes avec les Français. Leurs autorités ne collaborent pas de manière satisfaisante. Et il y a ces attentats terroristes. Des officiers et des soldats de la Wehrmacht ont été lâchement abattus, d'une balle dans le dos. Je ne vous cacherai pas qu'en haut lieu, j'entends des propositions de passer à la manière forte. De vous traiter comme nous avons traité la Pologne. Votre pays descendrait de son statut actuel d'allié de qualité douteuse à celui, encore moins enviable, de petite sous-province du Reich, peuplée de citoyens de seconde zone et dirigée par un *Gauleiter* nommé par nous. Les exécutions massives d'otages, et les transferts obligatoires de travailleurs en direction de nos usines, y deviendraient la règle générale.

– C'est regrettable, monsieur. Les terroristes qui menacent l'ordre public doivent être fusillés jusqu'au dernier. Mes collègues de la préfecture s'y emploient. Moi, personnellement, je sais que l'Allemagne sortira victorieuse du grand conflit qu'elle a engagé sur deux fronts, les rouges d'un côté, la finance anglo-américaine de l'autre…

– Et notez que, derrière ces ennemis, toujours les Juifs ! Ceux qui ont poignardé l'Allemagne dans le dos en 1918.

– Exactement, j'allais le dire, monsieur. Et je regrette que tous les Français et Françaises ne fassent pas leur devoir. Il y en a qui croient que ceux qui travaillent ici, ou qui servent votre Reich dans mon pays, sont des traîtres ou des vendus… et eux se prétendent des purs Français ! Seulement ils oublient qu'un grand homme, chez nous, un vieillard couvert de gloire, leur a dit : « Ayez confiance, groupez-vous derrière moi pour le relèvement de la France ! »

Le *Kriminalrat* a une moue dubitative.

– Pétain ? Parfois j'ai l'impression que le vieux renard se paye notre tête ! C'est une bonne chose qu'il ait repris M. Laval, lui au moins a su s'entendre avec nous… Dans la période présente, les Français font semblant de s'incliner mais des incidents surgissent à la moindre occasion. Nous sommes confrontés à un problème de compétences. Si, en zone occupée, le Reich se réserve la compétence de la répression, en zone sud le gouvernement de Vichy règle lui-même ses affaires, en dépit de l'autorité que nous tentons d'exercer sur les jugements des tribunaux ou les investigations de la police. Les juridictions et les polices se chevauchent, il y a du désordre et nous n'aimons pas le désordre. Et, à la répression antibolchevique s'ajoute maintenant de façon urgente la question de la répression antijuive. C'est pour cela que je vous ai fait venir, monsieur

Sadorski. Vous travaillez aux Renseignements généraux. Ce service nous intéresse. Il est assez unique en son genre. Ses missions de recherche et d'information, par des professionnels expérimentés, peuvent nous être utiles en ce qui concerne cette répression. Voyons, si je ne me trompe pas, au sein de votre section vous dirigez le « Rayon juif » ?

– Oui, monsieur. Au début, du temps de la SSR, on m'a affecté aux Polonais et aux Allemands. Ensuite, après juin 40, à la 3e section j'ai reçu la consigne de m'occuper des Juifs. Je devais traiter notamment les affaires en provenance du commissariat général aux Questions juives. Et je commandais un des groupes de voie publique chargés d'arrêter les israélites en contravention avec la loi du 2 juin 1941 ou avec les ordonnances allemandes…

L'homme à la veste croisée se penche pour sortir des documents d'un tiroir.

– Nous avons eu à nous féliciter de la collaboration de votre préfecture de police. J'ai ici une note datée du 22 février dernier, de l'*Hauptsturmführer* Dannecker… « Les inspecteurs français formés par leur travail avec notre section locale des Affaires juives servent aujourd'hui en quelque sorte de troupe d'élite et de personnel instructeur pour les Français affectés à la police antijuive… » C'est cet officier qui a créé en mai 1941 le premier noyau de service antijuif français à la préfecture…

Sadorski s'en souvient parfaitement. Dès le mois de janvier, Dannecker avait détaché à la préfecture le lieutenant SS Limpert, qui occupait le bureau 72, où il bénéficiait de l'assistance de six inspecteurs français : Grand, Jurgens, Jalby, Marchand, Lamberton, Thévin… Si le commissaire Lantelme ne le lui avait pas déconseillé, Sadorski aurait pu commander ce groupe de policiers.

Limpert a été remplacé au mois d'août et le service a déménagé au 19, rue de Téhéran.

– Vous-même, monsieur Sadorski, avez participé à diverses opérations de police, notamment en août 1941, dans Paris et en banlieue…

– Oui, monsieur. Il y a eu un paquet de Juifs internés à Drancy et ailleurs suite à ces opérations. Mais pas seulement : chaque semaine, l'ensemble des brigades de ma section effectue plus de deux cents interpellations, plus de cinquante visites domiciliaires, et entre cinquante et cent arrestations… Nous faisons ça mieux, et plus proprement, que la police aux Questions juives de la rue Greffulhe… ou que d'autres services parfois constitués d'amateurs, de gars un peu trop violents, comme les jeunots du PPF… Car, comme vous le savez sans doute, chaque direction a tenu à avoir son service antijuif ! Il y a toujours eu de la concurrence entre les différents services policiers, c'est un peu une tradition chez nous.

– Je vois. Et, à propos… que pensez-vous de M. Louisille ? votre ancien patron ?

Sadorski tressaille. La question est venue brutalement, il ne s'y attendait pas, et il s'agit de ne pas commettre de maladresse. Là, on marche sur des œufs…

– Je… Désirez-vous que je vous parle sincèrement ?

– C'est pour cela que je vous ai fait venir.

– Eh bien… j'ai l'impression que, en dépit des apparences, M. Louisille ne collabore pas avec vous.

L'homme derrière le bureau fronce les sourcils.

– Comment cela ?

– Je l'ai bien observé… Je le connais, hein. Ces jours derniers je l'ai vu brasser beaucoup d'air. Parler beaucoup, poser des questions sans queue ni tête, s'agiter inutilement… se promener d'une pièce à l'autre avec des coupures de journaux sous le bras… examiner les plans de Berlin… s'extasier comme un touriste, faire du plat aux dactylos… essayer ostensiblement de mémoriser des mots de votre langue. Il n'est pas vraiment comme ça, d'habitude. Tout cela pourrait être une tentative de vous embrouiller. En définitive, que vous a-t-il dit, lors des interrogatoires ? Pas grand-chose d'important, je crois.

L'Allemand sourit d'un air entendu.

– En toute franchise, j'étais parvenu aux mêmes conclusions que vous. D'après ce qu'on me rapporte, M. Louisille se figure être ici presque comme dans son commissariat de police, pour un peu il donnerait des ordres… Il lui faut des journaux, des livres, il désire se promener en ville, nous avons accepté beaucoup de choses et nous avons été très patients. Mais M. Louisille se moque de nous, pourtant nous ne sommes pas plus bêtes que lui. Au lieu de répondre à nos questions, il passe son temps à nous faire gaspiller le nôtre à répondre à toutes les questions idiotes qu'il nous pose… Ce monsieur n'a pas été conduit à Berlin pour apprendre la langue allemande, fumer des cigarettes, lire des journaux et manger au restaurant ! Dites-moi, monsieur Sadorski, pensez-vous que M. Louisille ait partie liée avec la dissidence gaulliste ?

Sadorski fait la grimace. Si cela se trouve, on lui tend un piège ! D'autre part – et malgré le plaisir certain qu'il aurait à couler Louisille –, dénoncer ou calomnier un compatriote, un Français de souche, un ancien collègue et chef, le faire torturer par la Gestapo, l'envoyer, peut-être, en camp de concentration jusqu'à la fin de ses jours, ou à la guillotine allemande, c'est tout de même immoral. Il prononce lentement :

– Euh, monsieur, là, je ne saurais dire… Nous avons, forcément, des fonctionnaires à la préfecture qui, pour une raison ou une autre, entretiennent des liens secrets avec Londres… voire avec le Parti communiste, même si la plupart de ces derniers, dans la police nationale, ont été démasqués et fusillés. Je ne les connais pas. Et j'ignore si M. Louisille peut être considéré comme lié à ces mouvements… Ce n'est pas impossible. En 1940 il était haï des journaux collaborationnistes comme *Je suis partout*, ou *Au Pilori*… qui ont fini par avoir sa tête : viré de la direction de la Brigade mondaine, muté comme simple commissaire de quartier, du côté de la place des Ternes… puis renvoyé définitivement. Mais il n'a jamais fait ce genre de confidence d'ordre politique. Ni laissé échapper de remarque donnant à croire… Je suis d'avis surtout que c'est un assez mauvais policier. Trop léger. En réalité, M. Louisille ne songe qu'aux femmes…

Le *Kriminalrat* réprime un sourire.

– Bien, bien. Maintenant, monsieur Sadorski, j'ai une proposition à vous faire. Une proposition qui pourrait rapprocher fortement la date de votre retour en France. Retrouver votre famille, votre bureau, vos collègues. Votre épouse doit vous manquer ? Non ?

– Oui, monsieur. Beaucoup. Et puis, le régime pénitentiaire est un peu dur…

– Je vous comprends. Mais cela ira bientôt mieux si vous le voulez. Voilà ce que je voudrais vous proposer. Ce sera très avantageux pour vous et sans risques présents ou à venir. Au début, en juin 1940, la mission de notre Service de sûreté était de rechercher toutes archives et documents sur la franc-maçonnerie, la juiverie et les organisations politiques d'émigrés. Nous nous procurions ces documents par les perquisitions et les arrestations qui s'ensuivaient. La tâche du SD, dont le kommando en France était sous les ordres du *SS-Sturmbannführer* Boemelburg, un vétéran de notre police, consistait à exploiter les archives françaises que nous avions saisies lors de notre arrivée à Paris, afin d'arrêter les Allemands et autres agents ayant travaillé contre l'Allemagne. Mais à présent, voyez-vous, dans l'esprit de notre *Reichsführer-SS* Heinrich Himmler, les auxiliaires français, belges, hollandais doivent, sous l'impulsion de la SS, constituer les *policiers de l'Ordre nouveau*. Nous planifions une Europe entièrement contrôlée par la SS. Les étrangers que nous incorporerons deviendront presque l'équivalent de bons Allemands, dignes de former la classe dirigeante de l'Europe ! Déjà, nos agents du SD, sous l'autorité des SS et de la police, travaillent en étroite collaboration avec des agents français dont le dévouement au Reich est incontestable. Cette collaboration policière s'avère fructueuse et utile, ce qui nous a permis de pénétrer profondément dans les organisations clandestines et de les combattre efficacement. Cela aurait été impossible sans l'aide des agents français, qui connaissent le pays et les hommes... Nous possédons déjà plus de quinze mille agents *français* de la Gestapo ! Ils opèrent à visage découvert en zone occupée et clandestinement en zone non occupée. Nos agents appartiennent à des couches variées de la société française. Parfois à un échelon très élevé de la vie culturelle ou politique ! Le chef de la Sipo-SD en France, le *SS-Sturmbannführer* Dr Knochen, m'a fait parvenir une liste alphabétique de *quarante-cinq* personnalités qui sont devenues nos agents. Je vous en cite seulement quelques-uns (il sort une feuille de papier) : Henri Ardant, directeur de la banque Société générale ; Henri Barbé, ex-membre du bureau politique du Parti communiste ; Jacques Benoist-Méchin, ministre ; Marcel Bucard, chef du francisme ; René Bousquet, que nous venons de faire nommer par Vichy secrétaire général de la police ; Marcel Boussac, industriel ; Louis-Ferdinand Céline, de son vrai nom Destouches, écrivain ; Pierre Costantini, journaliste ; Louis Darquier, le nouveau commissaire aux Questions juives ; Marcel Déat, journaliste et créateur du RNP ; Eugène Deloncle, chef du CSAR, actuel

MSR, autrement dit la Cagoule ; Jacques Doriot, ex-communiste, fondateur du PPF ; Bernard Faÿ, professeur ; Jean Fontenoy, journaliste ; Jacques de Lesdain, journaliste ; Pierre Laval, ancien et nouveau président du Conseil ; François Piétri, ambassadeur de France en Espagne ; Alexis Pierlovisi, restaurateur à Montmartre ; Simon Sabiani, député de Marseille ; Eugène Schueller, industriel… Tous ces gens, nous les appelons nos « hommes de confiance ». Certains demandent de l'argent, certains non. Les patrons d'industrie, par exemple, nous préfèrent de beaucoup aux bolcheviks et sont assez soulagés par notre présence. D'autres sont heureux que nous les débarrassions de leurs concurrents juifs. Cela est valable partout, de la médecine jusqu'aux beaux-arts… Enfin, passons. La liste de nos amis est longue et ne demande qu'à s'allonger davantage. Il se trouve que vous, monsieur Sadorski, êtes un spécialiste des Renseignements généraux, un vétéran de la Grande Guerre, un policier expérimenté… et un bon connaisseur de la population juive de Paris et du département de la Seine.

Il s'interrompt, allume une cigarette avec un joli briquet en or, se penche en avant pour continuer, sur le ton de la confidence :

– Paris est l'objectif prioritaire. Une première grande rafle de Juifs étrangers est prévue au début de l'été. Y compris cette fois les femmes et les vieux [1]. Des mesures très strictes, regrettables en un sens, mais nécessaires. À ce moment, la Gestapo aura repris à l'état-major de l'armée d'occupation en France ses prérogatives de police. Un nouveau chef a été nommé, avec des pou-

1. La proposition de déporter également les enfants juifs de zone non occupée, sans limite inférieure d'âge, viendra, le 4 juillet 1942, du Premier ministre français, Pierre Laval. La situation des enfants en zone occupée lui était indifférente. (Voir notamment Serge Klarsfeld, *Le Mémorial des enfants juifs déportés de France*, Éditions Fayard, 2001.)

voirs étendus. Le *Höherer SS und Polizei Führer* général Oberg. Cette rafle sera effectuée grâce aux fichiers très complets établis sous la direction du commissaire François, de votre préfecture de police. Et à la participation d'un vaste effectif policier français. On espère totaliser environ trente mille arrestations… En vue des déportations vers l'Est, depuis Drancy, Compiègne, Pithiviers, Beaune-la-Rolande… Mais… (il souffle la fumée vers le plafond) il y aura obligatoirement des fuites. Des complicités. Des erreurs. Des confusions. Du sabotage. Du manque de zèle. Des échecs dus au hasard. Si nous arrêtons vingt-cinq mille Juifs, je dirai qu'on a eu de la chance ! Et par la suite ce sera plus difficile encore car ils se méfieront. Bref, on ne peut pas compter uniquement sur les grosses actions de ce type. C'est là que vous intervenez, cher monsieur Sadorski.

– Moi ? Tout seul ?

L'Allemand sourit.

– Non, pas tout seul. Avec votre section des Renseignements généraux. Vos brigades spéciales d'intervention sur la voie publique. Et votre réseau d'indicateurs… Je sais beaucoup de choses sur vous, monsieur Sadorski. Jusqu'en juin 1940 vous étiez chargé d'enquêter dans les milieux allemands et germanophiles, prohitlériens et antihitlériens de la capitale, afin de repérer les agents de notre propagande en France. Pour ce faire, vous êtes entré en relations avec des ressortissants allemands, vos « informateurs », dans l'espoir d'obtenir des renseignements plus précis. Vous luttiez donc contre nous.

– Ce… c'était la guerre ! J'obéissais aux ordres… Il fallait bien ramener des informations autres que ce qu'on pouvait glaner au moyen des seuls « canaux de racontars »…

– Certes. Mais ces informateurs, il faut à présent nous donner des informations sur leur compte.

– Je l'ai fait, monsieur. Je viens d'écrire un rapport de vingt pages sur Stanislaw Ostnitski.

– Oui, je verrai ça tout à l'heure. Mais il n'y a pas qu'Ostnitski… Il y a des Allemands. Fritz Drach, par exemple. Nous voulons tout savoir sur Fritz Drach.

– Je dirai ce que je sais, monsieur.

– Et sur les autres… Schroeder, Blankenhorn, Leubuscher… Et Lustig… Et Denicke…

– Bien, monsieur. Je ferai mon possible…

– *Gut.* (Il se tourne vers le commissaire adjoint.) *Kriminaloberassistent Synak ?*

L'interpellé bondit de son siège, fait claquer ses talons.

– *Ja, Herr Kriminalrat ! Zu Befehl*[1] *!*

Son supérieur lui donne une série d'instructions, à une vitesse telle que Sadorski peut à peine en saisir un mot. Dès que la tirade s'achève, Synak claque de nouveau des talons et répète, figé au garde-à-vous : « *Zu Befehl ! Heil Hitler !* » Puis il se rassied mais au bord du fauteuil, l'air à la fois résolu et borné.

– *Heil Hitler.* Maintenant, monsieur Sadorski, il vous faudra renouer vos contacts avec ces informateurs allemands… Il faudra également fournir la preuve de la non-présence dans la capitale de certains autres. Ne vous inquiétez pas, vous serez couvert par votre directeur M. Baillet. Et, en même temps, il faudra travailler la question des Juifs. Suppléer aux arrestations manquées lors des rafles. Renseignement, perquisitions, arrestations. Interpellations sur la voie publique. Vous les pratiquiez déjà, je sais, mais nous voulons mieux, beaucoup mieux ! Des chiffres qui fassent plaisir en haut lieu. Le *Reichsprotektor und SS-Obergruppenführer* Heydrich, qui est le numéro deux du RSHA après Himmler, visite Paris au début du mois prochain. L'éradication du can-

1. « Oui, monsieur le conseiller de police criminelle ! À vos ordres ! »

cer juif est une de ses priorités. La Gestapo locale vous aidera dans votre tâche, vous n'aurez qu'à demander. Nos officiers de liaison resteront en contact régulier avec vous, au moins une fois par semaine. Il vous sera donné des noms de gens sur lesquels nous désirons des renseignements précis. Vous enquêterez sur eux. En accord avec M. Baillet, je le répète. Il vous faudra peut-être effectuer quelques voyages en province, tous frais payés bien entendu. Et avec des gratifications en cas de succès. Fritz Drach se trouve actuellement dans le Midi, paraît-il. Nous aimerions beaucoup le récupérer. Et d'autres espions, terroristes ou bolcheviks, qui s'imaginent en sécurité en zone sud ! Vous toucherez une somme en marks chaque mois. Mais nous exigerons du zèle de votre part ! Avez-vous compris ? Vous jugez-vous capable ? Nous ne forçons personne, vous savez. Prenez votre temps avant de répondre.

Sadorski se sent un peu étourdi. La sueur coule sur son front.

– Euh… Oui, monsieur. C'est d'accord…

L'homme écrase sa cigarette dans le cendrier.

– *Gut*. Maintenant, une dernière question. Réfléchissez bien. Selon vous, quel devrait être le châtiment d'un de nos agents qui vendait l'Allemagne à ses ennemis, ou aux hyènes de la finance française ? Quel devrait être son châtiment ? (Il regarde sa montre-bracelet.) Vous avez trente secondes pour répondre, monsieur Sadorski.

Le *Kriminalrat* se laisse aller en arrière dans son fauteuil, tout en ne quittant pas le Français des yeux. Ce dernier se sent baigner dans sa sueur. Un silence épais tombe sur la pièce, sous le portrait à l'huile, d'une exactitude quasi photographique, d'Adolf Hitler dans sa veste d'uniforme jaune à brassard rouge. En bas de l'image est inscrit en lettres gothiques : *Ein Volk, ein Reich, ein Führer !* Celui-ci semble réfléchir. Sadorski aussi. De sa réponse dépend peut-être son retour en

France. Yvette… Il entend vaguement bourdonner autour d'eux la vaste ruche de la police secrète d'État, avec ses centaines de fonctionnaires et de dactylos. Il se concentre. Qu'a voulu dire le haut fonctionnaire aux yeux noirs perçants, au ton posé, à la belle veste gris acier ?

Un de leurs agents qui vendait l'Allemagne à ses ennemis, ou aux hyènes de la finance française ?…

— Eh bien, monsieur Sadorski ? Je vous écoute. Les trente secondes sont écoulées. Quelle punition pour cet homme ?

Sadorski croit avoir compris de qui il s'agissait. Un bref instant, il revoit le joli visage anguleux de Thérèse… Que représentait pour elle son ancien amant ? Mais Sadorski – de même que Louisille quand on l'interrogeait – a déjà lâché le Polonais, de toute façon. Pour ce type-là, les carottes sont cuites. Tout ce qu'on pourra dire désormais ne changera rien au cas Ostnitski. La décision finale appartient aux Boches. En revanche, lui-même a conscience de passer un test. Il répond :

— La… la peine de mort.

18

Le rideau noir

À Ploetzensee, les nuits les pires sont celles du jeudi et du lundi. Tous les trois jours a lieu ce que les détenus appellent la *fête d'abattage*.

Le quartier des condamnés à mort, la *Station VII*, comporte quarante-huit cellules. Ce quartier est situé au rez-de-chaussée du bloc A. Il n'y a jamais de cellule vide, et une lumière verte de forte intensité les éclaire le jour et la nuit.

Les têtes tombent régulièrement, à Ploetzensee. Têtes d'hommes et têtes de femmes, mais pas sous la hache – instrument cher à Hitler, qui l'a ressuscitée du Moyen Âge. Le problème est que depuis le milieu des années 1930 les exécutions sont trop nombreuses. Alors dans certaines prisons on en est revenu à la bonne guillotine allemande, plus courte que la française, mais d'une efficacité égale à celle de sa sœur aînée.

La soupe est bonne et abondante si l'on compare avec les autres établissements pénitentiaires du Reich. Il y a souvent du rabiot, à Ploetzensee, et les gardes, une fois par semaine, servent de la viande avec beaucoup de pommes de terre.

Goering a tenu la promesse faite en 1933 au peuple allemand : « Je bâtirai des prisons les unes après les autres de Hambourg à Berlin… »

Ploetzensee est situé à quelques kilomètres de Berlin dans une banlieue aux jolis lacs, fréquentés en été par une foule de baigneurs. C'est une vaste maison d'arrêt comprenant plusieurs blocs séparés et cernés de barbelés. Contrairement aux autres maisons d'arrêt de la capitale, construites en briques rouges ou jaunes qui leur donnent un faux air de *home* bourgeois, celle-ci est de couleur grisâtre et ressemble vraiment à une prison.

Léon Sadorski y occupe une des cellules éclairées en permanence de la *Station VII*. Il est là depuis quinze jours. Il porte, depuis le jour de sa condamnation, une ceinture de force en cuir, et des chaînes également en cuir. Les occupants de ce secteur ne sont pas autorisés à se vêtir, sauf une demi-heure chaque jour pour la promenade. Celle-ci s'effectue les mains menottées derrière le dos. Le reste du temps, devant la porte de la cellule, sont proprement rangés le pantalon, la veste et les chaussures du condamné. La nuit, le policier français dort très mal, en particulier le jeudi et le lundi.

Ce jeudi soir du début du mois de mai, une demi-heure après la soupe, qui est distribuée très tôt, à partir de 5 heures de l'après-midi, il entend le bruit lointain de pas s'arrêtant de temps à autre. Et le cliquetis de clés, le grincement de portes qui s'ouvrent. Des voix murmurent. C'est comme si l'on récitait des psaumes. Depuis que Sadorski est enfermé à Ploetzensee, après son passage devant la Cour de justice du peuple présidée par le terrible Freisler, ces bruits, ce rituel, se sont reproduits trois fois. Les nuits de *fête d'abattage*. À la toute dernière, trois jours plus tôt, c'est dans la cellule précédant la sienne que la porte s'est ouverte. Les paroles étaient prononcées tout près, on pouvait comprendre. Sadorski écoutait, livide, une sueur glacée lui dégoulinant au creux du dos. Le procureur général annonçait à Fritz Drach que son recours en grâce avait été rejeté par le Führer. Il y a eu, à travers le mur, des cris de colère,

puis des appels à l'aide, tandis que les gardes maîtri-
saient le prisonnier. Ensuite, le silence. Le procureur et
son escorte sont passés devant la cellule de Sadorski
sans s'arrêter. Deux gardiens sont restés debout de part
et d'autre de la porte que le magistrat venait de franchir.
En vertu du règlement, celle-ci est alors demeurée
grande ouverte sur le couloir pour le restant de la nuit.
Deux autres surveillants se sont assis dans la cellule,
à droite et à gauche de l'homme qui allait mourir. Fritz
Drach pleurait à présent. Incapable de fermer l'œil,
Sadorski a entendu en se rongeant les ongles son voisin
sangloter jusqu'à l'aube. Le bourreau lui a rendu visite
afin de prendre ses mesures, puis l'aumônier pour offrir
ses services de consolation. Drach, athée et marxiste, a
envoyé balader le prêtre.

Certains condamnés à la peine capitale végètent ici
depuis des mois, voire une année entière. On ignore
pour quelle raison les uns sont exécutés presque immédiatement et d'autres si tard. Sans doute y a-t-il en Allemagne trop de têtes à couper. Le bourreau voyage
à travers le pays. La bureaucratie, les fonctionnaires
du ministère de la Justice sont submergés, l'arbitraire ou
le hasard règnent. Les dossiers du haut de la pile se
retrouvent enterrés dessous, le contraire arrive aussi.
Est-il préférable de mourir vite, ou de se morfondre des
jours sans fin, entre les bouffées d'espoir et les instants
de panique folle lorsque, comme maintenant, les pas du
procureur et des gardes résonnent à l'extrémité du corridor ? L'opinion des détenus de Ploetzensee varie à ce
sujet. Sadorski, parfois, joue avec l'idée qu'il aura de la
chance. Que l'Allemagne perdra la guerre avant que lui-
même soit appelé à l'échafaud. Il a cru en la puissance
nazie, pourtant. Il y croit encore. Cette prison, ces blocs
de béton gris, ces clôtures de fil électrifié aux montants
inclinés vers l'intérieur, ces gardes SS armés jusqu'aux
dents, leurs visages impassibles, ces avions à croix

noires qui tournent sans relâche dans le ciel, en sont les preuves brutales. Ce Reich est parti pour durer. Les raids aériens sur Berlin n'ont causé jusqu'à présent que des dégâts minimes. À Saint-Nazaire, la tentative de débarquement a été repoussée. À l'Est, les rouges continuent de se faire ratatiner par les blindés de la Wehrmacht.

Quoi qu'il en soit, et de quelque manière que tournent les opérations sur le terrain, Sadorski prie régulièrement Dieu et la Sainte Vierge de l'épargner. Il accumule les *Pater* et les *Ave*. Les autres peuvent crever mais pas lui ! C'est trop injuste. Il n'a rien fait de mal. Il a été un fonctionnaire consciencieux. Bien noté de ses supérieurs. Les youdis qu'il a fait fusiller au mont Valérien étaient, comme la plupart de leur race, crasseux, pouilleux, syphilitiques, dégénérés… et, sinon des moscoutaires pur sang, en tout cas des gens à l'esprit critique et subversif. Ils menaçaient l'ordre public. Le Juif, avant guerre, traitait les honnêtes Français comme un colon domestiquant des nègres. Sadorski ne voulait plus être le nègre des Juifs ! Du reste, Céline, écrivain et médecin, agent de l'Allemagne, l'a correctement identifiée, cette dégénérescence mortelle : « Le goy n'est plus que le somnambule des volontés juives, la moquette pour pieds juifs… » Pauvre France, comme disait Pemjean : « Pays si beau, si riche, si intelligent, si fier, devenu la proie et le jouet d'une race insolente et cupide et réduit par elle à un tel état de débilité mentale et d'hébétude qu'il ne s'aperçoit même pas qu'elle l'a saisi dans ses pattes crochues… » Non, Sadorski n'a fait que son devoir de bon Français ! Sa conscience est nette !

Les bruits de ferrures, les grincements de gonds, les litanies se rapprochent. Le procureur général et ses annonces funèbres… L'homme enchaîné s'est mis à trembler. On murmure, en ce moment, à cinq ou six cellules de distance. Il y a un cri bref. Puis de nouveaux bruits de pas dans le corridor. De plus en plus près. Le cortège arrive devant la porte de sa cellule… Ils vont passer, poursuivre leur chemin, l'instant du soulagement miraculeux est imminent. Sadorski chuchote sa prière. Il a joint les mains, comme quand il était petit, à l'église de Sfax… Bruits de voix. La marche s'interrompt. Des gens, dans le couloir, se sont arrêtés. Ils échangent des propos entre eux. Une clé s'introduit, fourgonne dans la serrure. *Sa* porte. Non !

Le battant de métal grince sur les gonds mal huilés. S'ouvre.

Un homme en robe rouge, ornée de l'aigle et de la croix gammée brodés d'or. Des formes sombres autour de lui.

– *Herr* Sadorski, votre recours en grâce a été rejeté.

L'homme poursuit, de sa voix curieusement haut perchée, par quelques formules de routine en allemand. Sadorski n'écoute plus. N'entend plus. Sa tête se vide. *Il va mourir !* Il va mourir demain matin ! Il n'a plus que quelques heures à vivre !

Le procureur et son cortège ont disparu. Sadorski ne les a même pas vus quitter la cellule. Deux gardiens entrent, le libèrent de sa ceinture de force. Et demeurent assis ensuite à ses côtés. Ses jambes sont agitées de tremblements. Le cœur cogne à une allure folle, menace d'exploser… Sa grâce est rejetée. Les menaces du *Kriminalobersekretär* Kiefer se sont réalisées. *Je vous ferai sauter la tête, je vous en donne ma parole. Vous avez trahi l'Allemagne, salaud !* Mais non, c'est trop absurde. Sadorski n'a fait que son devoir. Il n'a jamais trahi. C'est le *Kriminalrat* à la veste grise impeccable, aux discours doucereux, qui l'a trahi, qui s'est moqué de lui. L'invitant à se condamner lui-même à mort… Ce n'est pas possible… Et que faire à présent ? Hurler, se débattre, courir le long des interminables couloirs ? se faire déchiqueter par les mitraillettes des SS ? se jeter sur les barbelés électrifiés ? Ou se tuer tout de suite, ici même ? Mais comment ? Se fracasser la tête contre les murs ? utiliser ses incisives pour se trancher la langue, s'étouffer dans son propre sang ? Absurde. Mieux vaut encore vivre jusqu'au terme fixé par les juges, le bourreau, leur abandonner l'initiative. Il reste quelques pauvres et courtes heures… mais ces heures, les passer obligatoirement dans la terreur, l'horreur, l'épouvante !… *Ce matin, au petit jour, la lame va trancher ma nuque !* Ma tête sautera dans la sciure… Et après, le néant, ou le paradis, ou l'enfer… Sadorski saura tout, ou ne saura rien… Il n'était pas pressé de savoir ! Il comptait vieillir, comme tout le monde. La mort c'était pour plus tard, très loin. Non ! ça ne peut pas être ! C'est un cauchemar, il va se réveiller… Sadorski s'agite. Ses joues sont mouillées de larmes, il sanglote : « Yvette ! Yvette !… » Son Yvette, sa chérie, son cœur, son amour. Ce visage qu'il ne reverra jamais… sa chair tiède et douce, qu'il ne serrera plus jamais dans ses bras…

Un nouveau venu a fait son apparition dans la cellule. C'est un homme courtaud d'une quarantaine d'années, à l'expression grave, peinée, même. Ses épaules sont puissantes, son regard attentif. Ses cheveux châtains coiffés comme ceux d'un moine.

– *Mein Herr*… Je suis le bourreau, et j'aurai l'honneur de vous exécuter demain à l'aube.

L'homme a légèrement incliné la tête, les paupières baissées. Puis il observe le prisonnier pétrifié. Il s'approche, lui tâte le cou, prend rapidement ses mesures. Il les dicte à un garçon silencieux que Sadorski n'avait pas vu entrer lui non plus. Le bourreau fait un signe. Son assistant, sans un mot, sort une tondeuse et rase la nuque du condamné. Arrive un surveillant. Il apporte une chemise de papier sans col qu'il fait endosser à Sadorski. Outre la chemise, celui-ci porte le pantalon noir de la prison et les pantoufles en cuir réglementaires.

Il reste seul avec ses deux gardiens. On lui apporte le dernier repas : des tartines beurrées, avec un peu de saucisson. On lui offre le choix entre deux bouteilles de bière et une chopine de vin. Il aura droit également à deux cigares ou dix cigarettes, s'il souhaite fumer au cours de la nuit.

Sadorski opte pour le vin et les cigarettes. Il mange les tartines, le saucisson. Le vin est de qualité médiocre. Un surveillant vient reprendre le plateau et les couverts, les range sur un chariot de métal. Résonne le tintement de bouteilles vides qu'il balance dans une corbeille au bout du couloir. Il y a aussi d'autres sons plus festifs : les témoins invités à assister à l'exécution sont déjà arrivés ce soir à Ploetzensee. La loi exige que la maison d'arrêt reste hermétiquement fermée jusqu'à la fin de la cérémonie. Ce monde-là s'est réuni quelque part dans les étages, pour un banquet privé. Comme les autres nuits ayant précédé les mises à mort, Sadorski entend les rires, les exclamations, les toasts à Hitler, à Goering, à Himmler, à la victoire. Le repas là-haut est joyeux.

Petit à petit, le silence retombe sur la *Station VII*, à mesure que la nuit s'avance. Les condamnés, pour leurs dernières heures, ont le droit de lire, d'écrire, ou de jouer aux cartes. Les conversations sont permises et tout à fait libres. À quelques cellules de distance retentissent d'énormes éclats de rire. Le détenu, là-bas, s'est lancé dans un concours d'histoires drôles avec ses gardiens. Sadorski est écœuré. De plus, il n'a jamais eu le sens de l'humour, serait bien incapable de soutenir pareille compétition. Il pense à Louisille : son ancien chef, à l'heure qu'il est, se trouve sans doute déjà à Paris ! Au lit avec madame, rue La Bruyère. Ou avec une de ses conquêtes parisiennes. Il a brillamment joué avec les Boches, Louisille ! Sa stratégie était la bonne… On l'a cru, lui, et c'est Sadorski qu'on laisse rembourser les pots cassés ! Le simple inspecteur va payer l'addition pour tous sur l'échafaud. Sadorski n'a jamais été communiste, mais ne peut s'empêcher d'y voir un fond d'injustice sociale. L'homme du monde est gracié, le fils de fermier de Tunisie exécuté ! Sadorski le pauvre type… L'homme honnête, ou à peu près. Que disait donc de lui le fameux Sacha des pépées de la PP ? *Vous voyez, Sado, vous avez beau avoir été un de leurs collaborateurs, ils ne se gênent pas pour vous fourrer dans la merde ! Je vous connais, au fond vous êtes un pauvre type…* Et puis, un autre jour, alors qu'ils revenaient des bureaux de la Gestapo : *Vous êtes un ignorant, un bavard… Vous écrivez de trop. Faites comme moi, répondez à côté et écrivez peu. Les Boches sont des imbéciles. Et vous un naïf. Ces dossiers qu'ils possèdent leur ont certainement été remis par les services de la préfecture de Paris…*

— Alors, a répondu Sadorski au comble de l'indignation, je commence à comprendre pourquoi j'ai été amené à Berlin !… Si la préfecture de police leur a remis tous les dossiers spéciaux de la SSR, c'est donc qu'elle me sacrifie et qu'elle m'abandonne…

Louisille a ricané.

— *Vous l'avez dit, mon pauvre Sado.*

— Mais tout ce que j'ai fait, je l'ai fait sur ordre ! Et avec votre assentiment. Je ne pense pas avoir commis jusqu'ici quelque chose de contraire à mon service…

— *Ha ! Mais qu'en savez-vous ?*

Une forme sombre se dessine dans l'embrasure de la porte. Un homme se tient là, silencieux, le front dégarni, luisant, les mains fines et blanches. Sadorski sursaute.

Le prêtre !

Un pasteur protestant. Un des quatre aumôniers de Ploetzensee. Il est là pour…

— Mon fils… C'est un devoir bien pénible…

Les mots ont été prononcés en français avec l'accent allemand.

– Quelle heure est-il, mon père ?

– Un peu plus de 2 heures du matin…

Sadorski tombe à genoux et joint les mains devant lui. Il se met à pleurer. Puis il se confesse. Cela le soulage considérablement. Lorsqu'il est arrivé au terme de la confession, il ajoute :

– J'ai eu le temps de penser, mon père, pendant ma détention. J'ai pleuré, j'ai réfléchi, j'ai prié beaucoup, et j'ai peut-être même expié. Je jure qu'en quittant ce lieu maudit pour moi, je n'en voudrai à personne… je ne demanderai jamais vengeance. Je garde le souvenir de ces phrases inscrites au-dessus de la porte : « Ayez confiance en vous. Dieu seul est votre maître. Priez et patience ! »

Le pasteur place une main sur son épaule.

– C'est bien. Je vous bénis, mon fils. Courage. Maintenant je dois vous laisser. Je vous reverrai tout à l'heure. Il me faut porter des paroles de consolation à une de vos voisines. Une jeune femme…

Il s'en va. Sadorski allume une cigarette. Plus que trois… Les gardiens ont apporté les leurs. Bientôt un épais brouillard de tabac flotte dans la cellule, sous la lumière verte.

Le temps s'écoule. Lentement. Mais beaucoup trop vite. Sadorski songe à son épouse. Serrant les paupières, il essaye de faire apparaître Yvette devant ses pupilles comme sur un écran. Il la revoit en peignoir, au petit déjeuner. En ville, sur son vieux vélo, celui qu'il avait promis de remplacer. Dans leur cuisine, en tablier, elle se tourne vers lui et sourit. Derrière elle, l'île Saint-Louis. Les arbres en fleurs. Des péniches passent sur la Seine… Du linge flotte sur un fil… Les vagues clapotent sur les veilles pierres du quai… Le cœur de Sadorski bat à tout rompre dans sa poitrine. Yvette vient tout contre lui, incline la tête sur son épaule…

À 4 h 30 du matin, un infirmier vient pour une piqûre. L'aiguille s'enfonce dans le cou de Sadorski. Il demande ce que c'est, on ne lui répond pas. Il sent sa gorge s'engourdir progressivement. Bientôt il éprouve du mal à converser avec ses gardiens. Comme s'il souffrait d'une angine, sauf qu'il n'a pas de fièvre... Son angoisse augmente. Qu'est-ce qu'il y avait dans cette seringue ?

Lé ciel commence à pâlir au-dessus de la fenêtre de la cellule. On entend déverrouiller une porte, de l'autre côté de la cour. Et des bruits divers. Quelqu'un, là-bas, cloue quelque chose, à petits coups rapides de marteau. Des surveillants hurlent des ordres. Au bout d'une demi-heure environ, un premier condamné quitte sa cellule. Mains liées derrière le dos, encadré par quatre gardiens, il passe rapidement devant la porte de Sadorski. On distingue le bruit traînant des pantoufles de l'homme, les pas lourds des bottes des gardes qui s'éloignent. Ils gagnent la cour. Les pas font crisser le gravier. Dans la prison, quelqu'un, d'une voix puissante, se met à chanter :

Wacht auf, Verdammte dieser Erde...

Sadorski, étonné, reconnaît cet air que beaucoup de ses collègues, y compris lui-même, ont appris à haïr... *L'Internationale.*

... Das Recht wie Glut im Kraterherde
nun mit Macht zum Durchbruch dringt.
Reinen Tisch macht mit dem Bedränger !
Heer des Sklaven, wache auf !
Ein Nichts zu sein, tragt es nicht länger
Alles zu werden, strömt zuhauf !

Aux étages des quatre grands blocs de Ploetzensee, retentissent des chocs métalliques. Les prisonniers tapent contre les barreaux, à l'aide des menus objets à leur disposition : cuillers, gamelles, escabeaux... Un garde tire un coup de feu, brisant une vitre. On entend des cris. De colère, de rage, de tristesse. Et des adieux : « *Kamerad !* » La chanson, elle, enfle à mesure, avec son refrain entraînant :

> *Völker, hört die Signale !*
> *Auf zum letzten Gefecht !*
> *Die Internationale*
> *Erkämpft das Menschenrecht...*

Sadorski a fredonné machinalement dans sa tête, accompagnant les derniers vers du refrain. « L'Internationa-a-le... sera... le genre humain... » Le chant s'interrompt brusquement. Tandis que le vacarme, aux fenêtres de la prison, perdure quelques minutes. Les derniers cris sont tous des cris de colère.

Une cloche sonne lentement onze coups, puis le silence retombe sur Ploetzensee.

Après un temps assez court, un deuxième détenu est extrait de sa cellule. Cela se situe quelque part entre celle de Sadorski et la porte ouvrant sur la cour. Il ne peut donc voir le condamné. Il écoute les pas légers de ses pantoufles sur le gravier. Et soudain, là-bas, un cri de femme !

– *Mutti ! Mutti !*

Elle répète le mot en français :

– Maman ! Maman !

Sadorski se redresse. Son cœur cognant à tout rompre, de nouveau...

Il a reconnu – sans l'ombre d'un doute – la voix de Thérèse.

Un *Wachtmeister* braille là-bas, dans sa langue :

– Ta gueule, toi, sale garce !

Et à ses collègues :

– *Schnell, schnell !* Elle crie encore, la femme, faisons vite ! *Los !*

Thérèse Gerst. Elle était donc à Ploetzensee, elle aussi !… Et à présent…

Il se précipite. Ses gardiens se jettent sur lui, le ceinturent, le frappent, le ramènent à l'intérieur. Sadorski essaye de crier, impossible, ses cordes vocales sont paralysées. L'injection de tout à l'heure… Pendant ce temps, la cloche sonne. Aux fenêtres des blocs, les prisonniers, dont quelques femmes, crient leur indignation.

Le silence retombe, avec l'écho qui diminue du onzième coup de la cloche…

Des gardes SS arrivent dans le corridor.

– *Herr* Sadorski, Léon…

On lui attache les mains dans le dos. Avant de le pousser brutalement vers l'extérieur. Il se sent presque porté par les quatre hommes en noir qui l'encadrent. Le groupe se retrouve dehors sous un ciel blanchâtre, lumineux. À l'autre extrémité de la cour de gravier, Sadorski aperçoit une petite maison gris foncé, distante d'une trentaine de mètres. Cela ressemble à un garage. Mais sa porte s'ouvre sur un rideau noir.

Une petite salle, meublée d'une quinzaine de chaises pour les spectateurs. Ceux-ci sont pour la plupart des jeunes gradés SS. Les murs sont nus. Il flotte une odeur douceâtre de sang. Et Sadorski respire aussi l'odeur de sa propre peur. Une peur atroce, qui engloutit tout. Il est brusquement tourné vers la gauche par ses gardiens. Dans une niche, sur un petit autel, brûlent des cierges. Le pasteur est là. Il esquisse un geste de bénédiction. On tire cette fois Sadorski vers la droite. Le procureur, dans sa robe rouge, se tient devant lui, une baguette blanche entre les mains. Il la lève à l'horizontale :

– *Comme je casse cette baguette, ainsi je casse cette vie.*

Les deux morceaux se séparent avec un claquement sec.

Sadorski pousse des sons inarticulés, sa gorge est muette. Il ne peut que balbutier. Les gardes le traînent maintenant vers une planche verticale qui lui arrive à hauteur du cou.

– Enlevez vos pantoufles ! *Schneller !*

Il obéit, comme un automate. On le fait monter pieds nus sur une petite marche en bois. Le prisonnier se trouve placé devant les deux pans d'un rideau noir fermé. Par-derrière, des bras vigoureux surgissent pour l'attacher, le sangler, en deux temps trois mouvements, le dos à la planche. Tout va très vite. Du coin de l'œil, il aperçoit le bourreau qui lui a rendu visite au milieu de la nuit. L'homme trapu aux épaules puissantes est vêtu ce matin d'un habit de soirée impeccable, son visage masqué par un domino rouge. Il étend le bras, appuie sur un bouton. La planche bascule instantanément, poussant Sadorski vers l'avant, à l'horizontale entre les pans du rideau noir. Il sent, plutôt qu'il ne voit, la guillotine. Elle est toute petite au-dessus de lui. Claquement, suivi d'un sifflement. Un choc violent sur sa nuque. Un rugissement de sang dans ses oreilles.

Sadorski est propulsé en avant. Non. Sa tête *seule* est propulsée. Il tombe. Un panier de sciure lui heurte le visage. Puis on tire ses cheveux vers le haut. Une sorte de tenaille s'est refermée sur eux ! Il monte dans les airs, pivote, se balance, voit apparaître dans son champ de vision le procureur en robe écarlate, qui grimace avec satisfaction. Sadorski sent qu'on presse sous son cou un morceau de tissu. Pour stopper le sang qui s'écoule à flots… C'est sa vie, en même temps, qui s'écoule sous lui, et ses pensées… Il ne comprend plus rien à ce qui se passe. Il bat l'air avec ses bras, mais n'a plus de bras. Ni de jambes. Sa vision se brouille. Sa gorge brûle, et une douleur insupportable, inimaginable, monte dans son cerveau pour fuser tout en haut du crâne. Les yeux exorbités, il ouvre la bouche pour hurler : aucun son ne sort. Comme si sa tête était une baudruche crevée… Mais quelqu'un a éteint les lumières, les spectateurs ont disparu… Il souffre déjà moins. Ses pensées ralentissent, s'arrêtent… La peur elle aussi, et tout le reste… Soudain, Sadorski ne craint plus rien… *Il n'y a plus rien.*

Sauf un ronflement.

Qui augmente peu à peu…

Le ronflement d'une immense chaudière. Derrière une porte noire. La porte se rapproche. La chaleur augmente.

Deux battants métalliques s'ouvrent sur…

Les flammes de l'Enfer !

Sadorski essaye de hurler. Son cri rauque est noyé par le rugissement des flammes. Il brûle !

Un sursaut le traverse, comme un énorme choc électrique. Il se redresse en hoquetant. Le feu a disparu – Sadorski est plongé dans le noir total.

Ses mains tâtonnent. Touchent du tissu frais. On dirait des draps. Et, quelque part sur sa gauche, le ronflement se poursuit, plus léger que tout à l'heure. Mais il ne voit rien ! Il est aveugle ! Sa main fait tomber un objet. Du verre se brise. Sadorski continue de tâtonner, il trouve un cordon de tissu, comme du fil électrique, ses doigts remontent, découvrent une petite forme arrondie… un commutateur. Il appuie sur le bouton. La lumière jaillit, éclaire une table de chevet, dans une pièce joliment meublée. Deux lits jumeaux. Le sien, et celui où ronfle… le commissaire Louisille.

Et tout lui revient. Ils sont dans leur chambre de l'hôtel Berghof. À Berlin. Sadorski est en pyjama, on leur a rendu leurs affaires. Ils sont libres, ou presque !

Ce mercredi, 6 mai…

Au lever, dans la cellule du dépôt, un prisonnier de corvée lui a apporté un grand seau d'eau bouillante. Sadorski a dû laver le sol, les murs, la cuvette des W-C. En Allemagne, un prisonnier libéré doit laisser sa cellule propre. À 8 h 45, les deux Français ont été extraits de la prison et ramenés aux bureaux de la Gestapo. À 9 h 30 on les a conduits chez le *Herr Direktor* Fischer, qui leur a annoncé officiellement leur libération. Il s'est excusé du régime que ses hôtes venaient de subir, mais a ajouté que cela était dû aux « exigences des circonstances ». Il espérait toutefois que les policiers français n'en tiendraient pas rigueur à la police allemande, car celle-ci s'était efforcée d'améliorer leur nourriture et d'atténuer les rigueurs du régime auquel ils étaient soumis. Sadorski a déclaré :

– Je remercie monsieur le directeur de toutes ses attentions, et lui affirme qu'au contraire je garderai un bon souvenir de la police allemande, et qu'à tous moments et en tous lieux, je ne manquerai jamais de signaler la respectueuse attitude des policiers allemands à mon égard…

Le directeur a souri et lui a serré la main, ainsi qu'à Louisille. Puis ont eu lieu les formalités de levée d'écrou, une visite médicale, et la restitution de tous les objets ainsi que de l'argent qu'ils avaient sur eux en arrivant. Le capitaine Kiefer a annoncé, sur un ton de triomphe, que le *Herr Direktor* tenait à ce que les Français passent leur dernière journée et leur dernière nuit à Berlin en « hommes libres ». On leur a réservé une grande chambre à deux lits, à l'hôtel Berghof.

Les inspecteurs, le commissaire adjoint et le *Kriminalobersekretär* ont pris congé. Certains d'entre eux doivent faire le voyage à Paris le jour suivant avec leurs collègues français. Sadorski et Louisille se sont retrouvés, leur valise à la main, sur le trottoir de l'Alexanderstrasse. Les sentinelles ont salué avec indifférence leur passage par un « *Heil Hitler !* ». Les Français ont déposé leurs bagages à l'hôtel et sont allés déjeuner au restaurant Pilsator. Puis ils ont bu des bières dans une brasserie de renom, recommandée par les inspecteurs. Deux femmes, des compatriotes, les ont accostés, venues à Berlin travailler en usine ; mais Sadorski a vite compris que ces femmes se livraient désormais à la prostitution. Comme elles étaient bêtes, vulgaires et outrageusement maquillées, il a décliné l'offre, imité par Louisille sûrement habitué à mieux. Lui et Sadorski sont partis à leur rendez-vous avec Eggenberger qui devait leur servir de guide. Tous trois ont dégusté des sorbets immenses à la pâtisserie Aschinger. La salle était archicomble de civils et de militaires, surtout des permissionnaires du front de l'Est, ainsi que des mutilés, des blessés et des convalescents. Nombre de ces hommes en uniforme avaient la tête bandée, le bras en écharpe, ou s'appuyaient sur des béquilles. Puis Louisille a insisté pour se rendre seul au cinéma.

L'interprète a emmené Sadorski visiter le quartier de Gartenfeld où se trouvent les usines Siemens, qui emploient de nombreux travailleurs français volontaires. Aux abords de l'usine, d'énormes blockhaus en béton sont équipés de canons antiaériens et de mitrailleuses lourdes. La ville, a expliqué Eggenberger, est invulnérable à toute attaque de la part de bombardiers ennemis. « N'importe quel avion qui s'aventurerait sur Berlin serait perdu », a-t-il précisé. Les deux hommes sont allés ensuite chez un des inspecteurs de la Gestapo, un dénommé Lux, qui habite un pavillon proche, dans un quartier de petites maisons évoquant pour Sadorski la banlieue parisienne, et notamment Le Plessis-Robinson, toutes d'aspect très propre avec un jardinet devant et derrière. *Frau* Lux a servi des gâteaux, des oranges, du cognac, tandis que l'inspecteur Lux offrait des cigarettes. Cela a été un moment agréable, entre collègues, et Sadorski, dans son lit de l'hôtel Berghof, y repense maintenant avec plaisir. Un paquet de ces cigarettes est posé, déjà entamé, sur la table de chevet. Il en allume une, cela l'aidera à dissiper le souvenir horrible de son cauchemar…

Celui-ci trouve sans doute son origine dans la visite qu'il a été obligé de faire la veille, mardi 5 mai, à Ploetzensee pour y être confronté avec Ostnitski. Cela a été une expérience pénible. Les inspecteurs de la Gestapo avaient défendu à Sadorski de répondre, sauf lorsqu'on lui poserait des questions précises. Le Polonais a nié violemment avoir été un informateur. Il a crié des injures, traité Sadorski d'« agent anglais » – une accusation parfaitement ridicule –, lequel l'aurait dénoncé aux Allemands dans le but de lui nuire, et par jalousie, car il était amoureux de sa maîtresse Mlle Gerst. Mais les pièces contenues dans son dossier de la SSR l'ont confondu. Sadorski n'éprouvait plus aucun remords d'avoir balancé le Polonais à la Gestapo. Quittant les lieux, il a demandé à l'interprète quel serait le sort de son ancien informateur. Eggenberger a répondu froidement qu'il serait sans doute déporté dans un camp de concentration très dur, quelque part dans le Gouvernement général, c'est-à-dire la nouvelle Pologne hitlérienne.

– Là où vous comptez établir un ghetto universel pour les Juifs ? a questionné Sadorski.

– Détrompez-vous. Ce n'est pas l'intention du Führer. Il veut la destruction complète et à jamais de la race. Les Juifs dans le Gouvernement général ne vivent jamais longtemps. Il en reste encore soixante-trois mille ici à Berlin, mais l'année prochaine eux aussi partent vers l'Est et nous en serons complètement débarrassés. Quant à Ostnitski, ce traître mérite cent fois la mort. Vous nous avez bien aidés, j'espère qu'il crèvera là-bas… Quoique, un type dans son genre parvient toujours à se débrouiller… Mieux vaudrait lui raccourcir la caboche !

Ce mercredi, après la visite du quartier des usines Siemens, ils sont rentrés à la tombée du jour par le métro aérien, le *S-Bahn*, au centre de Berlin. Les deux hommes ont rejoint Louisille au Prälaten, une grande brasserie, puis dîné dans un restaurant avec orchestre. L'inspecteur a proposé de visiter « Berlin la nuit ». Ils sont allés à l'Heidelberg, puis à la Bayernkapell, établissement décoré en style folklorique bavarois. La grande salle du troisième étage était archicomble. Il y avait de la musique, et les clients – tous des jeunes dont beaucoup de militaires – chantaient en chœur des refrains en se tenant par les bras. On buvait de la bière, du vin, du champagne, des liqueurs variées. Louisille et l'interprète se sont mêlés à la foule en espérant y faire quelque rencontre amoureuse, ils ont laissé Sadorski seul à table. Et sont revenus une vingtaine de minutes plus tard, bredouilles. Maintenant, Louisille ronfle à côté dans la chambre double de l'hôtel Berghof. Les ronflements atteignent un niveau insupportable. Sadorski se lève, s'habille, prend l'ascenseur et va faire un tour dans la rue. Leur train partira de la gare de Potsdamerplatz à midi. Il songe à Yvette, dans le petit matin blême de Berlin. Demain soir, vendredi, il sera près d'elle.

II

LA VOIE PUBLIQUE

Berlin
41872
Secret

12.3.42
11 h 45

Au responsable de la police de Sûreté et des services de Sécurité pour la Belgique et la France.
Au Bureau de Paris, pour le S.S.-Obersturmbannführer Dr. Knochen.

Objet : déportations de Juifs
Référence : conversation du 6.3.42 avec le S.S.-Hauptsturmführer Dannecker

En plus des 1 000 Juifs de Compiègne, dont le transport est prévu pour le 23.3.42 sous réserve de l'accord du Ministère des Affaires Étrangères (accord dont nous ne disposons pas encore) il y a des chances pour qu'à bref délai 5 000 Juifs supplémentaires de France puissent être placés dans le camp de concentration d'Auschwitz. Il s'agira dans un premier temps essentiellement d'hommes (5 % de femmes au maximum).
Les dispositions communiquées au S.S.-Hauptsturmführer Dannecker pour les 1 000 Juifs de Compiègne sont également valables pour l'évacuation de ces 5 000 Juifs, à savoir :
1) Ne sont à appréhender que des Juifs de nationalité allemande et française, également les apatrides ou les Juifs ex-Polonais ou Luxembourgeois.
2) Les Juifs vivant en mariage mixte ne sont pour l'instant pas déportables.

3) Il y a lieu d'emporter par personne : du ravitaillement pour 14 jours ; 1 valise ou sac à dos avec fournitures (couverture, gamelle ou écuelle avec cuillère, habillement complet avec chaussures solides).

4) Il convient de veiller aux mesures de sécurité nécessaires (commandos d'escorte composés d'au moins 1 chef et de 15 hommes) jusqu'à la gare de destination. Le chef de convoi aura sur lui en double exemplaire une liste de transport destinée au camp de concentration d'Auschwitz. Un exemplaire de cette liste devra être transmis au bureau IV B 4 du RSHA.

5) Le départ de chaque convoi doit être signalé sans délai par télex urgent : a) au RSHA, bureau IV B 4, b) à l'Inspecteur du commandement S.S. pour les camps de concentration, le S.S.-Brigadeführer Glucks à Oranienburg, c) au camp de concentration d'Auschwitz, avec indication du nom du chef de convoi et de l'importance de ce convoi.

Afin de pouvoir établir l'horaire et commander les trains spéciaux pour 1 000 personnes chacun auprès du Ministère des Transports du Reich, veuillez m'informer de suite des gares de départ ainsi que de la dénomination exacte et de l'adresse du service chargé des frais du transport.

RSHA IV B 4 a – 3233/42 g. – 1085

Eichmann,
S.S.-Obersturmbannführer

19

La morte du crocodile

Sadorski ouvre le tiroir du bas de son bureau, se penche pour ramasser le pistolet. Il est toujours là, personne n'y a touché depuis le départ à Berlin. Un automatique modèle 1935 A, calibre 7,65 mm. Exemplaire relativement rare puisqu'il fait partie des trois mille cinq cents livrés par la Société alsacienne de construction mécanique avant l'armistice. Le numéro de série, A3173, lequel indique une fabrication datant de 1938 et une livraison en sortie d'usine au Parc régional du matériel de Bourges, en est la preuve. La SACM continue à en fabriquer pour les Autorités d'occupation, qui les distribuent à la police française et à la Milice, mais ces armes-là ont un numéro commençant par B et portent le petit poinçon en forme d'aigle du *Waffenamt*, l'administration de l'armement boche. Sadorski allume la lampe, chausse ses lunettes, étale un mouchoir propre sur le bureau, pose le PA dessus et entreprend de le démonter.

Par précaution, il retire le chargeur et manœuvre la glissière pour s'assurer qu'il ne reste pas de cartouche dans la chambre. Puis il tire le bloc de culasse en arrière de façon à amener l'échancrure de démontage située sur la glissière face au tenon de l'arrêtoir. Il pousse l'axe de celui-ci et l'extrait de son logement. Et, ramenant la glissière en avant, il la sépare de la carcasse. Il dépose d'un côté l'ensemble récupérateur, de l'autre le canon, retire le ressort et extrait la platine de la carcasse. L'inspecteur prend son nécessaire d'entretien, baguette de nettoyage, chasse-goupilles, écouvillon articulé, etc., se met au travail. L'occasion lui est rarement donnée de se servir de cette arme, sauf pour impressionner, mais quand même. Ce soir, en quittant la préfecture, il l'emportera avec lui. Le pistolet joue parfois un rôle d'appoint dans ses « bêtises » avec Yvette. Car l'amour peut bénéficier des accessoires, surtout les plus symboliques. Sadorski en a trouvé confirmation en lisant quelques paragraphes d'une étude du professeur Binet.

Au bout d'un quart d'heure, l'automatique est nettoyé et huilé, soigneusement remonté et a réintégré son tiroir. Sadorski sort l'étui à cigarettes de sa poche, allume une gauloise. Et, avec un soupir, s'absorbe dans la lecture des rapports de semaine des RG que son déplacement forcé lui a fait manquer. Histoire de se tenir au fait de la situation dans la capitale et des dernières opérations de police menées par les collègues. Les pages que Sadorski préfère se trouvent en général dans la rubrique *Incidents* :

Le 2 avril, vers 19 h 30, le nommé SCHOUFT Paul, né le 4 octobre 1907 à Ars-sur-Moselle, chauffeur interprète au Q.G. allemand, domicilié 110, rue des Dames (17ᵉ), a été arrêté sur réquisition de Mme Chrétien Marcelline, 34 ans, concierge dudit immeuble :

Cette dernière venait de trouver sa fillette âgée de 4 ans, se tordant et gémissant sur le lit de ce locataire.

Un docteur, mandé aussitôt par Mme Chrétien, a constaté que la fillette, qui a été transportée à l'hôpital Bretonneau, aurait été déflorée, après avoir été grisée de vin.

Le nommé Schouft a nié les faits qui lui étaient reprochés. Il a été mis à la disposition de la Feldgendarmerie.

*Le même jour, vers 22 h 30, une explosion s'est pro-
duite dans les cabinets d'aisances de l'immeuble sis 28,
rue Baudin, à Noisy-le-Sec, où sont logés les ouvriers
et employés célibataires, attachés au dépôt de locomo-
tives de la SNCF (région Est).*

*Ces cabinets d'aisances, qui couvraient une superfi-
cie de 16 m² environ et étaient construits en matériaux
légers, ont été complètement détruits ainsi qu'une
plaque de fer de 1 m × 0,80 m qui recouvrait l'orifice
de la fosse.*

Sadorski rigole. Soulagé de n'avoir pas été envoyé
sur cette affaire-là. L'endroit devait puer salement,
toute la merde du personnel répandue sur les murs ! Un
attentat terroriste qui ressemble à une bonne blague… Il
aspire une bouffée avant de passer à l'affaire suivante.

*Le 3 avril vers 13 heures, un gardien de la paix du
commissariat de police de Montrouge a interpellé au
carrefour avenue Aristide-Briand – Grande-Rue, à
Montrouge, le nommé CLAYET Raymond, né le 12 août
1917 à Toulouse (Haute-Garonne), demeurant 9, rue
de Chinon à Arcueil (Seine), qui circulait en automobile
et était recherché par ledit commissariat pour délit de
fuite.*

*Invité par le gardien à le suivre au poste de police,
Clayet a déclaré ne pas en avoir le temps et a poursuivi
sa route. Sautant alors sur le marchepied de la voiture,
le gardien a tenté de la faire stopper mais sans résultat
et Clayet l'a frappé de plusieurs coups de matraque.*

*Le gardien a sorti son pistolet pour se défendre mais
arrivé devant son domicile, Clayet est descendu rapidement de la voiture, a pénétré chez lui et en est ressorti
quelques instants après armé d'un pistolet et criant :
« Si à trois, vous ne lâchez pas votre arme, je vous tire*

dessus. » Se voyant menacé, le gardien a tiré deux coups de feu, mais sans atteindre Clayet qui s'est réfugié dans son logement.

Alertés téléphoniquement, les services du commissariat de police de Gentilly se sont rendus immédiatement sur les lieux. Mais, dix minutes plus tard, un officier de l'Armée d'occupation accompagné de deux civils sont arrivés en voiture, et l'un des civils, arrachant le pistolet au gardien, a déclaré en français : « Je vous arrête. » Puis, poussant le gardien dans la voiture, il a ajouté : « Vous serez fusillé » ou « Vous irez finir la guerre dans un camp de concentration au fond de l'Allemagne ».

Le gardien, qui avait été emmené, a été relâché en fin d'après-midi par les Autorités allemandes.

Il se renfrogne. Drôle d'histoire. Les deux civils appartenaient forcément à la Gestapo. Quant au nommé Clayet… Né le 12 août 1917… Âgé de vingt-quatre ans, donc. Gonflé, tout de même. Taper sur un agent armé, grimpé sur le marchepied de sa bagnole… Et conduire jusque chez soi dans cette situation. Le gars, sûr de l'impunité, en plus ! Il lui a suffi de téléphoner pour qu'un officier boche et deux gestapistes débarquent en auto dans les dix minutes afin de le tirer d'affaire… et arrêtent le gardien de la paix, qui pourtant était dans son bon droit ! Sadorski ne voit qu'une explication : ce type qui se balade avec une matraque dans sa voiture appartient lui-même à la Gestapo. Un des quinze mille agents français dont parlait le *Kriminalrat* à la veste croisée gris acier dans son bureau de l'Alexanderplatz. Encore heureux que le gardien de la paix ait été relâché ! Sadorski ne garde pas un bon souvenir des prisons berlinoises.

Le 4 avril, vers 22 h 30, deux soldats allemands, pris de boisson, ont tiré plusieurs coups de feu dans une

fenêtre du 1ᵉʳ étage d'un immeuble situé 1, rue des Tou-
relles.

Ils ont aussi tiré sur deux gardiens de la paix qui
intervenaient.

Il n'y a pas eu de blessé.

Le même jour, vers 23 heures, un requis civil qui
effectuait une ronde sur la voie ferrée de la Ceinture,
à proximité de la gare de Stains, a découvert un corps
inanimé étendu contre le crocodile[1] du sémaphore.

D'après l'enquête du commissariat de police de
Saint-Denis, la victime a été identifiée grâce à ses
papiers, retrouvés à proximité de la voie, comme étant
METZGER Marguerite, Thérèse, née le 9 juillet 1925 à
Paris (16ᵉ), domiciliée au 69, avenue Kléber (16ᵉ).

Sadorski étouffe un juron.

Metzger Marguerite, avenue Kléber… Une des deux
filles sur qui il comptait enquêter. Il en a discuté avec
Bauger et Lavigne, à l'Henri-IV. Les sœurs qui tapinaient avec les Frisés, dans les quartiers chic autour de
l'Étoile…

Il décroche son téléphone.

– IPA Sadorski, passez-moi l'inspecteur Beauvois,
au secrétariat de la 3ᵉ section ! Et vite, mademoiselle !

Le corps, ganté et chapeauté, était recroquevillé, un
linge dans la bouche. La tête portait trois blessures
par balles de petit calibre. Une quatrième balle a péné-
tré sous la clavicule. Dans le sac à main de la victime,
enterré à fleur de terre près du remblai, on a retrouvé
800 francs.

Une enquête est en cours, mais pour le moment n'a
donné aucun résultat.

1. Appareil de signalisation sonore fixé entre les rails.

– Allô chef ?

– Beauvois, apportez-moi le dossier Metzger.

– Metzger ?

– Cette dactylo qui couche avec les militaires allemands… Et employée par le commissariat aux Questions juives. Yolande Metzger. Et sa sœur Marguerite, c'est dans le dossier que vous m'avez passé début avril en provenance de la 1re section… Avant mon voyage en Bochie. Vous le retrouvez et vous me l'apportez en priorité !

Sadorski relit le compte rendu de l'affaire puis reprend le téléphone. Il demande cette fois le commissariat de Saint-Denis.

– Ici les Renseignements généraux, 3e section, inspecteur principal adjoint Sadorski. Je souhaite parler à un des inspecteurs qui s'est occupé de l'affaire Metzger… Le cadavre de femme sur la voie de la Ceinture, à Stains… Oui ? Merci, j'attends…

Au bout de cinq minutes on lui passe un inspecteur du nom de Frachet. Il semble assez ennuyé.

– Je ne peux pas vous apprendre grand-chose… Ce n'est pas moi qui…

– A-t-on interrogé des témoins ? des suspects ?

– Écoutez, monsieur, je ne peux rien dire. On a juste eu le temps de cuisiner le témoin qui a découvert le corps. Tout à fait innocent, du reste. La PJ avait envoyé deux inspecteurs, on faisait les premières investigations quand des Allemands ont débarqué. En uniforme. Ils ont dit aux types de la police judiciaire de calter. Qu'ils prenaient l'affaire en mains.

Sadorski écarquille les yeux.

– Et qu'avez-vous fait ?

L'autre ricane.

– Ben, on les a laissés, ils avaient l'air de savoir ce qu'ils voulaient. Personne chez nos poulets n'a envie de finir comme le commissaire Roches !

Sadorski acquiesce avec un grognement. En septembre 1940, le commissaire André Roches, patron de la criminelle, a refusé de laisser les Fritz s'occuper d'une de ses affaires. Ceux-ci sont repartis furieux. Le lendemain, il était muté au commisssariat Saint-Victor et remplacé par un chef plus docile envers l'occupant.

– Bon, je vois. Et le cadavre de la fille Metzger ?

– Parti pour l'Institut médico-légal. Il y a des chances pour qu'il y soit toujours…

– Le corps était frais ?

– Je dirais qu'elle a été tuée pas plus de deux heures avant la découverte, et sur place. Une balle dans la poitrine, trois dans la figure presque à bout portant, on voyait clairement les traces de poudre. Du 6,35, à mon avis. Pas retrouvé d'arme sur les lieux. Ça n'a pas occasionné beaucoup de dégâts. Une jolie poulette. Sa robe était retroussée et la culotte enlevée. Mais elle portait encore ses gants. Il y avait des traces de sperme, sur et autour du greffier, le gars qui a fait ça en a profité juste avant, ou juste après qu'il a buté la gosse… Vilaine affaire. Mais aucune idée de pourquoi les Boches s'y intéressent, les crimes crapuleux de ce genre sont relativement courants. C'est tout ce qu'il vous fallait, aux Renseignements généraux ?

En fin de compte l'inspecteur Frachet s'est révélé plutôt communicatif. Sadorski le remercie, raccroche, écrase sa cigarette dans le cendrier pour en allumer une autre à la suite. Se laissant aller contre le dossier de sa chaise, il se représente la scène du crime. La voie de chemin de fer, l'armature métallique de l'appareil à signaux, et en dessous la silhouette allongée, les cuisses nues, la robe et la combinaison retroussées sur le ventre, les traînées de foutre séchant sur les poils et la chair jeune et ferme de la morte du crocodile. Le chapeau a roulé le long des rails. La culotte traîne à côté, blanche, peut-être déchirée. Posée, comme exhibée, sur une traverse. Un morceau de linge, chiffon, soutien-gorge, enfourné dans la bouche. Les lèvres rouges. Les petits orifices d'entrée des trois balles. À quels endroits ? Il essaye des combinaisons diverses, avec le sang coulant dans une direction puis dans l'autre, selon la position de la tête. Beaucoup ou très peu de sang. Une érection tend sa verge, sous le pantalon. Sa verge qui a déchargé trois fois cette nuit dans le con d'Yvette. Sadorski va appeler la morgue, quand le secrétaire frappe à la porte et entre avec le dossier.

— Voilà, chef. Yolande Metzger. Je me rappelle, maintenant.

— Merci, Beauvois. Vous pouvez disposer.

Le petit blond aux allures obséquieuses s'arrête avant de franchir la porte.

— Je voulais vous dire, chef...

— Oui ?

— Eh bien, ça fait plaisir de vous revoir parmi nous.

— Peut-être pas à tout le monde, ricane l'inspecteur principal adjoint.

Il ne résiste pas au plaisir de se vanter :

— Mais, à présent, j'ai l'oreille des Boches. Je ne me gênerai pas pour leur expliquer ce que je pense de certaines personnes. Et vous, n'hésitez pas à faire passer le message...

Les yeux de Beauvois s'arrondissent. Il déglutit.

— Ah bon ? Euh, oui, chef. Appelez-moi quand vous n'aurez plus besoin du dossier.

Il s'en va assez rapidement. Sadorski, le sourire aux lèvres, ouvre la chemise qui porte en grandes lettres le nom « Yolande Metzger ».

METZGER Yolande, Marguerite, née le 13 février 1921 à Gagny (Seine-et-Oise) de Jean, Joseph, né le 17 juillet 1884 à Strasbourg (Bas-Rhin) et de Waldeck

Marguerite, née le 4 septembre 1897 à Germesheim (Allemagne), est célibataire.

Elle a une sœur, Marguerite, Thérèse, née le 9 juillet 1925 à Paris (16ᵉ).

Elle est née d'un père alsacien, réintégré de plein droit dans la qualité de Français en exécution du traité de paix du 28 juin 1919, et d'une mère allemande, de nationalité française par mariage.

Metzger Yolande habite chez ses parents domiciliés depuis 1925 au 69, avenue Kléber au loyer annuel de 1 800 francs…

Sténo-dactylographe, Metzger Yolande a été employée pendant peu de temps au service d'envoi d'ouvriers français volontaires pour aller travailler en Allemagne, dont le bureau est situé 23, quai d'Orsay, avant d'entrer à l'essai, le 23 mai 1941, toujours en qualité de sténo-dactylographe, au commissariat général des Affaires juives…

Le téléphone se met à sonner, faisant sursauter l'inspecteur.

– Monsieur Sadorski ?… L'hôtel des Deux Mondes. Ne quittez pas, on vous parle…

Quelques déclics puis un « Allô ? » bref, prononcé avec un léger accent. Il reconnaît immédiatement la voix d'Eggenberger.

– Bien reposé après le voyage ? Le capitaine Kiefer dort encore… Moi et Albers sommes sortis faire des courses dans les grands magasins. Je pars en zone sud avec une équipe. Fritz Drach a quitté Marseille pour Nîmes, un de nos agents l'a reconnu là-bas. Mes ordres sont de l'enlever, lui faire passer la ligne et le ramener à Berlin. Maintenant, j'ai une autre information, et qui vous concerne directement… Votre petite amie Thérèse Gerst, vous vous souvenez ?

Le cœur de Sadorski loupe un battement. Il articule :

— Euh, oui, bien sûr…

— Eh bien, elle ne s'appelle pas Gerst. Peut-être pas Thérèse non plus, d'ailleurs.

— Pardon ?

— Avez-vous entendu parler de la *Rote Kapelle* ? Cela signifie « Orchestre rouge ».

— Ça ne me dit rien.

— C'est un réseau d'espionnage communiste dépendant directement du renseignement militaire soviétique et implanté en Europe de l'Ouest avant la guerre. La Gestapo a découvert son existence en juin de l'année dernière, quand une de nos stations d'écoute a capté des messages codés qui n'étaient pas destinés à mister Churchill… Le SD et l'Abwehr sont là-dessus depuis des mois, on commence à obtenir des résultats. Votre Thérèse avait mis le grappin sur notre ex-agent Ostnitski à Prague en 1936. C'est de cette manière qu'elle s'est infiltrée. À vrai dire, nous la soupçonnions, c'est pour ça qu'on vous a interrogé à son sujet à Berlin. Beaucoup de communistes allemands, en 1933 quand le KPD est entré dans la clandestinité, sont restés là-bas, planqués dans les rouages de l'État national-socialiste. Il y en a même à la Gestapo ! À des niveaux assez subalternes, heureusement. Nous les démasquons au fur et à mesure. Mais, pour en revenir à Thérèse Gerst, vous dites ne pas l'avoir vue depuis 1940…

— C'est exact.

— Eh bien, vos ordres sont d'essayer de la retrouver. Allez à ses anciennes adresses, interrogez ses concierges, ses amis, ses collègues de *L'Aéro*… Je ne sais pas, moi, démerdez-vous ! Nous espérons des résultats. Vous êtes aux Renseignements généraux, non ?

— Je… je ferai mon possible…

Le ton d'Eggenberger devient plus léger.

— Autre motif de mon appel, Sadorski. Ce soir le capitaine veut voir des variétés parisiennes. L'ABC, l'Alhambra et pour finir le Petit Casino, qui ressemble déjà plus aux variétés allemandes. Du moins à en croire le *Deutsche Wegleiter*[1]… J'ai appelé chez vous mais madame a répondu que vous travailliez, même un samedi… Bravo !

– Hier matin je suis allé directement depuis la gare rejoindre mon service à la préfecture, répond Sadorski, piqué. C'est mon devoir de fonctionnaire ! Il y a du boulot à rattraper.

L'autre répond ironiquement :

– Vous êtes un exemple pour vos collègues. La police allemande éprouve beaucoup de respect pour les policiers français. Au fait, l'inspecteur Albers, qui est à côté de moi, veut vous rappeler votre promesse…

– Pardon ?

– Oui, il paraît que dimanche dernier, après que vous avez mangé avec sa femme et son fils dans ce café près de la gare de Hambourg et fait cette balade au château de Bellevue, notre ami Erich vous a dit que le dimanche suivant, il comptait bien que vous le promeniez au bois de Boulogne pour lui rendre la politesse… en compagnie de votre épouse. Vous avez promis !

– Ah oui, c'est vrai.

– Passez le prendre, avec madame, dimanche à midi. Hôtel des Deux Mondes, avenue de l'Opéra. Il s'en fait une joie d'avance…

– Bien. Et le capitaine Kiefer ?

L'inspecteur « Berger » étouffe un ricanement.

– Non, non, pas Kiefer. J'ai autre chose à faire avec lui. N'oubliez pas, midi, demain. Albers compte sur vous !

Il raccroche. Sadorski songe à Thérèse Gerst. Une communiste… *Thérèse ?* Difficile à croire. Enfin, cette

---

1. *Der Deutsche Wegleiter für Paris*, « Le Guide allemand de Paris », est un magazine bimensuel publié par les autorités allemandes à l'usage des soldats des troupes d'occupation.

enquête lui permettra peut-être de remettre la main sur elle… si la jeune femme vit encore à Paris. Mais, s'il la retrouve, ce n'est quand même pas pour la livrer à la Gestapo !

Il se remémore son dernier dimanche berlinois : l'inspecteur Albers est venu extraire Sadorski de sa cellule vers 13 heures, l'a emmené au restaurant Pilsator. Ils y ont rejoint Mme Albers accompagnée de son fils, un gamin de huit ans membre des *Hitlerjugend*. Tous quatre sont allés ensuite se promener par un temps froid et maussade. Comme il bruinait, Erich Albers a eu l'idée de visiter le musée du Palais-Royal et l'exposition antibolchevique *Paradis des Soviets*. Celle-ci n'était pas encore prête, mais l'inspecteur a montré sa carte et on les a laissés entrer. Il y avait des canons, des mitrailleuses, des chars russes, et même les débris d'un avion abattu. Ensuite ils ont mangé des pâtisseries et bu des cafés-crème dans un bistrot situé à côté d'un ancien restaurant-dancing transformé en « centre de travailleurs français ». Nombre de ces derniers fréquentaient le café et se tenaient très mal, notamment des femmes atrocement fardées. Mme Albers, qui faisait mine de regarder ailleurs, a ordonné à son fils d'en faire autant. L'inspecteur Albers a déclaré que la population ne prisait pas ce genre de Françaises et de Français, et que le comportement des travailleurs volontaires à Berlin laissait beaucoup à désirer…

Il hésite à téléphoner à Yvette. La prévenir, qu'elle se fasse belle pour le lendemain. L'inspecteur se rappelle soudain que sa femme est partie voir son amie au Plessis-Robinson. Il prend l'appareil, demande à la standardiste de lui passer l'Institut médico-légal. Un employé lui confirme que le corps de Marguerite Metzger n'a pas encore été rendu à la famille.

À midi, Sadorski quitte la caserne pour aller déjeuner au café-tabac Chez Moreau, boulevard du Palais. Il tombe sur Bauger, de la BS 2, qui lui paye une bière.

– T'as maigri, dis donc !... Ça ne t'a pas fait du bien, ces vacances en Allemagne. (Il lui adresse un clin d'œil.) Ce soir le groupe Barrachin ramène des crânes. Ça te dit de venir ? On manque d'effectifs, les gars sont sur d'autres affaires en même temps. Et puis nous sommes samedi.

Sadorski est intéressé. L'action, dont il a été privé cinq semaines, lui manque.

– Quel genre, tes crânes ?

– La bande de petits cocos juifs étrangers. Membres de l'OS[1], à coup sûr. Des potes à l'étudiant Schoenharr et à son complice Tondelier, celui qui a donné tous les autres. On soupçonne les types d'avoir abattu l'officier chleuh du boulevard Magenta, en décembre, et jeté des explosifs dans le hall de l'hôtel Imperator... ils ont été vus quelques jours auparavant en repérage devant l'entrée de l'hôtel. Les signalements correspondent. On les filoche depuis des semaines. Et là, on y va ! Barrachin a eu le feu vert du patron. Les zèbres sont nerveux, on craint qu'ils aient pigé qu'on les file. J'attends un coup de téléphone pour rejoindre les équipes qui travaillent depuis ce matin... Tu es armé ? Les 6,35 Le Français ou Sans Pareil, tu sais ce que j'en pense... Depuis le temps qu'on réclame des mitraillettes !... Veux-tu que je te prête un Browning ?

Sadorski sourit.

– J'ai mon PA 35 A.

– Ben, mon vieux ! Comment ça se fait ?

– Récupéré en juin 40 pendant la débâcle. Tous ces troufions et officiers qui balançaient leurs armes pour filer plus vite...

---

1. Organisation spéciale, la branche armée du PCF clandestin formée à l'été 1941.

Le grand rougeaud au collier de barbe a une grimace dubitative. Puis il secoue les épaules, et prend une expression satisfaite :

– Tiens, regarde… On en a saisi un stock lors d'une visite domiciliaire…

Il exhibe fièrement un gros revolver noir Webley & Scott chambré en .380 British, double action. Dans le bistrot, plusieurs inspecteurs observent l'arme avec envie. « Parachuté de Londres rien que pour moi », triomphe Bauger au milieu des rires. Sadorski reprend une bière et paye la tournée, histoire de fêter son retour de Berlin. Et de se faire bien voir – Sado le caïd de la 3ᵉ section, le bouffeur de Juifs ! Le pote des inspecteurs des Brigades spéciales de la préfecture ! D'humeur communicative, excité par les événements à venir, la perspective de coffrer des terroristes, youpins qui plus est, il songe un instant à parler à Bauger de la mort de la cadette Metzger. Mais il se ravise – c'est son enquête à lui, désormais, pas la peine de partager.

– Ça ne te dit rien, un nommé Clayet, Raymond, vingt-quatre ans ? Domicilié à Arcueil ? Le mois dernier, recherché pour délit de fuite il tire sur un gardien de la paix, s'enferme chez lui, dix minutes plus tard les Boches viennent le délivrer et embarquent le poulet français ! Si ça sent pas sa Gestapo maison…

Bauger fait grise mine.

– À ta place, je laisserais tomber.

– Hein ?

– Je crois voir qui c'est, ton type d'Arcueil. Entendu parler de lui, et de son frangin. Pas touche. Y a quelqu'un d'important au-dessus d'eux. Pas un Chleuh mais pire. Alors oublie, si tu tiens à faire de vieux os jusqu'à ta retraite.

Sadorski hausse les épaules.

– J'ai d'autres chats à fouetter, de toutes les façons… C'était juste une question en passant.

Il retourne à la préfecture avec son collègue et un autre de la Brigade n° 2, l'inspecteur principal adjoint Pontet. Le temps est splendide, le printemps embaume, tout comme aux jours ayant précédé le périple allemand. C'est à peine s'il souffle une petite brise. Sur les quais, des baigneurs en maillot prennent le soleil, étalent leur serviette pour bronzer. Surtout des hommes, mais aussi quelques femmes jeunes. Et des vieux qui pêchent à la ligne. On entend des rires, des cris joyeux fusent à la verticale du parapet. Deux ou trois gars piquent des plongeons. Les flots sont vert émeraude, les vaguelettes renvoient des éclats de lumière. De l'autre côté du fleuve, cela pédale à tout-va, quai Saint-Michel. Tout Paris est à vélo. Samedi de fête, baigné de soleil et de chaleur. Succombant à l'euphorie provoquée par les bières, Sadorski a tombé la veste, il marche en bras de chemise, échangeant des plaisanteries avec les collègues. Berlin, sa neige fondue, ses brouillards, ses fumées sont loin, à présent ! Les inspecteurs regagnent leurs bureaux.

Avant de se mettre au travail sur ses dossiers, Sadorski sort le PA 35 de son tiroir. Il tire à fond sur la culasse mobile. Le chien bascule en arrière et une des huit cartouches, poussée par le ressort du magasin, s'introduit dans la chambre, puis le ressort récupérateur ramène le bloc de culasse vers l'avant. Sadorski relève le cran de sûreté, pose l'automatique à plat sur le meuble, à côté de la pile de documents accumulés tandis qu'il se morfondait en Allemagne.

Peu avant 18 heures, Bauger, sans frapper, passe la tête par la porte du 516 :

– Ramasse ton artillerie, Sado. Ça y est, on fonce !

20

Les terroristes

L'inspecteur principal adjoint Gaston Barrachin est assis à droite du chauffeur de la « 11 légère » Citroën. Depuis la banquette arrière, côté gauche, Sadorski distingue le profil de l'étoile montante des Brigades spéciales : menton fuyant, grand blair allongé, cheveux châtain clair ondulés plaqués sur la tête comme une perruque. La teinte, peu naturelle, renforce cette impression. Ancien garde républicain, nommé inspecteur en 1928, l'homme vient d'être muté sur sa demande à la BS 2. Il est toujours en chasse, hait les rouges, les connaît bien et, depuis son arrivée, les arrestations se multiplient. Les types alpagués dérouillent salement. La garde à vue peut dépasser dix jours, voire atteindre les trois semaines. Les juges d'instruction Gerbinis et Marquiset – l'un pour les affaires communistes, l'autre pour les terroristes – ferment les yeux sur ces dépassements que justifient l'état d'urgence, les attentats. Dans les salles d'interrogatoire du cinquième étage de la préfecture, cela y va plus fort encore que de coutume, à coups de poing, de matraque, de nerf de bœuf. On met les types à moitié à poil, on les menotte aux poignets et aux chevilles, les fesses à l'air sur une table. Et après, la trique. Parfois la flamme de lampe à souder sous la plante des pieds. Les cocos ressortent la tête au carré, des dents en moins, les testicules de la taille d'un ballon de football. Dans la

251

grande salle des détenus des BS on les laisse un moment récupérer, puis on les réveille avec un broc d'eau dans la figure et on recommence. Avant de les renvoyer coucher au Dépôt. Un ou deux ont même clamecé, paraît-il, à l'hôpital Rothschild des suites de leur passage à tabac, et chaque fois le commissaire Hénoque a piqué sa crise. Mais il sait que ses hommes font du bon travail. C'est l'essentiel, les derniers rapports des RG sur le communisme et le terrorisme sont clairs là-dessus :

Il paraît superflu de dire combien de courage et de raison ont impliqué les investigations et la répression contre un ennemi fuyant et audacieux dont le crime lâche parce que toujours inavoué est le signe désormais éprouvé de son activité. La population sait maintenant ce qu'a fait la police du gouvernement. Elle sait quelle tâche écrasante elle a accomplie et par quelle ingratitude il lui a été trop souvent répondu, à elle qui a pourtant ses deuils aussi. La police française vient de faire les preuves que l'on doit compter sur elle. Mais de cela le public doit conclure qu'il ne doit compter que sur elle. Agissant dans les cadres de la doctrine du gouvernement, elle en constitue en quelque sorte l'armée en face de l'ennemi intérieur. À cette armée, la population a le devoir d'apporter son adhésion absolue... La préfecture de police n'ignore pas la grandeur du rôle qui lui est confié. La France et Paris peuvent compter sur elle.

Sadorski connaît ces lignes par cœur, il ressent encore le frisson d'orgueil qui l'a parcouru quand il les lisait pour la première fois. Tout ce qui est dit là est exact. L'amateurisme des débuts, au temps des premiers attentats commis par des lâches qui tirent des balles dans le dos, cède la place aujourd'hui à un système terriblement professionnel, confié à l'élite de la préfecture. Les jours des moscoutaires et des Juifs terroristes en région parisienne sont comptés. Leurs réseaux tombent les uns après les autres. Les militants sont filés depuis des semaines sans qu'ils s'en aperçoivent. Au fur et à mesure des déplacements, des rendez-vous sur la voie publique ou à domicile, ils font découvrir à leurs suiveurs de nouveaux visages, aussitôt répertoriés, filés puis logés à leur tour… Et, dès que la police sent qu'on tourne en rond, que les filatures ont donné tout ce qu'elles pouvaient, ou que les terroristes filés semblent s'inquiéter, qu'ils se doutent de quelque chose, comme c'est le cas aujourd'hui, alors les Brigades leur tombent dessus et les arrestations se succèdent en cascade. Tout en prenant garde à laisser quelques gars de libres : persuadés alors qu'ils sont restés inconnus des flics comme de la Gestapo, qu'ils l'ont échappé belle, les pauvres branques s'en vont contacter d'autres militants sans se méfier, ce qui permet d'identifier ceux-là à leur tour.

– Le plus jeune s'appelle Feld, Maurice, explique Barrachin, révisant ses notes dans son carnet, tandis que la traction noire longe la Samaritaine pour virer à gauche rue de Rivoli, dérapant légèrement sur les pavés en bois. Né à Varsovie en 1924. Le frère aîné est militaire. La mère, naturalisée en 1933, de race juive, a été déchue de la nationalité française l'an dernier. Domiciliée 83, rue du Faubourg-Saint-Denis. Exerçait la profession de tricoteuse à façon, mais avait cessé en raison de la pénurie de matières premières… Les Feld ont été perquisitionnés le 24 octobre 1940, sur dénonciation d'un nommé Saint-Côme, camarade de lycée du fils cadet, Maurice. Ont été découverts trente exemplaires de *L'Humanité*, tous de la même date, 30 septembre 1940 ; un livre intitulé *L'Armée rouge est prête* ; une photo représentant des soldats de l'Armée rouge ; une pièce de deux francs sur laquelle figurait, gravée au poinçon, l'inscription «Vive Duclos PC». Le jeune Feld Maurice était accusé de se livrer au collage de papillons subversifs sur la voie publique, mais a été relâché… Feld père a été condamné à six mois de

prison pour infraction au décret du 26 septembre 1940 ;
la mère, à quatre mois. Demande de révision rejetée par
le garde des Sceaux. Le père a été transféré au camp de
Châteaubriant et s'y trouve toujours…

– S'il sort, c'est direction Drancy, puis les travaux
forcés à l'Est, ricane Pontet. Sauf s'il est fusillé avant
comme otage…

– On a ordonné une nouvelle enquête sur les Feld,
suite à la réception d'une lettre anonyme signalant la
« situation pénible de la famille »… (Barrachin glousse,
avant de poursuivre :) La mère, internée aux Tourelles,
est actuellement en traitement à l'hôpital Tenon pour
hernie et maladie gastro-intestinale… s'est procuré trois
certificats médicaux, bidons probablement…

– Tous des simulateurs, les youtres ! fait remarquer
le chauffeur. Et ça vient encombrer nos hôpitaux…

Barrachin rigole :

– Et des mauvais payeurs : le loyer de leur appartement n'est pas réglé depuis août 1940 !

Sadorski se rappelle avoir vu passer une fiche au nom
de Ita Feld, rue du Faubourg-Saint-Denis. Lui-même avait
ajouté au stylo, non sans motif apparemment : « Propagandiste en faveur de la IIIe Internationale, suspecte du point
de vue politique et dangereuse pour l'ordre intérieur. »
Décidément, tous les engrenages s'emboîtent à la perfection. Tout est clair et net, la France et Paris peuvent
compter sur Sadorski et ses camarades pour faire régner
l'ordre.

L'automobile fonce sur l'avenue de l'Opéra en
klaxonnant. Cyclistes et vélos-taxis s'écartent, évitant
de justesse la collision. Sur le siège avant, Barrachin
poursuit à voix haute :

– « Militants communistes, les époux Feld rece-
vaient à des heures tardives à leur domicile de nombreux visiteurs considérés comme suspects. En 1936,

leur fils aîné Salomon quêtait en faveur de l'Espagne républicaine… »

– Saloperie rouge ! Vive Franco ! gronde Bauger coincé au milieu de la banquette, entre Pontet et Sadorski.

– « … À ce sujet, on dit même qu'il était parfois grossier et cherchait querelle aux personnes qu'il sollicitait mais qui restaient indifférentes. » Le sale petit corniaud ! « Il passait aussi pour se livrer au collage de papillons subversifs avec l'aide de son plus jeune frère Maurice… » Hé, fais gaffe !

Place de l'Opéra, la traction a failli emboutir un camion de l'armée allemande. Cela est dû en partie au fait que depuis l'Occupation les feux rouges ne fonctionnent plus. Fou de rage, un feldgendarme s'époumone sur son sifflet. Les véhicules boches sont prioritaires. Le conducteur l'ignore et poursuit sa course folle autour du théâtre.

– On préfère les alpaguer sur la voie publique, précise Bauger à l'intention de Sadorski. Si on tape au domicile, ils ont le temps de brûler ou d'avaler les documents avant qu'on n'enfonce la porte… Donc on les pince dehors avec ce qu'ils ont sur eux, et on fouille l'appartement après ! Et ensuite on y tend une souricière.

Barrachin se retourne sur son siège :

– Au dernier appel, Feld, qui remontait la rue du Faubourg-Poissonnière, a retrouvé son pote à l'angle des rues des Martyrs et Condorcet. Ils se dirigent à nouveau vers l'est. Rodier a pris position dans un café au coin de la rue de Provence. Il reçoit régulièrement des nouvelles des filocheurs. Il nous aiguillera.

La 11 légère freine au niveau du café, Pontet se précipite dehors, revient en courant.

– Square Montholon, côté rue Baudin[1] !

1. Aujourd'hui rue Pierre-Semard.

La portière claque. L'automobile repart en faisant hurler les pneus. L'inspecteur ajoute :

– Ils avaient rendez-vous au square avec une femme, inconnue des filocheurs. Elle s'est dirigée vers le métro Cadet, un gars de l'équipe numéro un la suit. Du coup, on est moins nombreux pour l'arrestation…

– Dis donc, fait Bauger, y a pas un hôtel où logent les Boches, square Montholon ? L'hôtel Bohy, je crois… D'ici qu'ils nous refassent le coup des bombes à l'Imperator !

– Nom de Dieu !

Barrachin ordonne au chauffeur :

– Continue rue Lafayette, dépasse Montholon, tourne à gauche aussitôt après et remonte Faubourg-Poissonnière ! On va leur faire une vilaine surprise en arrivant pile de l'autre côté…

La sueur coule sur le front de Sadorski. Dans sa poche, il serre machinalement la crosse du 7,65.

– Les gusses sont certainement armés, ajoute Barrachin. Sommations, et au moindre geste suspect, vous tirez ! Plutôt dans les jambes, je les veux vivants, compris ?

– Pigé, grince Bauger. On se rattrapera plus tard…

Au départ de la rue Baudin, un employé des PTT leur fait signe, désignant le trottoir gauche et indiquant « deux » avec les doigts. Barrachin acquiesce.

– C'est bon. On va les cueillir comme des fleurs.

La Citroën roule jusqu'au carrefour, une cinquantaine de mètres plus loin, vire sur les chapeaux de roues, passe devant le lycée Lamartine, ralentit en tournant dans la rue de Maubeuge.

– Va tout droit mais plus doucement… Tu feras halte quand je donnerai l'ordre. Ne regardez pas tous à gauche en même temps… Toi seulement, Bricourt.

Un cycliste débouche à petite allure de ce côté-là, en bleu de travail. D'un geste du menton, il désigne la rue derrière lui, en même temps qu'il s'arrête pour laisser passer l'auto. Sadorski ne distingue pas grand-chose. On est samedi et il y a beaucoup de monde sur les trottoirs. Le chauffeur s'exclame :

– Vus ! Ils sont à trente mètres !

– C'est bon, halte ! Vous allez descendre avec naturel. Doucement, sans claquer les portières. Bricourt, va téléphoner depuis un bistrot à l'hôtel Bohy, square Montholon, tu leur dis de fouiller le hall à la recherche d'explosifs et de faire évacuer les lieux. À tout hasard. Appelle ensuite le commissariat du neuvième, qu'ils envoient des hommes à l'hôtel surveiller si tout se passe bien. Après ça, tu te remets au volant et tu attends. Bauger, tu vas regarder la vitrine en face. Pontet et Sadorski, placez-vous en retrait sur le trottoir et surveillez le bout de la rue… Dès que je vous appelle, vous intervenez.

Sadorski descend du côté gauche, traverse la rue de Maubeuge. Dans sa poche, il serre son poing sur la crosse de l'automatique, en position demi-armé. Une femme blonde apparaît à l'angle de la rue, avec un chapeau rouge et tirant en laisse un petit chien. Puis une fille sur son vélo, large pantalon noir, chemisier blanc. Et un homme en costume sombre et cravate, qui tient deux mômes par la main, de chaque côté, occupant presque toute la largeur du trottoir.

Il se hâte, engueule les petits. L'un d'eux braille et pleure, une vraie tête à claques. Sadorski s'immobilise, leur cède le passage, tous ses sens en éveil. L'instinct du chasseur. L'action imminente. Il espère avoir l'occasion de tirer. Le cœur cogne vite, les mains ne tremblent pas. De l'autre côté de la rue de Maubeuge, son champ de vision englobe la silhouette massive de Bauger, lequel feint de s'absorber dans la contemplation de la vitrine. Elle lui sert de miroir pour surveiller l'approche des deux terroristes. Mains plongées dans les poches, le dos un peu voûté, il affiche une attitude placide. Barrachin, lui, a traversé l'étroite rue Baudin, jetant un coup d'œil négligent sur sa droite, et fait volte-face dès qu'il a gagné l'abri de l'immeuble.

Deux jeunes s'avancent en bavardant. Tout au plus vingt ans chacun. Le premier, mince et élancé, a le type nettement sémite, le front dégagé, les cheveux ondulés coiffés en arrière. L'autre est un petit brun aux épaules tombantes, une moustache filiforme ornant la lèvre supérieure, genre italien ou gitan. Barrachin surgit devant eux, braque un pistolet :

– Halte, police ! Si tu bouges, on t'abat comme un chien !

Le brun bondit en arrière, sort un petit automatique de sa poche. Sadorski dégaine son PA 35. Le youpin élancé a tiré une arme à son tour.

Bauger s'est retourné. Quittant la vitrine, il traverse la rue calmement.

– Merde ! hurle le petit brun.

Il fait feu vers Barrachin, qui recule derrière le mur sans être touché. Le moustachu repart en sens inverse. Son complice détale à sa suite.

Sadorski et Bauger ouvrent le feu en même temps. Le Juif trébuche, se redresse, vacille et part s'étaler dans le caniveau, laissant échapper son 6,35. Pontet arrive à son tour, l'automatique au poing, en donnant des coups de sifflet. Du pied, il repousse l'arme sur la chaussée pavée. Un gardien de la paix du neuvième arrondissement débarque en renfort pour l'aider à ceinturer le terroriste, qui s'est remis debout et tente de fuir. Barrachin crie :

– Là-bas ! Là-bas ! Le laissez pas se casser !

Le Rital a pris ses jambes à son cou. Il zigzague entre les passants, Sadorski et ses collègues retiennent leur tir, de crainte de faire une victime innocente. Le fuyard vient de disparaître à gauche rue de Bellefond. Son compagnon a ramassé une balle dans la fesse. Le gardien de la paix le maintient solidement, permettant à Pontet de rengainer son pistolet, de lui passer les menottes, mains dans le dos. Ensuite il balance des coups au ventre, à la mâchoire, criant des injures. Le sang gicle sur le visage du jeune youpin. Sadorski regarde un instant, puis se met à courir, en donnant des coups de sifflet, derrière Barrachin et Bauger. Celui-ci a gagné le coin de la rue de Bellefond, des détonations éclatent, il recule vivement, se cognant dans Barrachin qui arrivait sur ses talons. Bauger jure, fait un pas de côté, pose un genou à terre, pointe le Webley & Scott et tire trois coups à intervalles rapprochés. Une série de petites détonations sèches lui répond. Il se fige, bascule sur la chaussée en poussant un gémissement, puis il rampe vers le trottoir. Il a laissé tomber son revolver.

— Je suis touché, les gars !

Barrachin fait feu et se lance à la poursuite du terroriste. Il crie, l'arme levée :

— Police ! Police ! Arrêtez-le !

Le petit brun a disparu. Des coups de sifflet retentissent de tous les côtés. Sadorski hésite. S'occuper en priorité de Bauger ? Retourner à la traction, dire au chauffeur de descendre la rue du Faubourg-Poissonnière, dans l'espoir de coincer le salopard ? Avant qu'il ait pris sa décision, le cycliste de tout à l'heure revient. C'est un collègue de la brigade chanstiqué en ouvrier, qui suivait les deux bolcheviks. Sous la moustache grise, Sadorski reconnaît Bouton, un as de la filature. Il lui explique les événements. Le faux ouvrier se remet à pédaler pour rejoindre Barrachin.

— Appelez le car de police secours ! suggère-t-il sans se retourner.

Au bout de la rue, à l'intersection avec la rue du Faubourg-Poissonnière, on le voit conférer avec le chef de groupe. Ce dernier repart à droite, le cycliste à gauche. Sadorski se penche sur Bauger, qui tient sa main plaquée sur le bas de son pantalon dégoulinant de sang.

– C'est rien, souffle le grand barbu, assis au bord du trottoir, son visage habituellement rouge devenu cireux. Une bastos dans le mollet… T'as pas entendu ce qu'on t'a dit ? Va plutôt appeler le commissariat !

Un deuxième filocheur débarque pour lui porter assistance. C'est l'employé des PTT du square Montholon. On entend de nouvelles détonations du côté de la rue de Paradis. Sadorski pousse la porte d'un bistrot et demande à téléphoner. Puis il retourne vers Pontet qui termine la fouille du jeune Juif, assis menotté et couvert de sang. Un attroupement s'est formé autour d'eux à la sortie de la rue Baudin.

– Faux papiers, ricane Pontet en brandissant une carte d'identité. «Pottier Alain, né le 27 septembre 1919 à Montluçon, Allier, demeurant 3, rue Lévêque à Argenteuil… »

Il lui balance une claque.

– On sait très bien que tu t'appelles Maurice Feld, dit « Jacques », que tu habites rue des Filles-du-Calvaire, au 11-13, que t'es né à Varsovie, que tu fréquentes une certaine Sylvia Brodfeld… On sait beaucoup de choses à ton sujet… Le reste, tu vas nous l'apprendre… C'était qui ton copain ?

Le jeune homme garde les yeux baissés. Le sang coule de son nez, de sa bouche, trempant la chemise blanche et la veste. Pontet crie, le secouant et le bourrant de coups :

– Ce serait pas une autre saleté de Polak ? Un nommé Mordka, ou Maurice, Feferman ? Surnom « Louis » ? Avec qui tu te trouvais boulevard Magenta quand un officier allemand a été tué ? Ha ! Tu vois qu'on sait tout… Et tu vas causer, tout à l'heure… ou on te crèvera ! Graine de salopard ! Ordure !

– Je suis blessé… Emmenez-moi à l'hôpital !

Pontet lui envoie un coup de pied vicieux dans la fesse. Le blessé hurle, et s'adresse aux badauds :

– Je suis un patriote ! C'est pour ça qu'ils veulent me livrer aux Allemands ! Sauvez-moi !

Personne ne bronche. Les regards sont graves pour la plupart, certains horrifiés, terrorisés. D'autres visages ont une expression hostile ou ironique. Sadorski a rengainé son arme. Il se penche vers le jeune homme, le gifle.

– Ta gueule ! Tu es un terroriste, on t'a arrêté. À cause de gars comme toi, des otages français sont fusillés par centaines… La police française ne fait que son devoir. Nous protégeons les Parisiens !

Feld lui crache au visage. La salive mêlée de sang loupe sa cible et s'écrase sur le trottoir, à quelques centimètres des chaussures de Sadorski. Il se redresse, balance un coup de pied dans les côtes du jeune homme. On entend approcher la sirène à deux tons du car de police secours.

Barrachin arrive, à bout de souffle :

– Sadorski ! Venez avec moi ! On a eu l'autre… Pontet, tu fais la fouille et tu attends le car pour embarquer Feld et Bauger, direction l'Hôtel-Dieu. Faites causer Feld dans le car. Occupez-vous-en le temps qu'il faudra avant de le confier aux toubibs. Compris ? Nous, on y va en bagnole !

Il regagne sa place à côté du chauffeur, Sadorski s'installe derrière.

– Qu'est-ce qui s'est passé ? demande-t-il.

– Feferman a pris la rue du Faubourg-Poissonnière. Il avise un tandem posé contre un mur, saute en selle et tente de fuir dans la rue des Petites-Écuries. Pas très vite car il avait pris une balle dans le buffet, tirée par moi ou par Bauger… Des passants lui ont couru après et un cycliste l'a immobilisé au coin de la rue d'Hauteville. Se voyant foutu, le gars a essayé de se tirer une balle dans la tempe avec son 6,35. Il s'est raté à moitié. En plus il a avalé un cachet de cyanure ou je sais pas quoi.

Lui aussi, faut l'emmener d'urgence à l'hosto ! Bricourt, tu mettras une couverture pour pas salir la banquette…

La voiture descend la rue du Faubourg-Poissonnière, tourne à gauche rue des Petites-Écuries. Là-bas, nouvel attroupement. Le chauffeur se gare au bord du trottoir, Barrachin et Sadorski descendent, bousculent les badauds en criant : « Police ! Laissez passer ! » Un tandem est abandonné en travers de la chaussée. Le petit brun à fine moustache gît renversé sur le dos, tempe ensanglantée, yeux vitreux. Le filocheur déguisé en ouvrier lui appuie dessus avec les mains, soit pour masser le cœur, soit pour lui faire régurgiter le poison. Les doigts de l'ouvrier sont rouges. Barrachin se penche sur le blessé, palpe les poches et les coutures de sa veste. Il en tire une carte d'identité et une carte d'adhérent au RNP, et lit tout haut :

— « Coustère, Jacques… Né le 15 mai 1919 à Pau, étudiant, demeurant 3, rue du Dr Leroy à Argenteuil… » Ouais, eh ben moi je crois que ton blaze c'est plutôt Feferman, et que t'es né en Pologne…

Barrachin fait approcher l'auto. Les gens s'écartent, sans manifester beaucoup d'empressement. La foule grossit, rue des Petites-Écuries et rue d'Hauteville, et les commentaires vont bon train. Un type raconte, avec des gestes excités : « Je m'étais mis à sa poursuite à bicyclette… Je suivais en donnant l'alarme… Je l'ai rejoint ici, je l'ai empoigné et forcé à descendre du vélo qu'il avait volé… Il m'a dit en se tuant que j'aurais sur la conscience la mort d'un Français ! Ça, un Français ? Un youpin polonais qui se cachait sous un faux nom… » Sadorski surprend une gamine d'une douzaine d'années expliquant à sa mère, avec une ou deux approximations enfantines :

— Je l'ai entendu, tu sais. Avant d'appuyer sur la gâchette de son revolver, le monsieur a dit : « Vive le communisme ! », et « Vive la France ! »…

Sadorski lui colle une baffe, et crie :

— Surveillez votre fille, madame. Allez, circulez !

21

Dimanche au bois de Boulogne

– Vous avez fait progrès dans ma langue, monsieur Sadorski…

Ce dernier sourit à la remarque de l'inspecteur Albers.

– Pas tant que ça. Et votre français à vous s'améliore. Au fait, vous pouvez m'appeler Léon…

L'Allemand acquiesce avec un sourire satisfait, tout en laissant glisser son regard sur le décolleté d'Yvette.

– *Ja, ja.* D'accord… Léon. *Mein Freund Léon.* (Il prononce « Léonn ».) Alors, dans ce cas… appelez-moi Erich. Et je dirai à Mme Sadorski : « Chère Yvette ». *Gut ?*

Sadorski passe un coup de mouchoir sur son front moite de sueur. La chaleur de la veille s'est muée en une atmosphère étouffante, on sent presque l'orage approcher. Yvette a mis pour l'occasion une de ses plus belles robes de printemps, très décolletée, imprimée de roses rouges et de larges feuilles vertes sur fond blanc, bouffante comme le veut la mode. Et suffisamment courte pour qu'on surprenne de temps en temps la dentelle de la combinaison, voire un éclair bienvenu de culotte blanche. Sadorski profite du paysage. Le gars de la Gestapo aussi, parfois. Quoi qu'il en soit, tous deux admirent à loisir les longues jambes de l'épouse du policier français, bien charnues aux cuisses, fines aux chevilles. Ce matin elle les a consciencieusement teintées au *Pain brûlé* de chez Robel, et, avec un pinceau fin, a dessiné adroitement la ligne de couture du bas pour compléter l'effet réaliste. Elle a aux pieds une nouvelle paire de chaussures, résille blanche et semelles de bois surélevées. Seul regret, avertie trop tard, Yvette n'a pu se rendre chez son coiffeur. Il lui a fallu passer la nuit hérissée de bigoudis. L'inspecteur Albers ne voit pas de différence, il paraît tombé sous le charme. Sadorski se fait la réflexion que si l'on compare avec Mme Albers, lourde et mal fagotée, sans fard et paraissant dix ans de plus que son âge, sa biquette chérie remporte la compétition haut la main.

Comme convenu ils sont passés à midi rejoindre l'inspecteur à son hôtel, les Deux Mondes, avenue de l'Opéra. Sadorski et madame sont venus en métro. On les a fait poireauter un bon quart d'heure dans le hall de l'hôtel. Les tables basses étaient envahies de revues et de journaux boches, farcis de propagande, pour le plaisir de la clientèle d'officiers de la Wehrmacht ou de la SS. Yvette semblait impressionnée, observait avec intérêt les grands blonds en uniforme noir ou vert-de-gris, galonnés et chamarrés, la plupart avaient un splendide type aryen. Rien n'échappait au regard de la jeune femme, les dagues argentées dont le fourreau est suspendu par une chaînette, les pistolets Parabellum dans leurs étuis noirs brillants, les hautes bottes soigneusement lustrées, les insignes sinistres à tête de mort. Son époux s'est rapidement persuadé qu'elle mouillait. Par bonheur pour Sadorski, rongeant son frein entre les fauteuils de cuir et les plantes grasses, il y avait également beaucoup, chez ces militaires, de petits, de gros et de moches.

Albers est sorti de l'ascenseur en tenue civile, veste croisée gris-bleu assez élégante, chaussures noires et cravate rouge foncé, très fine. Petit insigne à croix gammée au revers. Il a baisé la main d'Yvette, serré vigoureusement celle de Sadorski, annoncé qu'on se rendait au bois en voiture. Le chauffeur attendait dehors. Il s'est précipité pour ouvrir la portière mais Albers l'a devancé, a installé galamment Yvette sur la banquette, côté trottoir. Lui-même a pris d'office le siège près du conducteur, laissant Sadorski faire le tour de l'auto. C'est une Opel brun-vert à essence, avec des plaques minéralogiques ornées des lettres « SS », et sur son pare-brise diverses autorisations de circuler, dans les deux langues, français et allemand. Albers s'est retourné pour tendre à la jeune femme son étui à cigarettes, puis à Sadorski. Des Juno, comme à Berlin. L'Allemand a fait jaillir la flamme de son petit briquet doré. Et l'Opel est partie en direction de l'ouest de Paris.

Ce 10 mai est l'anniversaire de l'offensive allemande de 1940. Rue de Rivoli, le défilé quotidien de la relève de la garde a lieu devant une foule importante de spectateurs, dont un groupe enthousiaste et bruyant de jeunes du PPF. La rue, jalonnée par les grandes bannières rouges à croix gammée qui flottent au-dessus des arcades, est interdite à la circulation, il faut faire un détour. La fanfare précède un important détachement de la Wehrmacht, casques et uniformes vert-de-gris, roulements de tambour, éclatements des cymbales. Ce vacarme est fréquent dans les quartiers proches des Champs-Élysées depuis juin 40, mais on y roule moins qu'en semaine : le dimanche est en principe réservé aux seuls véhicules des occupants. Les larges avenues bordées d'arbres s'allongent vers l'Arc de triomphe, vides de présence humaine. En revanche, bicyclettes et vélos-taxis se font légion dès que l'on approche du bois de Boulogne. Rires, chants, clameurs, l'atmosphère est à la fête. L'inspecteur Albers a d'abord conduit ses amis français au restaurant du Pré-Catelan, a commandé langoustes et caviar, insisté pour régler seul l'addition, qui dépassait les 2 000 francs. Dans ce restaurant de luxe, sans tickets, la règle du menu à 50 francs maximum ne s'applique pas. Le long des allées du parking, les puissantes cylindrées des officiers allemands se mêlaient aux modèles de luxe du gratin de la collaboration, munis de permis spéciaux de circuler. Sadorski doute qu'avec son salaire, même à la *Geheime Staatspolizei*, service d'élite, et en tenant compte du taux de change très favorable au mark et dont profitent les soldats boches, Albers puisse s'autoriser ce genre de repas ; l'argent lui a probablement été versé au préalable par ses chefs. C'est une sorte d'avance sur les bons services à venir du policier français. Maintenant le chauffeur fume une cigarette, appuyé contre le garde-boue de l'Opel, pendant que ses passagers se baladent sur le Lac inférieur. Il a fallu attendre une demi-heure pour une barque, tellement il y a de monde. L'atmosphère évoque les guinguettes du bord de Marne, mais en plus chic. Un nombre conséquent de rameurs portent l'uniforme allemand, leurs compagnes sont des Parisiennes bien coiffées et bien habillées. Autour, aux terrasses et dans les allées, on ne voit que des femmes et des jeunes filles en short ou jupe-culotte. Les hommes portent des pantalons blancs. Quelques groupes de pique-niqueurs ont déplié des nappes sur l'herbe et apporté leur gramophone, les airs à la mode résonnent de-ci de-là, mêlant les voix de Rina Ketty et de Danielle Darrieux. Avec la chaleur on se croirait au mois de juillet.

– Vous savez nager, Yvette ? demande l'inspecteur Albers.

Lui et Sadorski manœuvrent chacun une rame, assis en face de la femme installée sur le banc de poupe. La brise chaude retrousse le tissu imprimé de roses et de feuilles sur les cuisses brunies au *Pain brûlé*. Yvette a mis ses lunettes de soleil et s'est noué un large fichu en soie autour du visage. Les hommes ont laissé tomber la veste, et retroussé les manches de chemise. Des auréoles de sueur s'élargissent sous leurs aisselles.

– Bien sûr que je sais nager ! Cette question !

– *Wunderbar !* Mais… votre mari a dit… que vous êtes née à Limoges.

– Oui, la mer n'est pas à côté, mais n'empêche. Je nage même le crawl ! Les piscines c'est pas fait pour les chiens.

– Vous comptiez la jeter à l'eau, Erich ? plaisante Sadorski, qui a pas mal bu au déjeuner.

L'Allemand est pris d'une quinte de toux. Il a le visage assez rouge.

– Ah, *nein, nein !* Jamais…

Le couple rit de son expression embarrassée.

– Tenez, je vais vous raconter une histoire marrante, déclare Yvette en croisant les jambes.

– *Marrantt ?*

– Pardon. Une histoire drôle. Vous comprenez ?

– *Eine… drollige Geschichte*, explique Sadorski. On dit comme ça, non ?

– *Ja, ja. Ich verstehe*. S'il vous plaît, racontez à moi. Elle glousse.

– Bon alors, voilà, c'est une histoire de parachutisme. Ça, vous comprenez, non ? Parachute !

– *Ja*. Oui, chère Yvette. J'ai fait parachute. J'aime beaucoup.

– Ah bon ? (Elle lui jette un coup d'œil appréciateur.) Dans ce cas, vous allez vous marrer. Enfin, rire.

– *Lachen*, traduit son mari. *Gut lachen.*

– *Ja.*

– C'est comment sautent les parachutistes en fonction de leur nationalité. Les Allemands, d'abord. À tout seigneur tout honneur, comme on dit. Bref, ils se mettent au garde-à-vous puis s'élancent hors de l'avion au premier commandement : « *Heraus !* »…

Albers opine en souriant.

– Oui, c'est bien comme ça.

– Les Anglais, eux, commencent par boire leur thé et manger leur marmelade, ils fument une cigarette, puis ils se décident finalement à sauter, très calmes, pour le roi, pour Sa Gracieuse Majesté…

Sadorski a cessé de ramer, il allume une gauloise. Il connaît l'histoire. Yvette continue :

– Au tour des Italiens : ils lancent tranquillement leurs parachutes dans le vide… mais ils ne sautent pas !

L'Allemand s'esclaffe.

– Et, allez-vous me demander, qu'en est-il des Français ? sourit-elle. Eh bien, les Français rouspètent.

– *Rousspett ?*

– Euh, ils se plaignent. Ils sont pas contents, quoi.

– Ah, *ja, ja*. Français jamais contents…

– Voilà. Ils disent : « Zut alors ! Ce sont toujours les mêmes qui se font tuer ! Si c'est pas malheureux, de désigner d'honnêtes pères de famille pour un boulot pareil ! » Alors l'officier français fait appel à leur sens de l'honneur. « Voyons, messieurs !… » Et, bougonnant, ronchonnant, en fin de compte nos braves petits gars se jettent dans le vide… mais, le problème, *c'est que le ministère de la Guerre ne leur avait pas fourni de parachutes !*

Elle rit de bon cœur, dévoilant ses dents blanches impeccablement rangées. Après un bref instant d'incompréhension, Albers éclate de rire à son tour. Il en a les larmes aux yeux.

– Oui, oui ! *Gut, sehr gut !* C'est bien cela, les Français… Enfin… c'est dommage, mais… mal organisés. Toujours. La faute des Juifs, aussi. Vous en aviez trop. Mais ça ira mieux… Nous sommes en guerre. C'est une situation… spéciale. La France, malgré elle… peut-être…, doit nous suivre dans cette guerre. *Deutschland, Frankreich*… deux peuples proches. Comme le frère et la sœur. L'homme et la femme. Il faut oublier le passé, les malentendus. L'avenir a commencé maintenant pour l'Europe. N'est-ce pas, Yvette ? Les beaux jours vont revenir. Comme aujourd'hui... Regardez ! (D'un geste ample, il indique les arbres en fleurs, les rives verdoyantes, les barques brun et blanc, les petites chaises semées le long des allées qui bordent le lac, les vélos qui passent, conduits par des jeunes gens en tenue d'été qui s'interpellent en riant.) *So schön ! So nett ! Wunderbar !...*

Il sourit à Yvette, qui lui sourit en retour. Sadorski jette à l'eau sa cigarette à moitié consumée. Puis il constate :

– Dans le temps, c'était rempli de canards, les lacs du bois de Boulogne. Là, on n'en voit plus. Forcément : on les a bouffés !

– Buffet ? *Ja, ja.*

– Non, fait Yvette, s'étranglant de rire. Mais ça revient au même ! Plus de canards à Paris ni de pigeons... Enfin, presque. Et de moins en moins de chiens ou de chats...

– Parce que les pauvres vieilles, explique Sadorski, se font piquer leur greffier ! Et hop ! à la casserole, bicause les restrictions.

– Voyons, biquet ! Comment veux-tu qu'Erich comprenne si tu lui parles en argot ? Léon a voulu dire : on leur vole leur chat.

Sadorski fait des gestes pour mimer la scène.

– *Katze... essen !* Dans l'assiette, miam-miam !

L'inspecteur Albers paraît choqué.

– En Allemagne, cela arrive pas. Le vol est puni très sévère. J'ai longtemps été schupo, et pour nous, sur la voie publique, « le service, c'est le service, et le règlement, c'est le règlement »... Vous savez, notre Führer aime beaucoup les bêtes. Il a des chiens. Le Parti national-socialiste, depuis le début, est contre le... *Tierquälerei*... Comment dire ? Supplices... infligés à animal. Par exemple, le… abattage rituel que font les Juifs. C'est *Entsetzlichkeit*… chose horrible.

– D'accord avec vous que c'est pas jojo, renchérit Yvette. Chez moi, dans le Limousin, on ferait jamais ça à nos vaches… Ce sont les plus belles de France, vous imaginez ! Si vous avez jamais mangé de bifteck de vache limousine vous savez pas ce que c'est que la bonne viande ! Ma sœur est restée à Limoges, elle connaît des fermiers dans la région, alors on reçoit de temps en temps des colis !

L'Allemand la regarde en plissant les paupières. Il commente finement :

– Dans votre région, Yvette, pas seulement les vaches les plus belles ! Je crois les femmes aussi.

L'épouse de Sadorski a légèrement rougi sous le compliment.

– Ah, comme vous y allez, Erich ! Je vous présenterais volontiers ma sœur, mais elle est mariée…

Albers sourit :

– Moi aussi. J'ai une femme… et un fils. *Aber*… je ne pensais pas à votre sœur.

Sadorski se renfrogne. Il allume une nouvelle gauloise et balance l'allumette noircie dans le lac d'un geste irrité. Ma parole, voilà que leur Boche est en train, sous son nez, de faire la cour à Yvette ! Ce blondinet sadique qu'il a vu cogner le youpin du dépôt de l'Alex… le malheureux que les gardiens ont ensuite enfilé jusqu'à l'os toute la nuit, au point de le faire crever… Lui-même déteste les Juifs, certes. Son boulot est de les repérer pour les envoyer à Drancy. Ça lui arrive de les bousculer, d'accord, et le jour où Albers et l'interprète se sont mis à taper, au début Sadorski trouvait ça bien, mais il y a des limites, merde ! Même Bauger, Barrachin et les types des Brigades spéciales n'auraient pas fait ça ! Quelle sorte de loi peut autoriser une pareille dégueulasserie ? C'est inconcevable…

– Nous avons un écrivain en France, dit Yvette, qui s'appelle Jean Giraudoux. Je l'ai jamais lu, mais il a écrit ce bouquin qui s'intitule *Siegfried et le Limousin*... Je crois que ça parle d'un bel Allemand qui visite ma région. Alors vous voyez...

Elle fait un geste vague, sourit de nouveau. Albers s'inquiète en observant son voisin :

– Vous allez bien, Léon ? Vous avez l'air fatigué...

– Il est rentré tard, hier soir. Le travail... Et puis, il a beaucoup maigri, à Berlin. C'était une mission épuisante... Vos chefs ne lui ont pas fait de cadeau !

– *Ja, ja...*

L'Allemand a hoché la tête d'un air entendu et adressé un clin d'œil à son collègue. Celui-ci bougonne :

– Je te l'ai pas raconté, mais hier on a coffré deux terroristes, près du square Montholon... Ça a défouraillé de tous les côtés. Un poulet des Brigades spéciales s'est pris une balle dans la jambe. Tu le connais, c'est Bauger. Moi, j'ai descendu un coco et on lui a passé les menottes. Son complice est mort ou tout comme. Demain matin, les collègues reçoivent les félicitations du préfet...

Yvette s'est penchée en avant, elle lui prend la main.

– Mon Dieu, mon biquet ! Pourquoi tu n'as rien dit ? Et pourquoi ils te félicitent pas aussi, toi ?

Il hausse les épaules. C'est en effet une des causes de sa morosité. Demain, lundi 11 mai à 11 heures, le préfet de police l'amiral Bard invite à l'hôtel préfectoral, boulevard du Palais, les héros de l'arrestation de samedi : Barrachin, Pontet et Bauger, accompagnés de leurs chefs, Rottée directeur général des RG, Baillet directeur adjoint, et des commissaires Labaume de la 1re section, David et Hénoque des Brigades 1 et 2, pour célébrer cette action d'éclat... Laquelle a eu une suite heureuse dans la soirée : Feld a craqué sous la torture et la menace de déporter ses parents, il a reconnu qu'il appartenait à un « triangle » de l'OS et que Feferman était l'auteur du coup de feu tiré le 2 décembre, boulevard Magenta, contre le Dr Kerscher. En outre, il a avoué un rendez-vous le soir même à 21 h 30, près de la station La Chapelle, avec le troisième membre du triangle, le you-pin polonais Isidore Grinberg. Ce dernier a opposé une vive résistance lors de son arrestation sur le lieu du rendez-vous et a tenté de s'enfuir. Il a été blessé de deux balles. Grinberg serait le meurtrier du gardien de la paix Lécureuil, tué lui aussi boulevard Magenta.

– On ne me félicite pas, répond Sadorski en rogne, parce que je ne suis pas censé avoir participé à l'opération ! Je n'appartiens pas aux Brigades spéciales ! D'ici que l'IGS vienne y mettre son nez… quoique, ils sont assez coulants en ce qui concerne les pratiques actuelles… Bauger m'avait recruté parce que c'est un pote et que hier la brigade fonctionnait en sous-effectifs. Je suis venu donner un coup de main, quoi ! L'inspecteur Barrachin n'avait rien contre. Mais j'ai pas droit au champagne et aux biscuits chez M. le préfet ! Je n'existe pas, merde ! Je n'étais pas là, même si j'y étais… Que veux-tu, les BS ce sont les vedettes… Passages de classe annuels, primes et gratifications, dotation de vélos, pneus, chambres à air, chaussures, tickets de ravitaillement T, possibilité de faire libérer un parent prisonnier chez les Boches…

– Hé ! Léon…

Elle a fait une grimace, avec un mouvement du menton en direction d'Albers, qui écoutait, un peu perdu. Sadorski ricane :

– Désolé, Erich ! Mais vous savez, chez nous c'est comme ça qu'on cause…

– *Ja, ja.* Ce n'est pas grave.

– On meurt de chaud, fait Yvette en s'éventant avec le plat de la main. Je ne serais pas surprise qu'on ait de l'orage ce soir ! Ça vous dit pas, une glace ? à la buvette ? Comment on dit « glace » ?

— *Eis*, répond l'inspecteur. Ça je connais.

— Ah ben oui ! C'est comme dans *ice cream*…

Tout le monde rit, puis les hommes reprennent les rames afin de regagner la berge. Ils rendent la barque au contrôleur, Albers récupère sa caution, Yvette part à la recherche des toilettes. Profitant de son absence, l'Allemand prend Sadorski par le bras, et murmure, ennuyé :

— Le *Hauptsturmführer* Kiefer m'a chargé de commission… Un peu gênant. Euh, comment dire ? La Wehrmacht communique liste des *Bordelle*… Je crois, même mot en français. J'ai noté adresses pour lui… Mais… le règlement, c'est que il faut aller d'abord, et après aussi, à… *Sanitätswache*. Pour visite médicale. Contre les maladies de… de l'amour. C'est… comment dites-vous ? Emmerdantt…

— En effet, acquiesce Sadorski avec un petit sourire.

— Nous venons d'arriver, nous connaissons pas encore les gens intéressants chez la Gestapo de Paris… Et Eggenberger est parti en zone non occupée. Vous, Léon, vous êtes inspecteur à Renseignements généraux de la préfecture. Vous êtes donc… bien renseigné.

— Oui.

Albers est redevenu rouge, et ce n'est pas dû seulement à la chaleur étouffante de cette fin d'après-midi au bois de Boulogne. Le Français répond :

— Je vous vois venir, Erich. Mais pourquoi ne vous informez-vous pas plutôt auprès de Louisille ? Il dirigeait la Mondaine, tout ça il connaît mieux que moi…

— *Nein, nein,* fait le gestapiste, l'expression soudain sévère. M. Louisille, ça va mal pour lui. Peut-être nous allons ramener lui avec nous à l'Alexanderplatz. Il collabore pas bien…

Sadorski écoute, inquiet. Est-ce une menace voilée à son encontre ? une exhortation à « bien collaborer » ?

En attendant, ce pauvre commissaire Louisille, il aura voulu faire le malin, jouer au plus fin avec eux… mais les Boches sont tout à fait capables de lui remettre la main au collet et le déporter !

— Vraiment ?

— *Ja,* Léon. Alors je demande à vous. Pourriez-vous, demain ou après-demain, après votre service… emmener le *Hauptsturmführer* Kiefer… et moi si je trouve pas mieux… à *Pariser Bordell* de bonne qualité ?

22

Un ticket pour le Valhalla

La tête est inclinée vers la droite, les yeux fermés. Une bouche sensuelle aux lèvres entrouvertes, pulpeuses, violacées, qui laissent paraître les incisives supérieures. La jeune fille semble dormir. Les petits orifices sombres visibles dans son visage, au nombre de trois – le premier près de l'oreille, vers le haut du maxillaire inférieur, les deux autres, très rapprochés, au milieu de la tempe gauche –, sont cernés par une ecchymose discrète et par les résidus noirâtres de la combustion au moment du tir. Ces dépôts de poudre évoquent pour Sadorski des chiures de mouche. L'auréole autour de l'impact est plus large dans le cas de la blessure au maxillaire. Les trous sont obturés par une petite croûte de sang noir. La peau est livide, légèrement verdâtre. Les longs cheveux châtains, tirant sur le roux, sont collés et gras. Ils sont coiffés de manière à dissimuler autant que possible la section de la calotte crânienne, sur laquelle le cuir chevelu a été ramené afin d'obtenir un semblant de maintien. Les joues rondes, les traits réguliers, pas trop faisandé, ce cadavre est encore, dans une certaine mesure, désirable, remarque l'inspecteur. Enfin, se reprend-il, ça dépend pour qui.

– Un des orifices temporaux porte des traces de brûlures, commente le médecin. Ce coup a été tiré à moins de dix centimètres, mais pas à bout touchant, puisque la peau n'a pas éclaté…

Allongée dans le simple cercueil de bois clair, recouverte du drap que l'employé de la morgue a replié sur la poitrine pour exposer le visage et les épaules, Marguerite Metzger paraît très petite. Les morts couchés dans leur cercueil ont invariablement l'air petits, y compris ceux qui de leur vivant étaient d'une bonne taille. Le policier se remémore quelques-unes de ses rencontres précédentes, ses conversations silencieuses avec ceux qui avaient franchi le seuil. Eux savaient enfin ce qui se trouvait de l'autre côté. Ou ne savaient rien, parce qu'il n'y avait justement rien à savoir. Ils ne pensaient plus, n'existaient plus. Matière inerte sur le chemin de la décomposition. Du néant. Et lui, pensant, existant encore mais jusqu'à quand, planté là comme un imbécile, devant ces formes rabougries, pitoyables, ces paupières closes, ces nez pincés, ces mains livides croisées sur le ventre, cette chair grisâtre qui dégage une odeur fade. Lorsqu'on se penche sur ceux que l'on aimait, pour leur baiser le front, la joue, ou les lèvres, le contact est toujours mou, pâteux presque, en même temps que, sous la peau, dur et glacé comme le granite des pierres tombales.

— Les orifices, petits et parfaitement ronds comme vous voyez, correspondent à un même calibre 6,35. Les deux autres coups au visage ont été tirés à une distance de dix à cinquante centimètres, au vu de l'anneau d'enfumage produit par la combustion, et des particules de poudre intacte ou brûlée répandues autour des blessures, très largement dans le cas de celle de la mandibule… Lors du tir, les particules suivent la balle dans sa course jusqu'à l'impact, leur quantité s'amenuisant en fonction de la distance parcourue… Elles sont suivies par les gaz provenant de la combustion, et par les résidus qui tapissaient l'intérieur du canon, graisse, etc.

Mais ce n'est pas à vous que je l'apprendrai, monsieur l'inspecteur…

Sadorski n'est pas accoutumé aux visites à l'Institut médico-légal du quai de la Rapée. Il n'a jamais appartenu à la police judiciaire. Le travail aux Renseignements généraux lui fait rencontrer nettement plus de vivants que de morts. Et pour ce qui est de ces derniers, le bombardement d'Étampes a largement suffi, dans sa carrière à la police nationale.

– Oui, naturellement… Je suppose que les deux balles dans le crâne ont suffi à la tuer ?

– Je n'ai pas pratiqué l'autopsie, c'est le Dr Paul. Mais son compte rendu ne laisse pas de doute. « Mort due aux plaies transfixiantes produites par deux munitions "Browning 6,35" qui ont été retrouvées dans la partie postérieure de l'hémisphère cérébral droit et placées sous scellé à disposition du juge. » La blessure à la mâchoire est la moins grave en dépit de ses effets impressionnants : le projectile a percé l'os, est ressorti de l'autre côté dans le haut du cou, causant de sérieux dégâts à l'intérieur de la bouche, arrachant notamment la langue. Celle-ci n'a pas été expulsée, la cavité buccale étant obstruée par le chiffon destiné à étouffer les appels de la victime. Une quatrième balle a pénétré dans la région sous-claviculaire gauche moyenne, voyez… (L'homme en blouse blanche abaisse le drap, dévoilant les sutures – le corps a été recousu grossièrement du pubis jusqu'à la gorge. Sadorski regarde les seins, petits et flasques ; depuis qu'on l'a recousue ils ne sont plus à même hauteur.) Le projectile a traversé le corps d'avant en arrière, de haut en bas et de dehors en dedans, pour sortir dans la région dorsale inférieure droite. Il a touché les deux poumons sans atteindre le cœur. Blessure pas forcément mortelle, si on la soigne dans des délais suffisamment brefs.

– Elle a succombé rapidement ?

– Tout dépend de si les coups de feu à la tempe ont précédé ou non la balle tirée sous la clavicule… Les deux qui sont ressorties du corps ont été récupérées à proximité par les policiers allemands participant à l'enquête. Même calibre 6,35, et tirées par la même arme selon les experts. Un pistolet semi-automatique qui n'a pas été retrouvé.

Le médecin remonte le drap jusqu'au menton de la jeune morte.

– Par ailleurs… examinant les poumons, le Dr Paul a remarqué de nombreuses granulations tuberculeuses crétacées au sommet des cavités pleurales, prouvant une atteinte phtisique. Et puis attendez, nous avons ceci…

Il soulève les bras de chaque côté du drap.

– Regardez… Ces minuscules orifices… Traces de piqûres.

– Une droguée…

– Tuberculose plus morphine. Celui qui a tiré ces quatre coups de feu n'a fait qu'avancer, en quelque sorte, le destin promis à cette gosse…

La phrase a été prononcée d'un ton sentencieux. Sadorski lève la tête, observe le légiste. C'est un quadragénaire au menton pointu, aux yeux pâles, le crâne rasé sous la calotte de sa tenue de travail. L'homme lui retourne son regard, intrigué.

– C'est la première fois que je vous vois, monsieur Sadorski. Nouveau au Quai des Orfèvres ?

– Non. Renseignements généraux, 3e section. Je m'occupe des israélites. Selon une information, Mlle Metzger serait juive…

Le praticien a un petit mouvement de recul.

– Pourtant, j'ai parlé au père et à la sœur. Ils m'ont dit être d'origine alsacienne.

– Il y a des Juifs en Alsace, vous l'ignoriez ? répond Sadorski d'un ton sec. Ça ne vous regarde pas, l'enquête est en cours, mais voyez-vous, on a reçu une lettre de dénonciation… qui semble reposer sur des éléments probants. Donc, mon service s'oriente vers une nouvelle piste. C'est tout ce que j'ai le droit de vous dire. Au fait, c'était quoi, ces plaies que j'ai aperçues aux poignets ?

— Plaies d'abrasion, dues à une paire de menottes, qui n'a pas été retrouvée sur place. Oui, on l'a menottée *ante mortem*. La paume droite portait aussi une blessure superficielle par balle. Probablement celle qui est ressortie en bas du dos, puisque les enquêteurs n'ont pas récupéré de cinquième projectile…

— Cela fait penser à un viol. J'ai lu dans le rapport des inspecteurs de Saint-Denis que du sperme avait été retrouvé.

— L'examen du bloc recto-vaginal a révélé la présence de sperme dans le vagin et dans l'anus. Il en subsistait également des traces sur la face interne des cuisses. Mais, je ne comprends pas, on ne vous a pas communiqué le compte rendu d'autopsie ? Vous appartenez bien aux Renseignements généraux ?

Le regard du médecin s'est fait soupçonneux. Sadorski a une explication toute prête.

— J'ai montré ma carte à l'entrée, faut-il que je la ressorte ? Eh non, je n'ai pas lu le compte rendu du Dr Paul. On ne vous a jamais parlé des rivalités entre les services, à la préfecture ? La PJ ne nous a pas pardonné la dissolution de la brigade spéciale criminelle après l'enquête sur l'attentat de Nantes, et son remplacement par la brigade antiterroriste du commissaire Hénoque, des RG. Alors je dois me débrouiller seul. Merci de votre coopération, docteur…

— Mais, dans ce cas, vous n'êtes pas au courant pour le ticket de métro ?

— Quel ticket de métro ?

— On l'a retrouvé dans l'estomac. Pas trop détérioré encore par les sucs digestifs. Le ticket était plié en deux, elle a dû l'avaler peu avant le meurtre… Sur l'envers, il y avait écrit, à l'encre : « société Beowulf », suivi d'un numéro de téléphone illisible. La police technique essaye de le déchiffrer.

– Beowulf… On dirait un nom boche, ça.

– Ou scandinave… Déjà entendu quelque part, mais… (Il se tapote le front du bout de l'index, en souriant.) Je vous appellerai si ça me revient. Bon, vous êtes satisfait ? On peut la ranger ?

Sadorski hoche la tête.

– Juste une dernière question. Toujours ces histoires entre différentes polices… Connaissez-vous le nom du ou des officiers du service allemand intéressé par ce crime ? Et s'agit-il de la Gestapo, de la *Geheime Feldpolizei* ou de l'Abwehr ?

L'homme hésite.

– Après tout, je ne vois pas pourquoi je ne vous le dirais pas… Mais soyez discret, s'il vous plaît, monsieur l'inspecteur. C'est moi qui les ai reçus le lendemain de l'autopsie, quand ils sont venus réclamer la copie des conclusions du Dr Paul. Il s'agit de la Section VI N 1 de la Gestapo du boulevard Flandrin. Le plus gradé de ces officiers était le lieutenant SS Nosek. Un type distingué, qui parle bien le français…

Il fait signe aux deux employés en blouse grise de refermer le cercueil. Soulevant celui-ci, ils le retirent des tréteaux qui le supportaient et s'en vont derrière une immense vitre, baignée par une sourde lumière d'aquarium, replacer leur fardeau dans sa niche réfrigérée au milieu des morts. Un des employés manœuvre le lourd panneau à poignée d'acier, qui se referme sur Marguerite Metzger. Les employés bavardent entre eux, mais, pour Sadorski de l'autre côté de la glace, leurs lèvres remuent sans qu'aucun son ne lui parvienne. Cette vision lui rappelle le cinéma muet. Il se détourne, emboîte le pas au médecin le long des corridors gris et sales. Le chemin les fait passer à côté de la salle d'autopsie. Sadorski entrevoit, penchés sur des tables en faïence qu'alimente un maigre jet d'eau, les assistants et les professeurs. Ceux-là portent de grands tabliers noués sur les reins. Tous n'opèrent pas avec des gants. Les avant-bras sont rouges jusqu'aux coudes. L'odeur de sang, de matières, se fait très forte. Le policier a l'impression que celle-ci imprègne les murs. Il aperçoit de grandes flaques sur le carrelage, manque glisser dans le sang et les fluides. Et se retrouve, tout à coup, confronté à un spectacle de boucherie, de Jugement dernier : les découpés du matin qui s'entassent sur les chariots de transport, en plein centre du couloir. Ces cadavres sont encore ouverts, béants et sanguinolents, les organes rejetés en vrac à l'intérieur. Le guide de Sadorski ricane :

— Vous tombez au mauvais moment, la fin de matinée… Les corps sont recousus en début d'après-midi. Ma parole, vous êtes vert ! Ce n'est quand même pas la première fois, je suppose…

L'inspecteur secoue la tête.

— Non. Mais depuis, j'ai connu une expérience pénible, en 1940, pendant la débâcle. Les bombardements…

— Je vois. La prochaine fois, venez le matin à la première heure… On passe la serpillière tous les soirs !

Ils échangent une poignée de main, Sadorski sort de l'Institut médico-légal par l'arrière. Un instant, pris de malaise, il est obligé de s'asseoir sur un banc, sous le long auvent qui le protège de la lumière aveuglante du soleil. Quelques minutes plus tard, des portes de métal s'ouvrent sur sa gauche, un fourgon des pompes funèbres quitte le bâtiment de briques rouges, suivi par une traction avant et une Juvaquatre sans gazogène. La camionnette est couverte de fleurs. Les gardiens referment les portes. Le cortège suit le quai, remontant lentement le long du fleuve. Sadorski ressent de la compassion pour la pauvre môme. C'est un sentiment qu'il n'éprouve pas souvent. *Si l'on devait s'apitoyer sur tous les sorts, on n'arriverait à rien.* Cependant, le type qui l'a violée et tuée – dans cet ordre ou le contraire –, il voudrait lui décharger le magasin de son PA 35 dans la gueule. Et ensuite, cette gueule, l'écrabouiller à coups de marteau. Il se fait la promesse, là, assis sur son banc derrière la morgue et ses milliers de cadavres rangés dans leurs niches sous le niveau de la Seine, que s'il trouve cette ordure, justice sera faite. Après tout, si Sadorski a choisi cette profession au sortir de la guerre, et s'il en rêvait étant petit, c'est bien dans le but de punir les méchants, les vrais. Et que l'ordre règne. Le policier patiente encore un peu, jusqu'à ce que les nausées disparaissent, puis repart dans la direction empruntée par les véhicules. Le voyage en métro serait insupportable par cette chaleur, avec les odeurs et la foule des passagers agglutinés. Il gagne l'île Saint-Louis à pied, sans hâte, par le quai Henri-IV et le pont de Sully. En passant à proximité du quai des Célestins, il songe à Yvette.

L'un de ses informateurs les plus fiables est Edmond Loiseau, du *Petit Parisien*. Sadorski lui téléphone à son travail, et, se méfiant des écoutes – certaines atterrissent sur son propre bureau de la préfecture –, lui donne rendez-vous dans un bistrot de la rue d'Enghien, à deux pas du journal. Loiseau arrive avec dix minutes de retard, commande d'emblée un Cointreau au garçon, de sa voix de basse qui semble perpétuellement enrouée.

– Je rentre de zone nono… Un papier formidable (à en croire Loiseau, ses papiers le sont toujours), que j'intitulerai « Après trois semaines de crise, Vichy entre en convalescence ! » Mais, mon cher Sadorski, quelle localité sinistre ! Le seul aspect commode est qu'avec tous ces hôtels de luxe pour curistes, les ministères sont concentrés dans un rayon de deux ou trois cents mètres… Il ne faut pas trois minutes à pinces pour aller des Affaires étrangères à l'Information, pas cinq pour atteindre l'Éducation nationale, les Finances, la Marine, la Guerre… Tous les débuts d'après-midi, vous pouvez voir le Maréchal effectuer sa promenade digestive dans les allées du parc, escorté de son Cabinet… Les promeneurs applaudissent, s'arrêtent pour le saluer, les bonnes femmes lui tendent leur marmaille pour qu'il les embrasse…

Le journaliste se penche en avant, avec un clin d'œil.

– Tiens, justement, question de digestion : savez-vous que chaque jour on *brûle* les menus de Pétain ? J'ai soudoyé le petit personnel pour en examiner un avant l'autodafé. Attention, c'était un menu « ordinaire » : aucun personnage de marque invité ce jour-là ! Eh bien, figurez-vous que le dîner comportait trois services et une bombe glacée. Pas une bombe terroriste, hein ! Bref, le chef de l'État se tape la cloche pendant que la France entière se serre la ceinture et bouffe des rutabagas ! Quelle histoire formidable… Hélas on ne peut pas l'imprimer, naturellement.

Sadorski se renfrogne mais ne fait pas de commentaire. Un informateur, ça informe, même lorsque l'information est délivrée avec un mauvais esprit. On ne va pas lui passer les menottes pour ça. Du reste, Loiseau, en dépit de ses apartés parfois subversifs, manifeste dans son écriture journalistique des sentiments collaborationnistes sans tache, conformes à la ligne établie par son journal. *Le Petit Parisien* est un des fleurons du trust Hibbelen, lequel vient de plus au mois de mars dernier d'annexer l'empire *Paris-Soir*, achevant ainsi la mainmise de l'ambassade du Reich sur la presse française. Le patron de Loiseau, le rédacteur en chef Claude Jeantet, appartient au bureau politique du PPF et collabore de longue date à *Je suis partout*. Nouveau clin d'œil de la part du journaliste :

— Et Abel Bonnard ! Vous savez, bien entendu, qu'on le surnomme « Gestapette »… Le Maréchal n'en voulait pas au poste de ministre de l'Éducation nationale et de la Jeunesse. Pensez, un inverti ! Pétain était fou de rage. Mais Laval, et les Frisés derrière, ont imposé Bonnard. Tout le monde fait des gorges chaudes du nouveau ministre. J'étais à un dîner chez Josée de Chambrun, la fille du président du Conseil. Arletty, qui n'a pas la langue dans sa poche, a interpellé Laval : « Il paraît que vous avez des pédés dans votre cabinet. – C'est exact, a répondu le chef du gouvernement : ils ont des couilles au cul, mais ce ne sont pas toujours les mêmes. » Formidable !

Sadorski ne peut s'empêcher de rire.

— Tenez, Loiseau, une anecdote qui va peut-être vous intéresser : l'autre jour, des collègues de l'inspection des fraudes se présentent chez un restaurateur de Montmartre dont je tairai le nom. Ce bonhomme, dont les clients se recrutent presque exclusivement dans le Milieu, avait servi, deux jours plus tôt, de la viande et de l'alcool à un consommateur, au mépris des règlements. Il avait confiance, voyez-vous, dans la discrétion proverbiale de sa clientèle un peu particulière… Et voilà que les inspecteurs lui annoncent : « 1 000 francs d'amende pour avoir servi de la viande un jour sans viande !… 1 000 francs d'amende pour avoir servi de l'alcool un jour sans alcool. Les faits remontent à mardi dernier. – Ah, mais pardon ! s'insurge le restaurateur. Je voudrais des précisions et des preuves. – Des précisions ? C'était du bœuf ; et c'était du vieux marc. Des preuves ? Voici la copie du procès-verbal d'autopsie. » L'explication, c'est que le client avait été expédié *ad patres* une heure après son dernier déjeuner, dont il avait la digestion en cours et l'addition dans son portefeuille. Règlement de comptes à Pigalle… L'autopsie a été pratiquée le même jour. Et dans l'estomac du défunt, on a trouvé les preuves du délit…

L'inspecteur rigole, et allume une cigarette. Le reporter du *Petit Parisien* le regarde fixement.

– C'est une blague. Vous vous foutez de ma poire…

– Oh ! Je ne me permettrais pas ! Mais dites-moi, mon vieux, vous que votre métier oblige de temps en temps à fréquenter les autorités occupantes, sauriez-vous ce que fabriquent les services de la Gestapo du boulevard Flandrin ? Une Section VI N 1… Et un lieutenant du nom de Nosek…

Loiseau hausse les sourcils.

– Vous voulez parler de l'*Obersturmführer* Roland Nosek ? Je vois très bien qui c'est. Un type charmant. Un des plus civilisés chez les Chleuhs. La sous-section qu'il dirige, le *Referat* N 1, s'occupe de centraliser des renseignements concernant la société française… Milieux politiques, de la presse, de la justice, de la culture, etc. Un peu ce que vous faisiez jadis à la Section spéciale des recherches, mon cher Sadorski…

– Décidément, vous êtes bien renseigné.

– Aucun mérite, dans ce cas ! Il se trouve que l'année dernière, je partageais avec ses très nombreux amants les faveurs d'une comtesse allemande… originaire de la toute petite noblesse, soit dit en passant. Hilde von Seckendorff est agent du Reich depuis l'accession d'Hitler au pouvoir. Son travail avant guerre était de démobiliser les intellectuels et politiciens français. Elle couchait avec Anatole de Monzie, à l'époque. Étonnez-vous après ça que cet ancien ami de la République soviétique soit devenu un collaborateur bon teint ! À présent, la comtesse vit dans le seizième, rue de la Pompe, dans un appartement réquisitionné. Pour le service que dirige le lieutenant Nosek, elle s'occupe de renseignement dans la haute bourgeoisie parisienne. Le travail de ce genre d'agents « mondains » consiste surtout à entrer en rapport avec des personnalités françaises que les Fritz souhaitent débaucher, et ensuite à arranger un déjeuner ou un dîner avec un gars important du SD, lequel arrive avec des « faveurs », des avantages en nature, tels que *Ausweis*, bons d'essence, ou offre de libération d'un prisonnier, ami ou membre de la famille… Hilde von Seckendorff est actuellement la maîtresse d'André Lafoy, président-directeur général chez Cinzano. Elle a sur son tableau de chasse une pléiade d'officiers boches, incluant Nosek. Quant à moi, en tout bien tout honneur, je continue d'échanger des tuyaux avec la chère Hilde, donnant-donnant. Voilà…

L'inspecteur prend des notes dans son calepin.

– Pas mal. Et… je sais que vous ne vous occupez pas des faits divers, mais pourriez-vous enquêter auprès de vos collègues… dans le cas où ils auraient été envoyés sur un assassinat commis près de la gare de Stains, le 4 avril. Une très jeune femme tuée de quatre balles, et probablement violée, qu'on a trouvée sur la voie ferrée de la Ceinture. Le nom est Metzger, Marguerite, âge seize ans. Domiciliée au 69, avenue Kléber.

C'est au tour de Loiseau de noter. Son verre est vide. Un groupe de journalistes entre dans le café en riant et se répartit le long du comptoir. Sadorski attend, les yeux dans le vague, dégustant son cognac et tirant des petites bouffées de sa gauloise. Le reporter soupire :

– Je verrai ce que je peux faire… mais je ne promets rien.

– Les Boches ont repris l'enquête, la PJ a été débarquée, le commissariat local ne veut plus rien savoir, et la gamine est toujours à la morgue… mais entre-temps, vos collègues auront peut-être recueilli une ou deux choses intéressantes… À propos, par exemple, d'une certaine société Beowulf… Ça vous dit quelque chose ?

Loiseau a l'air étonné.

– Beowulf ? Pas en tant que société, en tout cas. Un établissement allemand ?

– Merde, je n'en sais rien ! C'est pour ça que je vous le demande. Le nom était inscrit sur un ticket de métro récupéré dans l'estomac de la fille…

Il y a un moment de silence. Le reporter se gratte le crâne.

– Drôle d'histoire, en effet. Le seul Beowulf que je connaisse a vécu longtemps avant les événements actuels. S'il a existé, ce qui n'est même pas sûr !

– Hein ? Comment ça ?

– C'est une légende nordique. Un dragon nommé Grendel ravageait les terres du roi Hrothgar, au Danemark. Un jeune guerrier goth, Beowulf, s'est présenté pour délivrer le pays et tuer le monstre. Il a mortellement blessé Grendel, qui a plongé dans le marais et disparu. Le roi et le peuple danois se réjouissaient en apprenant la mort du monstre… Mais arrive un deuxième dragon, furieux, la mère de Grendel. Alors Beowulf le tue aussi sec, ayant découvert son repaire, d'où il ramène en prime au roi la tête de Grendel dont il a retrouvé les restes. Beowulf retourne chez les Goths, devient roi, et, au soir de sa vie, doit affronter un troisième dragon… Assisté par le jeune guerrier Wiglaf, il lui plonge son épée dans le cœur. Mais Beowulf est lui-même environné de flammes, son bouclier ne le protège plus. Il expire en désignant Wiglaf pour lui succéder. Fin de la légende. Cela vaut bien un autre verre, il me semble.

Sadorski fait signe au garçon.

– Vous êtes une encyclopédie vivante, Loiseau.

Celui-ci l'observe, hilare. Et, avec sa voix enrouée :

– Si j'écris un papier sur ce crime, mon cher Sadorski, le titre est tout trouvé : « L'assassinée du chemin de fer de Stains avait pris son ticket pour le Valhalla ! » Formidable, non ?

23

Des femmes aux terrasses

De la rue d'Enghien à la place des Petits-Pères où siège le commissariat général aux Questions juives, il n'y a qu'un quart d'heure à pied. Après avoir payé un dernier triple sec à Edmond Loiseau, l'inspecteur s'y rend par la rue du Faubourg-Poissonnière et la rue d'Aboukir. Le terrain s'incline dans le bon sens, c'est donc plus une promenade qu'autre chose. Et il continue de faire épouvantablement chaud et lourd ; hier, l'orage qui menaçait n'a pas éclaté. Sadorski franchit l'entrée de l'immeuble qui était autrefois celui de la banque Léopold Louis-Dreyfus. Dans le vaste hall de l'institution chargée du problème juif, les aiguilles de l'horloge murale indiquent 6 h 22. Il se rappelle que selon le dossier Metzger à la caserne de la Cité, la sœur aînée de la morte de Stains est censée quitter les lieux à 7 heures du soir. Sadorski montre sa carte à l'employé de l'accueil.

– Renseignements généraux, section des affaires juives. Mlle Yolande Metzger travaille ici, je crois…

Le réceptionniste est un type d'une cinquantaine d'années, maigre et le teint jaune, avec une petite moustache. On dirait un vieux commis de banque ou un comptable.

– Oui, monsieur. Attendez que je vérifie… C'est cela. Dans le bureau de M. Chouard, aux émoluments.

Désirez-vous monter ou préférez-vous qu'elle vienne vous parler dans le hall ?

Il a décroché le combiné de son téléphone. Sadorski se penche et, un ton plus bas :

– Inutile de la prévenir. Enquête spéciale. Mlle Metzger quitte son service à 19 heures ?

– Comme les autres sténo-dactylographes, oui, monsieur.

– Je vais m'asseoir dans un fauteuil. Lorsqu'elle passera, faites-moi signe. Discrètement, n'est-ce pas ? un mouvement du menton suffit…

– Euh, oui, monsieur l'inspecteur. Du reste, vous verrez que Mlle Metzger porte un brassard noir, il y a un deuil dans la famille. Mais comptez sur moi…

Sadorski s'installe et allume une cigarette. Au bout d'une dizaine de minutes, le Français qui lisait *Je suis partout* dans le fauteuil à côté se tourne vers lui.

– Vous risquez d'attendre longtemps, ils sont en pleine réorganisation…

L'inspecteur répond par un grognement interrogatif. Son voisin, l'interprétant comme un encouragement, poursuit :

– C'est que, avec l'arrivée de M. Darquier de Pellepoix… Ah, les choses vont changer, et dans la direction qu'il faut ! N'oubliez pas qu'il a fondé jadis le Club national contre les métèques, le Rassemblement antijuif, et l'hebdomadaire *La France enchaînée*. Vallat était un patriote, rempli de bonne volonté antiyoutre, mais il s'est perdu dans les méandres de l'aryanisation économique… et de plus il s'entendait mal avec M. Dannecker. L'entourage de Vallat au commissariat était truffé de mous, de tièdes, voire de saboteurs ! Les Allemands ont dû d'ailleurs effectuer quelques arrestations ici même… Je comprends mieux maintenant pourquoi mes demandes n'aboutissaient pas !

– Vos demandes ?

L'homme replie son journal, le pose sur la table. Il ouvre une serviette en cuir, en extrait un dossier et, de ce dossier, une chemise verte.

– Où l'ai-je mis ? Ah ! voilà, le double de ma première lettre, datée du 9 décembre 1941. Cela fait cinq mois ! Cinq mois sans réponse ! Lisez, cher monsieur, je vous prie…

Sadorski dispose d'une quarantaine de minutes à tuer jusqu'au passage de Yolande Metzger dans le hall. Chaussant ses lunettes, il s'empare de la feuille manuscrite et lit :

RAPPORT

Je viens vous signaler les faits suivants : parmi le personnel de la Cie La Prévoyance de Bruges, compagnie d'assurances repliée en zone libre à Marseille, 20, rue Montgrand (siège d'origine 9, rue Chabanais, à Paris), se trouvent :

1º M. Sacerdoti Pierre, déjà fiché, Italien israélite, marié à une Allemande israélite ; il exerce jusqu'à ce jour les fonctions de directeur, associé à un Belge nommé Szmuleviez Joseph, juif, tué dans un bombardement en mai 1940.

2º M. Rosa Henri, israélite, qui exerce les fonctions de secrétaire général en remplacement de M. Goloubine Serge, ancien officier russe, licencié en septembre 1940.

3º M. Meyerhoff, dit Mouneray, israélite allemand naturalisé français, qui occupe les fonctions de chef de contentieux.

4º M. Wolf Frédéric, ex-sujet autrichien, israélite, qui occupe les fonctions d'actuaire.

5º M. Kessler Bernard, ex-sujet autrichien, israélite, comptable-rédacteur à la branche Vie.

6º Docteur Grabois, médecin-chef de la compagnie.

7° Docteur Backri, médecin-contrôleur de la compagnie (ces deux derniers sont israélites, venus de Paris et réfugiés à Marseille).

Je passe sous silence les autres membres du personnel, mais suis persuadé qu'un tiers est d'origine israélite.

Vous savez que les décrets en vigueur interdisent aux Juifs d'exercer toutes fonctions dans les assurances, mais jusqu'à ce jour, en camouflant au besoin leurs fonctions, tous ces personnages continuent à collaborer à ladite Compagnie. Pour cela, ils ont fait appel au concours de M. Gabriel Jacquet, agent d'assurances, 10, rue Haxo à Marseille (domicile : 9, rue Sylvabelle), légionnaire radié par le Tribunal d'honneur à la date du 21 novembre dernier comme franc-maçon et qui, usant et abusant des relations qu'il a pu se créer lorsqu'il a été délégué au cabinet du préfet pendant la guerre par le sieur Daladier, ancien président du Conseil, a pu faire maintenir tous ces gens en fonction...

Sadorski relève la tête, troublé.

– Mais lisez jusqu'au bout ! Il faut voir l'entourloupe avec M. Mille !

– M. Mille ?

– Un franc-maçon, sûrement gaulliste et probablement aussi de race juive... Il est l'homme de paille dans toutes les combinaisons douteuses ! Ces messieurs de la famille, voyez-vous, ont câblé à Me Lévêque, avocat au barreau de Paris, en résidence à Vichy, membre du directoire de la Légion, lequel est arrivé le lendemain à Marseille pour conférer avec Mille et tous les douteux personnages en question. À l'issue de cette entrevue, qui a duré trois heures, Me Lévêque, dont on a le sentiment qu'il ne saurait rien refuser à M. Mille, est allé à la préfecture sans doute afin d'essayer de leur obtenir un permis spécial de conserver leurs fonctions... Je crains que Me Lévêque soit venu jusqu'ici, au commissariat aux

Questions juives, pour intervenir personnellement en leur faveur ! La Prévoyance de Bruges occupe à Marseille un personnel composé d'une soixantaine de personnes, dont les deux tiers sont de souche aryenne, qui voudraient bien que justice leur soit faite ! Et qui seraient surpris d'apprendre que dérogation aux lois a été accordée sur l'intervention d'un membre du directoire de la Légion ! C'est le monde à l'envers… Quand on pense qu'un bon citoyen comme moi, humaniste catholique, fidèle du Maréchal, ancien combattant, médaillé de guerre, adhérent de la Ligue française antibolchevique, avec vingt ans d'expérience dans le domaine de l'assurance, pourrait être désigné pour les administrer !

Sadorski acquiesce mais son esprit est ailleurs.

– Pardon, monsieur, mais avez-vous connu cette société du temps où elle se trouvait à Paris ?

– Je suis de Lyon. Permettez-moi de me présenter, au fait, Jacques Fleuriet, administrateur provisoire de biens juifs, ex-courtier d'assurances. Effectivement, je suis passé à leurs bureaux, peu avant l'armistice. C'était en avril 1940, si je ne me trompe… pendant la bataille de Norvège.

– Avez-vous connu leur ancien secrétaire général ?

L'homme fronce les sourcils.

– Vous parlez de Goloubine ? le militaire russe ? Oui, vaguement. Un type corpulent, avec une petite moustache. Il n'était pas juif. Car je les repère à cent mètres, hein ! On ne me la fait pas, à moi… Vous le connaissiez, cet émigré blanc ?

– Un peu. Je l'ai perdu de vue pendant la guerre. Vous ne savez pas ce qu'il est devenu ?

Fleuriet écarte les bras en un geste d'impuissance, et récupère la copie de sa lettre. Sadorski insiste :

– Quand vous l'avez rencontré à Paris, il n'était pas avec une jeune femme brune… qui ressemblait un peu à Jany Holt ?

Le spoliateur sourit.

– Non, mais cela ne m'aurait point déplu, mon cher monsieur… Ah, Jany Holt ! *L'Alibi*… *Le Paradis de Satan*… Mais si vous me donnez le choix, je préfère Mireille Balin. Plus en chair, vous voyez ce que je veux dire ?

– Il fréquentait aussi un Polonais… qui se faisait appeler le comte Ostnitski…

– Ce nom ne me rappelle rien. Quoique, méfiez-vous des prétendus aristocrates, mon cher monsieur ! Ostnitski, ce pourrait tout à fait être un nom de youtre…

La conversation est interrompue par des bruits de bottes. Un groupe d'officiers allemands descend l'escalier pour traverser le hall. Le plus galonné doit être le commandant SS Stenger, l'adjoint du Dr Blanke, lequel dirige le service de déjudaïsation de l'état-major administratif du *Militärbefehlshaber in Frankreich*, le commandement militaire allemand. Ce Dr Georg Stenger, conseiller de l'administration de guerre, est le délégué boche auprès du SCAP : le Service du contrôle des administrateurs provisoires. Sadorski, en tant que chef du Rayon juif aux RG, s'intéresse à l'évolution des choses, il se rappelle entre autres avoir vu passer, du temps de la SSR, le dossier de Louis Thomas, publiciste pronazi que Stenger a ensuite imposé aux Questions juives comme administrateur. Loiseau, du *Petit Parisien*, lui a raconté depuis de quelle façon cet agent de la cinquième colonne dans la presse parisienne, où il occupait des fonctions importantes à la tête de quotidiens comme *Le Jour* ou *L'Ami du peuple*, prisonnier de guerre curieusement libéré dès décembre 1940, s'est lancé dans une collaboration effrénée avec l'occupant. Tout en écrivant des articles antisémites dans *La Gerbe*, ce Thomas a réussi à obtenir la gérance des affaires immobilières Bernheim Frères, la direction littéraire des éditions Calmann-Lévy et postulait, en vain, pour la direction du commissariat aux Questions juives…

– Monsieur Jacques Fleuriet !

La voix de l'employé de la réception, qui claironne :

– C'est à vous, monsieur Fleuriet ! M. Dagron va vous recevoir… Cinquième étage…

L'appelé rassemble ses affaires précipitamment et se dirige vers l'ascenseur. Sadorski en profite pour noter dans son calepin, avant de les oublier, les noms des dirigeants actuels de La Prévoyance de Bruges à Marseille. Il se souvient des premiers de la liste, ainsi que de la nouvelle adresse de la société. Refermant le carnet, il constate que les employés ont commencé à quitter les bureaux. Le réceptionniste lui fait un sourire discret à travers le hall, secouant la tête comme pour dire : « Pas encore… mais je n'ai pas oublié ! » Sadorski retire ses lunettes, les glisse dans la poche de sa veste, se laisse aller contre le dossier du fauteuil, ronge nerveusement le coin de l'ongle de son pouce droit. Plusieurs femmes gagnent la sortie en papotant. Il jette un coup d'œil à l'horloge murale, qui affiche déjà 7 heures passées de huit minutes…

L'aiguille approche de la demie quand une blonde élégante descend l'escalier vêtue d'un tailleur bleu marine. Ses cheveux sont relevés sur le devant et ondulés à la dernière mode, un brassard en crêpe noir entoure le haut de son bras gauche, sous lequel l'endeuillée tient coincé un sac à main. Sadorski échange un regard avec le moustachu de l'accueil, qui confirme d'un sourire tout en lui retournant un clin d'œil complice. Occupée à enfiler ses gants, la dactylo passe entre les deux hommes sans les voir, ni parler à ses camarades de bureau. Elle est grande, 1,75 mètre environ, ne ressemble pas à sa sœur défunte. Ni l'une ni l'autre n'ayant rien de commun, du reste, avec l'image fantasmatique que Sadorski s'en faisait au cours de ses masturbations nocturnes de l'Alexanderplatz. Il observe avec intérêt la vraie Yolande Metzger, qui

possède ce que l'on appelle communément un « beau
châssis » : jambes longues, hanches plutôt larges, un fes-
sier qui se balance de manière attirante sous la jupe à plis
amples, descendant au-dessous des genoux. La jeune
femme se tient très droite. Il remarque que, sous ses vêtements d'employée sage, elle porte des bas de soie véritables. Les bas sont hors de prix pour une dactylo. Qui les
lui a payés ? Un officier boche ? Ce sont eux, avec leur
mark artificiellement gonflé par le taux de change fixé par
Hitler, qui dévalisent les boutiques de lingerie fine parisienne. Quoi qu'il en soit, l'hypothèse s'accorde avec son
dossier à la préfecture, de collaboration « horizontale »
avec les forces occupantes des plus beaux quartiers de la
capitale.

Sadorski lui cède un peu d'avance, se lève, met son
chapeau. Sortant sur le perron il la voit, comme on
pouvait prévoir, se diriger vers la rue Notre-Dame-des-
Victoires et donc vers la Bourse, où se trouve la station
de métro la plus proche.

La suivre dans les sous-sols de la ville n'offre pas
de difficulté particulière pour un vétéran de l'agence
privée Dardanne et des Renseignements généraux, lesquels ont élevé le filochage au rang d'un véritable art.
On est toujours à l'heure de pointe, une foule grouillante
se presse le long des corridors chichement éclairés, pèse
de tout son poids contre les portillons métalliques,
prend d'assaut les rames. Une fois dans le wagon,
Sadorski maintient une distance prudente de quelques
mètres avec la sœur de Marguerite Metzger, la tête
tournée dans l'autre sens, le chapeau baissé sur les
yeux, le regard vide, l'expression neutre et morne à
l'instar de tous les employés vannés, sous-alimentés,
qui regagnent leur domicile en fin de journée. L'air est
presque irrespirable, on suffoque. La blonde et le policier en civil sont restés debout, serrés contre leurs voisins, secoués par les mouvements brusques de la

voiture, assourdis par le rugissement et les sifflements aigus de la rame qui fonce, toutes fenêtres ouvertes en raison de la chaleur, à travers l'obscurité crasseuse des tunnels. Il la surveille dans le reflet de la vitre. Leur train se dirige vers le pont de Levallois. La station Havre-Caumartin est fermée, provoquant la colère des voyageurs qui comptaient sur la correspondance. À la station Saint-Lazare, la jeune femme joue des coudes pour se rapprocher de la porte. Sadorski se pousse vers une autre issue, descend sans quitter des yeux l'objet de sa filature, la suit sur le quai, longeant le métro sur le point de repartir, heurté, bousculé par les voyageurs accourant en sens inverse. La dactylo en tailleur bleu marine arpente avec vivacité les couloirs de correspondance, ses hautes semelles de bois claquent sur le ciment, elle bifurque vers la direction indiquée par les panneaux « Porte de Clichy-Porte de Saint-Ouen ». L'inspecteur, hors d'haleine, ses jambes plus courtes que celles de la fille, trottine à une dizaine de mètres en arrière. Les cheveux clairs relevés sont heureusement faciles à repérer, Yolande Metzger faisant de plus une bonne taille. Si elle marchait moins vite, s'il n'y avait pas tant de monde, et pas très propre, des Arabes et certainement plus encore de youdis (à la préfecture, on parle de leur coller bientôt un insigne pour les désigner, comme il en a vu à Berlin), et toutes ces odeurs, ces parfums bon marché, ces haleines aigres de mauvaise digestion, ces pieds et ces aisselles qui puent, la balade serait agréable. Il se demande où la belle blonde va le mener. Pas avenue Kléber, en tout cas, ni dans les quartiers chic autour de l'Arc de triomphe.

Elle monte dans la première rame s'arrêtant le long du quai. Celle-ci a pour terminus Porte de Saint-Ouen. Mais Yolande Metzger n'y reste pas très longtemps. La station Liège est fermée et la jeune femme descend à la suivante, Place de Clichy. Le policier la suit à l'air libre. Ce qui est une simple façon de parler, car il fait une chaleur suffocante dehors, et, dressé devant ce qui était jadis le grand café Wepler, le monumental *Soldatenheim Kommandantur Gross-Paris* – le foyer du soldat allemand –, frappé de croix celtiques et d'incriptions en lourdes lettres gothiques noires sur fond blanc, domine la place.

Yolande Metzger va s'asseoir à une terrasse de café, de l'autre côté. Sadorski fait halte, allume une cigarette, observe d'un air détaché le foyer boche et les troufions vert-de-gris alignés devant avec leur barda, puis il rejoint la terrasse en ayant laissé passer quatre ou cinq minutes. Il prend un siège à distance d'écoute de la jeune femme – elle est en train de commander une grenadine – et tout près d'un couple de trentenaires distingués qui bavardent en polonais. La femme est brune et menue, jolie dans le genre touchant, et son mari un grand gaillard svelte à moustache blonde, style anglais, portant un élégant costume croisé de couleur claire.

Sadorski commande un verre de fine. Le ciel se couvre, le tonnerre roule dans le lointain. Aux tables de la terrasse, beaucoup de tapineuses attendant le client. Yolande Metzger elle aussi semble guetter quelqu'un. Elle consulte souvent sa montre. C'est à peine si la dactylo a touché à sa grenadine. Une vieille putain maquillée outrageusement vient s'asseoir entre Sadorski et le couple polonais. Le visage et la silhouette de cette radeuse en fin de carrière respirent l'usure et la fatigue. Elle a une épaisse couche de fond de teint, une robe aux couleurs criardes et un sourire de cadavre. L'inspecteur comprend un peu le polonais, la langue de ses lointains ancêtres côté paternel. Le grand type à moustache blonde, regardant la vieille, se penche vers sa compagne et commente : « Voilà, c'est la France… » La brune mignonne prend l'air choqué, riposte vertement par quelques mots dont le sens échappe à Sadorski. L'homme pose une main sur son poignet : « Non, tu as raison, Basia, j'ai honte de ce que je viens de dire. Essayons de voir en elle ce qu'elle a été… » Ils l'observent discrètement. La prostituée fait : « Psitt ! » pour faire venir le garçon. Celui-ci pose devant elle un verre vide, pris sur une table dont le consommateur est parti. De cette manière, elle pourra rester une heure ou deux sans payer, et puis un homme s'assiéra à sa table, réglera sa fausse consommation. L'employé mettra les pièces dans sa poche, lui resservira un verre. Puis elle embarquera le client jusqu'à un des hôtels de passe de la rue Biot, de la rue Lemercier ou de la rue Nollet.

Sadorski sirote son cognac en fumant une cigarette après l'autre. Il se souvient d'autres femmes, d'autres terrasses. Celles de Paris à l'été 1940, où de jeunes élégantes radieuses, des rubans dans leurs cheveux, s'attablaient avec les beaux Prussiens blonds en uniforme, indifférentes aux regards courroucés de quelques patriotes. Le Fouquet's, Maxim's, le Colisée étaient devenus des annexes de la Kommandantur. Prenant un verre avec Yvette, un samedi de la fin du mois de juin, il avait vu de toutes jeunes filles, et jolies, embrasser et se laisser embrasser par des troufions boches. Ce n'étaient ni les premières ni les dernières.

Les minutes s'écoulent lentement, place de Clichy dans la torpeur du soir, personne ne vient pour la vieille putain, ni pour la jeune. Yolande Metzger aussi fume des cigarettes. Les Polonais bavardent, Sadorski constate entre eux une profonde tendresse. Comme celle qui règne entre son épouse et lui-même. Il écrase sa gauloise dans le cendrier, appelle le garçon, commande encore une fine. Le tonnerre gronde une nouvelle fois dans un ciel de plomb. La tapineuse à face de cadavre enfariné sourit à l'intention de Sadorski, ses paupières battent sous les cils collés tandis qu'elle lui adresse des clins d'œil. Elle ne porte pas de bas. Ses jambes nues et flasques ont une couleur de poisson bouilli. L'inspecteur détourne la tête. Et se fige. Un jeune homme brun vient de prendre un siège en face de Yolande Metzger.

De taille moyenne, les cheveux gominés tirés en arrière, il porte une chemise marron sous une veste blanche, et une cravate couleur crème ponctuée de minuscules losanges noirs. Il a posé son feutre sur la table. Sadorski lui trouve des allures de petite gouape. Assez dans le ton du quartier, d'ailleurs : on n'est pas loin de Pigalle. Le gars semble du dernier mieux avec Yolande, lui caresse la main, contemple la dactylo blonde avec l'expression satisfaite du propriétaire. Écoutant discrètement, le policier remarque qu'il a l'accent du Midi. La jeune femme lui raconte ses histoires de bureau. Sadorski apprend qu'au service des émoluments une nommée Lucienne, particulièrement flemmarde, gomme les rectifications notées au crayon par son chef, pour ne pas avoir à refaire les lettres déjà tapées. Et qu'une certaine Germaine, qui intrigue avec les Boches, donne à ceux-ci des leçons de français en échange de cakes, de biscottes, de places de théâtre. Tous ses collègues la détestent. Le voyou aux cheveux brillantinés rigole en écoutant. Il commande un Picon-bière.

Sur le vélum de toile qui abrite la terrasse, des gouttes de pluie se mettent à tambouriner. La foule sur la place de Clichy se disperse, les gens ouvrent leurs parapluies, ou s'abritent sous les portes, les bannes des magasins, des terrasses. Près de Sadorski, les Polonais commentent l'attaque de Madagascar par Churchill, et la percée allemande vers Kertch. Sa connaissance insuffisante de la langue l'empêche de déterminer s'ils sont en faveur des uns ou des autres. Aucune importance, d'ailleurs, ce n'est pas le moment de demander leurs papiers et voir s'ils sont juifs. L'homme n'en a pas l'air, la femme, difficile à dire. C'est un de ces cas plutôt rares où Sadorski, pourtant spécialiste en identification de becs-crochus, n'arrive pas à se décider. La petite Polonaise a le nez droit, du reste. Il hausse les épaules, fait signe au garçon, règle ses deux cognacs. Au cas où il faudrait se lever vite fait pour ne pas se laisser distancer par la fille Metzger et son gigolo. Ce dernier parle présentement de l'Algérie, où il semble avoir séjourné l'année dernière. Une villa à Bains-Romains, dans la région d'Alger, une autre au cap Doumia. Un certain « Paul » et un certain « Max ». Le gominé se plaint de ce pays « rempli de femmes voilées qu'on ne peut pas baiser ». Cela fait rire Yolande Metzger. Il corrige : « Mais le climat, pardon ! Du soleil tous les jours, pas comme Paris… » Leurs vacances se sont mal terminées, ils ont eu des ennuis (non précisés) et il a fallu revenir en vitesse en métropole. Le policier rêvasse, songe à cette Afrique du Nord ensoleillée qui lui manque. Il a encore un oncle à Tunis. Quand la guerre sera finie, Sadorski aimerait emmener Yvette là-bas. Ça la changerait. Ils dégusteraient des apéritifs à la terrasse d'une guinguette au bord de l'eau, sous les lampions, ils se promèneraient sur la plage au crépuscule à marée basse, ils ôteraient leurs vêtements, ils s'étendraient pour s'accoupler sur la grève humide, loin des regards. Ici, la pluie continue de tomber. Des néons rouges s'allument aux façades. L'inspecteur fait la grimace : son étui à cigarettes est vide. Il songe à en acheter au garçon, quand Yolande Metzger se lève. Son homme lui prend le bras, l'entraîne sous l'averse qui se fait moins forte. Il a déposé des pièces dans la soucoupe sans réclamer de monnaie. Avec un juron, Sadorski quitte sa place et les suit. Dehors c'est une pluie chaude, printanière. Des fumées humides se dégagent des flaques d'eau, que percent les gouttes et où les néons se reflètent. Le ciel d'épais nuages vire du gris au bleu, la nuit tombe rapidement. Le couple s'éloigne à pas vifs sur le boulevard de Clichy, tourne à droite dans la rue de Douai.

Lorsque leur suiveur, en toute hâte, a gagné l'angle de la rue, il les voit une vingtaine de mètres plus loin arrêtés autour d'une décapotable bleue. C'est un coupé Delage D6-70 Sport à essence. La capote est relevée. Yolande Metzger disparaît à l'intérieur côté passager, le gars examine un instant le ciel avant de s'installer au volant. Les portières ont claqué, l'auto démarre. Sadorski regarde machinalement à droite et à gauche, cherche un vélo-taxi. Mais c'est absurde, il ne pourrait rivaliser avec un engin de cette puissance ! La Delage a quitté le trottoir dans un rugissement de son moteur six cylindres, enfilé la rue de Douai. Le conducteur vire presque aussitôt à droite dans la rue Blanche, l'auto disparaît entre les immeubles. Sadorski jure de nouveau, balance un coup de pied rageur dans une poubelle.

24

La place Denfert

Les cars de police secours ont pris position. À l'entrée du boulevard Raspail. De la rue Froidevaux. De l'avenue d'Orléans. Des petits gars du PPF sont venus en renfort, reconnaissables à la chemise bleue et au baudrier. En haut du boulevard Saint-Jacques, une équipe de gardiens de la paix entoure le car Renault pour Pithiviers, l'empêche de partir, se prépare à contrôler les voyageurs. La BSI – brigade spéciale d'intervention, composée d'agents municipaux de l'arrondissement, encadrés par des policiers en civil – établit un cordon, filtre les passants, pour la plupart des employés se rendant à leur travail. Les visages, dans la foule, sont blafards, les regards anxieux ou terrifiés. Il est 8 heures du matin, place Denfert-Rochereau, ce mardi 12 mai 1942.

Ce n'est pas à proprement parler une rafle. Juste une opération surprise, comme on en pratique de plus en plus, destinée à identifier et à coffrer le maximum d'étrangers en situation irrégulière ; et, mieux encore, des communistes, qu'ils soient terroristes de l'Organisation spéciale ou simples militants. Le préfet de police Bard et le directeur général Rottée, et, à Vichy, le ministère de l'Intérieur, exigent du chiffre. Ces exigences ont été répercutées à leurs subordonnés des RG par le directeur adjoint Baillet et les commissaires Lantelme et Labaume. C'est le meilleur moyen pour que les

303

Autorités allemandes comprennent enfin que la police nationale est capable de prendre à son compte une répression qui est, de toute manière et depuis toujours, son métier. De même, les « plans de bouclage » d'un quartier après un attentat, au moyen de barrages établis par des gardiens de la paix, sont d'autres mesures spectaculaires visant à impressionner favorablement les Boches. Mais Sadorski sait l'efficacité de ces bouclages contestable, car ils interviennent généralement trop tard et sont malaisés à appliquer.

Sur la place règne un silence étrange, spectral, entre-coupé de bruits de moteur, de claquements de tôles de portières, d'ordres brefs criés par les gradés, de jappements des jeunes miliciens en chemise bleue. La 3e section de la direction des Renseignements généraux et des Jeux est de la partie, ce mardi matin. Les brigades de voie publique Sadorski, Foin et Mercereau, renforcées par deux inspecteurs de la 1re section venus en observateurs pour aider à repérer les communistes. La mission de ces hommes est de taper aux papiers dans les couloirs de la station de métro, pendant qu'agents municipaux et volontaires PPF filtrent les individus se déplaçant en surface. L'inspecteur principal adjoint Sadorski a sous ses ordres les inspecteurs spéciaux Magne, Cuvelier, Boutreux, Kaiser, Vilfeu, Quéau, Piazza. L'inspecteur Balcon est au lit avec la grippe, sa femme a prévenu le secrétariat de section tôt le matin. L'inspecteur Migeon est en vacances. Les groupes Foin et Mercereau sont au complet. Le groupe Sadorski a reçu l'ordre d'opérer autour des escaliers menant à la ligne Place de la Nation-Place de l'Étoile.

Magne et Cuvelier, postés en haut des marches, contrôlent les voyageurs montant du quai de la direction Nation. Quéau et Piazza s'occupent de la direction opposée. Chaque fois qu'une rame entre de leur côté, Sadorski et Kaiser, mêlés à la foule, s'immobilisent à l'angle d'un mur, quelques mètres en contrebas des collègues, feignent de causer en allumant leurs cigarettes. En réalité ils surveillent les arrivants, leur attitude lorsqu'ils découvrent, en tournant le coin de l'escalier, que l'on demande les papiers là-haut. Les suspects, forcément, s'arrêtent, puis font mine de s'être trompés de direction, repartent dans l'autre sens. Sadorski les alpague alors aussi sec, ou bien il se contente de désigner à son collègue les individus à appréhender. Sylvain Kaiser est un jeune gardien de la paix nommé inspecteur spécial en 1939. Dévoué et actif, il est très bien noté par ses chefs, a reçu en 1941 une gratification de 150 francs. Il a déjà participé à de nombreuses arrestations de Juifs et de communistes. Kaiser n'aime pas particulièrement les Boches, c'est plutôt un chercheur d'affaires, son métier le passionne et il fait preuve d'initiative. Sadorski prend un malin plaisir à le rabrouer et à lui passer des savons.

Au bout de deux heures de travail, leur groupe a arrêté onze individus, tous de race juive. Karpel Moïse, né le 9 décembre 1909 à Odessa, domicilié 12, rue Lachelier, à Paris treizième. Fajgenbaum Meyer, né le 24 janvier 1927 à Paris quatrième, domicilié 4 bis, rue des Rosiers, Paris quatrième. Back Chaïm, né le 1er juin 1904 à Bransk, Pologne, domicilié 4, rue des Panoyaux à Paris vingtième. Frydmann Chana, née le 1er décembre en Pologne, domiciliée 4, passage Saint-Antoine à Paris onzième. Klein Eugène, né le 19 novembre 1912 à Satoraljauyhey, Hongrie, domicilié 103, avenue de la République à Paris onzième. Weill, Renée, née le 8 août 1875 à Strasbourg, professeur, domiciliée 175, rue de la Convention à Paris quinzième. Horn Joseph, né le 20 juillet 1920 à Zyswiensk, Pologne, domicilié 5, rue Aubriot à Paris quatrième. Horn Rubin, né le 2 décembre 1896 à Zyssinsk, Pologne, domicilié 5, rue Aubriot à Paris quatrième. Barach Leib, né le 19 décembre 1882 à Bucarest, domicilié 62, rue de Saintonge à Paris troisième. Prisany Anick, né le 1er décembre 1872 à Plask, Pologne, domicilié 43, rue des Francs-Bourgeois à Paris quatrième. Prisany, née Gourevich Rose, née le 25 mars 1894 à Jambask, Pologne, domiciliée 43, rue des Francs-Bourgeois à Paris quatrième.

Cinq de ces personnes ont été arrêtées par Sadorski ou Kaiser parce qu'elles avaient hésité ou fait demi-tour. Les six autres, par Magne et Cuvelier en haut de l'escalier, soit pour défaut de la carte d'identité prescrite par le décret-loi du 2 mai 1938 « sur la police des étrangers » ; soit parce que cette carte était périmée ; soit parce qu'elle avait l'air fausse ; soit parce qu'elle ne comportait pas de tampon rouge « Juif » ou « Juive » alors que manifestement leur possesseur appartenait à la race ; soit enfin parce que son comportement paraissait suspect. Les youpins sont souvent trahis par de multiples signes, apparence physique ou vestimentaire, mais surtout par leur accent incompatible avec l'état civil bien français mentionné sur les faux papiers. Magne et Cuvelier présentent les crânes à leur chef de brigade. Selon les cas, il décrète : « Emmenez » ou « Relaxez ». Pour ceux qu'on emmène, on verra plus tard s'il se trouve des cocos parmi eux. Au besoin, on en fabrique ; cela, Sadorski sait le faire, en rajoutant des commentaires personnels sur leur fiche après enquête. Vu l'ambiance actuelle – le procureur de la République de la Seine a déclaré : « Les circonstances sont plus fortes, en période exceptionnelle, que les principes généraux du droit » –, les fichés sont presque automatiquement transférés aux camps de concentration de Châteaubriant, de Pithiviers ou de Beaune-la-Rolande. Pour les Boches, ces camps représentent un vivier d'otages à fusiller. On choisit en priorité chez les communistes ou notés tels. Et la quantité des arrestations suivies de mesure d'internement aide

Sadorski à progresser au tableau d'avancement. Le sort ultérieur de l'interné lui importe peu.

— Psitt, chef !

Kaiser. D'un mouvement du menton, l'inspecteur spécial indique une jeune femme brune. Pâle, elle observe l'attroupement en train de se former en haut des marches, le barrage. Sadorski jette sa cigarette à moitié consumée. Son regard est fixé sur la femme. L'instinct du chasseur. Et du traqueur de youtres : c'en est une, à n'en pas douter. Peau mate, nez légèrement busqué, yeux noirs, bouche sensuelle, et, même si c'est difficile à traduire en mots, un quelque chose de typiquement juif, quoi ! Les gens autour la bousculent, elle gêne. La voilà qui rebrousse chemin, joue des coudes pour se faufiler entre les voyageurs, qui rouspètent. Sadorski grogne à son collègue :

— C'est pour moi !

Il écarte les gens, prononce : « Police, laissez passer ! », heurte violemment les lambins qui ne réagissent pas assez vite. Plutôt que de rejoindre le quai, la femme tourne à droite juste avant, dans le couloir direction Porte de Clignancourt, échappe un instant à sa vue. Il fonce, hésitant à sortir son arme – trop de gens, impossible d'en faire usage. Il l'aperçoit de dos, elle grimpe les marches quatre à quatre, disparaît de nouveau. Sadorski crie : « Police ! Arrêtez ! », les passants s'écartent, l'air paniqué, évitent son regard. L'inspecteur est déjà hors d'haleine, dans l'atmosphère moite, nauséabonde de la station, à peine rafraîchie par la pluie de la soirée d'hier et le passage de la nuit. Les cris de « Halte ! Arrêtez-la… » l'essoufflent davantage, en plus il s'est levé tôt, il a peu dormi : la veille à l'heure de se coucher, excité par le souvenir de Yolande Metzger, de son châssis voluptueux, de ses cheveux blonds artistiquement coiffés, il s'est jeté sur Yvette qui portait sa combinaison, ils ont fait l'amour de manière plus satisfaisante encore que d'habitude. Et elle a voulu remettre ça avant le petit déjeuner. Sadorski arrive en trébuchant sur un palier, un carrefour souterrain. Cette station est un vrai dédale. Impossible que la Juive ait pris à gauche, ce serait se précipiter dans le barrage Quéau-Piazza. À droite, côté Porte d'Orléans ? ou droit devant, Porte de Clignancourt ?… Sadorski continue tout droit. Nouveau carrefour, plus large que le précédent. Il aperçoit Lavigne, du groupe Mercereau, posté derrière un pilier carrelé. À gauche, un embranchement vers la ligne de Sceaux. Mais là-bas, Foin et sa brigade ont formé un barrage, que l'on discerne vaguement depuis le carrefour souterrain. Le jeune Lavigne, bouche ouverte, contemple son supérieur qui a surgi en face de lui. Le blanc-bec n'a rien vu, la youpine a dû lui filer sous le nez. Sadorski hurle : « Prends Porte d'Orléans ! Une brune, qui s'arrache… Magne-toi ! Merde ! », puis, fonçant droit devant, il pénètre dans le prolongement du couloir, grimpe une volée de marches, tourne à droite, rejoint l'extrémité du quai direction Porte de Clignancourt. Des voyageurs attendent. Sadorski penche la tête vers la gauche… De ce côté, une rame émerge à l'instant même de la gueule noire du tunnel, en grondant et ferraillant.

– Police ! Dégagez !

Il se précipite vers la voiture de tête qui vient de stopper, brandit sa carte devant la cabine, crie au machiniste :

– Bloquez les portes ! Personne ne descend ! Police nationale, intervention en cours place Denfert-Rochereau ! Interdit de repartir !

Il se dépêche de longer la rame. Aperçoit la chevelure brune. La femme hésite devant les portes fermées. Elle n'est plus qu'à quelques mètres de lui. Les passagers de la voiture veulent sortir, secouent les poignées des portes. Yeux ronds, expressions inquiètes, derrière les vitres. Ils se rendent compte qu'il se passe quelque chose d'anormal. La Juive se dégage des voyageurs qui l'entourent, repart en courant. Sadorski est sur elle, il agrippe la bretelle de son sac à main, celle-ci se rompt, la fugitive vacille, est projetée contre une affiche. Sadorski a manqué s'étaler par terre. Il se redresse, jure, la saisit par le bras. Elle pousse un hurlement. Visant la nuque, Sadorski donne un coup qui porte complètement à faux. Il jure et l'insulte : « Connasse, sale pute, tu vas te calmer, oui ? », la pousse contre le mur. Elle glisse, tombe à genoux, de sa main libre il attrape la paire de menottes, lui en donne un coup sur la tête, puis il tord les bras en arrière, passe les bracelets à ses poignets. Il relève la tête de la femme en la tirant par les cheveux, lui balance une paire de claques.

Deux inspecteurs du groupe Foin arrivent en renfort.

Ils aident l'appréhendée à se relever, l'encadrent, la soutenant par le haut des bras. Lavigne se pointe à son tour. Sadorski lui ordonne de pratiquer la fouille. Lui-même se penche pour ramasser le sac à main. La première chose qu'il trouve est un petit semi-automatique espagnol 7,65 de marque Ruby, à canon court. Il émet un sifflement, montre l'arme aux collègues. « Bordel ! » s'exclame l'inspecteur Farvacque, un des hommes de Foin. Sadorski examine le pistolet. Le chargeur est vide, de même que la chambre. Continuant de fourrager parmi les menus objets, mouchoirs, bâton de rouge à lèvres, petit bordel typiquement féminin, il ramène une carte d'identité au nom de Pikkel, Maria. Née Leibler, le 9 mars 1913 à Tarnow, Pologne. La carte porte le tampon « Juive » et elle est valable jusqu'au 23 mai 1943. En revanche le policier ne trouve pas de munitions dans le sac à main.

Le machiniste s'approche pour demander s'il peut actionner le déverrouillage des portes. Sadorski donne l'autorisation. Trente secondes plus tard, le flot de voyageurs se répand sur le quai, contourne l'attroupement avec des coups d'œil curieux, gênés, attristés pour certains, mais ils sont une minorité. Les hommes des RG leur intiment de circuler. Sadorski empoche le pistolet Ruby et la carte d'identité de Maria Pikkel. Le visage de la femme est gonflé en raison des gifles reçues. Elle ne porte pas de bas, ses genoux sont écorchés par la chute, ils saignent légèrement. Elle observe Sadorski avec un air indéchiffrable. Il grommelle :

– Toi, ma jolie, avec ce pétard sur toi t'es bonne pour les Brigades spéciales ! Allez, ouste…

Ils remontent vers les guichets de la station. L'IPA Mercereau vient à la rencontre des inspecteurs pour les informer que l'opération se termine. Sur la place il fait chaud et beau. Depuis son socle, le lion de Denfert contemple les événements avec son expression hautaine de fauve de bronze. Les individus appréhendés montent dans les cars de police secours, sous la surveillance des gardiens de la paix et les lazzis des jeunes du PPF qui braillent : « Mort aux Juifs ! Les métèques dehors ! » Sadorski tient Maria Pikkel par le bras. Il demande à un commissaire de lui indiquer un car pour la caserne de la Cité. Cette destination est réservée aux cas les plus sérieux, pour interrogatoire dans les salles du cinquième étage, le temps de la garde à vue. Les autres vont au Dépôt de la préfecture, ou aux postes de police des cinquième et quatorzième arrondissements. Il y a beaucoup de gens arrêtés, il faut les distribuer sur plusieurs points de tri. Dans un véhicule prêt à partir au Dépôt, Sadorski reconnaît, parmi les personnes assises sur les bancs, une femme d'une quarantaine d'années. C'est sa voisine, Mme Odwak, la professeur de piano de l'entresol. La mère de Julie Odwak.

Sadorski fait halte, interroge un gradé de la BSI du quatorzième.

– Comment vous appelez-vous ?

– Rousseau, chef.

– Cette femme, pourquoi est-elle arrêtée ?

– Tous ceux-là, on les a fait descendre du car Renault à destination de Pithiviers. Attendez… Oui, c'est une israélite qui partait visiter son mari interné au camp. (Il hausse les épaules.) On a considéré que ces gens étaient suspects, n'est-ce pas, vu là où qu'ils se rendent. C'est dans le sens des ordres qu'on a reçus. Le tri se fera au Dépôt, ceux qui n'ont rien à se reprocher seront relaxés…

Le brigadier Rousseau regarde Sadorski avec appréhension, ne sachant trop s'il faut se disculper dans ce cas précis ou, au contraire, enfoncer la Juive. En plus, ce type en civil qui l'interroge est peut-être un inspecteur principal.

– Vous avez des ordres à me donner à son sujet, chef ?

Sadorski observe le car, pensif. Il passe la main sur son menton. Ce matin il n'a même pas eu le temps de se raser.

– Non, ça va. C'est bon pour le Dépôt. (Il va s'en aller, se ravise.) Brigadier ! vous rajouterez sur sa fiche : « communiste »…

Suzanne Poirier a apporté sa machine à écrire dans la pièce 516. Cette dactylo de la 3e section passe pour être l'indicatrice du capitaine Müller, un des officiers de liaison, avec le capitaine Voss, de la Gestapo à la préfecture. Les inspecteurs en général se méfient de Mlle Poirier, dite « Suzy », à l'exception notable de l'IPA Mercereau, qui reçoit de sa part des gratifications sexuelles dans des recoins discrets de la caserne et dans les toilettes des cafés. Sadorski s'en fout, pour l'instant il est occupé à examiner le pistolet trouvé dans le sac de Maria Pikkel. Fabriqué massivement à partir de 1915 par des manufactures espagnoles pour l'armée française, le Ruby est une copie simplifiée du Browning 1903. Ces engins importés d'Espagne offrent la particularité de n'être jamais identiques, les dimensions et la taille des pièces variant d'un fabricant à l'autre. Celui-ci est chromé et non bronzé, ce n'est donc pas une arme militaire. Après 1918, ils ont été utilisés par la police, les douanes, et jusqu'aux gardes forestiers. Suzanne Poirier introduit une feuille vierge dans le rouleau de sa machine. Sadorski lève les yeux de l'arme ibérique et dicte son rapport sur l'arrestation de la terroriste.

– Ce mardi 12 mai 1942… au cours d'une opération de police place Denfert-Rochereau… et dans les couloirs de la station de métro du même nom… opération effectuée avec le concours de la BSI du quatorzième arrondissement… et de supplétifs du PPF… j'ai été amené à mettre en état d'arrestation, ayant remarqué son comportement suspect… l'étrangère Leibler Maria, épouse Pikkel… née le 9 mars 1913 à Tarnow, Pologne… de Aron et de Rosa Leibler… exerçant la profession de confectionneuse, domiciliée 6, rue Vercingétorix à Paris quatorzième… La susnommée est nantie d'une carte d'identité n° 408.699 délivrée par la PP le 23/5/1938 et valable jusqu'au 23/5/1943, sur laquelle est portée la mention « Juive »… Elle n'avait pas, jusqu'ici, aux points de vue politique et national, attiré l'attention de nos services… Elle a été appréhendée à 10 h 48 sur le quai du métro direction « Porte de Clignancourt »… et, après avoir violemment et intentionnellement heurté au cours de sa fuite… deux femmes âgées… et une religieuse… la femme Pikkel a opposé une vive résistance lors de son arrestation. Cette étrangère a notamment insulté le chef de l'État… (Sadorski réfléchit quelques secondes)… le traitant de « vieillard sénile »… Elle a aussi crié à plusieurs reprises : « Vive le communisme ! » et d'autres invectives du même ordre… En dépit de sa résistance et des coups qu'elle me portait j'ai finalement réussi à la maîtriser, avec l'aide des inspecteurs spéciaux Farvacque, Lelièvre et Lavigne, accourus en renfort... Lors de la fouille nous avons découvert dans son sac à main un pistolet semi-automatique, de marque Ruby, calibre 7,65 millimètres... La glissière porte sur le côté droit le numéro de série 7742 et sur le côté gauche l'inscription « Pistolet Automatic Ideal, Arizmendi y Goenaga-Eibar »... L'arme ne contenait pas de munitions mais elle est en état de fonctionner... Il n'y avait pas non plus de munitions dans le sac... mais une somme de cent cinquante francs, et un carnet d'adresses... Le pistolet a été remis à l'inspecteur principal Martz... en vue d'examen par le service technique.

Sadorski s'interrompt pour allumer une cigarette.

— En partant, mademoiselle Poirier, vous me rappellerez de donner le flingue à l'inspecteur Martz ?... Je continue : Au cours de la visite domiciliaire effectuée le même jour par moi-même et l'inspecteur spécial Cuvelier... aucun tract ni document communiste n'a été découvert. Par contre, dans la salle à manger de l'appartement... situé au deuxième étage de l'immeuble... il a été constaté la présence d'une grande quantité de tissus de laine et de coton... et des fournitures pour tailleurs. En conséquence, un rapport... sera adressé au service de la répression des fraudes... Le mari de la suspecte... Kippel Zalman, né le 28 février 1911 à Siedlec, de Kippel Leizeis et de Baumgarten Fraida, de nationalité palestinienne par naturalisation... a épousé Maria Leibler le 5 août 1933 à Paris... Israélite, il s'est conformé aux ordonnances des Autorités d'occupation et aux récentes lois relatives aux Juifs... Cet étranger est absent de son domicile depuis le mois de mars dernier et les recherches effectuées dans le ressort de la préfecture de police... en vue de le retrouver... sont restées vaines. Je mentionne à toutes fins utiles... que la femme Pikkel vivait avec son fils... âgé d'une dizaine d'années... qui a été confié à une voisine, Mme Treicher Rywka, de nationalité polonaise... J'ai presque fini, mademoiselle… Étant donné les forts soupçons d'activité communiste et terroriste… et de menées antinationales concernant Maria Pikkel née Leibler… je l'ai fait transférer à la 1re section, où elle se trouve présentement en garde à vue…

La porte du bureau s'ouvre sans qu'on ait frappé. C'est l'inspecteur principal Cury-Nodon. Il grimace un sourire.

– Excusez-moi, je pensais que vous étiez seul. Quel plaisir de vous revoir, mon cher Sadorski !… Un excellent collaborateur comme vous… L'inspecteur Migeon vous a remplacé durant votre voyage à Berlin, mais ce n'était pas la même chose… le nombre d'arrestations de Juifs étrangers a chuté au cours de ces cinq semaines. Je soupçonne Migeon d'avoir préféré taper des belotes dans les cafés avec ses hommes…

– Pardonnez-moi, mais je considère, commente Sadorski froidement, que ceux qui vont sur la voie publique sans rien ramener sabotent le boulot. Mes inspecteurs sont trop mous…

Son chef sourit. Et, comme à l'accoutumée, ses yeux, derrière les lunettes à monture d'écaille, semblent fuir le regard de son interlocuteur.

– Certes. Mais tout va bien de nouveau, puisque vous voilà de retour… Pendant votre absence, votre charmante épouse est venue me voir, j'ai fait tout mon possible pour la dépanner… Non, non, ne me remerciez pas… Je ne vous dérangerai pas plus longtemps, c'est que je viens du bureau du capitaine Voss. Euh… voilà, nos amis allemands souhaitent une liste nominative de Juifs étrangers, parmi les internés de Drancy, qui soient connus de la direction des Renseignements généraux pour leur activité communiste…

– Encore ? J'ai déjà fourni une liste début janvier, et c'était la deuxième…

– Eh bien ça en fera trois, mon cher Sado ! Le capitaine réclame entre quarante et cinquante noms… C'est pour les otages, il faut des réserves car ça y va, de nos jours. Je connais votre sérieux dans l'établissement des fiches, vous allez nous trouver cela aisément dans vos cabriolets, j'en suis sûr… Il me les faut pour ce soir avant que vous ne quittiez le service.

– Oui, monsieur. Je m'y mets dès que j'ai fini de dicter ce rapport… Tiens, à propos des Boches… Ce soir, ils m'ont prié de les accompagner au bordel… Le capitaine Kiefer et l'inspecteur Albers, de la Gestapo de Berlin. Le service IV E 3 de la police d'État, chargé du contre-espionnage en Europe de l'Ouest… (Sadorski prononce ces mots avec une certaine délectation, devant l'expression inquiète de son supérieur.) Je les vois plusieurs fois cette semaine, avant leur retour à Berlin. Ils sont très au courant de tout ce qui se passe ici… Et, donc, pour le bordel, vous auriez un établissement à me suggérer ?

Les yeux de l'autre s'arrondissent derrière ses lunettes.

– Mais… enfin… je n'en sais rien, voyons ! Je ne fréquente pas ces endroits…

Sadorski le dévisage, l'expression narquoise. Cury-Nodon finit par hausser les épaules.

– Essayez le One Two Two, rue de Provence… Ou le Chabanais. Le Sphinx est désormais interdit aux Allemands, depuis cette bagarre… Au fait, ce sont vos amis qui payent, non ?

– Naturellement. Merci des suggestions, monsieur l'inspecteur principal…

Cury-Nodon quitte le bureau en refermant assez bruyamment la porte. Après avoir congédié la secrétaire, Sadorski se souvient de quelque chose. Il ouvre son calepin, prend le téléphone pour obtenir le standard de la préfecture.

– Mademoiselle ?… IPA Sadorski, 3e section, bureau 516. Ce serait pour une communication interzones… Une société d'assurances, La Prévoyance de Bruges, 20, rue Montgrand, à Marseille… Le numéro ? Non, je ne l'ai pas, démerdez-vous ! Vous êtes téléphoniste ou balayeuse ? Et passez-moi la communication dans mon bureau dès que vous pourrez…

Il raccroche, et se met à chercher dans les fiches de ses cabriolets. Cinquante Juifs bolcheviques – ou décrétés tels par lui-même au gré de sa fantaisie – à rassembler avant 18 heures. Sadorski se met à la tâche en sifflotant. Il tient depuis des années un carnet des suspects, composé de fiches qui sont les copies de celles figurant au cabriolet central et soigneusement annoté. Entre deux cigarettes, il décroche l'appareil :

– Alors, mademoiselle… Qu'est-ce que vous foutez ? Vous dormez, espèce de triple idiote ?… ou vous écrivez vos lettres d'amour ? Et ma communication ?

Il raccroche violemment. Le retard n'a pourtant rien d'extraordinaire : d'une zone à l'autre, l'administration française ne peut téléphoner que sur des lignes admises par la commission allemande d'armistice. Quant aux négociants qui souhaitent se servir du télégraphe, ils doivent figurer sur les listes agréées ; les inscriptions se font en priorité pour ceux qui fonctionnent avec les services d'achat allemands. Le téléphone finit par sonner sur le bureau.

– Allô, j'ai votre correspondant… Ne quittez pas, monsieur l'inspecteur…

Une série de déclics, puis une voix lointaine, une femme avec l'accent du Midi. La communication est mauvaise, il y a de la friture, Sadorski est obligé de parler très fort dans le combiné :

– Ici la préfecture de police, direction des Renseignements généraux et des Jeux… Je possède des informations qui intéressent votre directeur, M. Pierre

Sacerdoti. C'est d'une importance extrême… Comment ?… Il n'est pas là ? Quand ? Demain matin ? (Il pousse un grognement.) Bon, je rappellerai… Dites-lui que c'est urgent, à propos du commissariat aux Questions juives… Et qu'il a intérêt à prendre mon appel !

Sadorski se replonge dans ses fichiers juifs. L'appareil fait ré-entendre sa sonnerie après quelques minutes. Une voix masculine, cette fois :

– Je voudrais parler à l'inspecteur Sadorski…

– Vous êtes en train de le faire. Que lui voulez-vous ?

Un peu déconcerté, l'homme reprend :

– Ici le docteur Christian Esmonard… Nous nous sommes vus hier, quai de la Rapée…

– Ah oui, je me souviens.

– C'est toujours à propos de votre affaire… Metzger Marguerite.

– Vous avez du nouveau sur la société Beowulf ?

– Je vous demande pardon, inspecteur ?… Ah, le ticket de métro… Non, non… mais je me suis rappelé que le Dr Paul avait demandé une analyse de sperme… ces traces retrouvées dans le vagin et dans l'anus.

– Alors, le type l'a violée avant ou après la mort ?

Le médecin légiste a un petit rire.

– Ah ! ça, on ne peut pas le déterminer ! Je doute même qu'on parvienne à préciser ce genre de chose d'ici cinquante ou cent ans, malgré tous les progrès de la science… Non, mais ce que l'analyse en laboratoire a révélé d'inhabituel, c'est qu'ils étaient deux !

– Deux ?

– L'un par-devant, l'autre par-derrière.

– Et comment le savez-vous ?

– Simple comparaison au microscope des échantillons de sperme. Il suffit de rechercher les anomalies spermatozoïdaires… La quantité de spermatozoïdes à deux têtes. Celle-ci varie considérablement d'un individu à l'autre. Le type de par-devant en avait beaucoup, et celui qui s'est introduit par la voie anale, assez peu. (Il se racle la gorge.) Enfin, j'ai pensé que cela pouvait vous intéresser…

25

Les belles âmes de la préfecture

Avec son imperméable mastic et son feutre mou, l'inspecteur spécial René Magne fait des efforts méritoires, et pas entièrement couronnés de succès, pour ressembler à un policier de la Gestapo. Depuis 8 h 30 ce mercredi matin place de la Bourse, lui et Sadorski font le guet en haut des marches du métro. La sortie la plus proche de la rue Notre-Dame-des-Victoires et du commissariat général aux Questions juives.

– Vous êtes sûr, chef ? Ç'aurait pas été plus simple de la cueillir avenue Kléber ?

Sadorski secoue les épaules avant de répliquer.

– Et qui nous certifie qu'elle a dormi au domicile familial ? Je ne pouvais pas planquer avenue Kléber cette nuit, j'étais « de service » au One Two Two avec un Chleuh. C'est moi qui tenais la chandelle…

Il ricane, les mains dans les poches. Les yeux de l'inspecteur Magne s'écarquillent, tandis que l'homme offre un sourire envieux à son supérieur.

– C'est pas vrai ? Vous avez dû passer un bon moment !

– Je ne te le fais pas dire.

– Ah, ça m'aurait plu de travailler à la Mondaine ! Et votre Boche, il a pris quelle chambre, alors ? Pas la chambre Igloo, j'espère !

Les deux policiers rigolent.

– La case africaine, peut-être ? suggère Magne. Avec une négresse, et son gros anneau… dans le… pif !

Il glousse comme un collégien, le visage empourpré par l'excitation.

– Non. C'était la chambre Cul-de-basse-fosse.

– Sans blague ? Avec une gonzesse enchaînée au mur ? Bon Dieu, la prochaine fois emmenez-moi, chef ! Promis je reste à la porte…

Les yeux de l'inspecteur spécial semblent prêts à lui sortir de la tête. Poing fermé, il fait le geste de se masturber, tout en adressant un clin d'œil à Sadorski.

– Fous-moi la paix, René. On est sur la voie publique. Un peu de tenue, merde. Surveille plutôt l'escalier… On attend une belle blonde. Tu te souviens de ce que je t'ai dit ?

– Oui, chef. J'entrerai dans le bureau deux minutes après que vous aurez fini votre communication avec la Canebière… Moi je joue le méchant, et vous le brave mec… Ça me convient ! *Heil Hitler* et tout le cinéma… Elle va dérouiller, votre petite putain du CGQJ…

Magne jubile, Sadorski allume tranquillement une cigarette. Il considère son adjoint d'un air désapprobateur. Celui-ci, d'après ses informations, figurerait sous le numéro un dans la cellule Bedel, laquelle compte une bonne vingtaine de membres à la préfecture. Ce groupe, soi-disant chargé de diffuser les mots d'ordre de Pétain, se spécialise dans la lutte anticommuniste et la propagande en faveur d'une collaboration plus franche avec l'Allemagne. Les hommes des RG y ont pour tâche de fournir à Bedel, ancien flic de la SSR, aujourd'hui détaché auprès du ministre de l'Intérieur, des renseignements sur certaines personnes extraits des archives de la PP. Ils se réunissent au café Le Carillon, à l'angle des rues Bichat et Alibert, mais parfois aussi au 12, avenue de l'Opéra, siège du Comité de propagande du Maréchal, ou au 13, rue d'Aguessau, siège des équipes de la

Révolution nationale. Ils y rencontrent le chef milicien Draghi, directeur régional de la police économique. Outre son adjoint René Magne, Sadorski sait que les inspecteurs Foin, Camby, Beauvois son secrétaire de section, et Merdier, chargé de la surveillance de l'hôpital Rothschild, appartiennent à la cellule. Lui-même a été sollicité pour s'engager, mais, détestant Bedel et Foin, n'a pas donné suite.

– Celle-là porte un brassard noir, chef…

Il se retourne, jette sa cigarette. Yolande Metzger gravit les marches, toujours aussi élégante dans son tailleur bleu marine. Sadorski sort sa carte et se poste en haut de l'escalier.

– Mademoiselle Metzger ?

La grande blonde s'est arrêtée. Elle toise les deux hommes avec incompréhension.

– Renseignements généraux, 3e section. Veuillez nous accompagner à la préfecture de police, s'il vous plaît…

– Vous… vous avez du nouveau au sujet de ma sœur ?

Magne a l'air surpris. Sadorski hoche la tête.

– Il y a de cela, en effet. Venez, nous allons prendre le métro.

– Mais… je suis employée au commissariat aux Questions juives… Je ne peux pas quitter mon travail comme ça…

– On leur téléphonera depuis mon bureau, grogne Sadorski. Nous avons juste quelques questions à vous poser. Allez, dépêchons, mademoiselle.

Passant devant le poinçonneur, il exhibe de nouveau sa carte, fait signe que la jeune femme voyage gratis elle aussi. La tenant par le coude, Sadorski lui fait prendre la direction Porte des Lilas. Les policiers restent muets pendant le trajet. Yolande Metzger paraît ennuyée, inquiète. Magne, rouge et suant, la déshabille des yeux, profite de l'affluence à l'intérieur du train pour se frotter contre les hanches de la jeune femme. À un moment de presse violente, le gros flic pousse un soupir bizarre, les yeux révulsés, et Sadorski se demande si le collègue n'a pas juté dans son caleçon. Ils descendent à Réaumur-Sébastopol, gagnent le quai direction Porte d'Orléans. L'attente est de quelques minutes. Une rame est venue s'arrêter le long du quai opposé. Le regard de Sadorski erre distraitement sur les voitures et, soudain, s'arrête net – debout derrière la vitre, à une distance de quelques mètres à peine, il a l'impression de reconnaître Thérèse Gerst.

Il distingue un col blanc, une veste noire cintrée. Des cheveux châtains ondulés, coupés assez court. Et ce visage aux traits anguleux, raffinés, ces pommettes hautes. La couleur de cheveux n'est pas la même, elle les aura teints. Le cœur battant fort, Sadorski cherche les yeux de son ancienne maîtresse. Mais est-ce bien elle ? N'est-il pas abusé par une simple ressemblance ? Après tout, les jeunes spectatrices cherchant à imiter Jany Holt sont nombreuses. Ses paupières baissées, un sac à main rouge foncé tenu plaqué devant sa poitrine, la femme est coincée par ses compagnons de train contre le dossier d'un fauteuil. Le signal retentit, les portes se ferment de l'autre côté. Un instant, Sadorski songe à courir vers le machiniste, empêcher le départ et fouiller la rame. Il va se précipiter…

– Chef ! Attention !

Magne lui a saisi le bras au moment où Sadorski allait descendre du quai, enjamber les rails… Leur train arrive en sens inverse, cachant la rame qui s'ébranle dans la direction de Clignancourt. Thérèse Gerst, ou son sosie, disparaît. Sadorski jure, reprend le coude de la dactylo, se fraie un passage à l'intérieur de la voiture. Magne l'observe en fronçant les sourcils. Yolande Metzger, toute à ses tracas personnels, ne s'est rendu compte de rien.

À la caserne, les deux policiers se séparent. Sadorski, effectuant un détour, passe intentionnellement par les bureaux des Brigades spéciales, où les interrogatoires du matin ont débuté. Deux agents en tenue sont plantés devant la porte de la salle 343. L'un des policiers fait une drôle de tête. De l'intérieur de la salle résonnent des cris et des rires. Et des bruits de coups. Sadorski prend Yolande Metzger par le poignet.

– Tenez, jetez un coup d'œil, ça vous intéressera. Comment on s'occupe des terroristes.

Il ouvre la porte, passe la tête par l'embrasure :

– Bauger n'est pas là ?

– Tiens, Sado ! Non, il a gagné une semaine à la Maison de santé des gardiens de la paix, le Bauger...

– Avec son égratignure au mollet...

Sept ou huit inspecteurs, en bras de chemise, entourent une femme debout, nue. Les chevilles enchaî-nées, les mains menottées dans le dos. La chair marbrée d'hématomes. Sadorski la voit de profil. C'est Maria Kippel. Il sourit :

– Je vous ai arrêtée. Vous me remettez, madame ?

Elle se tourne vers lui, remue vaguement la tête. L'expression hagarde. Des épingles de sûreté sont piquées dans ses seins. Par la porte ouverte, Yolande Metzger regarde la femme nue, et les hommes qui l'inter-rogent. Elle entend leurs rires gras. Certains des inspec-teurs tiennent des nerfs de bœuf, d'autres des matraques. Sadorski en connaît quelques-uns, Bouton, Duprat, Barrachin. Ce dernier, les mains nues, s'approche de Maria Kippel.

– Alors ? Qui te l'a donné, le flingue ?

– On ne me l'a pas donné, je vous le répète... Quel-qu'un a dû le glisser dans mon sac...

Éclat de rire général dans la pièce 343. Le policier prend son élan, balance une gifle magistrale, à dévisser la tête. Maria Kippel vacille, un autre inspecteur la rattrape. Du sang coule de l'oreille de la jeune femme.

– Qui te l'a donné, le Ruby ? Un soufflant espagnol… Sale judéo-marxiste !

– Je… je ne vous entends pas… Vous m'avez crevé le tympan…

– Chiqueuse ! rigole un inspecteur.

Barrachin lui hurle à la figure :

– Je donnerais pas un sou pour ta vie ! Salope ! Une putain qui s'amuse à descendre les officiers allemands, non, je parierais pas un sou sur ta peau !…

– *Jawohl !* crie un autre. *Heil Hitler !*

Il fait le salut nazi, avant de cracher sur elle.

Sadorski referme la porte, retrouve Yolande Metzger dans le couloir. La grande blonde est livide, ses genoux tremblent.

– Ne vous alarmez pas, mademoiselle, fait-il en souriant. Ça ne vous concerne pas. Vous, une amie des Boches…

Il la conduit à la pièce 516, la fait asseoir devant son bureau.

– Permettez… Un appel urgent, et je suis à vous.

Il demande à l'opératrice de lui obtenir de nouveau La Prévoyance de Bruges. Il l'incendie un peu, comme hier, pour la forme. Puis il raccroche le combiné, tire une gauloise de l'étui à cigarettes posé sur le meuble.

– Auriez-vous l'amabilité de prévenir les Questions juives ? demande Yolande Metzger. Pour mon retard de ce matin…

– Tout à l'heure… J'attends une communication très importante.

Il allume la cigarette, souffle un nuage en direction du plafond, se détend sur sa chaise.

– Je ne vous en offre pas, mademoiselle… Les gauloises, ça ne doit pas vous plaire, hein ! Vous qui résidez dans le seizième…

– De toute façon, je peux m'en passer. Je ne fume pas durant les heures de travail.

Elle a répondu d'un ton un peu pincé. Semble avoir surmonté son désarroi de quelques instants plus tôt, chez les Brigades spéciales… Il questionne, sur un ton presque badin :

– On est gentil avec vous aux Questions juives ? Vous travaillez aux émoluments, c'est ça ?

– Tout à fait, monsieur. Mon chef de bureau est M. Chouard. Un homme très attentionné. Il était commis principal d'ordre et de comptabilité à la Caisse des dépôts et consignations, avant d'être mis à disposition du commissariat général… C'est aussi quelqu'un qui a de la religion.

– Comment cela ?

– Il avait tenu un magasin d'articles religieux, qu'il a été obligé d'abandonner, à cause de Juifs malhonnêtes…

Sadorski la corrige :

– Attention, mademoiselle. Il ne faudrait pas faire croire que les Juifs sont malhonnêtes en règle générale. Il y en a de bons ! De même qu'il existe de mauvais Français, de mauvais chrétiens… J'ai d'excellents amis qui sont juifs. Mon tailleur également, qui me coupe de très bons costumes. M. Spitzvogel, rue des Écouffes. Il est originaire de Varsovie… La situation actuelle n'est guère favorable à cette communauté, mademoiselle. Mais bon, que voulez-vous, c'est la guerre, ça finira un jour ou l'autre et les choses s'arrangeront pour tout le monde. Ici, à la préfecture, il n'y a pas que des types comme ceux que vous avez rencontrés ce matin aux BS… On a même des poulets qui résistent discrètement. Ils font leur possible pour aider les gens. Les dépanner.

Les prévenir quand c'est nécessaire. Rendre des petits services… Nous sommes tous des êtres humains, pas vrai ?

La blonde opine du chef, légèrement rassurée. Sadorski se penche vers elle.

– Tenez, cette femme que vous avez vue… C'est moi qui l'ai appréhendée, certes, mais pas moyen d'agir autrement ! Mme Pikkel faisait mine de se sauver, dans les couloirs de la station Denfert-Rochereau… Il y avait des collègues autour… Si un flic ne travaille pas, il risque à son tour la déportation ! Moi, par exemple, ça m'est déjà arrivé une fois : je viens de passer cinq semaines à la prison de l'Alexanderplatz, à Berlin ! Parole de fonctionnaire… Et je n'ai pas envie d'y retourner ! Mais, dans les limites du raisonnable, on essaye de se rendre utile : par exemple, quand moi et mon collègue, rue Vercingétorix, on faisait la visite domiciliaire après avoir arrêté l'israélite en question, voilà qu'on tombe sur son gamin, un mioche de dix ans… Plutôt que de l'embarquer, ce que les lois nous autorisaient à faire, on l'a confié à une voisine, juive elle aussi. Comme ça, quand la mère sortira de prison elle le retrouvera facilement…

– Oui…

– Revenons à M. Chouard. Au fait, connaissait-il votre défunte sœur ?

Yolande Metzger sursaute.

– Mais non ! Pas du tout…

– Marguerite n'est jamais venue place des Petits-Pères ?

– Si… me chercher à la sortie du travail… une ou deux fois.

– Dans ce cas il aurait très bien pu l'apercevoir…

Elle réfléchit une seconde.

– Oh, cela m'étonnerait. M. Chouard est très consciencieux, il part une demi-heure au moins après le petit personnel… Et ma sœur m'attendait dans le hall. On se sauvait vite, croyez-moi…

Son sourire, à cette évocation, se teinte de tristesse. Yolande Metzger sort un mouchoir de son sac, se tamponne les yeux ainsi que le bout du nez. Sadorski reprend :

– Une bonne ambiance, donc, sous les ordres de M. Chouard ?

– Certainement, monsieur. Avant, j'étais au central dactylos. Il y a un petit bureau pour les correctrices, chaque dactylo y prend des textes à taper sans obligation de rendement. Pas grand-chose à en dire… Mais au service émoluments, j'ai trouvé beaucoup d'échanges sur la vie et les distractions de chacun : musique, radio, cinéma, sport… On ne cause presque pas de politique, et pas non plus des Juifs… Les femmes de prisonniers racontent avec nostalgie leur vie d'avant la guerre. Celles qui habitent en banlieue nous parlent de leur crainte des bombardements. Il y en a qui tricotent pendant la pause repas…

Le téléphone se met à sonner. Le standard de la préfecture.

– Ah, ben c'est pas trop tôt, mademoiselle !… Allô ? Allô ?… Ici l'inspecteur Sadorski, de la préfecture de Paris… Votre directeur est là, cette fois ? Passez-le-moi, c'est urgent…

Yolande Metzger en profite pour extraire un poudrier de son sac à main. Elle se regarde dans le petit miroir, avec une expression concentrée, tout en ne perdant pas une miette des propos du policier.

– Monsieur Sacerdoti ? Inspecteur Léon Sadorski, 3e section, direction des Renseignements généraux et des Jeux… J'aurais un service à vous rendre, mon cher monsieur. Alors écoutez… Je détiens des informations confidentielles en provenance du commissariat général aux Questions juives… Un type s'est rendu là-bas, qui vous veut du mal… Un certain Jacques Fleuriet, de Lyon… Un ancien courtier… Oui, vous voyez qui c'est ?… Je ne vous le fais pas dire ! À mon avis, son but est que vous soyez arrêtés, vous et MM. Rosa, Mouneray, Wolf, Kessler… ainsi que vos médecins. En tant qu'israélites, naturellement. Il espère être nommé pour administrer votre société. Ce Fleuriet est allé voir M. Dagron avec son dossier… Bref, si j'étais vous, j'appellerais tout de suite vos amis M. Mille et Me Lévêque à Vichy, qu'ils pèsent de tout leur poids auprès du CGQJ… Il faut prendre de vitesse cet escroc ! Je dirai un mot de mon côté en votre faveur… Non, non, ne me remerciez pas, c'est la moindre des choses… Fleuriet est un malhonnête !

Le sourire aux lèvres, il écrase son mégot dans le cendrier. L'israélite se confond en remerciements, Sadorski le coupe :

– En revanche, monsieur Sacerdoti, vous auriez peut-être un tuyau pour moi… Je cherche votre ancien secrétaire général, celui d'avant M. Rosa… L'ayant perdu de vue à cause de la guerre… Un Russe du nom de Goloubine… Serge Goloubine… C'est ça, un grand type, assez corpulent… avec une petite moustache… Il habitait quai Louis-Blériot, mais il est parti sans laisser d'adresse… Oui, oui, je ne quitte pas… Prenez votre temps…

Il surveille Yolande Metzger, qui a remis son poudrier dans son sac. Elle se dandine inconfortablement sur sa chaise. Le directeur revient à l'appareil avec le renseignement demandé. Sadorski note sur son calepin, répétant à voix haute :

– 1, rue Lancret… dans le seizième… et le téléphone ?… Auteuil 41.73…

Devant lui, la jeune femme a tressailli de façon visible. À présent elle essaye de dissimuler son trouble. Il poursuit comme si de rien n'était.

– … Et lorsque vous travailliez encore avec Goloubine, vous ne l'avez jamais vu en compagnie d'une certaine Thérèse Gerst ? la trentaine, brune, assez jolie… ressemblant à Jany Holt… Non ?… Bon, tant pis. C'est déjà beaucoup. Merci, et… si le cours des événements venait à changer… On ne sait jamais, hein. Rappelez-vous un ami des israélites : l'inspecteur spécial adjoint Léon Sadorski, à la direction des RG, à la préfecture !… C'est cela… (Il rit.) Excellente journée, monsieur Sacerdoti… (Il raccroche, allume une nouvelle cigarette.) Vous avez écouté, mademoiselle Metzger ? Je vous ai vue réagir. Comme le monde est petit, des fois ! Je le constate presque tous les jours… Ainsi, vous connaissez mon vieux copain Serge Goloubine ?

Très pâle, elle lui retourne son regard.

– Pas du tout, monsieur.

– Vous avez sursauté en entendant son nom… ou son numéro de téléphone… Auteuil 41.73.

Yolande Metzger secoue la tête.

– Je ne connais pas ce numéro. J'ai… réagi au nom de la rue. Une amie à moi habite… habitait là-bas. Pas dans le même immeuble… Au 3.

– Comment s'appelle-t-elle ?

Il a posé la question à brûle-pourpoint. Le désarroi de la jeune femme est presque comique à voir.

– Euh… Simone… Simone Pasquet.

– Sa profession ?

– Je ne sais pas. Je ne l'ai pas revue, c'était une camarade d'école…

– On va vérifier, vous inquiétez pas ! J'aime pas qu'on me prenne pour une truffe.

Elle se mord les lèvres.

– Je suis sincère, monsieur l'inspecteur.

Il prend un air plus aimable.

– Bien. Puisque vous avez entendu, vous avez pu comprendre que vous n'avez pas affaire à un ennemi sytématique des Juifs. Contrairement à beaucoup de mes collègues, je ne suis pas vache. Si vous avez des choses à me dire, je vous écouterai avec compréhension. Et je vous conseille effectivement d'être sincère, parce qu'il y en a d'autres dans mon équipe qui ne plaisantent pas. L'inspecteur spécial Magne, par exemple, qui nous a accompagnés dans le métro… Vous avez vu ses mains ? Ce type-là, je l'ai vu *tuer*, d'une simple gifle, une malheureuse qu'il interrogeait. La femme est morte au bout de quarante-huit heures à l'hôpital Rothschild. Les deux tympans crevés, multiples fractures de la mâchoire, hémorragies internes…

Yolande Metzger frissonne. Sadorski, lui, rigole en son for intérieur car l'anecdote qu'il vient d'inventer n'a rien à voir avec René Magne, elle est plutôt inspirée par l'ouvrage des Brigades spéciales. L'inspecteur Magne a un an de moins que son chef, habite à Maisons-Alfort, est marié à une Espagnole. Comme lui et Yvette, ils n'ont pas d'enfant. Sadorski a eu l'occasion de lire sa notice individuelle. En 1939, ses supérieurs ont consigné : « Bon enquêteur, mais à n'utiliser qu'avec circonspection. » En 1940 : « Élément intéressant. Très impulsif, mais capable de tous les dévouements. Volontaire pour toutes les missions, même dangereuses. À employer à bon escient. » En 1941 : « Inspecteur d'un dévouement sans bornes, esclave de la consigne. Bien que ses moyens soient "limités" et que ses interventions puissent être parfois assez malheureuses et brutales, c'est un élément sérieux – Note : 15. » Bref, traduit Sadorski dans son langage imagé : un gros crétin avec la main lourde. Mais ça l'arrange de taper en duo avec un gars de ce genre.

– Monsieur l'inspecteur… J'aimerais savoir pourquoi vous et votre collègue m'avez fait venir… C'est à propos de Marguerite ?

– Oui et non. Vous savez que votre sœur est encore à la morgue ?

Elle renifle.

– Évidemment, que je le sais. Mes parents pleurent tous les jours… Quand est-ce que nous pourrons l'enterrer ? Elle qui détestait tant le froid… Quel endroit horrible !

– Vous l'avez vue ?

– J'y ai été avec papa, pour l'identification. Ils ont seulement montré son visage. Je n'ai rien vu d'autre, je suis tombée dans les pommes…

La porte s'ouvre derrière son dos. C'est l'inspecteur spécial René Magne. La jeune femme se retourne, il la contemple d'un air béat. Il claque des talons, lève le bras droit pour un salut nazi impeccable.

– *Heil Hitler !*

26

Les égorgeurs

Yolande Metzger est saisie d'un tremblement nerveux. Faisant un effort pour se contrôler, elle demande à Sadorski :

– Monsieur… Maintenant que vous avez eu votre appel, pourriez-vous prévenir le commissariat aux Questions juives ? Au sujet de mon absence…

– Oui, oui. Plus tard.

– C'est que… M. Chouard est très strict sur les horaires… Je ne voudrais pas être renvoyée. J'ai déjà eu assez de mal à trouver ce poste…

Sadorski ouvre une chemise sur son bureau.

– Précisément, j'ai ici votre dossier… Vous avez été employée au service d'envoi d'ouvriers français volontaires pour aller travailler en Allemagne… Au 23, quai d'Orsay… Toujours un rapport avec les Boches, hein. Il y en a aussi au CGQJ… comme c'est bizarre… n'est-ce pas ?

– Mon père a des amis allemands. Il est interprète…

– Chez Dufayel, oui. Nous savons tout ça. Aux RG, *nous connaissons tout et savons tout*. Enfin, presque.

– Y a encore du progrès à faire, remarque l'inspecteur Magne. Si on veut arriver au niveau de la Gestapo…

Repoussant une pile de dossiers, il installe son postérieur sur un coin du meuble. Sadorski a joint l'extrémité des doigts sous le menton. Il observe :

– Justement… la Gestapo, ils sont très forts pour identifier les Juifs, mademoiselle Metzger. Tiens, faites voir votre carte d'identité.

Elle obéit, de plus en plus inquiète. Les inspecteurs se repassent le document.

– Comment se fait-il, prononce lentement Sadorski, que le tampon « Juive » n'y figure pas ?

Yolande Metzger ouvre des yeux ronds.

– Mais je ne suis pas juive !

Les deux hommes ricanent.

– Ouais, on dit ça ! fait Magne.

– Nous avons effectué des recherches en Allemagne et en Alsace, ment Sadorski tout en parcourant des yeux le dossier. Votre mère, Waldeck Marguerite, est née le 4 septembre 1897 à Germesheim dans le Palatinat. C'est juif, ça, Waldeck.

– Je regrette de vous contredire, monsieur l'inspecteur, mais pas du tout ! C'est un nom courant dans l'Est, qui signifie « coin de forêt »… Ma famille est catholique.

– Ma mère à moi était originaire d'Alsace, vous ne m'apprendrez rien, mademoiselle. On trouve également des Waldmann, « habitant de la forêt », des Waldmeier, « métayer de la forêt », des Waldvogel, « oiseau de la forêt »… De même que chez les israélites on rencontre des Frydman, des Goldmeyer, des Spitzvogel comme mon petit tailleur du Marais… Et Waldeck est aussi le nom d'une principauté en Allemagne. Les Juifs prennent souvent leur nom dans la ville ou la province d'où venaient leurs ancêtres… au cours de leur longue émigration depuis la Palestine. Oui, je connais le sujet, c'est précisément mon rayon ! Quant à Metzger, cela veut dire « boucher ». Et Metzler, à peu près la même chose, mais plus exactement « égorgeur ». Comme on égorge, pour l'abattage rituel… Saigner à mort les animaux de boucherie, voilà qui est vraiment dégueulasse, non ?

– Dégueulasse, répète l'inspecteur Magne. Les you-pins, c'est des fameux dégueulasses. Les bicots aussi, d'ailleurs…

Au même moment, on entend des cris stridents, en provenance d'une pièce de l'aile ouest. Des hurlements de femme. Sadorski se fait la réflexion qu'ils tombent à pic. Yolande Metzger écoute, son visage est devenu livide.

– Les BS qui s'amusent, commente le gros policier. C'est comme ça presque tous les matins… Ça y va, à la matraque… à la schlague ! Les hommes, ils ont droit à pire.

Il semble presque triste de ne pas y participer. Son chef revient à la corporation des Metzger et des Metzler.

– J'ai vu des photographies de guildes des bouchers, en Pologne. De bouchers juifs. De lointains parents à vous, mademoiselle. Les Juifs couchent entre eux afin de préserver la pureté de la race… Mais bon, ce n'est pas mon problème. Ce qui me dérange, c'est que vous avez désobéi à l'ordonnance allemande du 27 septembre 1940 prescrivant le recensement des israélites en zone occupée. Si je me rappelle bien, il vous restait jusqu'au 20 octobre pour régulariser votre situation, presque quatre semaines ! Vous ne l'avez pas fait, et apparemment votre sœur et vos parents non plus. Vous et Marguerite Metzger aviez cha-cune plus de deux grands-parents juifs… Par conséquent, vous vous retrouvez en infraction dès le début.

Il la regarde sévèrement. Yolande Metzger crie :

– Mais je ne suis pas juive ! On n'est pas juifs !

Sadorski soupire.

– Ce n'était que le premier problème. Maintenant, c'est quoi, ces couchailleries avec les Boches ?

– Je vous demande pardon ?

Elle semble ne pas en croire ses oreilles. Magne se penche sur le dossier :

– C'est pourtant écrit, là, noir sur blanc. « De plus, leur conduite est des plus déplorables… En effet,

pendant les heures de travail de son mari, Mme Metzger
et sa fille aînée reçoivent de nombreuses visites masculines, en majeure partie des Allemands en uniforme ou
en civil, et se rendent fréquemment dans les grands
hôtels du quartier de l'Étoile. Enfin, la plus jeune des
filles, qui ne fréquente plus que très irrégulièrement son
lycée, est soupçonnée de racoler sur la voie publique ; à
noter que sa mère la laisse seule des heures entières avec
des jeunes gens. L'hiver dernier, il était courant que les
locataires de l'immeuble qu'habite la famille Metzger
rencontrent dès la nuit tombée, sous le porche d'entrée
ou dans les couloirs dudit immeuble, les deux jeunes
Metzger avec des soldats allemands dans des attitudes
qui ne laissent aucune équivoque… »

— Nous avons interrogé les concierges de l'avenue
Kléber. Votre immeuble et les immeubles voisins…

— Les concierges ! crache la jeune femme. Ce sont
des êtres lâches, malfaisants… qui hurlent toujours avec
les loups ! Il faudrait les supprimer, cette engeance !

— On serait bien emmerdés sans les bignoles, réplique
l'inspecteur Magne, outré.

— Ce sont les meilleurs alliés de la police depuis le
premier Empire, fait remarquer Sadorski. Mais ils ne
sont pas seuls à témoigner contre vous, mademoiselle
Metzger. Nous avons interrogé les locataires du 69, des
gens d'un bon milieu, socialement parlant. Tous ont
confirmé votre attitude… peu patriotique.

Elle hausse les épaules.

— Et alors ? Je n'ai rien fait d'illégal.

— À voir. Et votre sœur ? Depuis quand le racolage
sur la voie publique est-il légal ?

Des larmes viennent aux yeux de Yolande Metzger.

— Vous n'avez pas le droit… aucun respect pour les
morts… Trouvez plutôt le salaud qui l'a assassinée !…

— Nous le cherchons, mademoiselle, nous le cherchons. Mais d'abord, admettez que vous êtes juive !

336

Elle se lève de sa chaise, en criant :

– Je ne suis pas juive ! Vous êtes sourds, ou quoi ?

– Holà, grogne Magne.

Il la force à se rasseoir, lui balance une tape derrière la tête. Remettant de l'ordre dans sa coiffure, elle hurle :

– Je vous interdis de me frapper ! Espèce de brute !

– Attention, attention, fait Sadorski. Insulte à agent de la force publique, ça peut aller loin. Calmez-vous, mademoiselle…

– Ouais, parce que sinon…, renchérit Magne, la fusillant du regard.

– Écoutez, mademoiselle Metzger. Votre attitude n'est pas raisonnable. Si vous admettez être juive, vous êtes en infraction avec les ordonnances allemandes, d'accord, mais ça ne vous vaudra que quelques semaines de prison. On vous placera au Dépôt, et je peux garantir que vous ne serez pas transférée aux Tourelles. J'y veillerai personnellement. Je vous ferai envoyer à Fresnes. Par contre, si vous vous obstinez, l'inspecteur spécial Magne va jouer du nerf de bœuf… Vous allez souffrir pour rien, puisqu'au bout du compte vous allez avouer…

Elle le dévisage, incrédule.

– Vous allez me torturer ? C'est ça ? Vous m'avez amenée ici, *moi*, pour me faire avouer quelque chose qui n'est pas vrai ?… Vous êtes fous ! Cela risque de vous attirer de sérieux ennuis !

– Avec qui ? rigole Sadorski. Vos amis communistes ?

Contrairement à son attente, elle n'a pas cillé.

– Je ne suis pas communiste, espèce de pomme ! C'est avec les Fritz que vous les risquez, les ennuis ! Et de taille… Vous allez voir !

– Tiens donc…

– Oui, tout à fait ! Je demande à téléphoner à mon fiancé… Il fera ce qu'il faut pour me libérer !

Magne éclate de rire.

– Ah, ton fiancé est avocat ?

– Je ne pense pas, dit Sadorski. Si c'est le bizet brillantiné que j'ai vu avant-hier soir place de Clichy… C'était sa bagnole, au moins, la Delage ? ou celle de son patron ? Votre fiancé turbine comme chauffeur de maître ?

– Parce que vous m'avez suivie, en plus ! Vous êtes pires que ma concierge ! Eh bien oui, c'est lui ! Et c'est *sa* voiture !

Sadorski ouvre son carnet et prend son stylo.

– Alors donnez-nous son nom, son adresse. Ainsi que son numéro de téléphone s'il y a lieu.

– Raymond Clayet, 9, rue de Chinon, à Arcueil. Et j'aimerais aller aux toilettes…

Sadorski s'immobilise, le stylo en l'air.

Le nom et le prénom lui rappellent quelque chose. Et Arcueil…

– Tu pisseras quand on voudra bien, répond Magne à sa place.

– Attends, René. Dites-moi, votre fiancé, mademoi-selle Metzger, il n'aurait pas eu des embêtements avec le commissariat de police de Montrouge au début du mois dernier ? ou de Gentilly ?…

Elle paraît surprise.

– Oui, c'est vrai… Il n'avait pas payé ses contraven-tions.

– Il a aussi tapé un gardien de la paix.

– Ce type l'embêtait, Raymond n'avait pas le temps…

– Au point de frapper cet agent avec une matraque ? de rentrer chez soi prendre un pistolet et canarder le gardien avec ?

Yolande Metzger sourit.

– Raymond il est comme ça, c'est un impulsif…

– Mon collègue aussi est un impulsif, grogne Sadorski. Et moi aussi de temps en temps, lorsqu'on offense ma susceptibilité. Je vous conseille de le prendre de moins haut, mademoiselle Metzger. Ne venez pas dire ensuite qu'on ne vous avait pas prévenue…

Magne a suivi l'échange avec un air de totale incompréhension. Sadorski repense à l'incident d'Arcueil, tel qu'il l'a découvert dans les rapports hebdomadaires des RG. Il étudie la jeune femme blonde assise dans son bureau. C'est curieux, il n'arrive pas à avoir de prise sérieuse sur elle. La menace des Tourelles, et celle, plus immédiate, des coups de nerf de bœuf, ça ne fonctionne pas trop sur cette cliente-là. Elle a peur, certes, mouille un peu sa culotte, mais pas suffisamment. Cette fille, dans l'ensemble, leur tient tête. Se vante de ses protections. Nie résolument être juive… Il allume une nouvelle gauloise. Son idée initiale, dont il s'était vanté auprès de Bauger, que cette famille travaillerait clandestinement pour l'ex-parti communiste d'Allemagne, qu'elle se préparerait à commettre un attentat contre un officier boche haut placé, cette idée ne tient plus la route. Les Metzger ne sont peut-être même pas youpins. Sa brillante tirade sur les bouchers et les égorgeurs, et sur les Juifs d'Alsace, a été un coup d'épée dans l'eau. Sadorski essaye une autre tactique. Parce que l'affaire est quand même étrange, et cette fille une sacrée menteuse ; il en mettrait sa tête à couper.

– Les Allemands, vous les fréquentez depuis longtemps. Professionnellement, je veux dire… Vous étiez à leur bureau de placement des travailleurs, quai d'Orsay…

– Je les connaissais même avant, durant la drôle de guerre. En 1939, grâce à ses relations, mon père m'a trouvé un emploi dans un laboratoire chimique de Melun où l'on fabriquait des objets en caoutchouc, gants, rubans élastiques, etc. Les établissements Grüning… Notre directeur était allemand.

– Un emploi de dactylographe ?

– Non. J'avais loupé mon bachot, les études ça ne me réussissait pas, mes parents étaient mécontents, ils ont voulu que je débute dans la vie professionnelle comme simple ouvrière… « Ça te fera les pieds », ils m'ont dit. Et, vous savez… (elle sourit) le contremaître ne m'a pas affectée à la fabrication des gants… mais à celle des préservatifs !

Magne s'esclaffe, une lueur égrillarde brille dans ses yeux. Sadorski laisse un peu errer sa propre imagination. Yolande Metzger poursuit :

– Je travaillais à côté d'une Autrichienne mariée à un Russe. Il y avait des Alsaciennes parmi les employées, nous faisions un peu la surveillance. Parce que le patron était sévère, un vrai Prussien qui interdisait de chanter en travaillant. On préférait se mettre bien avec lui. Mais le pire, c'étaient les odeurs de benzine. J'ai été bien contente quand la police, un jour, est venue embarquer le Prussien. On l'a interné. Paraît que c'était un espion… Son laboratoire a été fermé et je suis remontée à Paris.

Sadorski tapote le plateau du bureau avec son stylo.

– On vérifiera plus tard… Au fait, quand votre sœur est morte, c'est la PJ qui vous a interrogée ?

– Non. Des policiers allemands. Et d'autres, français, mais qui travaillaient comme interprètes pour les Chleuhs…

– Ça se passait rue des Saussaies ? à la Gestapo ? ou avenue Foch ?

– Oui, la Gestapo, mais un service différent. Le 11, boulevard Flandrin…

Il réfléchit. Cela concorde avec les déclarations du légiste. *C'est moi qui les ai reçus le lendemain de l'autopsie… La Section VI N 1 de la Gestapo du boule-*

340

*vard Flandrin... Le plus gradé de ces officiers était le
lieutenant SS Nosek...*

– Vous pourriez me dire le nom de l'officier allemand qui vous a interrogée ?

– L'adjudant-chef Fromes. Et l'adjudant-chef Kurt
Schertel von Burtenbach. J'ai rencontré une fois leur
patron, mais je ne sais pas comment il s'appelle... Un
type très distingué, parlant bien français.

Cela ne plaît pas beaucoup à Sadorski. Tout ce qui
se passe dans un périmètre autour de l'Étoile – avenue
Kléber, par exemple – risque de toucher, de près ou de
loin, à des services de la Gestapo. Source d'ennuis pos-
sibles pour un policier français. Il allume une nouvelle
cigarette.

– Quand avez-vous vu votre sœur pour la dernière
fois ?

– Le jour de... enfin, quand elle a été... Je l'ai vue
vers 5 heures du soir... au bar de l'hôtel Napoléon,
avenue de Friedland.

– Le 4 avril, donc. Vous n'étiez pas à votre bureau ?
Vous quittez le commissariat aux Questions juives à
19 heures...

– C'était un samedi. Je... Excusez-moi, mais il faut
vraiment que j'aille aux toilettes...

– Plus tard, aboie Magne. Je t'accompagnerai moi-
même... Tu réponds d'abord aux questions de l'inspecteur Sadorski !

– Mais...

– Regardez-moi, mademoiselle Metzger. Samedi
4 avril. L'après-midi. Comment vous a paru votre sœur ?

– Pardon ?

– Je ne sais pas, nerveuse, enjouée, bavarde, cachottière ?... Ou peut-être inquiète ?... Elle avait peur de
quelqu'un ?

– Elle... m'a semblé plutôt excitée.

– Excitée ?

– Il y avait un homme… que Marguerite avait rencontré récemment. Il lui faisait un gringue d'enfer, disait-elle. Et il avait beaucoup d'argent à dépenser. Ce soir-là, ma petite sœur devait sortir avec lui… Au restaurant…

– Comment s'appelle-t-il ?

Elle répond avec vivacité :

– Mais je n'en sais rien ! Si je le savais, les Allemands l'auraient interrogé depuis longtemps, ce type ! Pourquoi toutes ces questions ?… Je n'ai rien à dire que je n'aie pas déjà dit à la police !

– La police *allemande*, grince Sadorski en écrasant sa gauloise à demi consumée. Mais nous on est la police française. On opère chez nous, sur notre territoire. Votre sœur, le mec qui l'a butée, j'en fais mon affaire. Je vais lui écrabouiller la gueule à coups de marteau. Mais en attendant, je trouve que vous ne coopérez pas suffisamment avec nous.

– Mais comment ?

– Vous cachez des choses, mademoiselle Metzger. Et jusqu'ici on a été plutôt gentils.

– Je ne trouve pas. D'abord, laissez-moi aller aux toilettes.

– Au fond, je préfère que tu pisses devant nous, dit Magne. J'ai envie de voir goutter ton greffier. Et, si tu veux, je l'essuierai avec ma langue…

Elle se lève. Sadorski attrape son tampon buvard et le lui jette à la figure. La jeune femme pousse un cri, porte la main à sa tempe. Son sac à main se renverse sur le plancher avec son contenu. Le buvard a rebondi un peu plus loin.

– Assieds-toi ! hurle Sadorski. Tu bouges pas tant qu'on t'en a pas donné l'ordre !

– C'est nous les chefs, ici ! braille Magne à son tour. On n'est plus du temps de la III⁰ pourrie ! de la putain de Marianne ! T'es comme à la Gestapo ! *Sieg heil !*

Elle s'est rassise. Des larmes sillonnent ses joues. Elle se penche pour ramasser machinalement ses affaires. Magne écrase exprès sous sa semelle un bâton de rouge à lèvres.

— Je t'en offrirai un autre, dit Sadorski. Si t'es sage. Tu te demandes pourquoi tu es là ? Hein ? J'ai du nouveau à t'annoncer. Parce que notre enquête à nous, elle progresse. On est plus forts que les Boches ! Le soir du 4 avril, Marguerite, elle avait rendez-vous avec *deux* types…

— Je ne comprends pas…

— Celui qui l'a baisée par-devant… et celui qui l'a enculée ! Je sais pas lequel a commencé… Et je sais pas si elle était encore vivante pendant qu'ils l'enfilaient… Vaut mieux que non, peut-être. C'étaient pas des délicats. Ils lui avaient mis les bracelets aux poignets… enfoncé un chiffon dans la bouche… De fameux vicelards… Qu'est-ce que t'en dis, ma cocotte ?

Il lui donne une paire de claques, aller et retour.

— Tu sais que ta sœur se droguait ? Fais voir un peu tes bras !

— Non…

— Fais voir, je te dis ! René, tiens-la !

La peau ne porte pas de traces de piqûres. Sadorski laisse retomber brusquement les bras de la jeune femme. Il crie, exaspéré :

— Où est-ce qu'elle se fournissait ? Tu vas parler, oui ?

— Quand c'est qu'on lui ôte ses frusques, chef ? demande Magne.

— *Comment s'appelait-il ?* hurle Sadorski. Le mac de ta sœur ? Le type qui lui vendait sa came ?

Yolande Metzger sanglote sur sa chaise. Le visage dans les mains, la chevelure défaite. Tout en restant assise, elle remue frénétiquement les épaules, les

343

hanches. De l'urine commence à couler le long des bas de soie.

– Ah ben voilà ! triomphe Magne. Ma petite salingue ! Tu nettoieras toi-même… À quatre pattes…

Sadorski contourne le bureau, relève la tête de la jeune femme.

– Avoue-le, que tu connaissais Goloubine ! Serge Goloubine, 1, rue Lancret…

– Non… Non, non… je ne le connais pas…

– Ou alors, tu connais le numéro… Oui, tu n'as pas sursauté en entendant le nom Goloubine… mais juste après !… en entendant le numéro de téléphone… Auteuil 41.73…

– Je… je ne sais pas, non, ça ne me dit rien…

– René, sors le nerf de bœuf… Là, on va cogner, ma petite…

– Je vous jure que je ne sais rien… pitié…

Il la regarde de très près, dans les yeux :

– Et maintenant, tu vas nous dire tout ce que tu sais sur… *la société Beowulf.*

Les yeux bleus de Yolande Metzger s'agrandissent démesurément. Elle ouvre la bouche comme si elle manquait d'air. Elle suffoque.

– Non… Non…

Puis elle se lève, avec un grand cri. Et tombe à la renverse. Ses jambes sont agitées de mouvements spasmodiques. Ses yeux se révulsent, puis les globes oculaires effectuent des mouvements horizontaux saccadés. Les pupilles se dilatent. Une salive mousseuse coule aux coins de la bouche.

– Bordel ! La v'là qui nous pique une crise de nerfs ! crie Sadorski en se penchant au-dessus de Yolande Metzger.

Elle se met à grimacer. Les commissures des lèvres sont tirées en dehors, et secouées avec un bruit particulier produit par l'entrée de l'air. La mâchoire inférieure se contracte, les dents grincent. La tête se renverse. Tout le corps semble parcouru par de violentes contractions électriques. Les muscles du dos se tendent, l'incurvant jusqu'à former une voûte. La poitrine s'immobilise. Magne grogne :

— Putain, elle respire plus !

La figure a perdu sa pâleur, devient rouge, violacée, se couvre de transpiration. Les lèvres sont bleues, les yeux injectés de sang. La mousse de salive prend une coloration rosâtre. Les jambes de Yolande Metzger continuent d'effectuer des mouvements désordonnés. L'urine se répand sur le sol. Sadorski se précipite, hurle dans le corridor :

— Deux plantons ! Et un brancard, en vitesse !

Il revient vers la jeune femme, s'agenouille pour prendre son pouls. Celui-ci est très rapide, les extrémités glacées. L'inspecteur déboutonne la veste, puis s'attaque aux petits boutons de nacre de la chemise. Une combinaison blanche en satin apparaît, bordée de dentelle. Magne ne perd pas une miette du spectacle.

— Écarte-toi, gronde Sadorski. Faut donner de l'oxygène…

— Ouais, je voulais juste me rendre utile, se rebiffe le gros policier. Premiers secours, je vais lui faire un massage thoracique…

Arrive l'inspecteur Quéau, qui possède des notions plus sérieuses de secourisme. Récupérant le sac, il le place sous la nuque de Yolande Metzger. Il réclame un linge mouillé pour lui rafraîchir le visage. Sadorski pousse Magne hors de la pièce. Deux agents en tenue débarquent avec une civière et une couverture. La poitrine de l'évanouie est soulevée par des mouvements inspiratoires convulsifs, puis par des inspirations plus profondes. La tension des muscles diminue progressivement. Le regard de la jeune femme devient fixe, avec une expression d'étonnement. Mais en dépit de ses yeux grands ouverts, elle n'a pas repris conscience. Les agents l'installent sur le brancard. Quéau étend la couverture jusqu'au menton, dépose le linge humide sur son front. La face a retrouvé sa pâleur d'avant la crise, les paupières retombent. Yolande Metzger donne l'impression de somnoler.

— Quéau, tu l'emmènes à l'Hôtel-Dieu ! ordonne Sadorski. Je reprendrai l'interrogatoire demain matin…

Il a flanqué tout le monde à la porte, reste seul dans le bureau 516. Tout en classant ses fiches, Sadorski bougonne et jure, fume cigarette après cigarette, vidant son étui. À 13 heures il se fait monter un sandwich par un des jeunes inspecteurs de la section. L'affaire continue à lui trotter sous le crâne. Il ne comprend plus rien à cette Yolande ! L'interrogatoire n'a presque rien apporté de nouveau. Sadorski aura pourtant essayé successivement plusieurs tactiques : la douce au début, puis, en jargon policier, le bluff, la salive, le relais, l'enferrement… La grosse gueulante et, éventuellement, le passage à tabac viennent en dernier. Ceux-ci sont en général des aveux de faiblesse. Sadorski préfère user de psychologie. Mais il perd assez vite le contrôle de ses nerfs, ce n'est pas sa faute, il est soupe au lait. Quoi qu'il en soit, si l'aînée des sœurs Metzger n'entretient de relations ni avec les Juifs ni avec les rouges, c'est qu'elle est réellement ce à quoi elle ressemble ! Une jeune roulure qui fricote avec les Boches, les allume, les suce dans les coins sombres de l'immeuble de l'avenue Kléber, profite de tous les bienfaits de la collaboration, se fait employer par les services allemands ou aux ordres des Allemands, jouit d'un protecteur attitré en la personne de Raymond Clayet, petite gouape au bras long puisque la Gestapo lui permet tout… En revanche, elle ne se drogue pas, au contraire de sa cadette. Mais elle sait des choses : la « société Beowulf », elle connaît. Au point de jouer les convulsionnaires au seul énoncé du nom de la boîte ! Celle-ci semble la terroriser. Ou, peut-être, l'*idée* d'être obligée d'en parler la terrorisait ? Sadorski commence à méditer sur cette piste. Il faudra insister là-dessus, demain à l'Hôtel-Dieu en reprenant l'interrogatoire. Cette fois en présence d'une infirmière, seringue en main, prête pour une injection de calmant... Le coup de la crise d'épilepsie, on ne le lui fera pas deux fois !

Les uns après les autres, ses inspecteurs viennent lui soumettre leurs rapports sur les visites domiciliaires et les arrestations du jour. Sadorski corrige, biffe, rature, rajoute des commentaires du genre « représente un danger pour l'ordre public », préconise des internements, s'énerve parfois un bon coup, balance son tampon buvard à travers la pièce, casse un crayon. Le téléphone sonne vers 17 heures. C'est l'hôtel des Deux Mondes, et le capitaine Kiefer enchanté de sa soirée de la veille au One Two Two.

– L'inspecteur Albers est avec vous ? demande Sadorski.

– Ah ah ! rigole l'autre. Toujours avec cholies Françaises ! Il est sorti... se faire photographier... chez *Das Studio*, rue Pierre-Haret, près la place de Clichy... *Erstklassige Porträts*... Portraits qualité... pour laisser souvenirs à ses petites amies... Je ne sais pas quand il revient ! Ce soir je dîne avec M. Louisille. Comme il parle allemand, on aura pas besoin interprète... Berger est parti à Nîmes. Sur affaire Fritz Drach.

Il fixe rendez-vous à Sadorski pour le lendemain, jeudi 14, à 16 heures rue des Saussaies. Afin de lui laisser ses instructions avant le retour à Berlin des trois gestapistes, et de le présenter à des officiers de liaison de la Sipo-SD avec la préfecture. Plus tard, rangeant ses affaires dans le bureau, Sadorski trouve le petit automatique Ruby qui traînait au fond d'un tiroir. Suzy Poirier, la dactylo, ne lui a pas rappelé de le donner à l'inspecteur technique Martz. Et ce dernier ne l'a pas réclamé. Après un instant de réflexion, Sadorski empoche le pistolet vide, enfile sa veste – son arme de service s'y trouve déjà –, met son chapeau et quitte la caserne. Dehors il fait plus frais que la semaine précédente, l'orage de lundi a rafraîchi l'atmosphère. Sur le chemin du retour, l'inspecteur principal adjoint s'assied à une terrasse de l'île Saint-Louis et commande une bière. Puis une deuxième.

Il est 19 h 20 lorsqu'il tourne la clé dans la serrure du trois pièces du quai des Célestins. Il appelle :

– Yvette ?

Pas de réponse. Personne d'autre que lui dans l'appartement. Sa femme sera partie faire des courses, ou rendre visite à une amie… Elle ne devrait plus tarder. Sadorski gagne la cuisine, se prépare un café national. Il fume une cigarette le temps que l'eau chauffe. Un pigeon survivant vient se percher sur la balustrade de la fenêtre, roucoule, s'agite, avant de repartir dans un claquement d'ailes. Le carillon de la porte d'entrée retentit. *Ding-dong*.

Sadorski coupe le gaz sous la cafetière. Se dirige vers le vestibule. Yvette aurait oublié ses clés ? Peu vraisemblable. Se rappelant l'avertissement de Bauger à propos de résistants qui impriment des listes de flics avec leurs adresses, il attrape le PA qu'il avait posé sur le guéridon en entrant, arme le chien, s'approche de la porte sur la pointe des pieds.

Il regarde à travers le judas.

Une frêle silhouette aux cheveux sombres, qui se dandine nerveusement sur son paillasson. Une adolescente.

Julie Odwak.

27

Le bal des malvenus

Il ouvre le battant.

Le joli visage est pâle, les paupières rougies, cernées. On voit qu'elle a pleuré. Sadorski fait :

– Oui ? C'est… Julie, n'est-ce pas ? Ta maman enseigne le piano…

Julie Odwak contemple le pistolet, yeux écarquillés. L'inspecteur recule, replace son arme sur le guéridon. Grimace un sourire.

– Je l'ai à cause de mon métier. Tu sais, je travaille à la préfecture. Je te l'avais dit, non ? Et de nos jours, il faut se méfier…

Elle acquiesce. Toujours ces grands yeux noirs, mobiles et expressifs. Qui montent vers lui.

– Oui, monsieur… Justement… vous avez dit que si maman ou moi… nous avions un souci… des soucis… je… pouvais vous demander…

Il l'encourage du regard. Essaye de se fabriquer un air gentil et compréhensif. Le bon voisin du troisième étage. Le fonctionnaire bienveillant, toujours prêt à rendre service. Tant de fois, Sadorski a répété cette scène dans sa tête…

– Bien sûr, Julie. Mes grands-parents venaient de Pologne. Qu'est-ce qui se passe ?

Elle est parcourue d'un frisson. Se mord les lèvres. Les mots ont du mal à sortir.

– Maman… elle n'est pas rentrée, hier… C'est le jour… où elle va voir mon papa…

– En Allemagne ?

Il y a un moment de silence. Le policier insiste, assez sadiquement.

– Tu m'as raconté qu'il était prisonnier…

Les petites dents s'enfoncent dans les lèvres, qui pâlissent. Les yeux se remplissent de larmes.

– Pardon, monsieur. Ce n'était pas vrai… Mon père est au camp de Pithiviers. Il a été… arrêté… l'année dernière. Pendant une rafle…

Sadorski hoche la tête. Ces mots-là aussi, il les connaît par cœur :

– Ah… je comprends. Pauvre petite.

– J'ai attendu toute la nuit. Maman n'est pas rentrée aujourd'hui non plus. Je… je suis allée au lycée comme d'habitude. Il y avait interrogation d'anglais. Je n'ai parlé à personne au sujet de maman. J'espérais qu'elle serait là à mon retour. La… la concierge est sortie de la loge quand je suis passée… Elle m'a dit… que deux messieurs étaient venus… de la police. Elle leur a ouvert avec son double des clés. Ils sont entrés chez nous…

Des sanglots secouent ses épaules. Elle hoquette :

– La… la porte était restée entrebâillée… ils… ils ont tout renversé, tout jeté par terre… Ils ont même arraché le couvercle du piano ! Je… je ne comprends pas ce qu'ils cherchaient… La concierge dit que maman est arrêtée… Je… je ne sais pas où…

Elle pleure à chaudes larmes maintenant. Les grandes eaux. Sadorski fait un pas vers elle. Pose sa main sur son épaule.

– Là, là… calme-toi, Julie… Ma femme va rentrer bientôt. Elle s'appelle Yvette. On va te faire du café. J'étais justement en train de… Allez, viens, n'aie pas peur. Ça te réchauffera… Tu me raconteras tout…

Il sent le corps mince pressé contre le sien, et qui lui communique ses sanglots. Pour un peu, il serait ému lui-même. Mais, *si l'on s'apitoyait sur tous les sorts...* Non, ce qui importe aujourd'hui, c'est ce souffle et cette chaleur animale et ces petits seins qui bourgeonnent, plaqués contre ses côtes... cette gorge qui palpite... Le cœur de Sadorski cogne avec violence. Autour d'eux, soudain l'obscurité. Par réflexe, il tend le bras vers le commutateur, fait revenir la lumière dans la cage d'escalier :

– Allons, allons... faut pas avoir du gros chagrin comme ça, mon petit...

Elle renifle tout contre sa chemise qui sent la sueur. Il secoue la tête, incrédule encore, lève les yeux au ciel. Oh, que ce moment est doux ! Et la réalisation, le début de réalisation, de ses espérances. Comme l'employée de son père, la jeune Tunisienne à la peau de cuivre, à la poitrine lourde, parfumée, était douce elle aussi ! Et qu'il est étrange que tout cela, les coups de fouet, de gourdin, dans la ferme de la banlieue de Sfax, et les ordres aboyés par les gradés place Denfert-Rochereau, les sifflets, les « Mort aux Juifs ! », le vacarme des tôles, des portières qui se referment, le grondement des véhicules démarrant vers les commissariats, les centres de tri, le Dépôt, les salles d'interrogatoire de la caserne de la Cité – et son ordre à lui, Sadorski : *Brigadier ! vous rajouterez sur sa fiche : « communiste »* – ... qu'il est étrange que tant de dureté aboutisse ce soir, quai des Célestins, à tant de douceur !

*

14 mai 1942

ODWAK Julie, née le 8 juin 1927 à Paris (7e), de Jacques, Andrzej, né le 26 novembre 1898 à Lodz, ex-Pologne, et de Bychovska Raissa, née le 19 février 1899 à Stanislavtchik, Russie, est célibataire et élève en classe de troisième du lycée Fénelon à Paris (6e).

Elle est enfant unique, et actuellement domiciliée chez sa mère Odwak Raissa, née Bychovska, 50, quai des Célestins à Paris (4e), au loyer annuel de 1 400 francs. Précédemment, Odwak Julie demeurait avec ses parents 11, rue Chevert à Paris (7e). Ses parents ont fait connaissance à Vienne, se sont mariés dans cette ville, et se sont installés à Paris en 1923. Les membres de la famille Odwak sont de race juive et de confession israélite. Ils se sont conformés aux ordonnances des Autorités d'occupation et aux récentes lois relatives aux Juifs.

Naturalisés français en 1928, les Odwak ont été dénaturalisés en vertu de la loi du 22 juillet 1940 sur la révision des naturalisations accordées depuis 1927.

Odwak Jacques possédait une entreprise de literie, sise 74, rue des Orteaux à Paris (20e), actuellement administrée par M. Leaumier Robert, domicilié 36, avenue Niel à Paris (17e), en vertu des nouvelles lois relatives aux entreprises, biens et valeurs appartenant aux Juifs.

Odwak Raissa, professeur de piano, renvoyée en décembre 1940 du conservatoire Contadès, où elle était employée, sis 18, avenue Duquesne à Paris (7e), en vertu de la loi du 3 octobre 1940 portant statut des Juifs et concernant les professions interdites aux Juifs, a continué de donner des cours à son domicile.

Odwak Jacques a été arrêté le 21 août 1941 à l'occa-
sion d'une rafle dans le 20ᵉ Arrdt de Paris, effectuée par
des policiers français par ordre des Autorités d'occupa-
tion sur instigation du service des Affaires juives de la
Gestapo, et interné administrativement au camp de
Pithiviers.

Odwak Raissa a été arrêtée le 12 mai 1942 place
Denfert-Rochereau à l'occasion d'une opération de
police effectuée par la BSI du 14ᵉ avec le renfort d'ins-
pecteurs de la 3ᵉ section des RG, et placée au Dépôt de la
préfecture en attendant son transfèrement dans un lieu
d'internement administratif. Une visite domiciliaire a été
effectuée à son appartement 50, quai des Célestins le
13 mai 1942 par les inspecteurs spéciaux Vilfeu et
Cuvelier. Au cours de cette visite, aucun tract ni docu-
ment communiste n'a été découvert.

La famille Odwak possède des moyens de subsistance
grâce au traitement de 2 100 francs versés mensuelle-
ment par M. Leaumier, et secondairement par le paie-
ment des cours de piano par les élèves à domicile.

Au point de vue probité, les membres de la famille
Odwak ne donnent lieu à aucune remarque. Mme Odwak
et sa fille sont inconnues au service des mœurs. Odwak
Julie et ses parents ne sont pas notés aux Sommiers
judiciaires. (à vérifier)

Avec un soupir de satisfaction, Sadorski relit l'état
actuel de la fiche qu'il achève de rédiger, sur une table
de café, concernant Julie Odwak.

L'établissement où écrit le policier est situé à l'angle
de la rue Lancret et de l'avenue de Versailles. Il est
10 h 15 du matin. Assis derrière la vitre du côté de la
rue depuis le lever du jour, une fausse moustache noire
collée au-dessus de la lèvre supérieure, Sadorski
déguste un troisième verre de calvados. Son étui à
cigarettes est presque vide. De sa place il est aisé de

surveiller l'immeuble du n° 1. L'interrogatoire préalable du concierge lui a appris que les horaires de passage de Serge Goloubine sont irréguliers, qu'il reçoit peu de visites, très rarement de femmes. Sur la liste des locataires affichée dans l'entrée, le Russe figure comme habitant au quatrième étage face à l'ascenseur. L'immeuble est un bel édifice de style 1900, très ornementé et qui porte la signature d'un architecte connu de cette époque. Depuis que Sadorski est sorti de la station de métro il n'a pas cessé de pleuvoir.

À 10 h 24, Serge Goloubine surgit de l'immeuble. Sadorski le reconnaît instantanément. L'homme, grand et corpulent, vêtu d'une gabardine beige et coiffé d'un feutre marron, a gardé sa petite moustache pointue. Il tourne à gauche sur le trottoir en même temps qu'il ouvre un parapluie. L'inspecteur se lève, enfile son imperméable, coiffe son chapeau, récupère son propre pépin accroché à un dossier de chaise. Il a déjà déposé, prévoyant un départ fissa, la monnaie des consommations à côté du verre. Dehors, la silhouette de Goloubine tourne le coin de la rue Jouvenet. Sadorski accélère l'allure. Comme il s'en doutait, le Russe vient de prendre à droite la rue de Musset, chemin le plus rapide vers la station de métro Exelmans.

Pour un inspecteur des RG en filature, la pluie est toujours une bénédiction, sa meilleure alliée. Elle permet de dissimuler le visage, l'apparence générale, sous un parapluie. La toile de celui-ci, autre astuce de flic, est percée de petits trous ménageant un champ de vision correct. Sadorski garde d'autre part une casquette pliée dans sa poche, qui lui permettra de remplacer son couvre-chef lorsque le feutre aura été suffisamment vu.

Le Russe ne se retourne pas, ne se méfie pas. Il descend tranquillement les marches de la station de métro, prend la direction Mairie de Montreuil. Sadorski patiente en bout de quai, se rapproche de l'objet de sa filature au moment où la rame émerge du tunnel. Il monte dans la même voiture, déplie un exemplaire du *Petit Parisien*, tourne le dos à Goloubine dont il surveille le reflet dans la vitre tout en feignant de lire. L'heure de pointe est passée, les voyageurs sont moins nombreux qu'au petit matin, en tout cas jusqu'à Michel-Ange-Auteuil où le métro se remplit considérablement. La station Jasmin est fermée au public, le train fonce sans s'arrêter. Trois soldats de la Wehrmacht montent à Ranelagh. Peu après, quelqu'un s'amuse à balancer de la poudre à éternuer. Les « atchoum ! » retentissent de tous les côtés, Sadorski et Goloubine éternuent aussi. Les passagers se moquent des Boches que leurs éternuements font bondir sur place. Un homme, tout près du Russe, s'écrie : « Mettez vos masques ! La guerre au gaz a commencé ! » La voiture entière rugit de rire, non sans une certaine cruauté envers les trois troufions vert-de-gris, jeunes et l'air innocent. La rame entre dans la station Pompe. Le Russe se prépare à descendre. Sadorski attend un peu, sort à la dernière minute, cache ses traits en allumant une cigarette. Il laisse son bonhomme prendre un peu d'avance. Quand l'inspecteur gravit les marches quelques mètres derrière lui, la casquette a remplacé le chapeau, plié dans sa poche d'imperméable, et il a arraché sa moustache postiche. À travers les trous du parapluie il discerne Goloubine qui remonte à pas vifs la rue de la Pompe, dans la direction de la place Victor-Hugo.

Il semble parti pour une longue promenade mais avec un but précis, comme l'allure et le chemin rectiligne le suggèrent. Le Russe traverse l'avenue Victor-Hugo, rejoint l'avenue Foch. Se rendrait-il à un des bureaux de la Gestapo ? s'interroge Sadorski. Non, il continue avenue de Malakoff. Il fait halte devant un immeuble haussmannien cossu – mais ils le sont tous, dans ce quartier – peu avant le croisement avec la rue Pergolèse.

L'itinéraire était logique, se dit son suiveur : la station la plus proche, Porte Maillot, aurait nécessité deux correspondances depuis Exelmans, l'une à Trocadéro, l'autre à Étoile. Il est donc beaucoup plus simple, surtout si l'on apprécie peu les voyages en métro, de sortir rue de la Pompe même si cela signifie une vingtaine de minutes de marche sous la pluie. Goloubine a disparu à l'intérieur de l'immeuble. Sadorski attend cinq minutes en fumant, puis entre à son tour. L'adresse est le 129, avenue de Malakoff. Le policier commence par examiner, comme il est de règle, la liste des locataires. Un nom lui saute aux yeux.

Comtesse M. Ostnitska. 5ᵉ étage gauche.

Les autres noms ne lui disent rien de particulier. Sadorski toque au carreau de la loge, exhibe sa carte.

— Direction des Renseignements et des Jeux, enquête spéciale. Connaissez-vous l'individu qui vient d'arriver ?

La concierge a un visage étroit et cireux, une verrue sur le nez, des lèvres minces peinturlurées de carmin.

— Déjà vu quelquefois... mais j'sais pas son nom. C'est peut-être un Russe, avec son accent... Il a fait quelque chose de mal ?

— Ça ne vous regarde pas. Il est monté chez qui ?

— Chez Mme Ostnitska.

— Le comte Ostnitski habite avec elle ?

— On le voyait beaucoup mais il couchait pas ici. Il rentrait chez lui avenue George-V, je crois. Là où vit sa fille. Mais ça va faire bientôt trois mois qu'il vient plus...

— Madame l'a remplacé ?

La pipelette ricane.

— Oh, je crois qu'elle le remplaçait souvent même du temps qu'y z'étaient ensemble...

— Elle le remplaçait avec ce monsieur-ci ?

– Non, je pensais pas à lui. Beaucoup de monde. Y compris des fridolins. Mais des officiers ! Au moins des commandants ou des colonels ! Des SS, avec médailles et insignes du parti… Plusieurs fois aussi un monsieur qui est paraît-il l'ambassadeur d'Allemagne ! Accompagné de sa dame, mais pas l'officielle. Vous me comprenez. Et puis des messieurs du cinéma…

– Du cinéma ?

– À cause de la petite, surtout. La fille de la comtesse. La Petite Bijou. Haute comme trois pommes mais elle joue déjà dans des films…

– Ah oui, ma femme a dû m'en parler…

– Mignonne comme tout mais qu'est-ce que sa mère la gâte !…

– Et parmi les relations de la comtesse, y aurait-il une femme qui ressemble à Jany Holt ? Brune, fine, les pommettes hautes ?

– Non, ni la vraie Jany Holt ni une fausse. Mais j'ai vu passer une fois Mistinguett ! Et Cécile Sorel…

La machinerie de l'ascenseur se met en marche, avec un ronronnement discret. La cabine se rapproche lentement. Sadorski remercie la femme à la verrue, lui recommande la discrétion, quitte le hall pour surveiller la porte cochère à distance sur le trottoir, en feuilletant son *Petit Parisien*. Il a cessé de pleuvoir. Un officier SS maigre et nerveux sort en remettant ses gants, se dirige vers une automobile garée de l'autre côté de l'avenue, où un chauffeur en tenue militaire attend derrière le volant. L'homme bondit de son siège, exécute un salut impeccable en tenant la portière ouverte pour l'officier. Sadorski consulte son bracelet-montre. 11 h 20. Il est grand temps de retourner à l'île de la Cité. Reprendre l'interrogatoire de Yolande Metzger, cette fois sur son lit de l'Hôtel-Dieu en présence d'une infirmière… La voiture à plaques SS a fait demi-tour sur l'avenue, passe en trombe devant l'inspecteur, gagne l'avenue Foch. Il la regarde tourner à droite, du côté des immeubles réquisitionnés par les services de la Gestapo.

Sadorski s'éloigne dans la direction opposée, va prendre le métro à Porte Maillot. Le trajet est direct vers la préfecture : il suffit de descendre à Châtelet et franchir un bras de la Seine. Assis dans la rame bruyante et cahotante, il songe à Julie Odwak. À sa petite Julie, car c'est ainsi qu'il la nommera désormais. La veille au soir, ils ont bavardé longtemps dans la cuisine, autour de leurs tasses de café national. Il a versé double dose de saccharine et de lait en poudre dans le café de Julie. Elle lui a paru reconnaissante de cette attention. Les larmes ont cessé de couler. Il l'a interrogée gentiment, calmement, a glané ainsi les informations qui lui ont permis de rédiger sa fiche aux Renseignements généraux. *Odwak Julie, 14/5/42, née à Paris le 8/6/27… Lycéenne.* C'est la première fois que Sadorski adulte fréquente une lycéenne. Outre le désir physique, c'est une expérience rafraîchissante. Surtout au point de vue de la conversation ; cette môme a l'air intelligente et enjouée. Elle a un an d'avance à l'école. Plutôt dégourdie pour ses quatorze ans. Yvette partage l'opinion de son mari. Quand elle est rentrée, une heure environ avant le couvre-feu – elle était chez son amie Nadine au Plessis-Robinson, n'a pas vu le temps passer –, elle s'est montrée particulièrement gentille, leur a préparé un dîner en accommodant des restes, et tous trois ont passé une soirée réconfortante malgré les circonstances. Ensuite, tandis que son mari, pour une fois, se coltinait la vaisselle, Yvette est descendue à l'entresol avec Julie, l'a aidée à remettre un semblant d'ordre dans l'appartement chamboulé par les deux collègues (des billets manquaient dans la boîte en fer-blanc où Mme Odwak met l'argent pour les courses – ce doit être un coup de la concierge, ou de Cuvelier, qui chaparde à l'occasion des visites ;

Sadorski aussi, du reste). Yvette, qui aimerait avoir un enfant, l'a couchée et l'a embrassée avant de partir.

– C'est curieux, a observé Sadorski plus tard, toi qui peux pas sentir les youpins…

– Oh, mais la pauvre petite ! c'est triste, ce qui lui arrive… Tu pourras faire quelque chose, biquet, pour la mère ?

Il a secoué les épaules.

– Tu sais ce que j'en dis… Bon, je passerai voir au Dépôt demain. Si elle n'y est plus, j'irai interroger le service du commissaire François.

– Il me vient une idée : si tu demandais à l'inspecteur Albers ?

Elle avait l'air bizarre en prononçant son nom. Sadorski a fait la moue.

– J'ai rendez-vous avec lui et Kiefer rue des Saussaies, dans l'après-midi… Mais tu sais, la Gestapo, quand on leur demande de libérer un Juif ou une Juive, ils vous regardent comme si vous aviez perdu la tête !

Il a éteint la lampe de chevet de son côté du lit. Yvette avait mis sa combinaison bleu ciel. Sadorski aime qu'une des ampoules reste allumée pendant qu'ils font l'amour. Il a serré sa femme dans ses bras, l'a prise en songeant aux tout petits seins de Julie, à son corps frêle et frissonnant, et a éjaculé presque tout de suite.

Sadorski dépose le parapluie et le 7,65 dans son bureau, passe prendre Magne à la salle des inspecteurs, redescend avec lui et se dirige vers l'Hôtel-Dieu en fumant une cigarette. Un vent frais balaye le parvis de la cathédrale, la pluie menace de nouveau. Les deux policiers trouvent l'hôpital en ébullition.

– On n'a jamais vu ça, se plaint un interne. Un enlèvement, et en plein jour !

– Et qui a-t-on enlevé ? questionne Sadorski après un coup d'œil à Magne.

– Une certaine Metzger, Yolande. Déposée hier par des agents de chez vous. Il y avait pourtant un homme en faction devant la chambre…

Sadorski jette sa cigarette et pique une crise de fureur noire. Il enguirlande tout le personnel, exige qu'on lui amène le planton.

– J'y pouvais rien, chef ! se défausse ce dernier. Les types avaient des pistolets-mitrailleurs…

L'affaire s'est produite une demi-heure plus tôt. Une traction noire a stoppé devant l'hôpital dans un hurlement de freins, trois hommes en costumes clairs et coiffés de borsalinos ont surgi du véhicule, deux d'entre eux étaient armés de PM Beretta 38 (d'après la description fournie par l'agent de police, lequel a été jusqu'à faire un dessin pour Sadorski), des armes de guerre qui tirent du 9 mm M38 italien. Ils se sont fait conduire à la chambre, ont tenu le flic en respect, embarqué la patiente qui poussait des cris de terreur. Le tout n'a pas duré dix minutes.

– C'étaient des Italiens ou des Corses, raconte un médecin. Avec leur accent rocailleux. Et les doigts surchargés de bagues…

– Y en a un qui avait un sourire plein de dents en or, se rappelle une infirmière.

– Un coup du Milieu, commente l'inspecteur Magne. Le gars s'est fait coller des crochets en jonc pour remplacer ceux qu'il aura paumés dans une bagarre…

– Je peux utiliser un téléphone ? coupe Sadorski.

Un interne le conduit dans un bureau, garantit qu'il sera tranquille pour passer son appel. Sadorski donne à l'opératrice le numéro du *Petit Parisien*. Par chance, Edmond Loiseau n'est pas encore parti déjeuner. L'inspecteur allume une cigarette et entame la conversation en fumant, il en a besoin.

Voix enrouée, au 18, rue d'Enghien :

– Ce cher Sadorski ! Avez-vous lu mon papier d'hier sur « Vichy en convalescence » ? Formidable, non ?

– Je ne vous le fais pas dire. Et je vais avoir encore besoin de vous...

– Attention ! Donnant-donnant, hein ? J'attends des tuyaux en retour !

– On ne vous oubliera pas. Mais d'abord, avez-vous du neuf sur Marguerite Metzger ? La morte de Stains...

Le reporter répond avec un soupir.

– Les Chleuhs avaient fait passer une consigne, *via* les directions de journaux. Interdit d'en parler dans la presse.

– Hein ? Et, pour moi, vous n'avez pas d'informations ?

– Pas lerche. Désolé. La fille tapinait un peu autour de l'Étoile. Sa grande sœur fréquente le frère de Paul Clayet, lui-même le neveu de Monsieur Henri...

Sadorski écarquille les yeux.

– Le « Monsieur Henri » de la rue Lauriston ? Ah, ben merde.

Il comprend soudain l'avertissement de Bauger. Et la raison pour laquelle la dactylo pouvait se vanter de ses appuis. Pourtant, elle ne paraissait pas précisément d'accord avec cette balade en Citroën ce matin... Alors que le kidnapping lui permettait d'échapper à la police, et aux interrogatoires aggravés de Magne et de Sadorski.

– Dites-moi, Loiseau, la rue Lauriston emploie des Corses ? ou des Italiens ? armés de mitraillettes ?

– Cela m'étonnerait un peu. Leurs relations passent pour mauvaises. Une alliance éventuelle ? Ce serait nouveau, ça m'intéresse...

– Je ne suis pas un spécialiste du Milieu, moi ce sont les Juifs. Qui dirige la bande des Corses à Paris ?

– Le grand chef s'appelle Étienne Léandri. C'est une figure dans la capitale, avec table ouverte au Fouquet's, son meilleur copain est Tino Rossi, il fréquente aussi Raimu, Marcel Pagnol… et, à Marseille, le gangster Carbone. Il a gardé des amis à la Surveillance du territoire, comme le commissaire Simon Cotoni… Cela peut servir. Mais, surtout, Léandri est au mieux avec les Fritz, il les invite au bar Alexis chez son ami Pierlovisi, rue Notre-Dame-de-Lorette, ou Chez Dominique, dont les patrons sont Dominique Carlotti et Charles Cazauba dit « Charlot le fébrile » parce qu'il a les mains qui tremblent… lui, c'est un truand de la rue Lauriston. Tous ces gens se connaissent, voyez-vous. Il y a des rivalités mais pas encore de guerre des gangs comme à Chicago… Tellement de pèze à se faire, à un point que vous ne sauriez imaginer, des millions pour tout le monde ! Formidable ! Paris en 1942, c'est Byzance !

– Donnez-moi d'autres noms chez les Corses…

– Alfredo Palmieri. Il possède sept bordels en zone occupée, au début de l'année a racheté trois boîtes de nuit parisiennes, L'Heure bleue, Le Chapiteau, L'Ange rouge. Sous les ordres de Palmieri, vous avez les nommés Carbotti, Scaglia, Pompéi, Lucchesi… tous des voyous descendus de Pigalle jusqu'au seizième et au boulevard Flandrin…

– Flandrin ? Un rapport avec la Gestapo du boulevard Flandrin ? Le lieutenant Nosek ?

Loiseau glousse au bout du fil.

– C'est cela même. Nosek et la Section VI utilisent les services des Corses, Boemelburg, Knochen et la Section IV préfèrent Monsieur Henri et la rue Lauriston… C'est l'échelon supérieur, quand même… Vous êtes toujours là ?

Sadorski se concentre en tirant des bouffées rapides de cigarette. Ses méninges fonctionnent à toute allure, tandis qu'il griffonne des notes dans son carnet.

– Oui, oui… je réfléchissais. Maintenant, une autre question : la comtesse Mathilde Ostnitska, 129, avenue de Malakoff, vous connaîtriez, par hasard ?

Nouveau gloussement.

– Bien sûr. Une bonne amie de ma chère Hilde. Et la gosse, quelle actrice, cette Petite Bijou ! Une Shirley Temple française…

– Vous pourriez me faire un topo sur elle ? La mère, je veux dire.

– Pas difficile. Hilde m'a tout raconté. Vrai nom : Irène Blachère…

– Ça, je savais.

– Alors pourquoi vous demandez ? Attention, Sadorski, cet interrogatoire va vous coûter au moins une invitation au Fouquet's !

– Hé ! Nous sommes mal payés dans la police nationale…

– À d'autres ! Et toutes vos petites combines avec les Juifs ?… Bon, je continue. Blonde, encore jeune, mystérieuse, toujours vêtue de blanc… La comtesse prend des cours de déclamation chez Tonia Navar, ex-sociétaire de la Comédie-Française… Espère le grand succès au cinéma, pour elle-même comme pour sa fille… Reçoit beaucoup, avenue de Malakoff, présente bien, connaît le Tout-Paris qui s'amuse… À ses cocktails, où le champagne coule à flots, vous croisez Georges Marchal, Mistinguett, Georges Carpentier, Cécile Sorel, Corinne Luchaire, le portraitiste Van Caulaert, Jacques Costet de chez Nina Ricci, le romancier Gilbert Dupé, des producteurs de la Continental, beaucoup de jolies filles en quête de cachets, et puis toujours des Allemands, en civil ou en uniforme…

– Le lieutenant Nosek ?

– Jamais vu là-bas. D'autres types de la Gestapo, en revanche…

— J'ai connu l'ancien amant de la comtesse. Stanislaw soi-disant comte Ostnitski. Il était plus ou moins agent des Boches…

— C'est ce que j'ai entendu. Mais cet Ostnitski a disparu voici trois mois… Du jour au lendemain, sans prévenir ! La comtesse prétend que la police l'a embarqué à cause d'une histoire de trafic… Si ça se trouve, c'est elle qui l'a dénoncé pour faire place nette ! À présent, Mathilde est inséparable de Serge Lifar, le maître de ballet de l'Opéra. Elle s'était attribué le titre de « comtesse Ostnitska » et, à peine l'autre envolé, annonce son intention de se faire appeler « Mme Lifar ». Formidable, non ? Lifar habite chez elle et, comme il est toujours fauché, va jusqu'à porter les costumes du Polonais… Ils ont été présentés l'un à l'autre par mon confrère des chroniques mondaines, Paul Boulos Ristelhueber, dit « Les cendres du duc de Reichstadt »… Fils de diplomate français, né à Beyrouth et pédéraste. Morphinomane, en plus. D'ailleurs notre amie tâte elle aussi de la drogue…

Sur sa feuille de calepin, Sadorski note *DROGUE* en lettres capitales, entourées d'un cercle. Il rajoute une flèche vers *Marguerite Metzger*.

— Elle fréquente la rue Lauriston ? Ou les Corses ?

— Pas que je sache. Je suppose qu'il lui arrive de les croiser quand elle dîne au Chapiteau…

— Et sa carrière cinématographique ?

— Son premier tournage un peu important vient de démarrer… Mais dans un second rôle. Sa Petite Bijou est mieux servie. Les vedettes sont Gabrielle Dorziat, Madeleine Sologne, Pierre Renoir… Le metteur en scène, un jeune dont on dit qu'il est formidable, Guillaume Radon.

— Merci, je note… Et le film s'appelle ?

— D'après Hilde, c'est une histoire de loup-garou, de château hanté, dont l'intrigue se situe au Moyen Âge… Son titre : *Le Bal des malvenus*…

28

Le Quartier latin

Sortant de l'hôpital avec le ventre creux car il a quitté son domicile avant l'aube, Sadorski se restaure Chez Moreau, boulevard du Palais. Un sandwich au pâté, deux verres de bière. Il bavarde avec des collègues. Le kidnapping par les Corses a fait sensation. Aux questions qu'on lui pose, le chef du Rayon juif répond par un haussement d'épaules. L'autre affaire dont s'entretiennent les poulets est la découverte, au bois de Meudon, du cadavre d'un nommé Raymond Sautereau, tué d'une balle de pistolet dans la nuque. Le mort est un communiste de la région de Montargis. Il a déjà eu maille à partir avec la police, qui l'a arrêté puis relâché. D'après les collègues de la 1re section, l'assassinat s'expliquerait par un règlement de comptes entre bolcheviks : les éliminations ordonnées en secret par le Comité central ne sont pas rares. Sadorski paye ses consommations, sort du café pour se rendre au Dépôt de la préfecture, situé sous la Conciergerie.

Les lieux n'ont guère subi de modifications depuis le Moyen Âge. Actuellement, un secteur est réservé aux détenus en instance d'interrogatoire à la caserne de la Cité par les Brigades spéciales. Le jour, on peut serrer jusqu'à quinze suspects dans une cellule conçue pour deux. La nuit, les sœurs des prisons de Marie-Joseph surveillent les paillasses posées par terre dans une partie de la salle à colonnes, en sous-sol par rapport au fond de la place Dauphine. Les souris courent sur les corps épuisés, il y a des traces de sang sur la paille. L'atmosphère est humide et insalubre, le fleuve coule tout près, derrière les murailles épaisses, suintantes. Les femmes « politiques » sont isolées dans une pièce étroite privée de matelas. Sadorski, depuis le greffe, les entend crier des insultes obscènes. Le mitard, où on les envoie souvent étant donné leur mauvaise conduite, est encore pire : on y sert la soupe dans une gamelle sans anse, pas de cuiller, il faut laper sa nourriture comme un animal.

L'employé du greffe cherche le nom, le prénom, dans ses registres. Il secoue négativement la tête.

— Plus là, votre Odwak Raissa. Partie ce matin.

— Relâchée ou transférée ? C'est une communiste…

Un rire bref éclaire le visage du fonctionnaire, dont la peau grise donne l'impression de n'avoir jamais vu le soleil. Relégué pour l'éternité dans son trou à rats sous les voûtes… On entend ferrailler des clés, grincer une grille sur ses gonds. Une gardienne se dispute avec une détenue, exige d'elle qu'on lui dise « ma sœur » et pas « madame ». Il y a des protestations, la religieuse frappe dans ses mains pour obtenir le calme. Sa voix sèche et le claquement se répercutent entre les parois blanchies à la chaux.

— Des collègues à vous sont venus faire un appel pour Drancy. Son nom était sur la liste. Communiste et juive, la bonne femme…

— Oui. Russe, mariée à un Polonais.

— J'espère qu'ils la renverront vite là-bas d'où elle vient. Et qu'on sera dur. (L'employé crache.) J'appelle ça de la racaille. Dites, vous les entendez gueuler ?

— On trouve quand même des rouges français, fait remarquer Sadorski.

— Ça veut dire que leur patrie, c'est Moscou ! Faudrait les dénationaliser comme les autres…

Le policier approuve avec un grognement, fait demi-tour. Dans son dos, des profondeurs de la prison jaillit un premier couplet de *La Marseillaise*. Une religieuse crie : « Mesdames ! Du silence, ou je vais sévir ! » Il regarde sa montre. Le rendez-vous est dans un quart d'heure à l'angle des rues Serpente et de l'Éperon. Le rendez-vous avec sa petite Julie. Leur premier. Il enfile le boulevard du Palais, traverse la Seine. Les nouvelles qu'il apporte ne sont pas très bonnes.

Les ruelles du Quartier latin paraissent vides comme un dimanche, seul le boulevard Saint-Michel est encombré. Sadorski a quatre minutes de retard, arrive un peu essoufflé. Il ne s'y attendait pas, Julie Odwak est venue avec une camarade : un peu plus grande qu'elle, de l'acné, des yeux verts inquisiteurs derrière les lunettes.

– Ma meilleure amie, Marie-Paule Cogez…

Il leur serre la main à toutes les deux. Elles sont en imperméable, ouvert sur la blouse grise.

– Je vous offre quelque chose ? Une limonade ? Il y a des bistrots pas loin…

Les filles secouent la tête ensemble.

– Les cours reprennent dans dix minutes, explique Julie. On a déjeuné très vite pour vous voir.

– C'est vrai, que vous êtes de la police ? questionne Marie-Paule Cogez. Et de la résistance ?

Sadorski sourit vaguement.

– Je travaille à la préfecture… Nous faisons des choses… On bricole. Discrètement. Vous savez, il existe différentes façons de se rendre utile à son pays.

– Mais vous avez un revolver ! Julie l'a vu !…

– Pas un revolver, corrige-t-il. Un pistolet semi-automatique. Les revolvers, c'est ce que voyez dans les films de cow-boys… Y a un barillet, qui tourne.

– Ça vient du latin, observe Julie. *Revolvere*, tourner…

367

– Vous l'avez sur vous ?

Il soupire.

– Je l'ai déposé à mon bureau. La vie d'un fonctionnaire, ce n'est sûrement pas ce que vous imaginez !

– Alors, vous n'avez jamais tué personne, fait la fille à lunettes, déçue.

– Si, quand j'étais jeune soldat, en 1917-1918. J'ai descendu plusieurs Boches… (Il improvise.) Au fond des tranchées, dans la boue, on a connu des corps à corps terribles… À la baïonnette… C'était eux ou moi, vous comprenez… Et puis, fallait défendre la France ! Je me suis engagé à dix-sept ans ! J'ai été grièvement blessé, on m'a donné la croix de guerre…

Deux paires d'yeux s'arrondissent, deux bouches béent d'admiration. Sadorski se fiche de Marie-Paule, c'est l'opinion de Julie qui compte. Il lui offre en retour un sourire modeste. Le bon voisin du troisième qui lui a ouvert sa porte hier soir. Qui l'a consolée, nourrie. Un héros, à présent… et un résistant.

– Et en 1940 ?

C'est Marie-Paule. Soupçonneuse, quand même.

– J'étais déjà… euh, je travaillais à la préfecture, on nous a évacués vers le sud lorsque Paris a été déclarée ville ouverte. Mais j'ai manqué y passer, à cause des avions ! (Il soulève son chapeau quelques secondes.) Les cheveux, voyez, ils sont devenus blancs en une seule journée, à Étampes, pendant la débâcle… Des bombes pleuvaient de tous les côtés, y a eu une centaine de morts ! Dont des enfants de votre âge…

– Nous sommes jeunes, mais patriotes ! réplique la lycéenne fièrement. Dans la classe, y en a pas beaucoup de proboches… Sur mon cahier d'anglais, j'ai collé un immense et rutilant drapeau anglais, et un français de l'autre côté ! Le jeu, au lycée, c'est de graver sur les tables : VIVE DE GAULLE ET L'ANGLETERRE, À BAS LES BOCHES…

– C'est quelquefois très difficile, explique Julie, à cause des professeurs qui regardent tout le temps…

– Mais je suis sûre que certains profs résistent en secret, chuchote Marie-Paule.

– Vraiment ?

Julie hoche la tête avec vigueur.

– M. Authier, le prof de maths, ça m'étonnerait pas ! Lundi, je l'ai vu par hasard au jardin du Luxembourg avec un monsieur, et quand il m'a aperçue il a pris un air bizarre. Ils se sont éloignés en causant à voix basse comme des conspirateurs… Et même le prof de boche, M. Lohner, qui est un Alsacien tout gentil, un jour il a eu une remarque à propos d'Hitler, eh bien il était pas du tout pour !

– Et tu sais, reprend son amie, le prof de géo, M. Simonin, quand Jacqueline a été pincée avec un billet, pour le 11 novembre 1940 – c'était avant que t'arrives –, où y avait écrit : « Français, les Boches ne respectent pas le 11 Novembre, rendez-vous tous à 5 heures à l'Arc de triomphe », il a fait un petit sourire et seulement dit : « Voyons, les enfants, pendant la récréation si vous voulez, mais pas pendant la classe… » Alors que M. Simonin aurait très bien pu envoyer la pauvre Jacqueline chez le surgé ! Euh, je veux dire la surveillante générale…

Julie la coupe.

– Vous avez pu voir maman ?

Sadorski baisse les yeux, avec un air triste de circonstance. Contemple les bouts de ses grosses chaussures de flic. De dotation, à semelles faites pour résister à des kilomètres de filature…

– Non. Je croyais la trouver au Dépôt, sur l'île de la Cité. J'aurais certainement pu la faire libérer. J'ai demandé au greffe, ils ont répondu qu'elle avait été emmenée ce matin à Drancy…

Elle étouffe une exclamation. Les grands yeux bruns, de nouveau, se remplissent de larmes.

– Oh, non, dit Marie-Paule.

– Ce n'est pas aussi grave que vous croyez, répond Sadorski. Il se trouve que je connais beaucoup de gens dans les services concernés. Que je vous explique : la responsabilité du camp de Drancy a été confiée en août dernier au commissaire Jean François. C'est un policier expérimenté, avec plus de trente ans de maison. En octobre après l'armistice, le lieutenant allemand Dannecker et le préfet Langeron l'avaient déjà chargé de gérer les Affaires juives. Il a été nommé directeur de l'Administration générale en avril 1941. Ce commissaire est un homme très dur. Un salaud, si vous me permettez l'expression.

– Un Boche, quoi, décrète Marie-Paule, le regard haineux.

– Hum, vous y allez un peu fort, mademoiselle. Mais le fait est qu'on ne peut compter sur aucune indulgence de la part de M. François. C'est lui, avec son adjoint André Tulard, du bureau du Contentieux et du Casier central, qui a préparé l'avis publié au *Bulletin officiel* et dans la presse, que tous les Juifs devaient obligatoirement se faire recenser dans les commissariats de police…

– Papa et maman y sont allés, dit Julie, quand est venu le tour des «O». Nous habitions encore dans le septième. Ils m'ont déclarée aussi, sur le formulaire.

– C'est dégueulasse ! affirme sa camarade. Moi je suis pas juive, mais…

– Écoute ce que dit M. Sadorski. On n'a plus trop de temps…

– Bon, je fais vite, reprend l'inspecteur. Il y a eu des changements à la préfecture au mois de janvier. Le service dirigé par le commissaire François a été rebaptisé «direction de la police générale». On le laisse gérer Drancy mais on lui a retiré les bureaux des Étrangers et des Affaires juives, qui forment désormais une direction indépendante. À sa tête, on a placé M. Tulard. Or j'ai deux amis là-bas dans le 4e bureau, qui est celui des « biens juifs, internements, fichiers » : André Broc s'occupe des internements et Antoine Bazziconi est responsable des fichiers. J'irai leur parler cet après-midi. Ils peuvent tout à fait extraire une personne de Drancy, la faire placer dans un établissement moins exposé. Et ensuite « égarer » sa fiche d'internement administratif… Sans en référer à Tulard, et encore moins à ce méchant François. Vous comprenez ? Hop, ni vu ni connu ! D'ailleurs Mme Odwak n'a rien fait de mal, on l'a juste interpellée au hasard, un imbécile de brigadier qui faisait du zèle… Alors j'ai bon espoir que tu la reverras très bientôt !… d'ici deux ou trois semaines, peut-être… Rassure-toi, personne ne va déporter ta maman ! Une femme qui enseigne la musique aux petits…

Elle le regarde. L'expression qu'il lit dans les beaux yeux bruns lui fait presque mal.

– Oh, monsieur… Si vous pouviez, ce… Et comment peut-on vous remercier ? C'est tellement…

Sadorski jette un coup d'œil en biais vers Marie-Paule.

– Je fais ça juste pour dépanner. Mais, évidemment, si tu… Écoute, Julie, on en parlera une autre fois. Vous n'avez pas des cours ?

La copine regarde sa montre.

– Oh ! On va se faire disputer !

– On a français, le prof est une vieille bique, ajoute Julie sur un ton d'excuse.

Sans salutation, les voilà qui détalent à toute vitesse, le cartable à la main, vers leur lycée au bout de la rue. Sadorski est un peu déconcerté. Sa petite Julie va-t-elle se retourner ? Il la suit des yeux.

Elle se retourne.

– Merci, monsieur ! À ce soir !

Il demeure planté là une minute ou deux, allume une cigarette, savoure la fumée qui pénètre dans ses poumons. Et savoure également l'instant. Il se remémore des bouts de phrase. *Ça vient du latin*, revolvere. (Un bon point pour elle.) *Oh, monsieur… Si vous pouviez… Et comment vous remercier ? C'est tellement…* Et puis : *Le prof est une vieille bique…* Il rit. Qu'il est facile de manipuler l'enthousiasme, qu'il est facile de manipuler l'innocence ! Du reste, et la conversation qui vient de se dérouler en est la preuve, à Londres un général couard et félon y réussit aussi bien que lui, Sadorski. Ce dernier sort son carnet et son stylo, note des noms, des circonstances, ne pas oublier. Il se dirige vers la librairie Gibert Joseph, boulevard Saint-Michel, y achète du papier à lettres et des enveloppes.

S'installant à une table derrière la vitre du grand café Le Dupont-Latin, de l'autre côté du boulevard à l'angle de la rue des Écoles, Sadorski réclame un Cinzano. Dans la salle, des étudiants, en groupe ou en couple, bavardent, cela fait un grand brouhaha. Il laisse traîner ses oreilles. Après tout, avec les filatures, c'est ce qui constituait le principal de leur boulot, aux flics des RG, avant que tout change et que les chefs donnent ces consignes de taper plus fort. Certaines conversations sont intéressantes. On trouve quantité de gaullistes dans ce café. Et aussi des zazous qui boivent des bières-grenadine en causant de jazz. Beaucoup moins dangereux pour la sécurité publique. Tant que ces petits imbéciles se contentent de danser sur leur musique américaine dans les caves du quartier… Mais il n'est pas là pour s'occuper des goûts et des opinions de la jeunesse non juive. Sur la première page du bloc de papier ligné, Sadorski écrit, en plein centre : *Marguerite Metzger.* Puis trace une flèche horizontale en direction de *Yolande Metzger*. Une deuxième, s'élevant à quarante-cinq degrés vers la *société Beowulf*. Et une troisième, descendante, vers le *lieutenant Nosek, Section VI*. Partant à présent de Yolande Metzger, le policier dessine deux flèches divergentes : l'une vers *Raymond Clayet*, l'autre vers *Serge Goloubine*. Il relie Goloubine à *Stanislaw Ostnitski*, lui-même attaché à *comtesse Ostnitska* ; et à *Thérèse Gerst*. Il rajoute, à côté de Raymond Clayet, *Paul Clayet* et *M. Henri, rue Lauriston*. Enfin, revenant au lieutenant Nosek et à sa Section VI de la Gestapo, il trace une flèche en direction de *bande des Corses : Léandri, Palmieri, etc.*, et relie ceux-ci à Yolande Metzger en précisant sous la flèche : *enlèvement*. Le garçon pose le vermouth sur la table. Sans y toucher encore, Sadorski réfléchit en observant ses écritures et en tirant de courtes bouffées de gauloise.

Marguerite Metzger, dix-sept ans ou presque, tapine avec les Boches, est tuée de quatre balles et violée par deux inconnus. Sa grande sœur Yolande, dactylo aux Questions juives, couchotte de même avec l'occupant, mais surtout avec Raymond Clayet, frère cadet de Paul et neveu de Monsieur Henri, tous trois gestapistes français du service Lauriston censé travailler pour la Section IV – mais réputé pour ses pratiques d'enrichissement personnel, car composé en majorité d'anciens truands libérés de Fresnes. Yolande connaît le numéro de téléphone de Goloubine, à défaut de son nom, ainsi que la société Beowulf, qui lui fait très peur (à confirmer). Elle se fait embarquer par des Corses au service d'une Gestapo rivale, celle du boulevard Flandrin, spécialisée dans le renseignement mondain ou politique plus que policier – dont un officier, le SS Nosek, est, comme par hasard, intervenu rapidement pour s'approprier l'enquête au sujet de l'assassinat de Marguerite Metzger... Bref, on tourne en rond ! S'ajoutent à ce cercle quelques relations de Goloubine : la soi-disant comtesse Ostnitska, son ancien amant l'agent double Ostnitski, lequel moisit désormais en prison, ou camp de concentration, en Allemagne. Et Thérèse Gerst, que Sadorski a cru revoir dans le métro parisien. Elle serait, aux dires de l'inspecteur Eggenberger, une infiltrée de l'« Orchestre rouge », donc un agent de Moscou. Hypothèse que le policier français continue de juger peu vraisemblable...

Il soupire, déguste une première gorgée de Cinzano. Tire une autre feuille du bloc et ouvre son calepin, à la page remplie après avoir quitté Julie et sa camarade, pour un petit exercice divertissant. Il ne date pas sa lettre.

À Monsieur le Chef de la Gestapo.

Monsieur,
Je m'autorise de mes qualités de vieux militant catholique et d'Action française pour porter à votre connaissance, tout en souhaitant garder l'anonymat, certains faits <u>très graves</u> qui se sont déroulés dans un établissement de l'Éducation nationale que je connais bien (je n'en dis pas plus). Il est en effet de mon devoir de vous signaler les agissements de quelques professeurs du <u>lycée Fénelon</u>, 2, rue de l'Éperon, Paris sixième.

1°) M. Authier, professeur de mathématiques, aurait une activité dans la résistance, <u>peut-être communiste</u> : on le voit notamment comploter lors de rendez-vous mystérieux, dans les jardins du Luxembourg, avec des individus suspects.

2°) M. Lohner, d'origine alsacienne, professeur d'allemand, a prononcé devant ses élèves des propos subversifs et injurieux <u>à l'encontre de M. le Chancelier Hitler,</u> le traitant de « dictateur cruel » et d'« agité du ciboulot » (sic).

3°) M. Simonin, professeur de géographie, ayant surpris une élève avec un papillon où était inscrit : « Français, les B*** ne respectent pas le 11 Novembre, rendez-vous tous à 5 heures à l'Arc de triomphe » (cela se passait quelques jours avant le 11 novembre 1940, où ont eu lieu de graves manifestations et des heurts avec la police), s'est contenté de le confisquer et n'a pas puni la fautive, ni fouillé ses affaires ou celles des autres élèves. Ce prétendu enseignant s'est contenté de dire : « Voyons, les enfants, pendant la récréation si vous voulez, mais pas pendant la classe… » Les conclusions à tirer sont claires : on ne peut que soupçonner ce triste personnage de <u>connivence avec les gaullistes</u> !

4°) Ces professeurs, et d'autres, permettent aux élèves de graver sur leurs tables – plutôt que d'écouter les cours – des slogans comme : « Vive de Gaulle et l'Angleterre, à bas les B*** ». <u>Il vous sera facile de vérifier</u>…

(Je ne sais évidemment pas si une perquisition chez les professeurs que j'ai désignés donnerait des résultats, mais qui n'essaye rien n'obtient rien.)

Car il faudrait punir sévèrement, et débarrasser la France, des éléments du corps professoral qui ces dernières années – comme l'a justement dénoncé M. le ministre Abel Bonnard, de l'Académie française – ont consacré une partie de leur temps à une agitation politique contraire aux intérêts de la Patrie, et persévèrent dans leur action, ou qui se sont livrés, dans le passé, à des manifestations publiques de désordre social de nature à faire disparaître leur autorité morale… On ne saurait, par une indulgence excessive, amnistier ou négliger des faits coupables.

<u>Une enquête doit être faite.</u>

L'Angleterre comme le bolchevisme son allié sont en guerre contre la France ! Après tous les crimes anglais, après Mers el-Kébir , après les attaques sournoises

visant Madagascar, nous Français allons-nous rester
sans riposter ? Quant à M. de Gaulle, marionnette entre
les mains des ploutocrates judéo-britanniques, il ne
représente que la mauvaise excuse d'une bourgeoisie
décadente et pourrie qui pressent dans l'Ordre Nouveau
l'heure de son inévitable disparition.

Diligentez une enquête ! Renvoyez ou arrêtez ces pro-
fesseurs indignes, laïcards et moscoutaires ! La vraie
France, celle qui croit en la victoire de l'Allemagne,
vous en sera reconnaissante.

Collaborateur fervent, je ne demande aucune rétri-
bution car je ne fais que mon devoir.

Recevez, Monsieur le Chef de la Gestapo, l'expres-
sion de mon sincère respect.

Un honnête Français patriote et de souche aryenne.

Ce genre de lettres, depuis deux ans Sadorski en a
déjà lu et classé l'équivalent de cartons entiers, soit asso-
ciées aux dossiers de personnes arrêtées ou suspectées,
soit, en plus grand nombre, déposées sur son bureau
parce que arrivées directement aux RG par voie postale.
La Gestapo et le commisssariat aux Questions juives
(ses fonctionnaires les transmettent habituellement à la
rue des Saussaies ou à l'avenue Foch) en reçoivent, eux,
des centaines de mille. Quelques messages, inévitable-
ment, n'arrivent pas à bon port, jetés ou détruits par des
employés des Postes saboteurs de l'effort national. Le
style en est aisé, et agréable, à imiter. Sadorski glousse
en relisant son feuillet recto et verso, le plie pour l'introduire dans une enveloppe neuve. Qu'il adresse, à l'abri
des regards des consommateurs voisins, à : *Monsieur le*
Chef de la Gestapo, 72, avenue Foch, Paris 16e. Il récupère un timbre dans son portefeuille, affranchit la lettre.
Le Maréchal serait satisfait de la lire ; en tout cas, il
préside à son acheminement. L'inspecteur écrase son

mégot de cigarette dans le cendrier, en allume une nouvelle, la toute dernière de l'étui. Il hèle le garçon et
demande un paquet de gauloises.

Sadorski règle son vermouth et ses cigarettes, sort de
l'établissement bondé pour se diriger vers la préfecture.
Il passe devant les ruines des Thermes de Cluny. Descendant vers la Seine, coudoyant la jeunesse estudian-
tine affairée du Boul'Mich, la gauloise au bec il se
prépare pour son rendez-vous de l'après-midi rue des
Saussaies, dans les services du *Sturmbannführer*
Boemelburg. Avec le capitaine Kiefer et l'inspecteur
Albers, qui doivent le présenter à ses nouveaux officiers de liaison avec la Gestapo. Mais depuis hier et le
retard inaccoutumé d'Yvette, l'expression dans ses
yeux en parlant d'Erich Albers, Sadorski éprouve une
certaine méfiance envers son collègue berlinois. *Toujours avec cholies Françaises...* Et cette conversation
sur le lac du bois de Boulogne ! Son humeur s'assom-
brissant, il s'imagine descendre au sous-sol de l'un des
nombreux cafés qui jalonnent le boulevard. Il introduit
un jeton dans l'appareil, obtient un numéro au Plessis-
Robinson...

— Allô ? Je suis bien chez Nadine Bucquoy ? Ici
Léon... Léon Sadorski...

— Tiens, Léon... *(Pas enchantée de l'avoir au bout
du fil.)* Comment allez-vous ?

— Bien. C'est au sujet de ma femme... Quand elle
vous a rendu visite hier...

— Euh... oui... *(Ton méfiant.)*

— Elle n'a pas laissé son porte-mine Météore ? Elle
le cherche partout...

— Je ne crois pas, non. Vous désirez que j'aille voir ?

— Oh, c'est pas important. Mais je me suis fait du
souci... Yvette est partie de chez vous bien tard...

— Euh... en effet...

– C'était juste avant le couvre-feu… vers 10 h 30, c'est ça ?

– Oui, euh… ce doit être à peu près ça. Je lui avais fait observer que l'horloge tournait… Mais on bavardait, vous savez ce que c'est…

– *(D'un ton dur.)* Non, je ne sais pas. Car figurez-vous qu'elle est rentrée à 9 h 55. Extraordinaire, hein ? Arrivée avant d'être partie.

– Je… j'ai dû me tromper. Maintenant que j'y pense, Yvette m'a quittée plutôt vers 9 heures…

– *(Hurlant dans le combiné.)* Pourquoi ne pas avouer franchement, espèce de garce, qu'elle vous a dit de me raconter des bobards ? Au cas où je me renseignerais ? Hein ? Qu'elle n'a jamais foutu les pieds au Plessis-Robinson hier ?… Qu'elle était en train de se faire ramoner par un type ? Une saloperie de Boche ?…

Il s'énerve tout seul en marchant. Ralentit à la vue d'une boîte à lettres, place Saint-Michel. Sort le message anonyme au grand chef de la Gestapo.

Une voiture s'immobilise doucement sur sa gauche, contre le trottoir.

Sadorski glisse l'enveloppe à travers la fente. Il perçoit le bruit qu'elle fait en chutant au fond de la boîte.

Un type sort de l'auto. C'est une traction avant Citroën.

Il se positionne face à l'inspecteur. Brun, de petite taille, l'homme tient un automatique dans sa main droite. De l'autre main, il exhibe une carte jaune, frappée d'un aigle nazi. Et déclare, avec la voix et l'accent chantant de Fernandel :

– Police allemanedeu. Vous venez avec nous, monsieur Sadorski…

29

La grande vie

Un deuxième type surgit dans le dos du policier, palpe rapidement ses poches.

– Je ne suis pas armé.

– Et ça, c'est quoi ?

Il tient dans sa main le petit Ruby de la youpine arrêtée à la station Denfert-Rochereau. Sadorski n'y pensait plus.

– Ce pétard est vide. Ça me sert à rien…

L'homme lui confisque le 7,65 espagnol.

– Grimpe ! Magne-toi.

Tout se déroule très vite. À peine si quelques badauds ont tourné la tête. Ceux qui ont compris s'éloignent en vitesse. Sadorski est poussé sans ménagement sur la banquette arrière. Le gars qui l'a fouillé s'installe à côté de lui, presse le canon d'un automatique contre ses côtes. Le méridional s'est assis près du chauffeur. La 11 légère repart sur les chapeaux de roues, vire à gauche place Saint-Michel en faisant hurler les pneus, manque écraser une cycliste, fonce sur le quai dans la direction de l'ouest. Sadorski, ébranlé par les événements, proteste :

– Ho ! j'suis de la maison… Renseignements généraux, 3e section, inspecteur principal adjoint. Et merde, vous m'embarquez juste devant la préfecture ! J'ai rencart à la Gestapo à 16 heures… rue des Saussaies. Je comptais prendre le métro.

Rires, à l'avant du véhicule. Le brun répond sans se retourner.

– Aye, mon povre !… C'est qu'il y a Gessetapo et Gessetapo, chez nous ! Aujourd'hui, vous allez pas à la même.

– On le sait, que t'es de la maison Bourremann, grogne l'homme de la banquette qui, lui, parle comme au nord de la Loire mais dans un pur argot de Pigalle. Cesse de bagouler. Qu'un mironton comme toi soit content ou pas, c'est du quès pour mézigue ! Fais pas de ramdame, et chope pas le tracair, on va pas te mener en belle…

Son acolyte ajoute :

– Le Patron, il voudrait juste une petite conversation amicale avec vous, monsieur Sadorski… Té, c'est rapport à la souris à son neveu, qui aux dernières nouvelles serait dans une sacrée gelée de coings, la povre pitchoune.

Sadorski réfléchit au sens de l'expression « gelée de coings ». Il croit se rappeler qu'elle signifie les ennuis graves. Quant à la « souris » du neveu, il s'agit sans doute de Yolande Metzger. Tout cela n'annonce rien de positif. On entend parler de conversations « amicales » – ayant lieu dans les quartiers chic de Paris, chez les Boches comme chez certains Français – qui, pour l'invité, se déroulent à l'intérieur d'une baignoire d'eau froide, laquelle prend vite la couleur du sang. Le voisin de l'inspecteur a le menton proéminent, un visage et un nez allongés, un front bas et des cheveux bruns plaqués sur le crâne comme une moumoute. Lorsqu'ils parlent entre eux, le méridional l'appelle Dédé. Le surnom du premier est Jeannot. Le temps s'est remis à la pluie, le chauffeur fait fonctionner les essuie-glaces. La Citroën longe la rive gauche jusqu'au pont de l'Alma. Puis, franchissant le fleuve, remonte l'avenue du Président-Wilson jusqu'à Iéna où elle tourne à droite dans la rue Boissière.

Comme le redoutait Sadorski, ils se garent rue Lauriston, tout près du numéro 93. Une file de tractions noires stationne déjà, derrière une énorme Bentley à la carrosserie blanche immaculée. L'avenue Kléber est toute proche, où les sœurs alsaciennes tapinent, ou plutôt tapinaient, avec les garçons de la Wehrmacht. Proches aussi l'avenue de Malakoff et l'appartement de Mathilde Ostnitska, l'égérie récente de Serge Lifar, qui reçoit, outre le suspect russe Goloubine, l'ambassadeur Abetz, des officiers SS gantés de cuir, Cécile Sorel, Mistinguett, le Tout-Paris de la collaboration. « Dédé » pousse le canon de son arme dans les reins de Sadorski, le force à descendre.

Une porte haute et lourde, une volée de marches montant vers le large hall de cet hôtel particulier à l'aspect extérieur simple et sévère, coincé entre deux immeubles haussmanniens classiques. Le hall est décoré d'une paire d'immenses tableaux, l'un représente le chancelier Hitler, l'autre le maréchal Goering. Sous vitre, des collections de médailles et décorations diverses, dont beaucoup d'étrangères. L'inspecteur ne reconnaît que la Légion d'honneur et la croix de guerre 14-18. Un type aux cheveux châtains, le visage allongé, le front bas, en gabardine marron avec martingale, conduit les arrivants au premier étage, dans un grand bureau décoré de fleurs. Vases et corbeilles se retrouvent partout, débordant de dahlias, de roses, d'orchidées, de toutes les couleurs, mauves, rouges, jaune pâle... Le mobilier est constitué d'éléments de styles disparates, qui ont tous l'air d'avoir coûté bonbon.

Dans un coin de la pièce, un homme à lunettes fumées, nez long et petite moustache, le faciès maigre encadré de bajoues, tape à la machine sur un étroit bureau. Il a des manches en lustrine, on dirait un comptable. Sadorski reconnaît en lui une figure de la police judiciaire : l'inspecteur principal Pierre Bonny, célèbre pour avoir enquêté sur le suicide de l'homme d'affaires Stavisky et la mort mystérieuse du conseiller Prince, chef de la section financière du parquet, retrouvé décapité et déchiqueté sur la voie ferrée près de Dijon le 20 février 1934. Bonny, murmure-t-on dans les corridors de la préfecture, a mis lui-même en scène cet assassinat à la demande des plus hautes instances du gouvernement de l'époque, terrifiées par les émeutes du 6 février et la perspective de révélations de Prince qui possédait les preuves de leur corruption : les talons des chèques payés par Stavisky. En récompense de ses bons offices, l'inspecteur de la PJ, chargé d'étouffer une affaire dont il connaissait les ressorts les plus secrets, s'est retrouvé inculpé de corruption de fonctionnaire et de complicité, lâché et congédié comme un malpropre par sa hiérarchie qui autrefois le désignait à la presse comme « le premier flic de France ». Le voilà à présent secrétaire, ou comptable, de la Carlingue…

Un individu de haute taille, svelte et bien découplé, va et vient à travers la pièce, vêtu d'un costume bleu foncé élégant à fines rayures. L'homme a le visage allongé, un peu marqué, avec des lèvres étroites, un grand nez et des cheveux noirs lissés en arrière. Seule la voix détonne chez ce grand type portant beau, aux allures de bourgeois aisé, au maintien digne et imposant : haut perchée, bizarrement cassée, presque féminine. Les occupants du bureau l'écoutent néanmoins avec un respect mêlé de crainte. Le personnage est manifestement un chef, il dispose d'une autorité naturelle. Il doit s'agir de Lafont, le fameux « Monsieur Henri », patron du principal service de la Gestapo française. L'orphelin truand, Chamberlin de son vrai nom de famille, qui, ayant débuté dans les rues du treizième où il fouillait les poubelles pour subsister, est désormais l'homme le plus puissant de Paris après le général Oberg nouveau maître de la police de sûreté allemande, le général von Stülpnagel qui commande les forces d'occupation, et l'ambassadeur du Reich. Le préfet de police se trouve quasiment à ses ordres, et l'on murmure que Lafont envisage avec sérieux de lui succéder.

Il prête à peine attention à l'entrée de Sadorski accompagné par Dédé et par l'homme à la gabardine. Tout en discourant, il se penche sur un bouquet de dahlias, un autre d'orchidées, inhale leur parfum avec une mimique extasiée. La scène a quelque chose d'irréaliste et de théâtral. Monsieur Henri, évoluant dans la pièce tel un maître de ballet, semble toujours en représentation. Charmeur, il accumule les plaisanteries, délivrées avec un bagout de titi parisien. Les appareils sonnent sur les bureaux, on lui passe les appels, il répond à l'un puis à l'autre de sa voix nasillarde, parle fréquemment d'argent, brasse des millions. Les correspondants sont des généraux boches, des officiels français, des personnalités du Tout-Paris qu'il tutoie et appelle par leurs prénoms. Jean (Luchaire), Guy (de Voisins-Lavernière, mari de Corinne Luchaire), Mireille (Balin), Tino (Rossi), Viviane (Romance), Alfred (Greven), Lionel (« marquis » de Wiet), Mara (authentique comtesse Tchernycheff), Magda (« baronne Thévenin »), Sylviane (« marquise d'Abrantès »)... Sadorski, que l'on a fait asseoir sur une chaise près de la fenêtre, en croit difficilement ses oreilles. D'autres noms sont plus malaisés à identifier. Par habitude il se concentre, sans en avoir l'air, et fait fonctionner sa mémoire. Il y a un bout de temps que l'heure du rendez-vous avec Albers et Kiefer est écoulée. Il espère que la Gestapo ne lui en tiendra pas rigueur. La machine de l'ex-policier Bonny continue de crépiter en bruit de fond. Des gaillards à têtes de gangsters, nez cassés ou tordus, tignasses gominées, entrent et sortent, glissent des messages au Patron, s'interpellent entre eux dans un mélange insolite d'argot et de parler seizième arrondissement. Des coupes de champagne circulent. Les sobriquets pittoresques trahissent le Milieu : outre Dédé (on l'appelle aussi « Dédé la Vache ») et Jeannot déjà rencontrés, il y a un Totor, un Riton, un Mimile (celui-là a l'accent allemand), un Gaston de la rue de Lappe, un Jo le Corse, un Doumé du Vieux-Port, un François le Mauvais, un Frédo la Terreur du gniouf, un Tony la Serpette, un Armand le Fou, un Gros Bill dit le Mammouth, un Robert le Pâle, un Michel le Borgne, un autre Michel, dit Nez de Braise, un Gueule d'Or, un Arabe manchot dont le pseudonyme est Begdane von Kerbach, un Georges l'Arménien, un Riri l'Américain… et une sorte de petit-bourgeois à lunettes que les autres chahutent en le désignant comme « le Phénomène » : la plupart du temps, il demeure assis dans son coin, absorbé par la lecture de *Monsieur Teste* de Paul Valéry. À l'exception du calme intellectuel, curieusement déplacé dans ce décor de film de gangsters garni de fleurs comme une entreprise de pompes funèbres, Sadorski a rarement vu pareil assortiment de gueules inquiétantes. Lafont finit par s'apercevoir de sa présence.

– Bon, c'est qui ce zigomar à tifs blancs ?

La machine a écrire s'arrête soudain. Pierre Bonny fait claquer son briquet sur une fine cigarette à bout filtre :

– Le type de la Brigade antijuive des RG, explique l'ancien inspecteur principal. C'est lui qui a arrêté la petite amie de Raymond.

Monsieur Henri s'immobilise au milieu de la pièce, avec un soupir.

– Ah oui, la blonde qui loge à côté… Mais elle est pas juive, elle travaille aux *Questions juives*. Nuance.

Il se rapproche de Sadorski.

– Vous vous êtes trompé. Quelle bande de naves, les Renseignements généraux !

– Nous ne l'avons pas convoquée pour le fait qu'elle serait juive, bafouille Sadorski. On voulait juste lui poser quelques questions, à propos de l'assassinat de sa sœur cadette en avril dernier… Qui a été tuée sur le chemin de fer près de Stains… Et nous pensions que…

– Parce qu'on *pense*, à la caserne de la Cité ? coupe Lafont. Ça, ce serait nouveau. Contentez-vous de coffrer les cormorans, espèces de truffes, puisque vous êtes la Brigade spéciale antijuive… Mais je ne vous conseille pas de vous attaquer à ma famille ! Même si le Raymond, il fait que des conneries…

– Je ne…

– Et pourquoi les Corses ont radiné en moins de deux à l'hôpital et alpagué la frangine ? Enfouraillés avec des mitraillettes 9 mm ? Puisque vous êtes chez moi, monsieur l'inspecteur, auriez-vous la bonté de me rencarder à ce sujet ? Voyez-vous, je suis curieux de nature.

Il y a quelques ricanements dans la pièce. Sadorski baisse la tête.

– C'est quelque chose que pour le moment nous ne parvenons pas à éclaircir… Cependant, monsieur, cette affaire ne fait que commencer. Yolande Metzger a été enlevée ce matin…

– En quoi l'enquête concernait-elle les RG ? questionne Bonny depuis son coin de bureau. Le meurtre, tout comme l'enlèvement, regarde la police judiciaire…

– C'est vrai, tiens, remarque Monsieur Henri. Pourquoi ?

– Je… En fait, il y avait des soupçons au sujet des sœurs Metzger… que ce seraient des communistes…

Le chef de la Carlingue éclate de rire.

– Vous imaginez ça ? Mes neveux fréquentant des rouges ?

Il est secoué par une crise d'hilarité. En écho, des rires serviles parcourent le public. L'inspecteur, lui, se fabrique un vague sourire. En même temps, la phrase l'a fait légèrement tiquer. *Mes* neveux... Lafont essuie ses yeux pleins de larmes.

– Si vous avez cru ça, monsieur... euh, comment, déjà ?

– Sadorski.

– Monsieur Sadorski. Si vous avez cru ça, c'est que vous êtes vraiment nature. Là vous vous êtes fait des berlues... Voyons, je les connais, vos deux faux-poids. Elles dînaient chez Alexis. Y avait pas plus proboche qu'elles ! Bon d'accord, admettons qu'à l'époque du Pacte germano-russe, peut-être que l'une, ou l'autre, aurait consenti à ouvrir les cuisses pour se faire fourrer par le Petit Père des peuples... (La plaisanterie provoque de nouveaux rires.) Mais moi, je les vois surtout partouzer avec l'ami Fritz ! Galonné de préférence. Au premier coup d'œil, on comprenait qu'elles avaient un tempérament ! Mais... (il prend un air de mépris) au fond, deux pisseuses sans envergure. Camées, de surplus. Alors la gamine a récolté des bastos. Je ne sais pas pourquoi, ni comment, et ça m'est égal. Putain de vie de merde... Ensuite l'aînée se fait arrimer en plein Hôtel-Dieu par la bande du boulevard Flandrin. Je ne sais pas pourquoi non plus. Ce sera difficile de le savoir, parce que les Corses, ils vivent entre eux, demeurent à l'écart des autres, n'acceptent pas qu'on envahisse leurs taules. Ils savent se garder, et ils ont raison. Leurs secrets transpirent moins. Certains me reprochent d'avoir un faible pour eux... C'est faux. Les Corses m'ont bien emmerdé lorsque j'étais jeune. Mais j'admire leur solidarité, leur méfiance. Comme eux, je n'aime pas les traîtres. Ni les ingrats. Et je sais me venger. Pour ça, je suis implacable !

Il se tait. Dans le bureau, personne ne moufte, tous semblent glacés d'effroi. Les regards se portent sur les moulures du plafond ou sur les extrémités des pompes vernies. On entend une voiture passer dans la rue comme si elle traversait l'immeuble. L'ex-inspecteur Bonny, sa moitié de cigarette collée aux lèvres, glisse une feuille vierge dans le chariot de sa machine et se remet à taper. Sadorski transpire sur sa chaise. Il hésite à sortir une gauloise de son étui. Le parfum des fleurs se fait étouffant. Lafont reprend ses allées et venues, le front soucieux.

– Qu'est-ce que je vais faire de vous, monsieur Sadorski ?

L'interpellé répond d'un ton mal assuré.

– J'ai été naïf, oui, mais je ne crois pas que vous ayez vraiment quelque chose à me reprocher… Concernant la convocation de cette personne à la préfecture, je vous prie d'accepter mes excuses, monsieur Lafont. J'ignorais que vous la connaissiez…

– Tenez-vous tranquille ! hurle soudain le Patron. Laissez-moi réfléchir… Ce qu'on vous reproche, on vous le dira !

Un des téléphones se met à sonner.

On lui tend l'appareil. C'est un certain Hans qui offre d'apporter des billets pour la générale de la dernière pièce de Sacha (Guitry), *N'écoutez pas, mesdames*. Lafont accepte, en profite pour exiger une dizaine de places gratuites. Puis il regarde sa montre.

– J'ai rendez-vous dans une heure avec des types de la Gestapo à la Tour d'Argent… Et Dita qui n'est sûrement pas prête… Faut que je me change. (Il soupire et fronce les sourcils.) Ah, et puis merde, flanquez-le au frigo ! Disons pour une heure, faudrait pas qu'il canne ici, quand même… Si Paul et Raymond repassent cette nuit ils le questionneront à ma place dans la salle de bains. C'est eux que ça regarde, moi j'en ai marre…

Non, mais ! qu'est-ce que j'ai à faire avec la maison Poulmann dans mon bureau ? Vous pouvez me le dire ? Bande de naves ! Allez, embarquez-moi cette tranche, je veux plus la voir !

Dédé et un autre gars, à front large et mine patibulaire, le surnommé Nez de Braise, se précipitent sur Sadorski et l'entraînent sur le palier du premier étage. Pendant qu'ils descendent les marches du grand escalier, l'inspecteur se rappelle où il a entendu ce sobriquet : c'est celui d'un ancien indic du commissaire Chenevier, de la PJ. Sa véritable identité est Jean-Baptiste Chave. Depuis son entrée au service de la Carlingue, le Patron aurait affecté Nez de Braise à son groupe spécial de tueurs. On lui désigne une victime dont le nom est tapé à la machine avec une adresse. D'après les racontars, naturellement invérifiables, Chave pour plus de sûreté rapporterait à Lafont la tête du condamné dans un carton à chapeau. Tout à l'heure, Sadorski l'a observé vidant coupe sur coupe, tandis que le bout du nez court et aplati rougeoyait à mesure, justifiant l'appellation. Le type, d'ailleurs, pue l'alcool, et de moins bonne qualité que le champagne de Monsieur Henri. Tout en serrant le bras du policier, il grommelle :

– J'vais l'buter, j'vais l'buter…

Sadorski n'est pas trop sûr de qui il parle. Dédé fait des efforts pour adoucir son camarade :

– Reste peinard, Michel, roule pas les mécaniques. Tu vois bien que t'en as un coup dans les carreaux… t'es bourré comme un coing. Chaque fois que tu sèches un cave sans gamberger, après tu regrettes. Viens, on lourde le gonze, c'est tout ce qu'on nous demande…

Ils regagnent le hall d'entrée, ses portraits du Führer, de Goering, ses décorations, passent par une petite porte à l'arrière qui s'ouvre sur un escalier en ciment. Les caves de l'hôtel particulier du 93, rue Lauriston. En bas, un étroit corridor garni d'une enfilade de cloisons à claire-voie, cadenassées de l'extérieur. Cela sent le renfermé, et une odeur fade, écœurante, de boucherie. Des ampoules grillagées, disposées à quelques mètres d'intervalle sous le plafond, diffusent une lumière sourde. Par terre, des petites soucoupes remplies de poudre rouge, pour exterminer les rongeurs. Au bout de l'allée, une pièce où s'empilent des caisses et des casiers à vin, remplis de bouteilles poussiéreuses, contre deux grands placards frigorifiques. Les engins ronronnent doucement. Sadorski frémit. Nez de Braise, tout près de lui, poursuit sa rengaine avec de légères variations. «On va t'buter, on va t'buter…» Dédé la Vache tire une des portes. Un courant d'air glacé, des relents de nourriture avariée flottent vers les trois hommes.

— Bon Dieu, vous allez pas me mettre là, les gars… Je vais crever…

— Chope pas le tracair, j'te dis! Le Patron a donné qu'une heure comme sapement… C'est pas lerche.

— Moi, j'l'aurais buté… J'l'aurais buté…

— Ouais, on a pigé, Michel… Peut-être plus tard. Raymond il l'a mauvaise contre ce bourre-là.

On le pousse dans le réfrigérateur vide. Il n'y a pas qu'une odeur de nourriture, mais aussi de vieille urine.

— Les gonzes ils peuvent pas toujours se retenir de lisbroquer, commente Dédé. Mais bicause la température, ça chlingue pas trop.

— Et pour respirer là-dedans? Je vais m'asphyxier!

L'alcoolique émet un grognement indistinct, Dédé, lui, rigole franchement:

— Ils disent tous la même chose! Non, non, c'est prévu, mon pote…

— T'appelles «pote» un perdreau, toi? s'indigne Nez de Braise.

— C'est ça, bute-moi, répond l'autre, se marrant toujours.

– Ouais, faudrait tous les buter…, marmonne l'exécuteur entre deux hoquets, et secouant la tête l'air morose. Tous… tous…

Dédé claque la porte du Frigidaire sur le prisonnier. La lumière s'éteint en même temps. Sadorski n'entend plus que les sons étouffés du dialogue des deux gestapistes. Et se met à grelotter.

Les types sont partis, l'abandonnant à son sort au fond de la cave. Dans le froid et le noir total. Et l'odeur de pisse, de légumes pourris. Il s'efforce de combattre la claustrophobie qui monte. Une heure, une heure seulement à tenir, se répète-t-il. Ce n'est pas très long. À Berlin, il est resté enfermé cinq semaines ! Mais pas sous une température voisine de zéro… Il boutonne son imperméable, en relève le col. Enfonce son chapeau sur son front. Se frottant énergiquement les bras, se tapant la poitrine, l'inspecteur s'agite sur place afin de lutter contre l'engourdissement, faire circuler le sang. Dans l'espace quand même limité, il se cogne aux parois métalliques invisibles, parfois avec violence. Il souffle, s'essouffle, tousse, éternue. Au bout d'une dizaine de minutes – ou plus, ou moins, comment le savoir ? les aiguilles de sa montre ne sont pas phosphorescentes – ses mouvements se ralentissent considérablement. Il n'en peut plus. Une toux sèche déchire ses poumons, sa gorge. Son nez coule. Ruisselle, plutôt. Ses articulations lui font mal. Il a envie d'uriner. C'est le Cinzano au Dupont-Latin, après son rendez-vous avec la petite Julie. Sans compter les bières auparavant. En revanche, il n'a pas bu de champagne. Personne chez les truands n'a songé à lui en offrir… Sadorski fait une pause dans ses exercices. Il éternue, se mouche, se résout à déboutonner sa braguette. Pisse dans l'obscurité en espérant ne pas souiller son pantalon ou ses chaussures. Savoure le relâchement de sa vessie, l'écoulement abondant du liquide, la diminution de la pression interne. Il écarte les jambes, recule les pieds au maximum sans perdre l'équilibre. L'odeur monte vers lui en dépit du froid. Le sol est trempé, glissant. Il remballe sa verge, rétrécie par la température glaciale, se reboutonne. Éternue de nouveau. Les frissons sont presque incontrôlables. Il claque des dents. Reprend sa gymnastique. Manque déraper, à plusieurs reprises. Heurte les parois. Les poumons en feu, il s'adosse au fond du frigo, les jambes poussées contre la porte – là où il croit se rappeler être la porte. Il s'autorise quelques minutes de repos. Récupérer son souffle. Ne pas s'asseoir, surtout! S'asseoir dans sa pisse… Tenir le coup. Plus qu'une demi-heure, peut-être… et on viendra le délivrer. Lafont a la réputation d'un homme de parole. Ses sbires ont trop peur de lui pour désobéir. Il a coutume de faire disparaître définitivement les récalcitrants, tous ceux qu'il considère, à tort ou à raison, comme des traîtres. Parfois il les descend lui-même à coups de pistolet, dans l'hôtel ou en public dans les petits bars de Montmartre. Que fait-il des corps des types abattus ici, rue Lauriston? Ses complices les enfouissent-ils dans le jardin de derrière, ou bien sous le ciment de la cave? Les balance-t-on plutôt à la Seine, lestés de plomb? Mystère. Et ce n'est pas la police française qui va enquêter. Monsieur Henri est en trop bons termes avec les Boches. Quoi qu'il en soit, la porte du réfrigérateur se rouvrira soixante minutes exactement après que Sadorski y est entré, se persuade-t-il. Pas plus d'une heure, a décrété le grand chef. Donc éventuellement un peu moins… L'espoir fait vivre. Le policier se remet à remuer. La cervelle vide – hormis la certitude entretenue que son emprisonnement ne dépassera pas la limite fixée. Sans cela, il deviendrait fou! Rassembler son courage, ses forces, bouger, se réchauffer. Oublier qu'il est enfermé. Négliger la toux, la brûlure des bronches et des ecchymoses. La fatigue, les ampoules, les éternuements, la morve qui jaillit, se colle aux lèvres, au menton… Courir sur place dans cet air raréfié, insalubre, glacial, remuer les jambes comme les pistons d'un moteur d'automobile. Les pistons qui montent et descendent, sans rechigner. Car les pistons ne rechignent jamais. Ils baignent, s'agitent dans l'huile, des kilomètres durant, sous l'effet de l'explosion du mélange gazeux comprimé, et enflammé par l'étincelle de la bougie. Montent, descendent. Montent, descendent. Leur intérieur est creux pour réduire le poids. Leurs gorges sont taillées pour recevoir les segments, faits de fonte sèche, cassante. Les segments assurent l'étanchéité. Sadorski souffle, une-deux, une-deux. Les bielles transmettent les mouvements des pistons au vilebrequin. Le frottement fait chauffer les pièces. Un peu de chaleur, de chaleur pour lutter contre le froid terrible de sa prison. De son cercueil glacé… Le vilebrequin reçoit les impulsions des pistons. Une-deux, une-deux. Non, plutôt un-trois-quatre-deux, dès lors qu'il s'agit d'un moteur quatre cylindres. Les explosions se produisent séparément, et même pas dans leur ordre numérique, de façon à distribuer les temps moteurs sur un tour complet du vilebrequin. D'où le décalage des manetons, sur lesquels viennent se serrer les têtes de bielles. Sadorski souffle en courant sur place. Énumère à voix haute des modèles d'engins puissants rencontrés ces jours derniers. Traction avant Citroën noire… Delage D6-70 décapotable bleue… Bentley blanche… La Bentley blanche de Lafont. Blanche comme la neige. La came. La morphine… Qu'a dit Monsieur Henri, au fait ? Oui, camées. Camées toutes les deux. Marguerite et Yolande. Yolande et Marguerite. Pas juives. Pas communistes. Simplement camées. Les trous dans les bras violacés de Marguerite, à la morgue quai de la Rapée. Extraite, elle, de son réfrigérateur médico-légal. Les minuscules orifices des piqûres… Aux deux bras. Deux. Deux sœurs. *Deux neveux*. Marguerite, Yolande. Raymond et… comment s'appelle-t-il ? Paul. Paul Clayet. Paul et Raymond Clayet. Deux frangins. Deux types de la Gestapo. La Gestapo française. La Gessetapo… Le service Lauriston. La *carrelingue*. Rien à voir, au fait, avec une carlingue d'avion : le mot vient de *carre*, en argot la somme minimale requise pour entrer dans une partie de poker. C'est le synonyme, chez les joueurs, de « cave ». Autrement dit : la bonne adresse, la bonne planque, et la grande vie. Gagner des tonnes de pèze, en intégrant la bande à Monsieur Henri. Une bande proboche. Et deux sœurs proboches. *Évidemment !* Aussi évident que deux et deux font quatre. Qui se ressemble s'assemble ! 93, rue Lauriston, 69, avenue Kléber. Ces immeubles doivent être à moins de cinquante mètres de distance l'un de l'autre…

– *Regardez-moi, mademoiselle Metzger. Samedi 4 avril. L'après-midi. Comment vous a paru votre sœur ?*

– *Pardon ?*

– *Je ne sais pas, nerveuse, enjouée, bavarde, cachottière ?… Ou peut-être inquiète ?… Elle avait peur de quelqu'un ?*

– *Elle… m'a semblé plutôt excitée.*

– *Excitée ?*

– *Il y avait un homme… que Marguerite avait rencontré récemment. Il lui faisait un gringue d'enfer, disait-elle. Et il avait beaucoup d'argent à dépenser. Ce soir-là, ma petite sœur devait sortir avec lui… Au restaurant…*

– *Comment s'appelle-t-il ?*

– *Mais je n'en sais rien ! Si je le savais, les Allemands l'auraient interrogé depuis longtemps, ce type ! Pourquoi toutes ces questions ?…*

Menteuse ! Sale petite menteuse !

Henri Chamberlin, *alias* Lafont, *alias* Monsieur Henri. L'escroc, le tueur, le chef des tortionnaires. L'orphelin de père à onze ans, qui assouvissait sa faim au fond des poubelles, le gamin de la maison d'éducation surveillée de Villeneuve-sur-Lot, l'évadé de prison, de camp d'internement en 40, devenu le vrai caïd, celui à qui les Allemands ont offert les clés de Fresnes pour en libérer les malfrats. Le futur préfet de police, le truand le plus puissant de la capitale, le Patron et – au sens où on l'entend dans le Milieu – *l'homme*, en dépit de sa ridicule voix de fausset. Et aujourd'hui Sadorski l'a entendu dire, sans le vouloir, sans y attacher du reste une quelconque importance, la vérité :

Vous imaginez ça ? Mes neveux *fréquentant des rouges ?...*

Voyons, je les connais, vos deux faux-poids... Elles dînaient chez Alexis. *Y avait pas plus proboche qu'elles !...*

Si Paul et Raymond repassent cette nuit ils le questionneront à ma place. C'est eux que ça regarde...

C'est eux que ça regarde.

Elles dînaient chez Alexis. Oui, Alexis Pierlovisi, un Corse agent du SD. Une bonne petite adresse rue Notre-Dame-de-Lorette. Le restaurant pittoresque de Montmartre où ils se retrouvent tous. Collaborateurs, voyous, politiciens, officiers SS. Gestapistes français. Le chef de la Carlingue, Henri Lafont. Et Georges Bonnet, Doriot, Carbuccia, Luchaire, le Dr Knochen, le général Thomas, Carbone et Spirito les gangsters de Marseille... Et, enfin, et pas pour longtemps, deux petites « faux-poids » – putes mineures – de seize et vingt ans, *deux sœurs*, ravies, flattées, excitées de dîner, dans cette ambiance affranchie, avec *deux frères*. Leurs amants, leurs proxénètes. Leurs gestapistes attitrés. Les neveux du Grand Patron. La famille.

Avec qui Marguerite Metzger sortait-elle dîner, gantée, chapeautée, pomponnée, au soir fatidique de ce samedi 4 avril ?

Avec Paul Clayet !

Sadorski dérape, glisse, bascule en jurant.

Il tombe brutalement à la renverse, se cogne les reins, le coude, l'arrière du crâne. Perd son chapeau dans sa chute. Il le cherche à tâtons dans le noir, tout en essayant de se relever, grommelle des jurons, des insultes. Ses paumes mouillées sentent l'urine. Il jure de nouveau.

Celui qu'il cherche est Paul Clayet. Certes, mais quel avantage à le savoir ? Sadorski n'est pas en posture d'interroger le suspect dans un bureau de la caserne. C'est tout le contraire. Si Paul et son petit frère Raymond repassent à la Carlingue cette nuit, ce sont eux qui se feront une joie de lui faire subir la question. Ici dans la cave, ou dans l'eau glacée de la baignoire. *Raymond il l'a mauvaise contre ce bourre-là...* s'il faut en croire Dédé la Vache. Et les costauds, les vicieux, ne manquent pas dans les environs pour prêter main-forte.

L'angoisse, le froid, le manque d'air, lui écrasent la poitrine. Sadorski s'est remis debout, tête nue, mais n'arrive plus à effectuer sa gymnastique. L'asphyxie est proche. Il n'aurait pas fallu remuer autant, consommer autant d'oxygène... Le système spécial d'aération est défectueux. C'est peut-être exprès. Un raffinement supplémentaire dans la torture. Les frissons deviennent incontrôlables. Le nez coule sans discontinuer. La morve se mélange à la bave qui trempe le menton, sous la lèvre inférieure pendante. L'inspecteur des Renseignements généraux de la préfecture de police de Paris est en train de se muer en une loque humaine. Ses efforts sont vains. Il va crever, pataugeant dans son urine, mourir tout simplement gelé. On l'a oublié au fond du frigo. Sadorski tombe à genoux, penché en avant il repose sa tête contre la paroi tapissée de givre. Des larmes sillonnent ses joues. C'est pire qu'à Berlin. Clamecer ici aux mains des Français… de compatriotes, qui servent pourtant le même maître que lui, les Boches. Ces Boches devenus nos maîtres à tous. Car à quoi bon biaiser, jouer au malin ? ruser, comme l'a fait Louisille ? Ils sont les plus forts. Nous rampons devant eux. Nous léchons leurs bottes, leur ouvrons notre cul, quémandons leurs faveurs tout liquéfiés de trouille dès qu'ils se mettent à gueuler. Ils gueulent presque toujours, du reste. Hurlent leurs ordres. *Schnell, schnell, Schweinen Französichen !* Plus vite, plus vite, cochons de Français ! Crachez votre fric, pissez le sang, cédez-nous vos filles ! Cholies Françaises… Cholie lingerie… Sadorski sanglote en se rappelant son Yvette. Yvette, Yvette… Comment as-tu pu faire cela ? Permettre à ce nazi blond de te souiller, d'éjaculer son foutre germanique entre tes cuisses… Laisser sa queue boche s'introduire dans la chair douce qui est, ou était, mon domaine, mon territoire… Mon refuge sacré, à moi ton Léon, ton biquet d'amour, ton petit mari, ton poulet affectionné… Sadorski pleure en répétant tout haut les sobriquets ridicules et touchants qui sont sa joie, ses secrets… qui étaient *leur* joie, *leurs* secrets. Il y avait aussi les petits jeux… Yvette le grondant, sur ordre : « Je t'interdis de jouir… Petit garnement, je t'interdis de jouir !… » Et le canon du pistolet braqué sur sa tempe… les poignets liés… l'urine de femme – l'averse bienfaisante, la pluie d'or – aspergeant son visage… Bon Dieu, en a-t-elle parlé à Albers ? *« Mon mari est un peu spécial… si tu savais ce qu'il me demande… »* Les paroles, les rites… Quelle honte ! Mais comment serait-il possible que tout cela n'existe plus ? Que cette intimité soit violée, annihilée, foulée sous les talons du vainqueur, du conquérant ?… C'est trop ignoble, trop insupportable…

Il perd conscience à mesure. N'existent plus désormais que les tremblements violents qui l'assaillent : de froid, de chagrin, d'humiliation. Il se réfugie dans les tremblements. Se laisse aller, pareil à ces soldats de l'Empire qui s'endormaient ensevelis sous la neige russe. Son arrière-grand-père qui a connu la retraite devant Moscou. Et qui en est revenu, jusqu'à Sfax de l'autre côté de la Méditerranée, pour y bâtir la ferme familiale de ses propres mains. Enfant, Sadorski écoutait avec un intérêt passionné les récits des guerres napoléoniennes. À présent c'est le tour des Boches, peut-être, de crever là-bas... Juste retour des choses. Étrange bégaiement de l'histoire militaire. Mais lui ne sera pas là pour le voir... Le froid, curieusement, se fait moins pénible. C'est la sensibilité qui diminue. Sadorski est bientôt sur le point de s'abandonner définitivement. Son esprit flotte, vogue, s'éloigne de tous ces tracas. Yvette baisée par le gestapiste... La petite Julie toute seule dans l'entresol perquisitionné... Thérèse perdue et réapparue... si c'était elle qu'il a aperçue dans le métro... Yolande Metzger kidnappée par les voyous corses... sa petite sœur raidie dans son cercueil de la morgue, la face trouée par les balles... Il s'était juré de retrouver le type... lui enfoncer la figure à coups de marteau... Tant pis... il faut oublier... renoncer... Sa lassitude est immense. La vie l'a trahi, lui Léon Sadorski, le fonctionnaire français honnête, désarmé, on l'a insulté, rudoyé, traité de tranche et de pauvre type. Putain de vie de merde, comme dirait Lafont. Mais que lui importe ? Quel sens tout cela peut-il avoir ?... Puisque ce soir est venu enfin le temps du sommeil.

La lumière en plein dans ses yeux le fait sursauter. Le frigo s'est rallumé. Sa porte, grande ouverte. Sadorski bat des paupières, ébloui, hagard. Il perçoit des rires.

Des mains s'emparent de lui, le soulèvent, l'arrachent à son habitacle polaire. Une couverture est jetée sur ses épaules. On lui parle, des voix faubouriennes, gouailleuses, certaines en argot à l'accent du Midi. Quelqu'un lui tend un verre. C'est du rhum, ambré, d'une teneur très élevée en alcool, la brûlure envahit sa gorge, coule dans l'œsophage. Il se met à tousser. Les types rient autour de lui, se moquent de l'imperméable, du pantalon mouillés de pisse. Ils l'obligent à vider le verre jusqu'à la dernière goutte. Des claques sont assenées dans son dos. On lui fait remarquer que sa peau a viré au bleu.

– Paul et Raymond sont là-haut, mon povre…

La voix de Jeannot.

Le pire est donc à venir.

Sadorski veut poser une question, mais sa gorge est bloquée, les mots se refusent à franchir ses lèvres.

Il essaye de distinguer les autres truands. Frédo la Terreur du gniouf, Armand le Fou, Gros Bill dit le Mammouth… et Riri l'Américain. Plus deux autres qu'il n'a jamais vus. C'est la foule ici, on piétine, fume, bavarde dans le cellier et le corridor, sous la lueur diffuse des ampoules ornées de grillages. Il n'aperçoit pas Dédé la Vache.

– Le Patron a téléphoné, l'informe Riri l'Américain.

– Hé ! depuis la Tour d'Argent ! ajoute Jeannot, avec une nuance de respect, en dépit de cet accent à la Fernandel qui lui ôte un peu de sérieux.

– Ah bon, et il a dit quoi ? interroge Sadorski d'une voix cassée, rauque et bizarre à ses oreilles.

– Nous avons contrordre, répond Frédo, un grand type maigre à col roulé, mâchoire en galoche, nez long et cabossé, yeux pâles où des lueurs inquiétantes brillent quand il sourit. Une bagnole va venir te chercher…

Cette information a été délivrée avec un curieux accent mélangé, belge et niçois. Jeannot, de son côté, précise :

– Une voiture allemanedeu.

L'inspecteur n'y comprend rien. Des gens de la Sipo-SD ? Au milieu de la nuit ? Ce n'est sûrement pas pour le conduire au bureau de liaison de la préfecture… Alors, rue des Saussaies ? Afin de reprendre l'entretien manqué cet après-midi chez Boemelburg ? Mais, à ce qu'il a entendu, on torture aussi là-bas dans ces anciens locaux de la Sûreté nationale. En utilisant le mobilier des salles de bains, ou à l'aide du courant électrique. Sadorski tremble encore, les voyous persistent à le frictionner.

Une silhouette apparaît dans le corridor. C'est Dédé la Vache. Il rigole :

– Les neveux sont en haut avec Engel, Haré et Nez de Braise. Le Raymond s'est mis salement en carante. Il veut dessouder votre poulet après l'avoir fait jacter. T'as pigé, le bourre ? Il a décidé de te limer les ratiches jusqu'au nerf, t'arracher les ongles et te découper les plantes de pied au rasoir puis les arroser de sel. Bicause sa mousmé qu'il vient de retrouver attigée comac à l'hosto, sa tronche tout à l'envers suite au turbin corse… D'après les toubibs, il serait pas près de calecer sa polka de nouveau, ou alors, en éteignant bien les lampes de chevet !

– Moi, ça me déplairait pas de m'en occuper, de votre gonze, commente Frédo la Terreur du gniouf, le sourire jusqu'aux oreilles et le regard allumé. Les durs, y a qu'à me les refiler, je leur mets les doigts sous la presse. Avec moi, c'est « parle ou crève ! » hein, mon perdreau ? Et tu crèves ensuite quand même. Mais en ayant moins souffert… c'est ça, l'avantage.

– Pas question, monsieur Frédo, s'interpose le Mammouth, avec l'autorité d'un truand endurci. Tu veux finir chez l'équarrisseur ? Si le Patron a ordonné qu'on le largue aux Fritz, on le largue aux Fritz.

– Le carrosse de sa seigneurie de Bourremann est avancé, confirme Dédé. Avec chauffeur en uniforme et tout l'bastringue. *Heil Hitler.*

Il prend le bras de Sadorski débarrassé de sa couverture, l'aide à progresser le long du couloir entre les portes à claire-voie. Riri l'Américain le coiffe de son chapeau ramassé dans le Frigidaire. Jeannot les rattrape et donne à l'inspecteur un petit automatique argenté, en le tenant par le canon. Le Ruby de Maria Pikkel.

– Té, je vous l'ai nettoyé, graissé, il en avait besoin, monsieur Sadorski. Comme vous, d'ailleurs. (Il s'esclaffe.) Je vous ai fait le plein de cartouches 7,65. Et une dans la culasse. Y a plus qu'à tirer, mais attention, pas sur les Chleuhs ! Sauf s'il y en avait un qui vous manquait de respect…

Le petit brun se marre de nouveau. Son prisonnier surpris le remercie faiblement. Il glisse l'arme dans la poche de l'imperméable. Lorsque le groupe débouche sur le palier du hall que parfument les dahlias, les roses et les orchidées, entre les portraits du chancelier et de son ministre, des éclats de voix retentissent au premier étage derrière les portes fermées du bureau. Dédé presse Sadorski vers la sortie. Le policier se demande ce qui est arrivé à Yolande Metzger. A-t-elle vraiment échoué dans un hôpital après sa mésaventure avec les Corses ? « Attigée comac » doit vouloir dire grièvement blessée. Raymond Clayet l'a-t-il vue là-bas ? Et s'est-elle auparavant mise à table sous les coups de ses ravisseurs ? Guère le temps de réfléchir : une traction Citroën grise attend garée devant les marches, rue Lauriston, sous le halo bleuâtre du réverbère repeint par la défense passive. Un jeune sous-officier SS qui fumait une cigarette à côté du véhicule salue poliment l'homme qu'il est venu chercher.

– Monsieur Sadorski ? Enchanté. Adjudant Schertel von Burtenbach. Il est un peu tard mais nous avons du travail encore. *Bitte*. Asseyez-vous, je vous en prie.

Le chauffeur est lui aussi un Boche en tenue. Sadorski s'installe sur la banquette, suivi par le nommé von Burtenbach. Il lui semble se rappeler que Yolande l'avait cité parmi ses interrogateurs allemands enquêtant à propos de l'assassinat de sa sœur. La Citroën démarre doucement, enfile la rue Lauriston à une allure prudente. Ses phares bleus balayent l'intervalle d'obscurité entre les halos distants des réverbères. Il questionne :

– Je suppose que vous m'emmenez à la rue des Saussaies ?

Le sous-officier a un petit rire.

– Oh, non, pas du tout. Mes ordres sont de regagner immédiatement le boulevard Flandrin.

30

Tueurs de dragons

La voiture se faufile au ralenti à travers un dédale de rues étroites et vides. Sadorski consulte sa montre à la faible lueur de l'ampoule de la cabine. Minuit passé d'une vingtaine de minutes : le couvre-feu est en vigueur depuis un bout de temps. Il reconnaît la rue des Sablons où se trouve le cabinet de son dentiste, le Dr Roucaud, qui est aussi celui d'Yvette. Le chauffeur paraît un peu perdu. Il finit par tourner dans l'avenue Henri-Martin et reprend la bonne direction. Peu après le métro Pompe – d'où est sorti Goloubine, la veille, quand l'inspecteur le suivait pour se rendre chez la comtesse Mathilde Ostnitska – ils aperçoivent un remue-ménage autour d'un camion militaire allemand, garé sous les arbres devant un immeuble bourgeois aux fenêtres obturées, comme toutes les autres, par les rideaux du *black-out*. On entrevoit au troisième étage quelques filets de lumière jaune. Et l'on entend de plus en plus nettement des exclamations et des cris.

Une jeune femme aux cheveux longs et décoiffés, en chemise de nuit, est traînée brutalement par deux soldats encadrés par des gestapistes en civil, tandis que d'autres *feldgrau* sortent des caisses de l'entrée illuminée de l'immeuble, les chargent à l'arrière du camion, sous la bâche. Les caisses semblent lourdes. Sadorski s'interroge : documents, armes, munitions ? Les Boches

auraient mis la main sur une importante cache terroriste… Il se retourne, voit la femme qu'on pousse sans
ménagement à l'intérieur d'une autre traction allemande. La prisonnière paraît belle, pour le peu qu'il
distingue de sa figure livide dans la lueur des phares,
des torches électriques des militaires, du hall encore
éclairé dans son dos. Un hall qu'elle n'est pas près de
revoir. En voilà une, c'est sûr, de bonne pour la question aggravée. Rue des Saussaies, avenue Foch ou
ailleurs. Les locaux des services de répression ne
manquent pas. Le policier français laisse vagabonder
son imagination. Pour commencer, des hommes en bras
de chemise obligent la dissidente à s'agenouiller sur une
règle triangulaire, tandis qu'un Boche grimpe sur ses
épaules, au milieu des rires. Puis on la suspend, les bras
ramenés en arrière, jusqu'à l'évanouissement. Les SS la
frappent à coups de pied, de poing, de nerf de bœuf. On
la ranime en l'aspergeant d'un seau d'eau, chaque fois
qu'elle a perdu connaissance. Un fil électrique est
ensuite attaché à ses chevilles, son tortionnaire promène
délicatement un second fil sur les parties les plus sen-
sibles du corps. On a déchiré son vêtement de nuit. Le
fil électrique touche l'extrémité d'un téton, grésille, la
fille hurle, balance des ruades parfaitement dérisoires.
On lui crie des insultes, en français avec l'accent allemand. Sadorski, en dépit de son état misérable, de ses
vêtements fripés qui sentent l'urine, de son nez qui
s'obstine à couler, bande sous le pantalon. L'adjudant
ne s'aperçoit de rien. Il fredonne un petit air, pianotant
sur son genou droit. Son voisin, qui n'y connaît à peu
près rien en musique – à part les hymnes martiaux : *Le
Chant du départ*, *Le Régiment de Sambre-et-Meuse*,
Maréchal nous voilà ! –, serait incapable d'affirmer si
ces notes, mélodieuses et nostalgiques, ça il s'en rend
compte, sont de Mozart, de Schubert ou de Jean-
Sébastien Bach. C'est Julie qui le saurait peut-être, et sa

mère bien évidemment. À propos, il se rappelle qu'il ne faudrait pas trop tarder à rendre visite à Bazziconi au bureau des Étrangers et des Affaires juives. Lui demander d'extraire Raissa Odwak de son camp d'internement. La petite Julie en sera tellement reconnaissante à son bienfaiteur ! Mais tout cela, naturellement, à condition que la Gestapo lui rende sa liberté. L'auto vire à droite dans le boulevard Flandrin, fait demi-tour au niveau de la rue Dufrenoy, revient s'immobiliser du côté des numéros impairs, au 11.

— Nous sommes arrivés, monsieur Sadorski. Le lieutenant vous attend.

Le jeune homme l'accompagne jusqu'à la porte, sous le drapeau à croix gammée. Une sentinelle claque des talons. « *Heil Hitler ! – Heil Hitler !* » Sadorski se croit revenu des semaines en arrière, au temps de son séjour forcé à l'Alex. Ils montent dans les étages, où l'on entend cliqueter les machines derrière les murs. On travaille la nuit, à la Section VI du boulevard Flandrin. Ici aussi, odeurs de café ersatz, et cigarettes de bonne qualité, au parfum sucré. Les lieux sont tout de même moins vastes et impressionnants que la maison mère de l'Alexanderplatz. L'adjudant toque à une porte, coups discrets, respectueux de la hiérarchie.

— *Herein !* crie-t-on de l'intérieur.

Von Burtenbach pousse le battant, claque des talons au seuil de la pièce, avant d'exécuter un salut impeccable.

— *Herr Obersturmführer ! Hier ist der Mann. Heil Hitler !*

Il s'efface pour laisser entrer Sadorski.

Stylo en main, un officier SS quadragénaire, au genre distingué, achève de remplir l'adresse d'une longue enveloppe beige sur un bureau jonché de dossiers et de chemises aux couleurs diverses. Lorsqu'il se lève, son hôte constate qu'il est très grand, plus de 1,80 mètre, malgré un maintien légèrement voûté. Front haut, un peu fuyant, cheveux lissés, teint clair et petite moustache châtaine couvrant la lèvre supérieure mais séparée en deux. Un visage racé qui fait penser à celui d'un major britannique dans quelque film de guerre ou d'espionnage. L'homme parle français presque sans accent.

— Asseyez-vous, monsieur. J'ai déjà entendu votre nom. En des occasions différentes… Parfois en mal, parfois en bien. Vous m'accorderez le temps, je l'espère, de former ma propre opinion en ce qui vous concerne.

Dérouté, l'inspecteur prononce de vagues remerciements, s'excuse, prend place avec gaucherie sur le fauteuil qu'on lui a désigné en face du meuble-bureau. Le sous-officier est reparti en fermant doucement la porte. On entend une machine à écrire et des voix, masculine et féminines, dans la pièce à côté. L'*Obersturmführer* se dirige vers une armoire, dont il extrait une bouteille de liqueur et deux verres. Il remplit ceux-ci à ras bord.

— Nous allons trinquer, monsieur Sadorski. À la victoire de l'Allemagne.

Le policier hésite, lève son verre avec un sourire contraint.

— Oui, mon lieutenant.

— C'est du dry gin de chez Booths. Une caisse livrée par Anglo Spirits Imports & Co, rue Boudreau, dans le neuvième arrondissement. Nous l'avons découverte au fond de la cave en prenant possession des lieux.

Ils trinquent. L'Allemand sourit.

— Je vois que vous n'êtes pas très enthousiaste. Trinquons aux femmes, alors. À l'amour…

— Oui. À l'amour, mon lieutenant.

Ils trinquent encore une fois. Sadorski se sent honteux, dans ses vêtements souillés.

— Je m'appelle Roland Nosek. Cela vous dit peut-être quelque chose ?

Son invité hoche la tête. Il se remémore entre autres les propos du reporter du *Petit Parisien*, au bar de la rue d'Enghien : *Nosek ? Un type charmant. Un des plus civilisés chez les Chleuhs. La sous-section qu'il dirige, le* Referat *N 1, s'occupe de centraliser des renseignements concernant la société française... Milieux politiques, de la presse, de la justice, de la culture, etc.*

Mais ce « type charmant », se rappelle-t-il, se charge aussi de confisquer les enquêtes de la police judiciaire. Notamment au soir du 4 avril 1942, sur la voie ferrée près de Stains...

– Un journaliste parisien m'a dit beaucoup de bien de vous, mon lieutenant. Edmond Loiseau. Il vous considère comme très « civilisé »...

– Ah. Oui, ce « drôle d'oiseau » qui trouve toujours tout formidable... et en première place ses propres articles. Ex-amant de ma collaboratrice Hilde von Seckendorff, laquelle couche ces temps-ci avec Lafoy, patron de Cinzano. Nous savons beaucoup de choses, voyez-vous, à la Section VI. On nous envoie aussi beaucoup de courrier. D'informations. De dénonciations. De propositions, même... Je vais finir par croire que les « Boches » sont vraiment très populaires auprès des Français. Qu'en dites-vous, monsieur Sadorski ?

– Ma femme aime beaucoup certains Allemands, mon lieutenant. Un peu trop à mon avis. Moi, je me contente de les respecter. Nous avons perdu la guerre. C'est un fait sur lequel il est inutile de revenir. Je suis persuadé que votre nation a des choses à nous apprendre, notamment sur les questions militaires ou de police... À Berlin, j'ai effectivement sympathisé avec des collègues de l'Alexanderplatz. Ils m'ont invité à déjeuner, fait visiter des palais, des expositions...

L'officier acquiesce, sans manifester d'intérêt particulier.

– Je suis au courant de ce voyage. Mais, à propos des offres inattendues et non sollicitées que l'on nous fait, je souhaitais vous lire celle-ci. Je la trouve, comment dire… presque délicieuse. Je viens de leur répondre. C'est un courrier que nous avons reçu de la société Photomaton.

Il extrait une feuille de papier d'une chemise.

– Écoutez bien : « *Cher Monsieur le Commandant*, etc., etc. *Nous pensons que le rassemblement de certaines catégories d'individus de race juive dans des camps de concentration aura pour conséquence administrative la constitution d'un dossier, d'une fiche ou carte, etc.*

« *Spécialistes de questions ayant trait à l'"Identité", nous nous permettons d'attirer tout particulièrement votre attention sur l'intérêt que présentent nos machines automatiques Photomaton susceptibles de photographier un millier de personnes en six poses, et ce, en une journée ordinaire de travail.*

« *Lorsqu'il s'agit de photographier d'importants effectifs, nous déplaçons nos machines avec un opérateur et c'est ainsi que nous avons été chargés d'exécuter dans l'intérieur même des ateliers les photos d'identité du personnel des principales usines françaises. Nous avons également effectué des travaux photographiques dans des camps de travail et de prisonniers.*

« *Nous joignons à la présente quelques spécimens de bandes photographiques obtenues avec nos machines Photomaton. Ainsi que vous pourrez le constater, les photos sont d'une grande netteté. En outre, la qualité très spéciale du papier ne permet ni retouche ni truquage, et ne subit aucune altération.*

« *Vous trouverez également un spécimen de notre système breveté dont le cadre métallique pratiquement inusable comporte un système de verrouillage à œillet mordant sur la photo qui, en empêchant la sortie de la carte hors du cadre, évite ainsi toute falsification. Enfin, sur la carte peuvent être portés tous les renseignements utiles à l'identité.*

« L'application de nos procédés permet de réaliser une grande économie de temps et d'argent. Etc., etc. » Pardonnez-moi, monsieur Sadorski, c'était un peu long mais ce document en dit beaucoup sur notre nature humaine. Et surtout, sa conclusion : *économie de temps et d'argent.* (Il soupire.) Je crains que dans le futur, quelle que soit la façon dont tourne la guerre, une telle double économie ne vienne à causer de sérieux problèmes. D'abord, pourquoi *gagner* du temps ? C'est, au contraire, le perdre. Moi qui m'imaginais que les Français, précisément, étaient des artistes en matière de prendre son temps. De jouir de la vie… L'autre jour, voyez-vous, je m'énervais stupidement en attendant l'ascenseur dans les bureaux de la Continental. J'appuyais avec fureur sur le bouton d'appel, je frappais contre la porte métallique. Un petit bonhomme jaune, un Japonais je crois, est venu attendre à côté. Il a considéré mes efforts avec ironie. Pour finalement me dire, dans ma langue qu'il parlait à la perfection : « Excusez-moi, monsieur. Mais vous comme moi sommes le résultat de millions d'années d'évolution qui ont abouti à notre fragile et brève existence. Eh bien, cette existence, pourquoi semblez-vous aussi pressé de la traverser ? » N'est-ce pas, monsieur Sadorski ?

L'interpellé l'observe avec incompréhension.

– Je ne crois pas être si pressé, mon lieutenant.

Nosek sourit à nouveau, cette fois avec condescendance.

– Vous, peut-être non, en effet. Vous êtes un fonctionnaire… Mais la suggestion de cette société Photomaton ? Qu'en pensez-vous ? À vos souhaits.

Sadorski a éternué bruyamment. Il se mouche avant de répondre.

– Ce serait utile. On a de plus en plus d'internés administratifs. Ce système de carte spéciale imprimée et verrouillée par un œillet permettrait de les ficher efficacement. D'empêcher les falsifications. Si vous voyiez, comme moi, tous ces youpins qui lavent ou font laver le coup de tampon « Juif » sur leur carte…

Il vide son verre. Cet alcool est d'aussi bonne qualité, sinon meilleure, que le rhum qu'on lui a servi dans les caves de la rue Lauriston. Le lieutenant sert une deuxième tournée de dry gin. Lorsqu'il reprend la parole, son amabilité a baissé de quelques degrés.

– J'ai décidé de me montrer franc avec vous, monsieur Sadorski. Puisque vous êtes un excellent collaborateur. (Il a souligné ces mots un peu ironiquement.) Les accords tout récents entre le *Reichsprotektor* Heydrich et votre nouveau chef M. Bousquet favorisent une entente sincère entre nos polices. Je vais donc vous raconter, de façon parfois assez détaillée, pardonnez-moi, l'étrange succession d'événements qui vous amène cette nuit à mon bureau…

Nosek sort un étui à cigarettes, en offre une à son invité avant de prendre la sienne et de les allumer toutes les deux. Il se détend dans son fauteuil, souffle une bouffée de fumée en direction du plafond.

– En 1941, Jacques Doriot m'a présenté à un de ses amis, que nous appellerons monsieur X et qui a intégré le groupe d'agents travaillant pour ma section. Ce Français n'est pas officiellement membre du PPF. C'est un entrepreneur qui a construit de grandes parties du port de Bordeaux avant la guerre. Il gagne actuellement beaucoup d'argent car son entreprise travaille pour l'organisation Todt, employant des centaines d'ouvriers. Ses rapports sur les séances du Conseil des ministres à Vichy, où il se rend souvent, ne manquent pas d'intérêt. Le représentant de la société de monsieur X à Toulon est François Méténier, connu pour ses liens avec la

Cagoule. Mais, d'après les explications de Doriot et de monsieur X lui-même, j'ai compris que mon nouvel agent avait travaillé pendant la drôle de guerre pour le Renseignement français, plus précisément pour un service spécial météorologique fournissant des observations quotidiennes sur l'Allemagne au service chargé d'élaborer les projets d'attaques aériennes alliées contre le Reich. Mes conversations ultérieures avec monsieur X m'ont enseigné qu'il collaborait étroitement avec les Anglais en ce temps-là, et qu'ils avaient des antennes communes en Suisse. Peu importe. Mais, un jour de l'automne dernier, l'homme m'a dit connaître l'endroit où l'on aurait caché des documents de grande valeur pour nous, incluant un chiffre secret employé par les météorologistes anglais. Cela m'intéressait, vous comprenez, car la Section VI s'occupe surtout de renseignement et pareille découverte nous aurait permis de damer le pion à l'Abwehr. Une équipe du *Referat* N 1, accompagnée de monsieur X, s'est rendue en voiture à l'endroit indiqué, un château dans les environs de Bordeaux. On y a trouvé en effet une caisse enterrée contenant des documents, mais aussi de gros morceaux d'opium, dont mon informateur n'avait pas parlé. Les documents, rapportés à Paris, ne nous disaient rien. J'ai fait venir un spécialiste de la Section VI du RSHA de Berlin. Il a constaté qu'il n'y avait pas de chiffre parmi les différents papiers, et que les autres documents n'étaient que d'anciennes notes quotidiennes au sujet du travail de ce service météorologique sur l'Allemagne. Le temps qu'il faisait chez nous en 1939-1940, vraiment intéressant ! (Il renifle avec mépris.) J'étais très déçu, en dépit de l'insistance de monsieur X à prétendre que le chiffrage des documents était une information de la plus haute importance, que l'expert venu de Berlin n'était pas suffisamment qualifié, etc. Je soupçonnais le Français d'avoir monté toute l'entreprise pour récupérer l'opium à des fins personnelles. Je l'ai vérifié en apprenant que le chef de l'Office national météorologique, un certain colonel Wehrlé, était le plus grand fumeur d'opium de tout le service ! (Il éclate de rire, son hôte sourit.) Bref, pour me venger, j'ai confisqué la drogue, ne laissant à X qu'une quantité minuscule. Un pourboire, en quelque sorte.

– Vous en fumez, mon lieutenant ?

– J'ai essayé une ou deux fois. Au début, on a des nausées. Cela ne m'a pas plu exagérément. De toute façon, ces dizaines de kilos d'opium tombés fortuitement entre nos mains devaient servir, dans mon esprit, à un autre objectif : approvisionner certains éléments de la bonne société parisienne, devenir leur fournisseur attitré, et, tirant profit de leur addiction ou les faisant chanter sous la menace de révéler leurs petites habitudes, les *recruter* pour en faire d'excellents informateurs et collaborateurs à notre solde… Nos contacts établis à cette occasion avec les trafiquants professionnels de morphine ou de cocaïne, avec qui nous pratiquons des échanges, permettraient aussi d'obtenir d'eux les listes des toxicomanes, c'est-à-dire une mine d'informateurs potentiels. Je sais, tout ce que je viens de vous expliquer procède d'un calcul un peu cynique, mais nous sommes en guerre. Vous ne voyez peut-être pas en moi un hitlérien modèle, monsieur Sadorski, mais je suis un patriote. Comme vous, il me semble. J'ai lu des copies de certains éléments de votre dossier. Vous vous rappelez sans doute un nommé Stanislaw Ostnitski…

L'inspecteur lève la tête. Encore le Polonais ! Décidément…

– Votre ex-informateur Ostnitski, que vous le sachiez ou non, et cela n'a du reste plus aucune importance, était employé par nos bureaux de propagande nationaux-socialistes depuis 1933. Il avait été envoyé à Vienne en 1936 comme agent de la Gestapo. Lorsque nous l'avons rejoint en France en juin 1940, il continuait de travailler pour nous. C'était un agent double à la fiabilité douteuse, mais l'Occupation représentait pour lui l'opportunité de gagner beaucoup d'argent dans les milieux de la collaboration économique. Il s'est débarrassé de son ancienne maîtresse, que nous soupçonnons maintenant d'avoir partie liée avec les bolcheviks. Au printemps 1941, Ostnitski a fait la rencontre d'une jolie et riche divorcée, née à Turin et qui possède un vaste appartement avenue de Malakoff. Elle fréquente les officiers allemands depuis le début de l'Occupation. J'ai ordonné à Ostnitski de la séduire, de s'installer chez elle, de lui faire connaître les plaisirs de l'opium. En vérité, elle y avait déjà goûté. Mais mon plan a fonctionné au-delà de toutes nos espérances. L'appartement de l'avenue de Malakoff est devenu la plaque tournante du trafic de drogue dans le seizième arrondissement. De *notre* trafic…

Il éteint soigneusement sa cigarette dans le cendrier.

– Une chose m'inquiétait, monsieur Sadorski. Les rivalités entre trafiquants. Je craignais que d'autres, mus par l'appât du gain, ne s'emparent de notre stock ou ne commettent des agressions contre nos livreurs. Entre-temps, j'avais doté notre petite entreprise d'un nom et d'une raison sociale. La « société Beowulf ».

Sadorski pousse un grognement. Nosek lève les sourcils.

– Cela vous dit quelque chose ? Oui, bien sûr, le ticket de métro retrouvé par le Dr Paul durant l'autopsie… Je sais que vous vous êtes rendu quai de la Rapée. Ah, Beowulf… C'est une idée de mon adjoint, l'adjudant-chef Fromes. La légende nordique. Le tueur de dragons. Nous plongerions l'épée de la drogue dans la gorge de nos adversaires successifs. Le dragon gaulliste, le dragon rouge, le dragon juif anglo-américain… L'image ne fonctionne pas tout à fait, mais qu'importe.

Il fallait un nom. Et un numéro de téléphone. Pour nos livreurs, quand ils, ou plutôt *elles*, s'informeraient sur où aller chercher les colis.

Le policier commence à saisir. L'autre poursuit, avec un air satisfait :

– Nous voulions avant tout les personnes les moins soupçonnables. Des femmes, très jeunes, d'un bon milieu, surtout pas des catins de Pigalle ; ni des fausses comtesses ou marquises, comme on en croise tant de nos jours, et sur qui il serait impossible de compter, car trop fantasques et trop corruptibles. Nous avons trouvé ce que nous cherchions chez un interprète alsacien travaillant pour nous et domicilié dans le même arrondissement qu'Irène Blachère. Deux filles, disons, faciles, qui avaient des rapports très privilégiés avec l'occupant en uniforme… Nous avions entendu parler d'elles par des camarades de divers services de la Wehrmacht ou de la Sipo-SD. J'ai délégué dans le quartier de l'Étoile le sous-officier qui vous a amené ce soir ainsi que mon chauffeur personnel. L'adjudant von Burtenbach et l'adjudant Bourjau sont plutôt jolis garçons, ils n'ont eu aucun mal à persuader les sœurs, Yolande et Marguerite, d'accepter ce nouveau travail. Une activité pas trop fatigante ni dangereuse – du moins le croyais-je –, correctement rémunérée, et qui leur ferait rencontrer des vedettes de films, de l'Opéra… Un autre avantage était que ces filles connaissaient énormément de soldats, grâce aux relations sexuelles dans l'immeuble de l'avenue Kléber et dans les hôtels du quartier. En laissant entendre qu'elles pouvaient leur fournir de l'opium ou de la morphine, elles enregistraient les noms des hommes qui se droguaient et nous les communiquaient, ce qui a permis de faire un peu de ménage dans la Wehrmacht. L'armée a un problème d'accoutumance aux drogues, à cause de la pervitine, une méthamphétamine fabriquée par notre firme pharmaceutique Temmler. Ce médicament provoque une euphorie et une forte stimulation mentale. Trente-cinq millions de doses ont été distribuées à nos fantassins et pilotes pendant la campagne de France. Dans nos unités on surnomme ces comprimés *Panzerschokolade*, tablettes Stuka, ou encore pilules Hermann Goering. Depuis le milieu de 1941 la pervitine n'est disponible que sur ordonnance. Mais nos généraux continuent d'en doter massivement les troupes.

Il pousse un soupir.

– Au début, l'opération Beowulf a très bien fonctionné. Les filles Metzger étaient parfaites. Nous étions couverts par le général Thomas, qui, lorsque le stock d'opium a commencé à s'épuiser, nous a fourni – sans en informer la direction parisienne de la Gestapo – des quantités importantes de morphine *via* les organismes sanitaires de l'armée, en provenance directe des laboratoires du Reich. Et puis les choses ont commencé à se gâter. À la fin du mois de février, Ostnitski a été arrêté par la Section IV et transféré immédiatement en Allemagne sans que j'aie pu lui parler... Ils l'ont coincé à cause d'une histoire stupide, dont mon agent monsieur X était à nouveau responsable, du moins partiellement : lui et le Polonais, qui menaient un grand train de vie, détournaient de l'argent appartenant à l'organisation Todt. Celle-ci a constaté des irrégularités considérables dans les comptes de l'entreprise du Français, et exigé le remboursement d'une somme de deux ou trois millions de francs. Désespéré, l'agent X s'est adressé à moi pour demander l'aide de ma section de la Gestapo. Nous avons eu quelques conférences avec les chefs compétents de l'organisation Todt et avons pu régler l'affaire de telle façon que monsieur X devait payer sa dette en versements mensuels tout en continuant son travail pour eux, cela dans une mesure encore plus importante, et multiplier ses bénéfices ; ce qui l'aiderait à rembourser. Mais comme il fallait un coupable, la Gestapo s'est rabattue sur Ostnitski. Je ne pouvais rien dire, l'opération Beowulf étant confidentielle. Seul mon supérieur le général Thomas, qui depuis a été rappelé à Berlin, était au courant. Et mes rapports avec le Dr Knochen, à la Section IV, sont exécrables. J'ai dû faire une croix sur le Polonais. Sa maîtresse, qui se fait appeler « comtesse Mathilde Ostnitska », a assuré la relève très convenablement. Mais, en avril dernier, la plus jeune de nos deux « livreuses », Marguerite, disparaissait à son tour. J'en ai été informé très vite et j'ai pu m'occuper de l'enquête. Sans grand résultat. Nous avons interrogé des militaires allemands, ainsi que Yolande, qui a prétendu ne rien savoir. Depuis, je la faisais surveiller discrètement. Mercredi matin, elle ne s'est pas présentée à son poste aux Questions juives. L'employé de la réception nous a appris que l'avant-veille, un inspecteur des Renseignements généraux s'était informé à son sujet, l'avait prise en filature à sa sortie des bureaux. Nos agents de la caserne de la Cité ont su que Mlle Metzger avait été transportée à l'Hôtel-Dieu, à la suite d'un malaise dans votre bureau pendant son interrogatoire. Pourquoi l'avez-vous arrêtée, monsieur Sadorski ?

La question a été posée de but en blanc, l'interpellé sursaute. Il répond, après un temps très court de réflexion :

– On me l'a déjà demandé ce soir dans le bureau de Monsieur Henri. Eh bien, j'avais des soupçons, suite à un rapport des RG… D'abord j'ai cru que les filles étaient juives… Le nom, Metzger. Ensuite je me suis dit qu'elles pouvaient être communistes… préparer un attentat contre un officier supérieur allemand…

Nosek glousse de rire.

– Elles ? Des Juives ? Des communistes ?… Allons donc. Vous me décevez. J'ai joué franc-jeu avec vous, monsieur Sadorski, j'attends que vous en fassiez de même envers moi. *Je cherche le meurtrier de Marguerite Metzger.* Pas vous ?

– Si, bien sûr, mon lieutenant. Mais mon enquête piétine… Yolande Metzger ne m'a rien révélé de positif. Je la soupçonne d'en savoir plus long qu'elle ne le dit… mais elle a piqué cette crise d'épilepsie et nous avons dû suspendre l'interrogatoire.

L'officier allume une nouvelle cigarette, sans en offrir au Français.

– Je vois. C'est d'ailleurs votre initiative qui m'a poussé à agir. J'ai pensé que vous aviez mis le doigt sur un élément qui nous avait échappé… Alors j'ai ordonné à notre équipe corse de ramener la fille ici, boulevard Flandrin. Et de l'interroger cette fois sérieusement. Ils ont exécuté mes ordres. Je ne suis pas content du résultat. Mais, le hasard fait bien les choses : ce soir je dînais à la Tour d'Argent, précisément avec Lafont et Dita Parlo. Une actrice merveilleuse, très touchante. Vous l'avez sûrement vue dans *La Grande Illusion.* Elle m'a raconté qu'ils étaient arrivés en retard au restaurant à cause d'un policier français que Lafont avait fait venir dans son bureau. Le chef de notre service Lauriston est très fier que la police française lui mange dans la main… Il a complété l'histoire en quelques mots, j'ai compris que le policier c'était vous. J'ai aussitôt demandé à ce que vous soyez transféré ici à la Section VI pour interrogatoire complémentaire. Lafont adore faire des faveurs aux Allemands. C'est sa manière d'obtenir des choses de nous en retour. Voilà comment vous êtes arrivé dans mon bureau, monsieur Sadorski.

– Que voulez-vous de moi, mon lieutenant ?

– Une collaboration à mon enquête. Je vous l'ai dit, je crois à la bonne entente entre nos services de police ou de renseignement. Pour davantage d'efficacité. En premier lieu, je vous suggère de lire le compte rendu du nouvel interrogatoire de Yolande Metzger. Il a été tapé par Mlle Schäfer, qui assiste M. Amend aux questions diverses. Cette secrétaire a fait preuve de beaucoup de sang-froid. Voici le document. Il est rédigé en français, bien entendu.

Nosek feuillette le contenu d'une chemise, sélectionne deux feuilles dactylographiées.

— Les passages intéressants se trouvent ici. « Q » correspond aux questions d'un de nos agents corses, « R » aux réponses de la fille Metzger. Si vous voyez quelque chose à me signaler...

L'inspecteur prend les feuilles et commence à lire.

Q. — Je répète. Ta frangine elle est sortie avec qui, le 4 avril ?

R. — Je vous dis que je n'en sais rien... Pitié... Vous me faites trop mal...

Q. — On peut te faire beaucoup plus mal encore. Avec qui elle est sortie, ta frangine ?

R. — Je n'en sais rien...

(Coups.)

Q. — T'en veux encore ?

R. — Pitié...

(Coups.)

Q. — Avec qui ?

(Elle pleure.)

Q. — Tu veux qu'on passe à l'autre main ?

R. — Pitié ! Arrêtez...

(Coups sur les doigts.)

Q. — Tu pourras plus bosser aux Questions juives... Y a besoin de tous ses doigts pour taper les lettres...

(Coups ; elle crie.)

Q. — Elle est sortie avec qui ? Avec qui ? (Insultes.)

R. — Je... je... mes doigts...

Q. — (Hurlé.) Avec qui ?

(Elle pleure.)

Q. – Avec qui ? T'as plus que trois doigts...

R. – Arrêtez ! Je vais parler...

Q. – Avec qui, alors ?

R. – Elle avait rendez-vous... avec deux personnes... J'ai trop mal... Bandez-moi les mains... Arrêtez le sang ! Il y a du sang partout... (Elle pleure.)

Q. – Plus tard. C'est qui, les deux personnes ?

R. – J'ai mal...

(Gifles.)

Q. – C'était qui ?

R. – Il y avait un Russe... Je ne sais pas son nom...

(Gifles.)

R. – Je vous jure que je le sais pas ! Je... je connaissais que son numéro de téléphone...

Q. – Dis-le...

R. – Je l'ai oublié...

Q. – Tu te fous de nous ?

(Gifles.)

R. – Je vous jure... Auteuil quelque chose... Il me semble que ce monsieur travaillait dans les assurances... Je l'ai entendu de nouveau hier chez les flics...

Q. – Tu vas cracher le numéro, saleté de pute ?

(Coups ; elle pleure.)

R. – Je m'en souviens plus... Oh, ma main... Non ! Non ! Si je m'en souvenais je vous le dirais... Oh, je voudrais m'en souvenir... (Elle pleure.)

(Coups.)

(Interruption : la personne a perdu connaissance.)

Q. – Si tu en sais pas plus sur le Russe, alors parle-nous de l'autre...

R. – Vous... vous le connaissez. Il s'appelle Paul Clayet...

Q. – Le neveu de M. Henri ?

R. – Oui... Si... s'il savait que je suis ici...

Q. – On s'en fout. (Rires.)

R. – Soignez-moi... Emmenez-moi à l'hôpital...

Q. – Où as-tu rencontré le Russe ?

R. – Chez Mme Ostnitska... Avenue de Malakoff...

Q. – Comment s'appelle-t-il ?

R. – Je vous ai dit que... j'ai oublié...

(Gifles.)

Q. – Comment s'appelle-t-il ?

R. – Emmenez-moi à l'hôpital... Je vais mourir...

(Elle pleure.)

Q. – On va te finir la main si tu dis pas son nom...

R. – (Pleurs.)

(Coups.)

R. – Je ne sais pas ! Je ne sais pas !

Q. – Comment s'appelle-t-il ? Putain, c'est ton dernier doigt...

(Coups.)

R. – Golovine ! Il s'appelle Golovine !

Sadorski fronce les sourcils. Il a atteint le bas de la seconde feuille.

— Eh bien ? demande Nosek.

— J'étais arrivé en partie aux mêmes conclusions. Je soupçonnais les frères Clayet. Yolande sortait avec le cadet, Raymond. Je les ai vus ensemble lundi soir place de Clichy.

— C'est un peu ennuyeux. Je souhaite éviter les problèmes avec la bande Lafont. Et les Clayet sont protégés par notre Section IV. Une paire de fous dangereux, mêlés à je ne sais combien d'actes violents, d'escroqueries, de vols aux faux policiers, etc. Et cet assureur russe ? Golovine, ça vous dit quelque chose ?

— Rien du tout, ment Sadorski. J'ai connu autrefois un Goloubine, mais ça ne peut pas être lui. Je regrette...

— Nous n'en savons pas plus pour le moment. Les imbéciles ont tapé trop fort, la malheureuse a failli succomber à ses blessures. Elle s'étouffait dans son sang, ils ont pris peur, nous n'avons pas de médecin dans notre service. Et mes ordres n'étaient certainement pas de la tuer.

– Qu'avez-vous fait de Yolande Metzger ?

– Les Corses l'ont balancée devant l'entrée d'un hôpital, je ne sais pas lequel…

– J'aimerais poursuivre son interrogatoire.

L'Allemand fait la moue.

– Cela m'étonnerait qu'elle soit en état de vous répondre.

Il vide son verre de gin. On entend du bruit dans la pièce à côté. Sadorski insiste :

– Pouvez-vous me retrouver le nom de l'hôpital ?

Nosek a une mimique impatientée. Posant sa cigarette en équilibre au bord du cendrier, il se lève, ouvre la porte qui communique avec le bureau voisin.

– *Fräulein Rosine ?*

Sadorski s'est levé également. Il aperçoit trois personnes dans la pièce. Assise, une secrétaire en tenue de « souris grise » lui tourne le dos. Ses cheveux bouclés châtain clair sont coupés assez court. Une jeune femme, très grande, se tient debout à sa droite, en chemise de nuit à manches longues, blanche. Elle a une vingtaine d'années, c'est une fille ravissante, au regard fier, l'expression furieuse. Sa chevelure blonde lui descend jusqu'aux reins. Le policier français identifie la suspecte qu'il a vue se faire embarquer un peu plus tôt dans la nuit, avenue Henri-Martin, sous les arbres.

Au fond de la pièce, installé à un bureau, un officier boche enregistre ses déclarations sur une grosse machine à écrire. Il s'est arrêté de taper et reste les doigts en l'air, attendant la suite.

– *Fräulein Rosine !* répète le lieutenant Nosek. *In welches Spital haben die Korsen Fräulein Metzger gebracht ?*

La souris grise se retourne.

– *Ich glaube, es war…*

Ses yeux se plantent dans ceux de Sadorski. Elle s'est interrompue dans sa phrase. Et le dévisage, stupéfaite.

Il est encore plus surpris qu'elle.

Thérèse Gerst.

31

La mâchoire d'acier

– La secrétaire se reprend. Répond à son supérieur :
– *Ich glaube, das Rothschild Spital, Herr Ober-sturmführer.*
– *Danke.*

L'officier derrière la machine pose une question en allemand à la grande blonde. Elle pivote pour lui cracher au visage.

L'Allemand ne réagit pas. Il se contente, calmement, de sortir un mouchoir et d'essuyer le crachat avec soin. Il ordonne à *Fräulein Rosine* de traduire sa question en français. Elle s'exécute d'une voix ferme, paraît avoir oublié la présence de Sadorski.

– Qui sont vos contacts ? Les individus qui vous ont fourni les armes ?

La blonde se penche et lui crache à la figure à son tour.

Thérèse Gerst bondit sur ses pieds, lui balance une gifle, sèche et rapide.

– Personne ne me crache dessus, mademoiselle !

Elle essuie la salive d'un revers de main, se rassied dignement. Sadorski observe la scène, totalement ahuri. Nosek sort dans le couloir, appelle deux plantons. Ils viennent embarquer la résistante. Elle quitte la pièce en chantant *La Marseillaise* à pleins poumons.

Le lieutenant secoue la tête.

– Complètement folle. Ils sauront s'occuper d'elle, rue des Saussaies. Ce genre de chose n'est pas notre travail habituel. Si vous voulez bien m'excuser, monsieur Sadorski.

Il le ramène dans son bureau, ferme la porte de communication.

– Yolande a été conduite à l'hôpital Rothschild. Vous avez l'air bizarre… C'est ce petit incident qui vous a secoué ?

– Non, j'ai l'habitude. C'est juste que j'ai passé de mauvais moments rue Lauriston. Merci de m'avoir tiré de là, mon lieutenant.

– Je vous en prie. Ma démarche était intéressée.

– Oui, euh… Au fait, il me semble connaître votre secrétaire, à côté. J'ai dû la voir à Berlin, au mois d'avril… dans les bureaux de la présidence de la police.

– Mlle Schäfer ? Vous devez vous tromper, elle travaille à la Section VI de Paris depuis le mois de janvier.

– Ah bon. La personne que je connaissais boitait légèrement… à la suite d'un accident d'automobile.

Nosek lui jette un regard perplexe.

– Rosine m'a dit s'être cassé la jambe en faisant du ski l'an dernier à Kitzbühel. Elle aussi boite un peu. Quelle coïncidence…

Il hausse les épaules et se rassied.

– L'adjudant-chef Fromes et moi-même sommes très contents d'elle. Vous avez vu cette gifle ? Des nerfs d'acier. Et jolie, en plus. Je lui trouve un air de ressemblance avec Jany Holt… mon actrice favorite dans le cinéma français. Je n'ai pas encore eu le plaisir de la rencontrer. Beaucoup de vedettes viennent me solliciter, vous savez… Tino Rossi, Mireille Balin, Danielle Darrieux… Yvette Lebon… et Maurice Chevalier, dont j'ai fait protéger la maîtresse juive, Nita Raya. Une danseuse du Casino de Paris…

Il récupère sa cigarette à demi consumée, tire quelques bouffées rêveusement. Sadorski reprend sa place devant le bureau, plongé dans ses réflexions. Que peut bien fabriquer Thérèse à la Gestapo du boulevard Flandrin, déguisée en souris grise, les cheveux teints, affublée de ce nom improbable de « Rosine Schäfer » ? Ou bien a-t-il été trompé par une étonnante ressemblance ? Cela arrive parfois. Mais boiteraient-elles toutes les deux ? Invraisemblable ! Nosek poursuit à bâtons rompus :

— Vous savez, je suis né en Saxe dans une famille autrichienne… Je n'ai rien d'un Prussien. Ni l'armée ni la police ne m'attirent. Mon père est mort à la guerre, sur le front d'Italie, dans les montagnes. Il est enterré à Gorizia. Lorsque j'étais plus jeune, j'avais le désir de travailler en France mais n'ai jamais pu trouver un emploi qui me le permette. Il a fallu qu'arrive la guerre ! J'ai cependant beaucoup voyagé à l'étranger… Ma femme réside en Allemagne. C'est comme simple sous-lieutenant que j'ai débarqué ici avec mon service. J'aime la vie parisienne, les activités de renseignement me plaisent beaucoup. Je suis quelqu'un du SD plutôt que de la Gestapo… J'espère que vous m'aiderez à découvrir la vérité, monsieur Sadorski. Tenez-moi au courant des progrès de votre enquête… (Il lui donne sa carte de visite.) Téléphonez quand vous voulez. Vous êtes le bienvenu à la Section VI. Kurt va vous raccompagner chez vous dans une de nos voitures, couvre-feu oblige. Je pense qu'un bain chaud vous ferait du bien. Ah, pendant que j'y suis…

Il ouvre un tiroir du haut de son bureau, en sort un carton.

— Demain soir… ou plutôt ce soir, nous sommes déjà vendredi… a lieu l'inauguration de l'exposition Arno Breker à l'Orangerie. Le « Michel-Ange de la beauté aryenne »… même les policiers doivent le connaître. Le ministre Bonnard fera un discours de présentation. J'ai rendez-vous avec Jean Cocteau, l'un de vos plus brillants auteurs dramatiques. L'an dernier j'étais invité à la première de sa *Machine à écrire*. Les journalistes collaborateurs l'accablent d'injures, en raison de son homosexualité affichée. On l'a traité de « petite folle dans les plates-bandes de la tolérance judéo-maçonnique ». On lui rappelle que le théâtre n'est pas un exercice d'« onanisme à haute fréquence »… Comme c'est dommage ! Un germano-phile aussi distingué ! Et un de nos clients car il apprécie les fumées de l'opium… Ne vous méprenez pas, je me rendrai à l'Orangerie en compagnie de Mlle Schäfer. Venez donc avec votre épouse. Les invitations sont valables pour deux personnes…

En route, Sadorski se tourne vers l'adjudant von Burtenbach.

– Emmenez-moi plutôt à l'hôpital Rothschild. C'est pour les besoins de l'enquête. Il n'y a pas une seconde à perdre… N'ayez pas d'inquiétude, votre lieutenant comprendra.

Le jeune homme se penche en avant pour donner la nouvelle destination au chauffeur. Celui-ci grommelle qu'il ne connaît pas suffisamment les quartiers de l'est de Paris.

– Je vous guiderai, propose le Français. Le douzième est l'arrondissement voisin du mien.

– Les visites ne sont certainement pas autorisées au milieu de la nuit, fait remarquer le sous-officier.

– Exact, mais la surveillance de cet hôpital qu'on a confisqué aux Juifs est exercée par des inspecteurs de diverses sections des RG. J'en connais plusieurs. L'ins-pecteur principal Merdier dirige le service depuis la pré-fecture et se rend là-bas une ou deux fois par semaine pour s'assurer que les youpins de Drancy ne s'évadent pas…

À plusieurs reprises au cours du trajet, la Citroën est arrêtée par des patrouilles de la Feldgendarmerie. L'adjudant exhibe son *Ausweis*, crie des injures en allemand, les gendarmes se mettent au garde-à-vous, bredouillent des excuses. Sadorski somnole. Le visage étonné de Thérèse ne cesse de le hanter. L'Alsacienne est-elle en mission secrète dans les bureaux de la Gestapo ? Eggenberger, l'autre jour au téléphone, évoquait précisément ce genre de situation. *Beaucoup de communistes allemands, en 1933 quand le KPD est entré dans la clandestinité, sont restés là-bas, planqués dans les rouages de l'État national-socialiste. Il y en a même à la Gestapo ! À des niveaux assez subalternes, heureusement. Nous les démasquons au fur et à mesure…* Thérèse Gerst – ou Rosine Schäfer – fait-elle vraiment partie de l'Orchestre rouge ? Dans ce cas, la gifle à la résistante, l'apparente dureté de comportement, feraient partie du personnage que l'infiltrée bolchevique s'est composé afin de gagner la confiance de ses supérieurs. Et, toujours dans ce cas, elle – ou ses chefs véritables, ceux qui opèrent dans l'ombre pour le compte de Moscou, les terroristes et assassins les plus expérimentés, les plus dangereux –, pourraient craindre que Sadorski ne la dénonce… Il réfléchit à la question. Non, il ne fera pas ça ! Pas Thérèse… Jamais… En revanche, comment le lui faire comprendre ? En profitant d'une nouvelle visite au boulevard Flandrin ? Le lieutenant Nosek a dit qu'il était le bienvenu là-bas. Sadorski se met à tousser. Il frissonne, sent grimper la fièvre. Peut-être qu'à l'hôpital Rothschild, un médecin pourrait lui donner des comprimés…

La traction fait halte rue Santerre. À l'entrée de l'établissement anciennement juif est affiché, encadré, l'avis en lettres capitales : L'ENTRÉE ET LA SORTIE DE L'HÔPITAL N'EST (*sic*) AUTORISÉE QU'AUX PERSONNES MUNIES D'UNE CARTE D'IDENTITÉ RÉGLEMENTAIRE AVEC PHOTOGRAPHIE. Sadorski sort de la voiture. L'adjudant penche la tête à la fenêtre :

– Souhaitez-vous que nous vous attendions ? Je peux vous reconduire ensuite au quai des Célestins…

L'inspecteur le remercie. Il ne sait pas à quelle heure il aura terminé. Tout dépend de l'état, et de la bonne volonté, de Yolande Metzger. D'autre part, Sadorski n'a guère envie de se retrouver cette nuit face à Yvette. Ni d'écouter ses dénégations, ses mensonges. On verra plus tard. Lui qui comptait, ce samedi, aller avec elle choisir son nouveau vélo…

Le véhicule SS a disparu à l'angle de la rue de Picpus. Sadorski s'adresse au poste de garde. La sécurité à Rothschild est renforcée depuis qu'on y accueille les malades du camp de Drancy, sous la responsabilité de la police française. Les locaux de l'hôpital sont séparés en secteur des patients internés et secteur des patients libres. Il y a des fils de fer barbelés à certains endroits dans les jardins, et des cars de gardes mobiles parqués à l'extérieur les jours de transfert : il s'agit d'empêcher les évasions, ainsi que les contacts avec les familles. Beaucoup de ces dernières profitent des horaires de visite aux malades libres pour essayer d'entrevoir les Juifs internés, leur faire signe, et si possible leur passer des lettres ou des colis.

L'inspecteur spécial de service est Petitjean, de la 4e section. Sadorski lui demande s'il est au courant de l'affaire Metzger.

– Ça oui, monsieur l'inspecteur principal adjoint ! C'est pas tous les jours qu'une traction balance une femme devant l'hosto sans même s'arrêter, et repart sur les chapeaux de roues ! Le directeur, M. Alphand, était dans tous ses états.

– C'est arrivé quand ?

– Un peu avant 5 heures de l'après-midi. Je n'étais pas là, faudrait demander à l'inspecteur Chevallier pour les détails…

– Vous pouvez faire appeler un interne ?

Celui-ci arrive au bout d'une quinzaine de minutes, devant la salle Louis Lépine. Sadorski l'interroge à propos de la blessée. Il répond sur un ton hostile – les policiers ne sont pas très populaires auprès du personnel de l'hôpital Rothschild.

– Il y a deux types de lésions. D'abord celles qui proviennent de sa chute au moment où les individus l'ont jetée de l'auto. Pour résumer : luxation et fracture de l'épaule droite, fracture ouverte de la jambe gauche avec plaies musculaires importantes. On lui a mis des fixateurs externes pour cette jambe. Mais l'urgence était de lui désencombrer les bronches. Deuxième type de lésions, celles qui ont pour origine des sévices graves. Outre les contusions diverses, vous avez une fracture de la mâchoire supérieure, intéressant les arcades dentaires, avec disjonction basse, passant par le plancher des sinus maxillaires et des fosses nasales ; et une série de fractures de la région angulaire gauche de la mâchoire inférieure, avec trois fragments : condylien, coronoïdien supportant la dernière molaire, et enfin un fragment correspondant au corps mandibulaire. Ces fractures semblent avoir été occasionnées par un instrument métallique assez lourd, de type clé anglaise. Elle n'a plus beaucoup de dents intactes. On a fait une première opération hier soir en chirurgie maxillo-faciale. (Il pousse un grognement.) Ce n'est pas le pire. Je pense qu'ils se sont servis d'un marteau pour lui écraser les doigts.

Sadorski jure. Petitjean se gratte l'arrière du crâne. L'interne poursuit :

– Un spécialiste va opérer les mains d'ici quelques jours. À mon avis il faudra amputer six doigts, peut-être sept. On essayera de laisser des bouts afin de lui permettre de saisir des objets, etc.

– Elle était dactylo, observe Sadorski.

Le praticien secoue les épaules. Il y a un moment de silence. Sadorski sort son étui à cigarettes.

– Je regrette, il est interdit de fumer. Faudra retourner dehors.

– Ça ne fait rien. (Il rempoche l'étui.) Vous me permettez de la voir ?

L'autre ricane.

– À cette heure-ci, les malades dorment, monsieur. Et ceux qui ont du mal à dormir on leur donne des médicaments pour. Si vous pouvez attendre jusqu'à 8 heures…

– D'accord. Vous n'auriez pas un comprimé pour le rhume ?

L'interne le dévisage avec incrédulité. Puis, après avoir haussé une fois encore les épaules :

– Je vais vous chercher ça.

Petitjean sert du café dans le bureau des inspecteurs. Sadorski boit deux tasses d'affilée après avoir pris son médicament. Il dort ensuite quelques heures dans un fauteuil, pendant que son collègue fait des réussites sur la table. À 8 heures moins dix, il est conduit à la salle commune où sont installées les patientes n'ayant pas droit à une chambre individuelle. L'inspecteur remarque, assis serrés l'un contre l'autre sur un banc dans une galerie, un homme et une femme d'âge moyen. Tous deux portent au bras gauche un brassard de crêpe noir. Leurs yeux sont rouges, dans des visages rongés par l'attente et l'anxiété. Une valise est posée à côté du banc. Sadorski les regarde à la dérobée. Probablement le père et la mère de Yolande et de Marguerite Metzger.

De nombreuses patientes sont réveillées. On entend des conversations, quelques rires, des râles de souffrance aussi. Les fenêtres donnent sur un des pavillons réservés aux malades des camps d'internement. Par ordre de l'inspecteur principal Merdier, de la 4e section, ses vitres ont été repeintes en bleu à hauteur d'homme afin que les familles ne puissent apercevoir leurs parents juifs internés. L'odeur écœurante de l'éther est omniprésente. Des infirmières en voile blanc se déplacent entre les lits. Le regard de Sadorski se balade sur les visages fiévreux, certains entourés de pansements, les membres plâtrés ou emmaillotés de bandages. Il y a des victimes d'accidents de la circulation – souvent provoqués par des véhicules allemands –, et des blessées retirées des décombres de la banlieue parisienne bombardée par les Anglais. Des femmes avec un bras en écharpe, d'autres une jambe en traction, quelques-unes ont les deux à la fois. L'inspecteur en ressent une vague excitation. Cette quantité de malades surprises dans leur intimité, couvertes de plaies et de bosses, riant ou gémissant, leurs cheveux décoiffés sur les oreillers... Il repère deux ou trois belles filles. Disponibles, en quelque sorte, dans ces circonstances spéciales, sinon pour l'acte sexuel, du moins pour ses coups d'œil indiscrets et son imagination vicieuse. Des patientes le suivent des yeux avec curiosité. Sadorski progresse dans l'allée centrale. Il montre sa carte de réquisition à une soignante, demande qu'on lui indique le lit de Yolande Metzger.

– Au bout à droite... l'avant-dernière. Juste avant une autre jambe cassée.

– On peut l'interroger ?

Elle le regarde fixement.

– Vous pouvez toujours essayer.

Yolande Metzger porte une coquette chemise de nuit à fleurs, de couleur bleu ciel, qui détonne parmi les chemises blanches ordinaires de l'Assistance publique. Au début, l'inspecteur, saisi, croit qu'on l'a amputée du bras droit. Mais il est tout simplement emprisonné par le bandage plâtré qui lui enveloppe le torse, en raison de la fracture à l'épaule. Le lourd appareil est recouvert par le fin tissu fleuri du vêtement. La jambe gauche, installée dans une gouttière, est suspendue par un système compliqué assorti de contrepoids. Une lente hémorragie filtre à travers le plâtre, dessine des formes roses. Des tiges métalliques traversent le pied, la cheville, l'articulation du genou.

L'infirmière s'est glissée derrière Sadorski.

– Ses parents lui ont apporté la chemise, l'informe-t-elle. C'est mignon, c'est pour lui remonter le moral. Demain la coiffeuse s'occupera de lui faire une mise en plis.

– Je ne la reconnais pas. Elle est réveillée ?

– Peut-être. On va voir.

La femme en blanc se penche.

– Mademoiselle... y a un monsieur pour vous...

Le visage est rouge et tuméfié. Les yeux pochés, bouffis, cernés de violet. Le nez fin et droit paraît indemne. La moitié inférieure du visage est prise dans une armature de fils d'acier qui pénètrent à l'intérieur des maxillaires, maintiennent les fragments osseux, s'insinuent dans les interstices entre les esquilles de dents, sous les lèvres atrocement gonflées. Des morceaux de coton recouvrent des zones de peau entre les fils, sont tachés eux aussi de sang. La main gauche, posée inerte sur le drap, est une grosse boule de gaze et de bandes Velpeau, entourée de pansements adhésifs. Yolande Metzger remue faiblement. Gémit.

– Mademoiselle Metzger. Je ne veux pas vous importuner. Vous vous souvenez de moi ? Léon Sadorski. Je vous ai interrogée mercredi à la préfecture... Croyez-moi, je regrette ce qui s'est passé.

Les yeux bleus, entre les paupières bouffies, semblent avoir bougé dans sa direction.

L'infirmière surveille.

– Faut pas la fatiguer, monsieur l'inspecteur. Le médecin-chef va passer bientôt visiter les malades… Revenez demain.

– Attendez. Juste une question… Yolande… Comment avez-vous fait la connaissance de Raymond Clayet ?

Des larmes ont jailli entre les paupières, coulent sur la peau et les ecchymoses. La blessée s'agite. L'infirmière aussi.

– S'il vous plaît… il vaut mieux que vous reveniez un autre jour, monsieur !

Sadorski se penche au-dessus de Yolande Metzger.

– Ce ne serait pas un Russe qui vous a présentés ? Un Russe que vous auriez rencontré chez Mme Ostnitska ? Un nommé Golovine ?

Le corps de la blessée est secoué par un mouvement violent. Elle remue la tête avec énergie. Un bout de coton glisse entre les fils de la mâchoire.

Un son franchit les lèvres martyrisées. Un son qui enfle…

– Ooo-looo-ine… Ooo-looo-ine… OOOO-LOOOO-IIIIINE !…

La main elle aussi s'agite sur le drap. Du rouge a commencé de sourdre sous la gaze, sous les bandes Velpeau.

– OOOO-LOOOO-IIIIINE !…

L'infirmière saisit le bras de Sadorski, le tire en arrière.

– Monsieur… venez, ou j'appelle un surveillant.

Le policier s'éloigne à reculons. Des membres du personnel en blouse blanche le foudroient du regard. Une femme alitée quelque part de l'autre côté de la salle pousse un long cri hystérique. Sadorski se hâte à grandes enjambées vers la sortie.

32

La gare de l'Est

L'inspecteur marche jusqu'à la place de la Nation, descend dans les couloirs de la station de métro, voyage sur la ligne 1 pour retrouver l'air libre à Châtelet. Il traverse le bras de Seine, gagne la préfecture, emprunte les escaliers et va frapper à la porte du bureau de l'inspecteur principal technique Gayet, de la 5e section. Celle qui, aux Renseignements généraux, est affectée à la surveillance des étrangers, de leurs groupements, journaux, périodiques, et enquête sur la propagande antifrançaise en métropole et aux colonies. Il demande à son collègue s'il possède un dossier au nom de Golovine.

– Possible. Vous auriez son prénom ?

– Peut-être Serge…

L'inspecteur technique cherche dans ses cabriolets. Son visiteur allume une cigarette. Au moins, à la caserne, on ne vous empêche pas de fumer.

– J'ai un Golovine, mais pas Serge. Le gars se prénomme Alexandre… Attendez… Si, il a un *alias*…

– Ah, ça expliquerait des choses… Faites voir…

Sadorski s'empare de la fiche.

10 février 1942

GOLOVINE *Alexandre*, alias GOLOUBINE *Serge, né le 14 décembre 1893 à Tambov (Russie) de Wladislaw et de* KAROUCHKINE *Lydie, réfugié russe, a épousé en 1914 sa compatriote* ALTMAN *Olga, née le 2 février 1896 dans cette ville. Il a deux filles : Elena et Tatiana, de nationalité française par mariage. Il est divorcé, par jugement du tribunal civil de Pontoise en date du 13 juillet 1938, de Altman Olga.*

Depuis 1941 Golovine Alexandre est domicilié 1, rue Lancret à Paris (16e), venant du 12, quai Louis-Blériot à Paris (16e). Il est en possession d'une carte d'identité de résident privilégié délivrée par la préfecture de police.

En France depuis mars 1924, l'intéressé s'est toujours conformé aux prescriptions réglementant le séjour des étrangers. Cependant, quoique entré sur le territoire national sous prétexte de s'occuper, comme intermédiaire, de la vente de voitures et de pièces détachées, il n'a en fait jamais traité d'affaire de ce genre.

Durant plusieurs années, il a été représentant pour le compte de divers établissements, notamment de la firme Tungerem, 112 bis, rue Cardinet à Paris (17e).

Jusqu'en 1940 il était employé, sous le nom de Goloubine Serge, par la compagnie d'assurances La Prévoyance de Bruges, 9, rue Chabanais à Paris (2e), repliée à Marseille, 20, rue Montgrand. Il semble exercer actuellement une activité de courtier d'assurances indépendant.

Golovine Alexandre a fait l'objet d'une surveillance de la Section spéciale des recherches en 1939 après la signature du Pacte germano-russe, en raison de son appartenance supposée à une cellule d'officiers monar-

chistes émigrés appelée le Cercle GOUTCHKOFF. Des membres de cette cellule ont participé, sur ordre d'agents de la Guépéou agissant clandestinement sur le territoire national, à des cambriolages d'associations russes ainsi qu'à des assassinats de trotskistes et de communistes ayant fait défection des services de propagande ou de renseignement soviétiques. L'enlèvement du général MILLER en septembre 1937 est à mettre sur le compte de membres de cette cellule, agissant en conjonction avec des services de la Gestapo sous les ordres du général HEYDRICH.

En 1934, Golovine Alexandre a été en contact avec l'inspecteur principal Pierre BONNY, qui s'occupait des affaires STAVISKY et PRINCE. Il lui aurait servi d'informateur dans certains milieux.

L'intéressé ne cache pas ses sentiments antisoviétiques ; toutefois, il n'a jamais attiré l'attention par une activité politique militante.

Golovine Alexandre est inconnu aux Archives de la police judiciaire et aux Sommiers judiciaires.

Sadorski remercie son collègue Gayet, lui restitue le document. Il décide, avant de rejoindre son bureau à la 3e section, de passer enfin chez Bazziconi au bureau des Affaires juives. Il aimerait avoir une bonne nouvelle à porter à sa petite Julie, la prochaine fois qu'il la verra, chez elle ou au Quartier latin. Dans le corridor il bute sur l'inspecteur principal Cury-Nodon :

– Ah vous voilà, Sado ! On vous cherche partout… Le capitaine Voss souhaite vous parler. Au fait, vous êtes au courant ? Les Allemands ont arrêté le commissaire Louisille !

– Hein ?

– Ils le ramènent à Berlin par le train de 11 heures à la gare de l'Est. Vous avez juste le temps de vous y rendre.

– Moi ? Et pourquoi ?

– C'est la moindre des choses, voyons ! Dire adieu à votre ancien chef. Et saluer vos amis de la Gestapo berlinoise… rattraper votre absence d'hier rue des Saussaies. Le capitaine Kieffer repart avec les inspecteurs Albers et Berger. Celui-ci est revenu de la zone non occupée, où il a fait chou blanc sur l'affaire Drach[1]. Hâtez-vous et revenez me voir ensuite. Nous retournerons au bureau du capitaine Voss, où vous prendrez vos nouvelles instructions. Allez, allez !

Sadorski, encore éberlué, et inquiet, descend quatre à quatre les marches de l'escalier de la préfecture de police. Un instant il hésite entre la bicyclette et le métro. Le rythme des rames est trop irrégulier, il n'est pas sûr d'arriver à temps : le train part dans vingt-cinq minutes. Enfourchant un vélo confisqué qui traînait dans la cour de la caserne, il se dépêche, pédalant à toute allure, prend la rue de Lutèce puis le boulevard du Palais pour franchir le pont au Change. Il s'aperçoit que le garde-boue, tordu, frotte sur la roue arrière. Et que la chaîne a besoin d'être graissée. Mais s'il veut arriver à temps gare de l'Est, il n'y a pas une seconde à perdre. Sadorski continue en pestant contre l'incurie des responsables du matériel de la préfecture.

Le soleil est de retour. L'inspecteur transpire sur sa bicyclette. Boulevard de Sébastopol, après le théâtre du Châtelet, il se rappelle une autre matinée chaude de printemps, sur ce même itinéraire : assis dans la voiture de l'*Obermeister* qui le conduisait vers la gare. Vers les territoires du Reich, le froid, les brumes, la prison. Ce matin-là des avions aux ailes marquées de croix noires

1. Le journaliste et agent antinazi Fritz Drach sera enlevé dans une voiture par des gestapistes en civil, à la terrasse d'un café de Nîmes, au printemps 1943, et se suicidera le soir même dans sa cellule du commissariat de police. (Voir Georges Charensol, *D'une rive à l'autre*, Mercure de France, 1973.)

tournaient dans le ciel de Paris. Une foule joyeuse arpentait les rues. Cyclistes et vélos-taxis pédalaient à tout-va, sous les arbres que mouchetaient des pousses vert tendre. Les branches à présent disparaissent sous les feuilles. Ce pauvre commissaire Louisille repart à Berlin – probablement pour être interné en camp de concentration, bien fait pour lui –, mais l'inspecteur principal adjoint Sadorski reste ! Qui est-ce que l'on traitait de « pauvre type » ? Sadorski ricane en pédalant. Il a convaincu les Boches de sa sincérité, de son efficacité. Le caïd de la 3ᵉ section, le bouffeur de Juifs ! Capable, de toute évidence, d'assurer au mieux les tâches dévolues aux Renseignements généraux telles que définies en avril 1941.

Rechercher, solliciter, concentrer et utiliser tous les renseignements émanant des divers services de police, ainsi que ceux qui lui parviennent des nombreux réseaux d'information organisés par ses soins et sans cesse perfectionnés suivant les nécessités de l'heure...

Rechercher en permanence tous renseignements aboutissant à la constitution d'une documentation sans cesse perfectible et remaniée concernant toutes individualités et tous groupements français ou étrangers, politiques, économiques ou sociaux intervenant sur le territoire métropolitain ou colonial...

Rechercher et surveiller les agissements de ces individualités et de ces groupements pouvant constituer le cas échéant, un trouble ou une menace pour la Nation, pour l'ordre social et pour le régime (police administrative et préventive)...

Rechercher des mesures de répression rendues nécessaires si les mesures préventives s'avèrent inopérantes...

Un poids inhabituel se promène dans la poche de l'imperméable de Sadorski, le gênant un peu pour foncer sur le boulevard. C'est le petit 7,65 de la femme arrêtée mardi dernier. L'arme que le truand à l'accent du Midi lui a généreusement rechargée en balles. *Y a plus qu'à tirer, mais attention, pas sur les Chleuhs ! Sauf s'il y en avait un qui vous manquait de respect…* Sadorski rigole amèrement. À qui pensait-il ? Ce n'était qu'une blague ! Jeannot ne pouvait savoir qu'un nommé Erich Albers lui avait, en effet, gravement manqué de respect. Baisé sa femme, pour parler crûment. Ou, dans le langage des malfrats : tringlé sa bergère. Sa polka. Sa gonzesse. Sa nénette. Sa lamfé…

Son Yvette.

Sadorski éructe un juron. Et pourquoi pas, après tout ? Venger son honneur. Il n'est pas fait pour porter des cornes. En Afrique du Nord, en Tunisie, on ne plaisante pas avec ça. La gare de l'Est est dans le prolongement du boulevard. Là-bas, sur le quai du train de 11 heures, un homme menotté, Louisille, et un petit groupe en manteaux longs, en imperméables noirs. Des gestapistes. Des SS. Et, au milieu, Erich Albers.

L'inspecteur français avance vers eux… Ils le reconnaissent. Sourient, s'apprêtent à le saluer. Lui serrer la main. *Heil Hitler*. Non, pas *Heil Hitler*, mon pote. Vive la France. Vive le Maréchal ! Le grand homme qui vous a foutu la pâtée à Verdun… En grommelant, il plonge la main droite dans la poche de l'imperméable, dégaine son arme. Le sourire sur le faciès du blondinet s'efface. Le Français abaisse le cran de sûreté le long de la glissière.

Son index appuie sur la détente. Une fois, deux fois… Les étuis de cartouche jaillissent en cliquetant de la culasse argentée du Ruby. Des trous noirs, pareils à des grains de beauté, apparaissent sur le visage stupéfait de l'inspecteur Albers. L'homme bascule en arrière, ses compagnons le soutiennent tandis que Sadorski continue de faire feu, vidant son chargeur sur le groupe… Une balle perdue atteint le capitaine Kieffer, qui s'effondre, couinant de sa voix de fausset. Il a perdu ses lunettes rondes. Sadorski marche dessus, les broie sous sa semelle avec délectation. *C'est moi aujourd'hui qui vais te dévisser la poire, saloperie de petit fonctionnaire nazi !* Le sang gicle, les gestapistes hurlent de terreur, il y a des dents sur le ciment du quai, des yeux arrachés baignant dans les flaques rouges.

Sadorski rit tout seul sur son vélo.

Il sait qu'il ne tirera pas sur Erich Albers. Il est coléreux mais pas fou. Sa colère, sa rage, il les passera sur quelqu'un d'autre. Un subordonné, ou un informateur. Ou le prochain circoncis en situation irrégulière qui lui tombera sous les pattes. Ou sur Yvette…

Jamais il ne l'a véritablement cognée. Une ou deux gifles de temps en temps, pendant leurs rares disputes… C'est humain, c'est compréhensible. Quel mari n'a jamais tapé sa femme ? Car souvent elles exagèrent. Mais cette fois… Oui, gifle après gifle, jusqu'à ce qu'Yvette lui demande pardon à genoux, en sanglotant. Lui promette de ne jamais recommencer. Du reste, avec Albers c'est fini, forcément, puisqu'il reprend le train aujourd'hui. Rejoindre bobonne aux gros mollets et leur morveux en tenue de la *Hitlerjugend*.

La gare de l'Est est en vue, tout au bout du boulevard de Strasbourg. L'inspecteur traverse le boulevard Saint-Denis, pénètre dans le dixième arrondissement. On arrive aux environs du quartier Poissonnière, vers la gauche, où avec les collègues de la BS 2 il a coincé les deux petits youpins terroristes. Sur sa droite, la rue du Château-d'Eau… Le passage du Désir… Il se dépêche, mû par l'impatience et la haine. Revoir la sale figure du blondinet, le regarder froidement au fond des yeux. *Je sais tout, connard.* Mais tu ne l'emporteras pas au paradis. Et ce soir c'est *moi* qui me coucherai dans le lit d'Yvette…

Le boulevard Magenta s'ouvre devant Sadorski, à gauche comme à droite. Un cycliste, derrière lui, se rapproche, presque roue dans roue. L'homme le gêne, le pousse dangereusement contre la bordure du trottoir.

Un coup de feu éclate tout près, doublé d'un second. Douleur fulgurante dans les reins, puis dans la poitrine. Sadorski glisse lentement sur le côté. Le trottoir se précipite vers lui. La roue avant se bloque, projetant le policier par-dessus le guidon. Il tombe sur le côté, se rabote durement l'épaule droite, perd son chapeau. Il jure. Se dépêtrer du vélo renversé, se remettre debout… Impossible. Sadorski écarquille les yeux tout en essayant de retrouver un semblant d'équilibre. Un point d'appui. Le cycliste le dépasse, de la main gauche il tient son guidon, dans la droite un automatique dont le canon fume. Le type est jeune, de taille moyenne, le visage très pâle. Sadorski enregistre son signalement par réflexe professionnel. Yeux bruns, nez court, bouche petite. Imperméable beige clair, chapeau mou gris clair. Le jeune homme s'est retourné, il appuie de nouveau sur la détente. Sans résultat. Le pistolet est enrayé.

Un autre vélo fait halte dans un grincement de freins. Une femme le conduit, elle porte un joli chemisier blanc. Sous les cheveux châtains le visage est caché en partie par des lunettes de soleil. Sadorski lui crie de se protéger. Le terroriste peut tirer de nouveau… L'inspecteur cherche à dégainer son arme. Il tousse, et du sang coule sur son menton.

Il s'aperçoit que la cycliste tient elle aussi un pistolet dans la main droite. Braqué sur lui. Un petit 6,35 chromé. Le canon crache une flamme, et une deuxième, presque à bout portant. Sadorski sent une balle se loger sous sa clavicule. Il s'affaisse, tente de se mettre à l'abri derrière son engin. Le premier agresseur s'éloigne en menaçant les passants à l'aide de son pistolet. Le numéro sur la plaque du vélo est illisible, barbouillé de noir. La terroriste veut imiter son camarade, mais un badaud se jette sur elle, la fait basculer. Il s'agrippe au cadre en hurlant : « Arrêtez-la ! Arrêtez-la ! Au secours ! À moi ! » D'autres spectateurs arrivent en renfort. Une automobile s'arrête avec un violent coup de freins. Une voiture allemande. Quelque part retentissent des sifflets. La femme aux lunettes noires se dégage, abandonne la bicyclette aux mains des citoyens courageux qui se sont interposés. Elle s'enfuit sur le boulevard, vers la gare de l'Est. Sadorski la voit qui boite, elle se sera blessée en tombant. Elle a du mal à courir… La poitrine de l'inspecteur le brûle, il se remet à tousser. Il souffre, il est sérieusement atteint, mais surtout une immense colère l'anime. Aujourd'hui, on se passera des sommations. C'est le jour de la rage et de la haine. Il extrait le Ruby de sa poche. Avant de s'évanouir il prend le temps de viser posément la fuyarde. Tire un coup, deux… un troisième… Les douilles giclent. Quelqu'un pousse un cri. Du sang apparaît sur le tissu blanc du chemisier, entre les épaules. Cette fois, Mlle Schäfer ne se retourne pas pour répondre aux questions du lieutenant Nosek… Elle vacille. Fait quelques pas de plus, lâche son arme et s'abat à plat ventre sur les pavés.

33

L'autocar d'Étampes

Le 14 juin est un jour de deuil pour la France entière.

Ce jour-là, les troupes de l'envahisseur occupent Paris…

Les divisions de la IVe armée qui ont subi le choc à l'est de Reims se sont regroupées péniblement derrière la Marne, d'Épernay à Vitry. À droite, la IIe tentait de constituer un semblant de front sur une ligne Longuyon, Verdun, Clermont, Vitry… Mais l'ennemi a réussi à franchir la Saulx, il pousse jusqu'à Saint-Dizier.

Conformément au plan, l'Armée de Paris et la VIIe armée, poursuivant leur repli, se rassemblent au sud de la capitale.

Les Boches ne reprennent le contact que progressivement sur la ligne Dreux, vallée de Chevreuse, forêt de Rambouillet.

À l'ouest de Paris, l'ennemi attaque. Partiellement stoppé, il profite néanmoins de succès locaux pour passer largement la Seine en amont de Rouen, progresser jusqu'à la Risle, sur laquelle les forces démunies du général Altmayer essayent de se reformer. À l'est, la gauche de la VIe armée se replie sur la Seine, mais au centre et à la droite de cette armée il n'y a plus personne à opposer à la ruée des blindés. On reflue devant eux dans la panique. Partis de Romilly, les panzers atteignent la Vanne d'Estissac, la forêt d'Othe et Troyes. Les colonnes boches entrées à Romilly la veille enfoncent, dopées aux comprimés de pervitine, aux pilules Hermann Goering, les éléments que la IIe armée avait orientés vers le sud afin de parer à la menace d'encerclement, progressent directement vers Chaumont.

La Xe armée, qui, dans le mouvement de retraite générale ordonné le 12 par le Haut Commandement, avait reçu une instruction particulière précisant que le mouvement d'ensemble ne la concernait pas, est mise aux ordres directs du GQG et, contrainte à son tour au repli, exécute celui-ci sur un axe Argentan-Rennes. La direction de marche qui lui est donnée par le commandement résulte de récentes directives du gouvernement, dont le désir est de constituer un « réduit breton », où les divisions britanniques recomposées hâtivement après l'évacuation de Dunkerque viendraient rejoindre l'armée française.

Sadorski éclate de rire…

« Réduit breton » ? Avec deux minables petites divisions commandée par Altmayer ? et l'appui des Angliches ? Absurde. On se bat en ce moment à un contre cinq en infanterie comme en artillerie, à un contre dix en matériel…

La veille, le préfet de police Langeron a communiqué ses directives aux fonctionnaires de la préfecture.

Dans ces circonstances graves, la police parisienne, conformément aux ordres reçus, est restée à son poste. Elle a assuré et continue à assurer l'ordre et la sécurité dans la capitale. L'ordre doit être absolu, la sécurité doit être totale : telle est votre mission. Fonctionnaires et agents, quel que soit votre grade, vous devez, comme moi-même, y consacrer toutes vos forces. Que votre vigilance soit inlassable. Que votre attitude énergique et votre stricte discipline renforcent votre autorité morale…

Sadorski a appris ces phrases par cœur.

De même qu'il apprendra par cœur, dans les années qui vont suivre, les préceptes enseignés par le Maréchal…

L'homme tient de la nature ses droits fondamentaux. Mais ils ne lui sont garantis que par les communautés qui l'entourent : la famille qui l'élève, la profession qui le nourrit, la nation qui le protège.

La liberté et la justice sont des conquêtes. Elles ne se maintiennent que par les vertus qui les ont engendrées : le travail et le courage, la discipline et l'obéissance aux lois.

L'esprit de revendication retarde les progrès que l'esprit de collaboration réalise.

Les citoyens doivent à la Patrie leur travail, leurs ressources et leur vie même. Aucune conviction politique, aucune préférence doctrinale ne les dispensent de ces obligations.

L'École est le prolongement de la Famille. Elle doit faire comprendre à l'enfant les bienfaits de l'ordre humain qui l'encadre et le soutient. Elle doit lui enseigner le respect des croyances morales et religieuses, en particulier de celle que la France professe depuis les origines de son existence nationale.

L'État délègue à ses fonctionnaires une part de son autorité et leur fait confiance pour l'exercer en son nom ; mais pour cette raison même, il punit leur défaillance avec une sévérité exemplaire…

Il pousse un long gémissement.

Où, et quand, a-t-il failli à son devoir ? A-t-il vraiment mérité cette punition ? A-t-il mérité les balles qui ont pénétré sa chair, labouré ses organes, provoqué des hémorragies internes, n'ont consenti à quitter son corps souffrant que saisies par les pincettes sanglantes du chirurgien ?

Hélas, le mal est profond, la gangrène de la France est généralisée…

Les nouvelles, vraies ou fausses, s'abattent, implacables. On ne voit partout que des espions, des parachutistes. On ne parle que de cinquième colonne. Des incidents abominables se produisent. Panique, incendies, lynchages, confusion, accidents mortels. La Sûreté nationale évacue la rue des Saussaies, on ignore pour quelle destination. Le gouvernement est parti pour l'Indre-et-Loire et l'on parle de le transférer à Bordeaux. Les ministères et les administrations centrales se disputent les trains, les camions, les automobiles. Les fonctionnaires de la préfecture balancent des cartons entiers de dossiers à la Seine. Les ministres, secrétaires d'État, chefs de cabinet s'enfuient avec leurs maîtresses, qui les encombrent de valises, de fourrures, de cages à serins, de cartons à chapeau. D'immenses autodafés ont lieu dans les cours, les jardins des grands services de la République. Les colonnes de fumée grise s'élèvent au-dessus d'un Paris quasiment désert, dont la population s'est d'un seul coup ruée vers les portes du côté sud, créant des embouteillages gigantesques, où les véhicules surchargés roulent sur toute la largeur des voies, pare-chocs contre pare-chocs, dans les cris et l'affolement général.

Les Français, dans les administrations, se chamaillent et se déchirent. Certains estiment qu'on pourra s'entendre avec les Boches. D'autres redoutent d'être malmenés, arrêtés, destitués. Jetés en prison. Les autorités locales ne savent quelle attitude adopter, attendent des ordres qui ne viennent pas.

— Le central de Versailles ne répond plus, monsieur, il se passe quelque chose d'anormal…

— Donnez-moi le secrétariat général de la préfecture d'Étampes ! Faites vite, mademoiselle !

Sadorski se promène dans les bureaux, désorienté, choqué par cet effondrement total, en quelques jours à peine, de tout l'univers administratif auquel il a dédié sa vie, son énergie, son sens de l'ordre et du devoir. Les hasards d'une mission de dernière minute l'ont fait échouer ici à Juvisy, avec quelques collègues de sa section des Renseignements généraux. Dans la journée du 13, le personnel de la Sûreté de la police d'État de Seine-et-Oise, replié de Versailles, a été rejoint à Juvisy, au siège du 4e district, par une vingtaine de commissaires, six cents agents, et environ cent cinquante véhicules qui tous n'appartiennent pas à l'administration. Aujourd'hui 14 juin, le directeur adjoint de la police de Seine-et-Oise, le commissaire Marcel Sicot, se débat au téléphone avec des contrordres absurdes venus de la direction de la police d'État.

– Allô ! Allô ! Parlez, monsieur…

– Mes chefs de service rapportent qu'il sont refoulés par les militaires… Impossible dans ce cas d'obéir aux prescriptions du général commandant la Région de Paris…

Dehors règne un tohu-bohu indescriptible. Juvisy à son tour est submergée par la panique. Sadorski, debout à la fenêtre, observe les agents impuissants à régler la circulation, les convois de l'armée qui se replient vers le sud dans le désordre. Réfugié déjà à Étampes, le correspondant du commissaire Sicot semble se désintéresser de toute l'affaire.

– Le préfet est toujours à Versailles. N'obéissez qu'à votre conscience…

– Le trafic vers le nord devient de plus en plus difficile, sinon impossible, monsieur le secrétaire… Tout le monde se replie vers le sud. Je vais donner l'ordre de se diriger vers Étampes par Arpajon…

De Juvisy à Étampes, c'est une bousculade invraisemblable de véhicules de toutes sortes. Convois militaires en débandade et souvent sans commandement. Des milliers de soldats, mêlés de sous-officiers et d'officiers aussi perdus qu'eux, refluent en abandonnant leurs armes et leur équipement, prennent d'assaut les automobiles particulières. Étampes, où l'inspecteur des RG et ses collègues arrivent dans la matinée, est complètement engorgée. La municipalité s'est refusée à faire évacuer la population. Les services publics, les administrations sont encore en place. Seuls certains commerçants ont fermé boutique et quitté la ville. La foule se presse aux portes des épiceries encore ouvertes, des boulangeries, des charcuteries et des débits de boissons. Il est devenu presque impossible de se procurer le moindre morceau de pain.

– Avancez !
– Maman ! Où es-tu, maman ?
– Avancez, bordel ! C'est un ordre !
– Avancez ! Crénom de Dieu ! Avancez !
– Mais c'est quoi, qui bloque, là-devant ?
– Ce n'est pas possible ! Mais bougez-la, cette bagnole ! Vous, là !… Et vous… Donnez-leur un coup de main !…

On ne compte plus les voitures en panne. Moteurs grillés, fumants, puanteur d'huile surchauffée, immobilisées entre les chars à foin, les fourgonnettes bouchères RVF, les camions bâchés de l'armée, les tracteurs, les ambulances, les poussettes d'enfant, les vélos, les brouettes, et les individus poussiéreux qui s'enfuient à pied avec valises et balluchons. Les services du commandement militaire sont assaillis par des automobilistes exigeant qu'on leur distribue de l'essence. Le bruit court que l'URSS a déclaré la guerre à l'Allemagne et que la situation militaire va se renverser. Des affiches s'insurgent contre les rumeurs pessimistes et stupides, jugent criminel d'alarmer la population, rappellent que la préfecture a choisi Étampes comme lieu de stationnement et proclament, contre toute évidence, que nos troupes héroïques tiennent toujours, retardant la percée de l'ennemi qui s'essouffle. On entend la DCA tirer au loin contre des avions invisibles. La fumée monte dans le ciel, en provenance des dépôts de carburant de la région parisienne qu'on a donné l'ordre d'incendier depuis déjà plusieurs jours.

Hommes et femmes, sous la chaleur accablante, gisent le long des trottoirs et des ruisseaux. Le square du Théâtre est devenu un vaste dortoir où sont affaissés les corps exténués. Dans l'interminable colonne qui se répand au ralenti à travers la rue Saint-Jacques, la rue Saint-Martin, la rue de la République, la place Notre-Dame, devant le collège et l'Institution Jeanne-d'Arc transformés en hôpitaux militaires, devant la gare où les trains sont supprimés, les marcheurs traînent de lourds colis chargés de hardes et de linge, transportent leur barda sur des poussettes déglinguées aux roues minuscules, des femmes ont enlevé leurs chaussures trop étroites et progressent en bas déchirés. Tous avancent comme frappés d'une stupeur collective, pareils aux rescapés d'un séisme, l'expression hagarde, les visages plâtrés de poussière, les fronts dégoulinants de sueur, les épaules voûtées par la fatigue.

Sadorski contemple un autocar coincé dans le gigantesque engorgement, rempli de jeunes filles. Collées aux vitres, les yeux arrondis d'incrédulité et d'angoisse. Un corbillard parvient à se dégager, bourré de soldats qui vocifèrent. Ceux-là ont jeté leurs armes mais conservé leurs bidons de rouge. Les troufions se débinent plus rapidement que les civils. La foule conspue les traîtres, les hommes politiques, les officiers responsables de la catastrophe. Dans le ciel, quelque part, venant de l'est, des ronflements caractéristiques de moteurs… ils se rapprochent très vite… Confusion maximale, rue Saint-Jacques, sur la nationale qui traverse Étampes. Les piétons lèvent le nez, les gendarmes qui tentent de réguler le trafic regardent aussi…

– D'où ils viennent, ceux-là ? De chez nous, ou boches ? Ou… ?

– Je vois que deux, non, trois avions… Ils ont des cocardes ! C'est les nôtres ! (Cris de joie, applaudissements de la foule.) Mais…

– Non ! Non ! C'est des Ritals !

– Putain, ils reviennent !

– Attention !… Mettez-vous à c…

Un long, puissant sifflement. L'inspecteur se jette à plat ventre et protège sa tête avec ses mains. L'autocar explose.

Une pluie de gravats tambourine sur le dos de Sadorski, ses fesses, ses jambes. À demi asphyxié, il tousse, crache de la terre et des échardes. Ses paumes se coupent sur des débris de verre. Il entend des hurlements de douleur. La fumée se dissipe progressivement. Partout sous les décombres on aperçoit des membres sanglants. Des morts, et des blessés qui appellent au secours. Les bombes et les éclats se sont abattus sur cette marée humaine comme des grêlons sur un champ de blé. Carreaux et portes ont volé en morceaux. Des corps brûlent, là-bas dans un énorme brasier au milieu de la rue Saint-Jacques, obstruée par les carcasses de véhicules. Plusieurs maisons se sont effondrées. Un camion militaire a sauté, chargé de munitions. Le feu à présent ravage les automobiles et les corps mutilés, les flammes courent à travers les tôles noircies, les portières sans vitres, fondues ou fracassées, les moteurs dont les capots ont disparu. Se déplaçant avec difficulté au travers des décombres, Sadorski marche sur des bras, des jambes arrachés. Il trébuche sur un tronc humain, sans jambes et sans tête.

Des lambeaux d'uniforme recouvrent une partie du tronc. Et il est entouré encore, curieusement, par un ceinturon militaire avec son étui jaune, intact. L'inspecteur se penche, distingue la crosse d'un pistolet. Il dégage l'arme, un automatique modèle 1935 A, calibre 7,65. Son propriétaire n'en ayant plus besoin, et pour cause, Sadorski se l'approprie, le glisse dans sa poche.

Il s'avance vers les débris de l'autocar. Des sauveteurs, professionnels ou improvisés, en retirent des corps ensanglantés, inertes, parfois effroyablement abîmés. Sadorski se rappelle les jeunes filles entrevues plus tôt aux fenêtres. Il se retrouve face au commissaire Sicot parmi les sauveteurs. On l'informe que les passagères du car appartenaient au personnel évacué de la Samaritaine. Le service comptable du magasin au grand complet. La plupart des corps sont calcinés, rabougris, tordus. Une fille vit encore mais n'a plus qu'une moitié de visage. La mâchoire emportée, on distingue clairement le palais, les dents du haut, petites et bien rangées, parmi la chair rouge. La blessée ouvre son œil unique, écarquillé ; le globe se déplace en suivant les mouvements des policiers, des gendarmes, des infirmiers et des religieuses, qui s'efforcent de l'extraire des sièges pesant sur ses jambes horriblement brûlées, couvertes de cloques et où apparaissent des fragments d'os.

Les brancards faisant défaut, le commissaire donne l'ordre d'enlever les volets des maisons pour transporter les victimes, soit à bras, soit dans les voitures de la police d'État. Les avions ennemis reviennent survoler Étampes, prenant en enfilade et mitraillant les rues, obligeant les sauveteurs à se réfugier dans les bâtiments en ruine, et faisant de nouveaux morts et blessés. Sadorski aide à transporter les corps sur les civières improvisées, fait des allers-retours épuisants, dans la chaleur étouffante, entre les rues dévastées et l'hôpital militaire. Pas assez de médecins, pas assez de lits. Beaucoup de blessés se vident de leur sang, meurent avant la fin du jour. Dans la soirée, l'arrivée d'un grand nombre d'autos chargées de fuyards sème un surcroît de panique. Vers 22 heures, une femme est abattue d'un coup de revolver à l'angle des rues de Chaufour et Saint-Martin par un inconnu. L'homme tire une autre balle sur un habitant de la ville, le blesse au talon avant de disparaître dans l'obscurité. Sadorski et quelques collègues partent à sa recherche. Une autre femme est assassinée et violée près du pont Saint-Jean. Il y a six ou sept crimes non résolus à Étampes ce même soir. Rien de très surprenant. Des meurtriers, des fous et des sadiques se sont évadés des prisons et asiles de la région parisienne, abandonnés par leurs gardiens. À minuit le commissaire Sicot rassemble ses hommes, quitte Étampes en une longue colonne de véhicules en direction de Malesherbes.

Sadorski erre seul dans les ruines jusqu'à l'aube, son automatique à la main. Il a trouvé des chargeurs, tire des balles dans le noir sur des silhouettes indistinctes. Il a perdu momentanément tout sens des réalités. Peut-être a-t-il tué des innocents cette nuit-là. Peut-être a-t-il violé, égorgé des femmes… Peut-être s'est-il transformé en un monstre assoiffé de sang. Il n'en sait rien, ne le saura jamais. Les victimes des assassinats ont été enterrées avec celles des bombes et de l'incendie. On ne fait pas d'enquête dans des circonstances aussi exceptionnelles. Les hommes retournent à l'état sauvage, les lois, l'ordre, ont disparu. Le monde s'est écroulé sous les décombres, l'humanité se consume dans les flammes de l'apocalypse.

En raison du danger de bombes à retardement, et à cause du manque de personnel, il n'a été procédé à l'enterrement des cadavres que le lundi 17, sur ordre des Autorités allemandes, trois jours après le carnage. Les fossoyeurs ont enfoui les corps carbonisés, déchiquetés, et jusqu'aux têtes et membres épars. Sur chaque corps ou morceau de corps on a consigné ce qu'on pouvait relever d'identité. Ces renseignements, notés sur un bout de papier, ont été introduits dans une bouteille qui accompagnait les restes, ou que l'on a fichée dans la terre qui les recouvrait. Les fossoyeurs d'Étampes – auxquels s'était joint Sadorski – ont utilisé deux grandes tranchées-abris pour enfouir les morts. De manière générale, ils enveloppaient les cadavres ou les morceaux de cadavre dans des loques préalablement trempées d'eau de Javel, avant de les inhumer. Cette précaution a été prise étant donné leur état de putréfaction avancée, hâtée par la chaleur caniculaire de cet étrange été. Sadorski dormait à la caserne et y prenait ses repas. Le soir du vendredi 14, passant devant un miroir il avait déjà eu l'occasion de constater que ses cheveux étaient devenus complètement blancs.

Blancs comme le plafond de sa chambre.

Blancs comme le chemisier de Thérèse avant que n'y éclosent des fleurs de sang.

Blancs comme les voiles et les blouses des infirmières.

Blancs comme le visage au-dessus de lui…

Le visage d'Yvette.

Il entend sa voix, lointaine, étouffée…

– Ne bouge pas, mon chéri…

– … Je suis là, je suis venue tout de suite…

– … On t'a mis dans un vélo-taxi, transporté au commissariat… Et de là, à l'hôpital allemand Lariboisière… Ce sont les chirurgiens boches qui t'ont sauvé…

– … Tu es à la Maison de santé des gardiens de la paix…

– … Les médecins disent que tu vas t'en sortir…

– … Le type s'est enfui, mais la femme qui t'a tiré dessus est morte…

– … Des collègues de ta section sont passés… Le capitaine Voss et le capitaine Müller ont fait envoyer des fleurs… J'ai vu aussi un lieutenant Nosek qui m'a posé des questions… auxquelles je n'ai pas su répondre…

– … Mon chéri, ne t'inquiète pas, maintenant je suis là, je suis là…

– … Repose-toi… ne dis rien…

– … Mon Léon, mon biquet d'amour, mon petit mari… mon poulet affectionné…

Elle pleure.

– … Je t'aime, oh, si tu savais comme je t'aime… Je t'aime, Léon, je t'aime, je t'aime, je t'aime, je t'aime, je t'aime…

34

L'employé du gaz

Ce lundi 8 juin 1942, à 8 heures du matin, l'inspecteur principal adjoint Léon Sadorski franchit le seuil de l'immeuble Art nouveau du 1, rue Lancret, dans le seizième arrondissement. Il fait un temps radieux mais frais, après l'orage qui s'est abattu sur Paris la veille.

Cette fois l'inspecteur ne montre pas sa carte de réquisition au concierge. Il n'est pas venu en tant que policier des RG, mais chanstiqué en employé du gaz. Bleu de travail, sacoche en cuir usée. Perruque rousse. Et fausse moustache, de même couleur. Il monte à pied sans se presser et sonne au quatrième étage, face. Une belle porte en bois verni, qui sent son aisance bourgeoise et tranquille. Sadorski donne un deuxième coup de sonnette, plus insistant. Il finit par entendre remuer de l'autre côté.

Quelqu'un l'observe à travers le judas. Le policier déguisé demeure bien en vue, sacoche à l'épaule, regard levé au plafond, lèvres en cul de poule comme s'il sifflotait.

– Oui ? Qu'est-ce que c'est ?

– Le gaz, monsieur. Une fuite a été signalée dans votre immeuble. Alors on vérifie… Ça sera pas long…

Les verrous tournent, en haut et en bas, puis le battant s'ouvre.

Serge Goloubine, en pantoufles, est vêtu d'une robe de chambre de soie rouge foncé, sur un pyjama bleu marine à lisérés blancs. Il dévisage son visiteur avec un air impatienté. Et soupire.

– Bon, allez-y.

Il s'efface pour laisser entrer l'employé.

– La cuisine est par où, m'sieur ?

Le Russe referme la porte, indique un couloir. Sadorski reste immobile dans l'entrée.

– Passez devant, m'sieur, je vous suis. Pour le moment, y a pas d'odeur de gaz… La fuite elle doit pas venir de chez vous…

L'évier est rempli d'assiettes sales. Une cuisine de célibataire. Les rideaux sont encore tirés. Sadorski avise une chaise, s'assied, la sacoche sur les genoux.

– Vous allez bien ? s'inquiète Goloubine. Vous êtes tout pâle.

– Je sors de l'hôpital. On me fait des examens, tout ça… Je crois que c'est un cancer.

– Mon Dieu, fait le Russe doucement.

– Mais, hein, faut bosser, je pouvais pas rester absent trop longtemps… sinon le chef, il va me fiche à la porte, vous comprenez.

– Naturellement. Vous désirez une tasse de café ?

– C'est gentil, m'sieur. Attendez, je dois d'abord sortir mes outils. Celui-ci, d'abord…

Sadorski s'est penché sur le contenu de la sacoche. Il extrait le PA modèle 35 A qu'il a ramassé à Étampes, le braque calmement sur Goloubine.

– Police nationale. Vous êtes en état d'arrestation.

L'homme en robe de chambre blêmit.

– Je n'aurais pas dû vous laisser entrer. Il y en a tous les jours, des vols aux faux policiers ! C'est très à la mode, des personnes de ma connaissance ont déjà été victimes… Mais je n'ai pas beaucoup d'argent, je vous préviens, monsieur le gazier. La vérité c'est que je suis criblé de dettes.

Sadorski ricane.

– Si j'avais montré ma carte de police, vous ne m'auriez peut-être pas ouvert. J'ai préféré l'histoire de la fuite de gaz. (Il se lève.) Reculez un peu, s'il vous plaît. Figurez-vous que je suis un vrai flic. Je vous sur-veille depuis octobre 1939, monsieur Goloubine. Ou Golovine… À l'époque où vous faisiez partie du cercle Goutchkoff… Et aujourd'hui, je vous arrête pour l'assassinat de Marguerite Metzger, à Stains, le soir du samedi 4 avril 1942.

L'homme ouvre des yeux exorbités.

– Ça t'en bouche un coin, hein ? rigole Sadorski. Mais voilà, c'est comme ça, les carottes sont cuites…

Goloubine s'appuie à la gazinière.

– Je ne sais pas de quoi vous parlez. Et, si vous êtes vraiment de la police, apprenez que j'ai des amis haut placés. D'un coup de téléphone ils peuvent vous faire remettre à la circulation comme simple gardien de la paix, ou pire. Mes amis sont proches des Allemands. Ce n'est pas difficile pour eux de faire déporter un policier français à Berlin. Même un inspecteur principal ou un commissaire. Alors réfléchissez…

– J'ai eu tout le temps de réfléchir, mon pote. Sur mon lit d'hôpital. Oui, je sais que tu connais l'ex-inspecteur Bonny. Justement. Ça veut dire que tu es ami avec le *Lauristondienst*, comme disent les Fridolins. Le service Lauriston. Et que tu connais Paul Clayet. Et Raymond Clayet.

Le visage du Russe se décompose. Il essaye malgré tout de se donner une contenance. Livide, il articule lentement :

– Non seulement je les connais, mais j'ai séjourné plusieurs semaines en leur compagnie près d'Alger, l'année dernière. Vous connaissez le cap Doumia ? Une vue splendide sur la Méditerranée… (Il passe la langue sur ses lèvres.) Paul et Raymond sont des individus susceptibles. S'ils apprennent que vous êtes responsable de mon arrestation, je ne donne pas cher de votre peau.

— Ma peau a déjà été trouée, monsieur Goloubine. La Faucheuse n'a pas voulu de moi, je suis un coriace. Et j'ai une promesse à tenir.

— Quelle promesse ?

— Vaut mieux que vous le sachiez pas, ça vous déprimerait trop. Je l'ai promis, dans mon bureau de la préfecture, à une fille qui est actuellement à l'hôpital Rothschild entre deux opérations, où les toubibs s'efforcent de lui remettre la bouche en état afin qu'elle puisse manger et s'exprimer normalement. Malheureusement elle ne pourra plus jamais tenir une fourchette. Asseyez-vous là où j'étais…

Le Russe obéit. Sadorski sort une paire de massenottes de la sacoche et lui immobilise les poignets derrière le dossier de la chaise. Puis il enfile une paire de gants. Il ouvre un tiroir, un autre, finit par trouver ce qu'il cherchait. Dans l'argenterie. Il prend une fourchette dans sa main droite, se penche sur Goloubine. De la gauche, il presse le canon de l'automatique contre sa pomme d'Adam. Des gouttes de transpiration perlent sur le front de l'homme assis. L'inspecteur dirige les dents de l'instrument tout près de l'œil gauche écarquillé, jusqu'à effleurer la conjonctive.

— Que… qu'est-ce que vous faites ?

— Je commence l'interrogatoire. Samedi soir 4 avril l942, toi et Paul Clayet aviez rendez-vous avec Marguerite Metzger. Qu'est-ce que vous lui avez dit ? Pourquoi ce rendez-vous à trois ?

Goloubine secoue la tête.

— Je… je ne parlerai qu'en présence de mon avocat. Maître Jean-Louis Vigouroux.

L'inspecteur glousse.

– Y aura pas d'avocat, mon pote. C'est fini tout ça, le bon temps, le luxe pour les assassins… La loi c'est nous maintenant, c'est la vieille maison Poulmann. Circonstances exceptionnelles, justifiées par la situation. On est en guerre contre les terroristes. Alors j'attends, pourquoi ce rendez-vous à trois ?

– Arrêtez. Vous êtes complètement louftingue…

– La vie m'a enseigné deux ou trois choses, un jour de juin 1940 au sud de Paris. Et la Gestapo de l'Alexanderplatz s'est chargée de parfaire mon éducation. On crève tous un jour ou l'autre ; mais l'astuce c'est d'éviter, dans la mesure du possible, les passages les plus désagréables. (La fourchette appuie sur la conjonctive. Des larmes sourdent sous la paupière, tandis que le réseau de veinules enfle et rougit.) Celui-ci en est un, que je cherche à vous éviter de subir plus intensément, monsieur Goloubine. Perdre un œil de cette manière est très douloureux. En perdre un second est encore pire. Pourquoi ce rendez-vous à trois avec Marguerite Metzger ?

– Je… C'est une idée de Paul Clayet. Je lui avais présenté ces deux filles, que j'avais rencontrées chez Mathilde Ostnitska… La plus jeune, Marguerite, était très… euh, précoce. Et la comtesse Ostnitska, qui est morphinomane, trop bavarde… elle m'a dit un soir que les deux sœurs Metzger étaient ses livreuses de drogue. Je soupçonnais l'existence d'une grosse organisation, possédant des stocks importants cachés quelque part. J'en ai parlé à Paul et Raymond Clayet. Leur ambition était de monter un trafic sérieux à leur tour… À l'insu de leur oncle, Henri Chamberlin. Jusqu'ici ils avaient réusi à se procurer de la morphine grâce à de fausses ordonnances rédigées par un avorteur qui se fait appeler le docteur Eugène…

– Continue.

– Paul a eu l'idée de faire parler Marguerite. Savoir où elle et sa sœur allaient chercher les stupéfiants… Ils ont commencé à sortir ensemble. Raymond couchait avec l'aînée, Paul invitait la petite… lui faisait miroiter la grande vie. Vous pouvez imaginer. Tout est de la faute de Paul, en réalité… Je n'ai fait que mettre ces gens en relations…

Le canon du pistolet appuie plus fortement sur sa gorge.

– Continue…

– Nous avons dîné ce soir-là dans un petit bar de la rue de Douai que connaissait Raymond, où les malfrats comme lui se sentent en confiance. Puis nous sommes remontés dans la voiture. André Engel tenait le volant. C'est le comparse habituel de Paul… Nous avons roulé vers la banlieue… Marguerite avait déjà un peu peur. Je l'ai vue prendre discrètement un petit bout de carton ou quelque chose dans son sac. Elle l'a avalé…

– Continue…

– Le… le soir tombait. On arrivait dans la banlieue nord. Engel a garé l'auto près du chemin de fer. Nous… ils ont fait sortir Marguerite. C'était un endroit assez isolé. Des petits pavillons, une usine… Nous avons descendu le talus. Engel est resté surveiller la Citroën. La petite commençait à pleurer et à supplier. Ça se passait sous un sémaphore. Le trafic ferroviaire à cette heure était presque nul. Paul lui a mis les menottes, pour rendre la mise en scène plus impressionnante, et l'a menacée avec son automatique. Marguerite ne voulait rien dire… Je crois qu'elle avait aussi très peur des Boches. Toutefois, si… si nous avions insisté un peu plus, elle aurait fini par céder, j'en suis convaincu… Mais cet imbécile avait ôté le cran de sûreté. Le coup est parti tout seul…

– Allons donc !

– Je vous jure ! Je vous jure que c'est vrai ! La balle l'a touchée au-dessus du sein gauche, est ressortie en bas du dos en la blessant aussi à la main… Ça saignait beaucoup. Marguerite hurlait, Paul pour la faire taire lui a enfoncé un chiffon dans la bouche… Il a paniqué… Il m'a regardé et a dit : « C'est trop grave, j'ai pas voulu ça, maintenant faut la tuer. » Avant que j'aie pu faire quoi que ce soit, Paul lui a tiré une deuxième balle. La fille bougeait trop, il a raté la tempe, la balle lui a perforé la mâchoire…

– Saloperie. Continue…

– Je suis sincère. Tout s'est déroulé comme je vous le raconte. Quand j'ai constaté que les choses tournaient à la boucherie, j'ai décidé d'abréger le calvaire de la petite. Je suis un ancien soldat de l'armée du tsar. J'ai retiré le Browning de la main de Paul et j'ai fait feu très vite, deux coups dans la tête. Là, elle est morte tout de suite, ses souffrances étaient terminées.

– Je vois. Tu es un philanthrope, Goloubine. Et tu l'as baisée par-devant, ou par-derrière ?

L'autre a une espèce de hoquet.

– Mais… comment est-ce que vous… ?

– La médecine progresse tous les jours. Je répète donc ma question…

La figure du Russe dégouline de sueur.

– Paul… était très excité… C'est un pervers. Il a mis le corps sur le ventre, a retroussé la robe… Vous désirez vraiment les détails ?

– Non. Et toi tu as attendu ton tour…

– Je… elle était très jolie, vous savez.

– Oui, je l'ai vue à la morgue. Tu baises donc avec les cadavres ?

Goloubine ferme les yeux.

– Que Dieu me pardonne…

Il se met à pleurer.

– *Amen*, prononce l'inspecteur, avant de jeter la four-chette et de plonger la main dans la sacoche à outils.

Le morceau de gros fil de fer qu'il en sort est muni de deux poignées de bois à ses extrémités. Sadorski pose le pistolet sur la table, se place rapidement derrière Goloubine, encercle son cou avec le fil de fer, plusieurs tours de suite, puis, pressant le genou contre le dossier de la chaise, tire en ahanant sur les poignées. Le Russe éructe de vagues grognements, se débat, son cou vire au rouge brique.

Sadorski laisse passer quatre ou cinq minutes. Les grognements cessent. Une odeur excrémentielle envahit la cuisine. Il relâche sa traction sur les poignées. Le corps en robe de chambre s'affaisse doucement sur la chaise. L'inspecteur lui retire les massenottes. Lui ferme les paupières, dans le visage violacé qui tire la langue sur un menton gluant de salive. Puis, ôtant un instant ses gants, il va se rincer la figure avec l'eau froide du robi-net de l'évier.

Dans un placard de la cuisine, le policier dégote une paire de grands torchons. Il les plie en triangle avant de masquer le visage du Russe d'une quadruple épaisseur de tissu quadrillé, noue les coins sur la nuque en ser-rant très fort. Ensuite, il fait lentement basculer la chaise en arrière. Il gémit, sent la peau tirer sur ses cicatrices. Lorsque le cadavre est sagement installé sur le dos, les jambes repliées sur le siège, Sadorski retire de la sacoche un lourd marteau. Il s'assied par terre à côté de Goloubine. Et, avec une pensée pour Yolande, une pour Marguerite, il assène le premier coup.

Une quinzaine de minutes plus tard, l'employé du gaz quitte l'appartement du quatrième étage. Dans son portefeuille, sept billets de 1 000 francs qu'il a décou-verts planqués dans un tiroir de la salle à manger, après avoir fini son travail dans la cuisine. Le concierge surveille derrière le carreau pendant qu'il traverse le hall. Le temps est toujours ausi beau et un peu moins frais. Sadorski, les mains dans les poches et la cigarette aux lèvres, gagne sans se presser les berges de la Seine. Outre une gratification de 250 francs, les félicitations du nouveau préfet de police Bussières et une proposition à la médaille de vermeil de la PP pour avoir identifié et éliminé une dangereuse terroriste, on lui a octroyé huit jours de congé. Demain, s'il se sent suffisamment en forme et si le temps le permet, il a prévu une première journée de cyclisme à deux sur les bords de Marne avec Yvette. Le nouveau vélo de sa femme a coûté 2 000 francs mais il les vaut bien.

Vers le milieu du pont Mirabeau, le gazier se penche au-dessus du parapet pour laisser tomber le fil de fer et le marteau dans le fleuve. Il poursuit son chemin vers la station de métro de l'autre côté du pont. Sadorski enlève sa perruque rousse derrière la paroi d'une vespasienne et la glisse, en compagnie de la moustache, au fond de sa sacoche à outils. Depuis Javel le trajet en métro est direct par la ligne 10 jusqu'à Odéon.

Ce midi, avant d'aller discuter le cas de Mme Odwak au bureau des Affaires juives, il a rendez-vous au Dupont-Latin avec Julie Odwak.

Si le bleu de travail l'étonne, il lui racontera qu'il est en mission secrète pour Londres. Pour le général de Gaulle... L'idée le fait rire, sous les arbres du quai de Javel, et quelques passants se retournent.

Les aiguilles de l'horloge murale de la station indiquent 9 heures moins dix. Il restera largement le temps de choisir pour la petite, avant leur rendez-vous au café, quelque chose de vraiment beau pour son anniversaire. Quelque chose qui rende ses copines de Fénelon vertes de jalousie. Un splendide stylo Météore, par exemple, avec une plume en or, une vraie...

Car aujourd'hui la petite Julie fête ses quinze ans.

Ce lundi 8 juin 1942.

Sadorski est curieux de la voir étrenner son étoile jaune.

Glossaire

Abwehr : Renseignement militaire allemand.

BS : Brigades spéciales de la préfecture de police (Renseignements généraux).

BSI : Brigades spéciales d'intervention (police municipale de la préfecture de police).

La Cagoule : Organisation terroriste fondée en 1936 par Eugène Deloncle et d'anciens « Camelots du roi » de l'Action française visant au renversement de la République et à son remplacement par un régime dictatorial de type fasciste.

CGQJ : Commissariat général aux Questions juives.

CSAR (Comité secret d'action révolutionnaire) ou OSARN (Organisation secrète d'action révolutionnaire nationale) : Dénominations officielles de la Cagoule.

2ᵉ Bureau : Organisme français du contre-espionnage.

Feldgendarmerie : Gendarmerie de l'armée allemande en campagne.

Front rouge (*Rote Frontkämpferbund*) : Organisation paramilitaire du Parti communiste allemand avant la dissolution de ce dernier en 1933.

Gestapo (*Geheime Staatspolizei*) : Police secrète d'État.

GFP (*Geheime Feldpolizei*) : Police secrète militaire.

Guépéou (*Gosoudarstvennoïé politcheskoïé oupravlénié*, Directoire politique d'État, rebaptisé OGPU en 1923 puis GUGB en 1934 et intégré à partir de cette date au NKVD, le commissariat du peuple aux Affaires intérieures) : Police secrète soviétique.

IGS : Inspection générale des services.

IP : Inspecteur principal.

IPA : Inspecteur principal adjoint.

KPD (*Kommunistische Partei Deutschlands*) : Parti communiste allemand, fondé en 1918.

MBF (*Militärbefehlshaber in Frankreich*) : Commandement militaire allemand en France.

MSR : Mouvement social révolutionnaire pour la Révolution nationale, créé en 1940 par Eugène Deloncle, et nouvelle incarnation du CSAR / OSARN (la Cagoule).

Orchestre rouge (*Rote Kapelle*) : Réseau antinazi mis en place en Europe de l'Ouest par le renseignement militaire soviétique en prévision de la Seconde Guerre mondiale.

OS (Organisation spéciale) : Premier réseau de résistance armée du Parti communiste français, à partir de 1941.

PJ : Police judiciaire.

PP : Préfecture de police.

PQJ : Police des questions juives, créée en octobre 1941.

PPF (Parti populaire français) : Parti fasciste puis collaborationniste créé en 1936 par l'ancien communiste Jacques Doriot.

RG : Renseignements généraux de la préfecture de police.

RNP (Rassemblement national populaire) : Parti collaborationniste créé en 1941 par l'ancien socialiste Marcel Déat.

RSHA (*Reichssicherheitshauptamt*) : Office central de sûreté du Reich.

SCAP : Service de contrôle des administrateurs provisoires.

Sipo-SD : *Sicherheitspolizei* (police de sûreté) du *Sicherheitsdienst* (service de sûreté de l'État). La Sipo englobe la Kripo (*Kriminalpolizei*, équivalent de la police judiciaire) et la Gestapo. L'ensemble de ces services dépend, au sommet, du RSHA.

SSR : Section spéciale des recherches (à partir de 1941, 3e section des Renseignements généraux).

Note bibliographique

L'idée de ce livre m'est venue de la découverte fortuite, aux Archives de la préfecture de police, d'un rapport des Renseignements généraux (77 W 03 / 83 896, M… Marie, Marguerite, 29 mai 1941) concernant deux jeunes Alsaciennes domiciliées avenue Kléber qui entretenaient des relations sexuelles avec des militaires allemands. *L'Affaire Léon Sadorski* est une fiction (le meurtre sur le chemin de fer de la Ceinture, par exemple, est imaginaire) inscrite dans une réalité, celle des activités d'une large fraction de la police française, ses chefs en premier lieu, entre 1940 et 1944 – ici tout particulièrement des hommes de la 3e section de la direction des Renseignements généraux –, et de sa participation active au génocide ; et inspirée par quelques destins individuels, dont celui de l'inspecteur principal adjoint Louis Sadosky (1899-?), qui dirigea le « Rayon juif » au sein de cette section. Pour des raisons aisément compréhensibles, les noms de plusieurs inspecteurs français et de deux commissaires ont été modifiés. En revanche, j'ai respecté de manière générale ceux des agents et informateurs du 2e Bureau et de la SSR, des membres des Gestapos françaises (sauf les frères « Clayet »), et des officiels allemands ayant été en relations avec la police et l'administration du gouvernement de Vichy sous l'Occupation.

Lors de mes recherches, j'ai pu examiner les dossiers d'épuration des policiers suivants : (série KB) Balcon Joseph, Barrachin Gaston, Baudet Robert, Bayre Paul, Beaulieu René, Bédé Louis, Bottreau Jean, Bouton Jean, Bricourt Agénor, Curie-Nodin Pierre, Foin Marcel, Kaiser Sylvain, Magny

René, Merdier Charles, Mérigeot Maurice, Piazza Jacques, Rousseau Jean, Sadosky Louis, Stocanne Ernest ; ceux des commissaires Louit (KA 111) et Tanguy (KB 96) ; les dossiers de Serge Lifar (GA 178) et de la comtesse Mara Tchernycheff (GA 281) ; un certain nombre de fiches concernant des ressortissants étrangers, juifs pour la plupart, surveillés ou arrêtés en région parisienne en 1941-1942 ; et les rapports hebdomadaires des Renseignements généraux pour les mois de mars, avril et mai 1942. Je remercie Mme le commissaire divisionnaire Françoise Gicquel, à la direction des Archives de la préfecture de police, pour son aimable accueil, ainsi que l'ensemble du personnel pour sa disponibilité et son efficacité.

La partie du roman concernant le voyage du personnage principal à Berlin a bénéficié de l'existence, aux Archives nationales, d'un rapport circonstancié écrit par un policier français au sujet de son arrestation par la Gestapo en avril 1942, document mis au jour par l'historien Laurent Joly et présenté par lui dans le remarquable ouvrage *Berlin, 1942. Chronique d'une détention par la Gestapo, par Louis Sadosky brigadier-chef aux RG*, présenté par Laurent Joly, CNRS Éditions, 2009.

Certaines descriptions de la Gestapo de Berlin, de son personnel et de la prison de Ploetzensee ont leur origine dans *La Cuisine du Diable. Récit documentaire d'un prisonnier de la Gestapo*, par François-Albert Viallet, Hier et Aujourd'hui, 1945.

Les détails sur l'activité de la Section VI de la Gestapo du boulevard Flandrin figurent dans l'interrogatoire du chef du *Referat* N 1 par les services de renseignement américains à la fin de la guerre, reproduit dans : *Un espion nazi à Paris. Interrogatoire du SS-Hauptptsturmführer Roland Nosek*, présenté et annoté par Olivier Pigoreau, Histoire & Collections, 2014.

J'ai également profité des conseils avisés de Jean-Marc Berlière, professeur d'histoire contemporaine à l'université de Bourgogne, spécialiste de la police française, que je remercie chaleureusement ; et des informations contenues dans ses livres, en particulier *Policiers français sous l'Occupation. D'après les archives de l'épuration* (Jean-Marc Berlière, avec Laurent Chabrun, Perrin, 2001) et, pour ce qui concerne la lutte clandestine entre résistants FTP et Brigades spéciales : *Le Sang des communistes. Les Bataillons de la jeunesse dans la lutte armée, Automne 1941* (Jean-Marc Berlière et Franck Liaigre, Fayard, 2004) et *Liquider les traîtres. La face cachée du PCF, 1941-1943* (Jean-Marc Berlière et Franck Liaigre, Robert Laffont, 2007).

Le rapport de l'administrateur de biens juifs, librement adapté dans le chapitre 23, et l'offre de services de la société Photomaton, reproduite au chapitre 30, proviennent des très instructives *Conversations secrètes des Français sous l'Occupation*, par Antoine Lefébure, Plon, 1993.

Un chapitre est consacré à Marie Olinska (et à sa fille la Petite Bijou, plus tard l'héroïne du roman éponyme de Patrick Modiano), modèle de mon personnage de la « comtesse Ostnitska », dans l'ouvrage passionnant de Cyril Eder, *Les Comtesses de la Gestapo*, Éditions Grasset & Fasquelle, 2006.

Les scènes d'interrogatoires dans les bureaux des Brigades spéciales à la caserne de la Cité et de visite au Dépôt de la préfecture sont issues de plaintes conservées aux Archives de la préfecture de police et de témoignages de résistantes reproduits dans *Femmes en prison dans la nuit noire de l'Occupation. Le Dépôt, la Petite Roquette, le camp des Tourelles*, par France Hamelin, Tirésias, 2004.

L'épisode de l'arrestation de deux jeunes communistes juifs d'origine polonaise, et de son dénouement tragique au carrefour de la rue des Petites-Écuries et de la rue d'Hauteville, est tiré de faits authentiques tels que figurant dans les archives des Renseignements généraux (des versions plus « héroïques » relayées par nombre d'ouvrages à la gloire des FTP appartiennent plutôt à la légende). Mordka Feferman est mort le 10 mai 1942 à l'Hôtel-Dieu des suites de ses blessures sans avoir repris connaissance. Maurice Feld a été fusillé par les Allemands le 22 août 1942, avec ses camarades, au Stand de tir d'Issy-les-Moulineaux. L'inspecteur principal adjoint Gaston Barrachin, de la Brigade spéciale n° 2, a été fusillé par les Français à la Libération, ainsi que les commissaires Lucien Rottée et André Baillet, respectivement directeur général et directeur adjoint des RG, et le commissaire Fernand David, qui dirigeait la Brigade spéciale n° 1.

D'autres lectures ont contribué à l'élaboration de *L'Affaire Léon Sadorski*, notamment :

Abel Danos, dit « le Mammouth ». Entre Résistance et Gestapo, par Éric Guillon, Fayard, 2006.

L'Affaire Petiot, par Jean-François Dominique, Ramsay, 1980.

Les Années doubles. Journal d'une lycéenne sous l'Occupation, par Micheline Bood, Robert Laffont, 1974.

L'Antisémitisme de bureau. Enquête au cœur de la préfecture de police de Paris et du commissariat général aux Questions juives (1940-1944), par Laurent Joly, Grasset, 2011.

L'Antisémitisme en France pendant les années trente. Prélude à Vichy, par Ralph Schor, Éditions Complexe, 1992.

L'Antisémitisme nazi. Histoire d'une psychose collective, par Saul Friedländer, Seuil, 1971.

L'Argent nazi à la conquête de la presse française, 1940-1944, par Pierre-Marie Dioudonnat, Éditions Jean Picollec, 1981.

Les Aventures d'une Autrichienne pendant l'Occupation, par Liliane Babitcheff, La Pensée universelle, 1982.

La Bande Bonny-Lafont, par Serge Jacquemard, Éditions Scènes de Crimes, Genève, Suisse, 2007.

Le Calendrier de la persécution des Juifs de France, 1940-1944, La Shoah en France, t. 2, par Serge Klarsfeld, Fayard, 2001.

Aux côtés du maréchal Pétain. Souvenirs (1940-1944), par le vice-amiral Fernet, Plon, 1953.

La Délation sous l'Occupation, par André Halimi, Éditions Alain Moreau, 1983.

Le Dernier Train d'Austerlitz (roman), par Léo Malet, Clancier-Guénaud, 1980.

Dictionnaire de la barbarie nazie et de la Shoah, par Daniel Bovy, Éditions Luc Pire, coll. « Territoires de la Mémoire », Liège, 2007.

Le Dossier Rebatet, édition établie et annotée par Bénédicte Vergez-Chaignon et préfacée par Pascal Ory, Robert Laffont, coll. « Bouquins », 2015.

En guerre et en paix. Journal 1940-1944, par Andrzej Bobkowski, traduit du polonais par Laurence Dyèvre, Les Éditions Noir sur Blanc, Montricher (Suisse), 1991.

Être juif en France pendant la Seconde Guerre mondiale, par Renée Poznanski, Hachette, coll. « La vie quotidienne », l'Histoire en marche, 1994.

Le Festin du Reich. Le pillage de la France occupée (1940-1945), par Fabrizio Calvi et Marc J. Masurovsky, Fayard, 2006.

Les Français de la débâcle. Juin-septembre 1940, un si bel été, par Maurice Rajsfus, le cherche-midi éditeur, 2003.

La France allemande (1933-1945). Paroles du collaborationnisme français, présenté par Pascal Ory, coll. « Archives », Gallimard/Julliard, 1977.

La France des camps. L'internement, 1938-1946, par Denis Peschanski, Gallimard, 2002.

La Gestapo en France, par Marcel Hasquenoph, Éditions De Vecchi, 1975.

La Grande Histoire des Français sous l'Occupation, tome 5 : *Les Passions et les Haines*, par Henri Amouroux, Robert Laffont, 1981.

Le Grand Jeu, par Leopold Trepper, écrit en français avec la collaboration de Patrick Rotman, Albin Michel, 1975.

Ma guerre dans la Gestapo. L'incroyable destin d'une jeune femme juive dans les réseaux nazis, par Hélène Moszkiewiez, Canal Plus Éditions / Albin Michel, 1992.

Histoire de la Crim'. 100 ans de crimes, d'enquêtes et d'aveux, par Matthieu Frachon, Jean-Claude Gawsewitch éditeur, 2011.

Histoire de la Gestapo, par Jacques Delarue, Fayard, 1962.

Les Hitlériens à Paris, par Vassili Soukhomline, Les Éditeurs français réunis, 1967.

Il reste le drapeau noir et les copains, par Mathieu Laurier (Paul Vigouroux), Éditions Regain, Monte-Carlo, 1953.

Industriels et banquiers sous l'Occupation. La collaboration économique avec le Reich et Vichy, par Annie Lacroix-Riz, Armand Colin, 1999.

Joanovici. L'empire souterrain du chiffonnier milliardaire, par Henry Sergg, Le Carrousel-Fleuve noir, 1986.

Journal, 1942-1944, par Hélène Berr, Tallandier, 2008.

Journal des années noires, 1940-1944, par Jean Guéhenno, Gallimard, 1947.

Mon journal pendant l'Occupation, par Jean Galtier-Boissière, La Jeune Parque, 1944 ; Libretto, 2016.

La Justice déshonorée, 1940-1944, par Virginie Sansico, Tallandier, 2015.

Langue verte et noirs desseins, par Auguste Le Breton, Les Presses de la Cité, 1960.

Les Lettres de Louise Jacobson et de ses proches. Fresnes, Drancy 1942-1943, présentées par sa sœur, Nadia Kaluski-Jacobson, Robert Laffont, 1997.

Liaisons dangereuses. Miliciens, truands, résistants. Paris, 1944, par Jean-Marc Berlière et François Le Goarant de Tromelin, Perrin, 2013.

1940-1945, années érotiques, par Patrick Buisson, Albin Michel, 2008.

Mon père l'inspecteur Bonny, par Jacques Bonny, récit recueilli par Pierre Démaret et Christian Plume, Robert Laffont, 1975.

Otto Abetz et les Français, ou l'envers de la Collaboration, par Barbara Lambauer, Fayard, 2001.

Où sortir à Paris ? Le guide du soldat allemand 1940-1944, Alma éditeur, 2013.

Paris allemand, par Henri Michel, Albin Michel, 1981.

Paris sans lumière, 1939-1945. Témoignages, par Edmond Dubois, Payot, Lausanne, 1946.

Penser français. Commentaires sur la déclaration de la Légion (31 août 1941), par Georges Riond et Roger de Saint-Chamas, Éditions de la Légion, 1942.

Le pitre ne rit pas, par David Rousset, Christian Bourgois éditeur, 1979.

La Police de Vichy. Les forces de l'ordre françaises au service de la Gestapo 1940-1944, par Maurice Rajsfus, le cherche-midi éditeur, 1995.

La Police, son histoire, par Henry Buisson, souscription de la direction générale de la Sûreté nationale, imprimerie Wallon, Vichy, 1949.

La Presse, la Propagande et l'Opinion publique sous l'Occupation, par Jacques Polonski, Éditions du Centre de documentation juive contemporaine, 1946.

Quatre ans à Paris (*Cuatro años en Paris*), par Victoria Kent, traduit du castillan par Pierre Darmangeat, Le Livre du Jour, 1947.

Les RG et le Parti communiste. Un combat sans merci durant la guerre froide, par Frédéric Charpier, Plon, 2000.

Les RG sous l'Occupation. Quand la police française traquait les résistants, par Frédéric Couderc, Olivier Orban, 1992.

Les Russkoffs, par Cavanna, Belfond, 1979.

Sans patrie ni frontières (*Out of the Night*), autobiographie romancée de Richard Hermann Krebs *alias* Jan Valtin, traduit de l'anglais par Jean-Claude Henriot, Éditions Dominique Wapler, 1947 ; traduction revue par Philippe Carella, Jean-Claude Lattès, 1975 ; Babel /Actes Sud, 1997.

Seine de crimes, sous la direction de Philippe Charlier, Le Rocher, 2015.

Servitude et grandeur policières. Quarante ans à la Sûreté, par Marcel Sicot, secrétaire général de l'Interpol, Les Productions de Paris, 1959.

Seul dans Berlin (roman), par Hans Fallada, traduit de l'allemand par Laurence Courtois, Denoël, 2014.

Souffrance et liberté, une géographie parisienne des années noires (1940-1944), par Jean-Louis Goglin et Pierre Roux, Paris-Musées, 2004.

Tu trahiras sans vergogne, par Philippe Aziz, Fayard, 1970.

Vichy-Auschwitz. La « solution finale » de la question juive en France, par Serge Klarsfeld, Fayard, 2001.

Vichy et les Juifs, par Michaël R. Marrus et Robert O. Paxton, traduit de l'anglais par Marguerite Delmotte, Calmann-Lévy, 1981.

Vivre et survivre en France 1939-1947, par Dominique Veillon, Payot & Rivages, coll. « Histoire Payot », 1995.

Les magazines *Marianne* et *Match* pour l'année 1939, et *La Semaine* pour l'année 1942.

Les citations en exergue sont extraites de *Quatre ans à Paris* (*Cuatro años en Paris*) de la républicaine espagnole Victoria Kent, traduit du castillan par Pierre Darmangeat, Le Livre du Jour, 1947, des *Bienveillantes* de Jonathan Littell, Gallimard, 2006, et de *Arc de triomphe* d'Erich Maria Remarque, traduit de l'allemand par Michel Hérubel, Plon, 1963.

Merci au Dr Claus Laufenburg pour la traduction en allemand de certains dialogues.

Merci à Philippe Charlier, Clémence Cremer, Jean Raymond Hiebler, Laurent Joly, Antoine Lefébure, Patrick Salotti, Gérard Streiff; et, à titre posthume, à l'inspecteur Louis Sadosky et au *Hauptsturmführer* Roland Nosek, qui ne se sont probablement jamais rencontrés dans la vraie vie.

Phuong Dinh Express
Les Humanoïdes associés, 1983
et PUF, 2002

L'Empire érotique
La Sirène, 1993

Tokyo, un monde flottant
Éditions Michel Baverey, 1997

LA CRUCIFIXION EN JAUNE
Vol. 1 : Un été japonais
Gallimard, 2000
Vol. 2 : Brume de printemps
Gallimard, 2001
Vol. 3 : Averse d'automne
Gallimard, 2003
Vol. 4 : Regrets d'hiver
Fayard, 2006

Saké des brumes
Baleine, 2002

Carnets du Japon
PUF, 2003

La Japonaise de St. John's Wood
Zulma, 2004

Nao
PUF, 2004

Envoyez la fracture !
La Branche, 2007
et « Pocket », n° 14908

Mortelle Résidence
Éditions du Masque, 2008

L'Océan de la stérilité
Vol. 1 : Lolita Complex
Fayard, 2008
Vol. 2 : Sexy New York
Fayard, 2010
Vol. 3 : Shanghai connexion
Fayard, 2012

Christelle corrigée
Le Serpent à plumes, 2009

L'Infante du rock
Parigramme, 2009

Monsieur le Commandant
NiL éditions, 2011
et « Pocket », n° 15468

Première station avant l'abattoir
Seuil, 2013
et « Points », n° P3316

Avis à mon exécuteur
Robert Laffont, 2014
et « Pocket », n° 16673

Un été au Kansai
Arthaud, 2015

Le Secret d'Igor Koliazine
Seuil, 2015

Des petites filles modèles…
Belfond, 2016

Route 40
Belfond, 2016

Hématomes
Belfond, 2017

L'Étoile jaune de l'inspecteur Sadorski
Robert Laffont, 2017

RÉALISATION : IGS-CP À L'ISLE-D'ESPAGNAC
IMPRESSION : MAURY IMPRIMEUR À MALESHERBES (45)
DÉPÔT LÉGAL : AOÛT 2017 - N° 135358-2 (221161)
IMPRIMÉ EN FRANCE